NA HORA DA VIRADA

ON THE COME UP

ANGIE THOMAS

NA HORA DA VIRADA

ON THE COME UP

Tradução
Regiane Winarski

1ª edição

— **Galera** —
RIO DE JANEIRO
2019

CIP-BRASIL. CATALOGAÇÃO NA PUBLICAÇÃO
SINDICATO NACIONAL DOS EDITORES DE LIVROS, RJ

T38n
    Thomas, Angie, 1988-
      Na hora da virada / Angie Thomas ; tradução de Regiane Winarski. –
    1. ed. – Rio de Janeiro: Galera Record, 2019.

      Tradução de: On the come up
      ISBN: 978-85-01-11704-5

      1. Ficção americana. I. Winarski, Regiane. II. Título.

                       CDD:813
19-55693   CDU:82-3(73)

Vanessa Mafra Xavier Salgado – Bibliotecária – CRB-7/6644

Título original:
On The Come Up

Copyright © 2019 by Angela Thomas

Todos os direitos reservados.
Proibida a reprodução, no todo ou em parte, através de quaisquer meios.
Os direitos morais do autor foram assegurados.

Texto revisado segundo o novo Acordo Ortográfico da Língua Portuguesa.

Direitos exclusivos de publicação em língua portuguesa somente para o Brasil
adquiridos pela
EDITORA RECORD LTDA.
Rua Argentina, 171 – Rio de Janeiro, RJ – 20921-380 – Tel.: (21) 2585-2000,
que se reserva a propriedade literária desta tradução.

Impresso no Brasil

ISBN 978-85-01-11704-5

Seja um leitor preferencial Record.
Cadastre-se e receba informações sobre nossos
lançamentos e nossas promoções.

Atendimento e venda direta ao leitor:
sac@record.com.br ou (21) 2585-2002.

Para os jovens que têm conta no SoundCloud e grandes sonhos. Eu vejo vocês.

E para a minha mãe, a primeira que me viu.

PARTE UM

DAS ANTIGAS

UM

Eu talvez tenha que matar uma pessoa hoje.

Talvez seja alguém que eu conheça. Talvez seja um estranho. Talvez seja alguém que nunca batalhou antes. Talvez seja alguém que é profissa. Não importa quantos versos de efeito a pessoa solte e se o *flow* é bom. Eu vou ter que matar.

Primeiro, tenho que receber a ligação. E quando receber a ligação, tenho que sair da aula da professora Murray.

No meu laptop, as perguntas de múltipla escolha ocupam quase toda a tela, mas o relógio... O relógio é o que chama minha atenção. Ele marca 16h20, e de acordo com a tia Pooh, que conhece uma pessoa que conhece uma pessoa, o DJ Hype liga entre 16h30 e 17h30. Juro que, se eu perder a ligação...

Não vou fazer porra nenhuma porque a professora Murray está com o meu telefone, e a professora Murray não é pra brincadeira.

Só vejo o alto dos *sisterlocks* dela. O resto está escondido atrás do livro de Nikki Giovanni. De vez em quando, ela faz "Humm" para alguma frase do mesmo jeito que a minha avó faz durante a pregação na igreja. Poesia é a religião da professora Murray.

Quase todo mundo foi embora da Escola de Artes Midtown há quase uma hora, menos os alunos do segundo ano do ensino médio, cujos pais ou responsáveis inscreveram no preparatório para o exame

ACT. Não é garantia de tirar trinta e seis, a nota máxima, mas Jay disse que é melhor eu chegar perto disso, porque ela "pagou o equivalente a uma conta de luz" por essa aula. Todas as terças e quintas à tarde, eu me arrasto para essa sala de aula e entrego meu celular para a professora Murray.

Normalmente, fico bem por passar uma hora inteira sem saber o que o presidente tuitou. Sem receber mensagens de texto do Sonny e do Malik (normalmente sobre alguma merda que o presidente tuitou). Mas hoje eu quero ir até aquela mesa, pegar meu celular da pilha e sair correndo.

— Psst! Brianna — alguém sussurra.

Malik está atrás de mim, e atrás dele Sonny diz com movimentos labiais: *Alguma coisa?*

Eu inclino a cabeça e levanto a sobrancelha com uma expressão de *Como é que eu posso saber, não estou com meu celular!* Eu sei, é coisa demais para esperar que ele entenda, mas eu, Sonny e Malik somos muito amigos desde o útero. Nossas mães são melhores amigas, e as três ficaram grávidas de nós ao mesmo tempo. Elas nos chamam de "Profaníssima Trindade" porque alegam que chutávamos na barriga sempre que elas se juntavam. Por isso mesmo, comunicação não verbal não é novidade nenhuma.

Sonny dá de ombros como quem diz *Sei lá, só estou perguntando*, junto com um *Droga, não precisa reagir desse jeito*.

Aperto os olhos para a cara de hobbit de pele clara; ele tem o cabelo encaracolado e as orelhas grandes. *Não estou reagindo de jeito nenhum. Você fez uma pergunta idiota.*

Eu me viro. A professora Murray nos olha por cima do livro, se comunicando de forma não verbal também. *Vocês não podem ficar conversando na minha aula.*

Tecnicamente, nós não estamos *conversando*, mas como é que eu vou dizer isso pra ela, verbalmente ou não?

16h27.

Três minutos e aquele celular vai estar na minha mão.

16h28.

Dois minutos.

16h29.

Um.

A professora Murray fecha o livro.

— Acabou a aula. Entreguem seus simulados como estiverem.

Merda. O simulado.

Para mim, "como estiverem" significa sem nenhuma pergunta respondida. Felizmente, é múltipla escolha. Como há quatro opções por pergunta, existe uma chance de 25 por cento de eu escolher aleatoriamente a certa. Começo a clicar nas respostas enquanto as outras pessoas pegam seus celulares.

Todo mundo, menos Malik. Ele para ao meu lado enquanto veste a jaqueta jeans por cima do moletom. Nos últimos dois anos, ele foi de mais baixo do que eu a tão alto que tem que se inclinar para me abraçar. O cabelo alto no estilo fade o deixa ainda mais alto.

— Caramba, Bri — diz Malik. — Você fez alguma das...

— Shhh! — Envio minhas respostas e penduro a mochila no ombro. — Eu fiz o simulado.

— Mas esteja preparada pra zerar, Brisa.

— Um zero em um simulado não é um zero de verdade.

Coloco meu boné e puxo bem a aba para baixo para cobrir a raiz do meu cabelo. Está meio desgrenhado e vai ficar assim até Jay refazer minhas tranças.

Sonny chega antes de mim na mesa da professora Murray. Ele estica a mão para o meu celular como o amigo pau pra toda obra que é, mas a professora Murray pega primeiro.

— Pode deixar, Jackson. — Ela usa o nome verdadeiro dele, que por acaso também é meu sobrenome. A mãe escolheu o nome dele em homenagem aos meus avós, que são padrinhos dela. — Preciso falar com Brianna por um segundo.

Sonny e Malik olham para mim. *O que foi que você fez?*

Meus olhos devem estar tão arregalados quanto os deles. *Por acaso estou com cara de que sei?*

A professora Murray indica a porta.

— Você e Malik podem ir. Não vai demorar.

Sonny se vira para mim. *Se fodeu.*

Possivelmente. Não me entenda mal, a professora Murray é fofa, mas é muito séria. Uma vez, fiz uma redação sem pensar muito sobre o uso dos sonhos na poesia de Langston Hughes. A professora Murray pegou tanto no meu pé que eu preferia que fosse a Jay fazendo isso. Isso significa muito.

Sonny e Malik saem. A professora Murray se senta na beirada da mesa e coloca meu celular de lado. A tela está apagada. Não chegou nenhuma ligação.

— O que está acontecendo, Brianna? — pergunta ela.

Olho para ela, para o celular e para ela de novo.

— Como assim?

— Você estava muito distraída hoje. Nem fez seu simulado.

— Fiz, sim! — Mais ou menos. Um pouco. Médio. Na verdade, não. Não fiz.

— Garota, você só enviou as respostas um minuto atrás. Sinceramente? Você não está concentrada já tem um tempo. Pode acreditar, quando seu boletim chegar semana que vem, você vai ver a prova disso. Não é por acaso que notas 9 viram 7 ou até 5.

Merda.

— 5?

— Eu dei o que você merecia. E aí, o que está acontecendo? Você não anda faltando aula ultimamente.

Ultimamente. Faz exatamente um mês que fui suspensa pela última vez, e não fui enviada para a diretoria em duas semanas. É um novo recorde.

— Está tudo bem em casa? — pergunta a professora Murray.

— Você parece a sra. Collins. — Essa é a orientadora jovem e loura que é legal, mas se esforça demais. Todas as vezes que sou enviada pra sala dela, ela faz perguntas que parecem ter vindo de algum manual com um título "Como falar com crianças negras típicas de estatísticas que sempre vão parar na sua sala".

Como está a vida em casa? (Não é da sua conta.)

Você testemunhou algum evento traumático ultimamente, como um tiroteio? (Não é porque eu moro no "gueto" que eu desvio de balas todos os dias.)

Você está tendo dificuldade de aceitar o assassinato do seu pai? (Meu pai morreu há doze anos. Eu mal me lembro dele.)

Você está tendo dificuldade de aceitar o vício da sua mãe? (Ela está limpa há oito anos. Só é viciada em novelas atualmente.)

O que anda rolando, mana, sabe comé? (Tá, ela não disse isso, mas é só uma questão de tempo.)

A professora Murray abre um sorrisinho.

— Só estou tentando entender o que está acontecendo com você. O que te deixou tão distraída hoje que fez você jogar no lixo meu tempo e o dinheiro suado da sua mãe?

Dou um suspiro. Ela só vai me dar o telefone quando eu falar. Tudo bem. Vou falar.

— Estou esperando o DJ Hype me dizer que posso participar da batalha no Ringue dele hoje.

— Ringue?

— É. O Ringue de Boxe do Jimmy. Ele recebe batalhadores *freestyle* todas as quintas. Mandei meu nome pra ver se consigo uma chance de batalhar hoje.

— Ah, eu sei o que é o Ringue. Só estou surpresa de *você* participar.

O jeito como ela diz "você" embrulha meu estômago, como se fizesse mais sentido que qualquer outra pessoa no mundo participasse do Ringue, menos eu.

— Por que você está surpresa?

Ela levanta as mãos.

— Eu não quis dizer nada. Sei que você tem talento. Já li suas poesias. Só não sabia que você queria ser rapper.

— Muita gente não sabe.

E esse é o problema. Eu faço rap desde os 10 anos, mas nunca me expus. Tudo bem que o Sonny e o Malik sabem, e a minha família também. Mas vamos ser realistas: ouvir da mãe que você é uma boa rapper é a mesma coisa que ouvir sua mãe dizer que você está linda quando na verdade você está toda desgrenhada. Elogios assim são parte das obrigações que ela assumiu quando me expulsou do útero.

Talvez eu seja boa, não sei. Eu estava esperando o momento certo.

Esta noite pode ser o momento certo, e o Ringue é o lugar perfeito. É um dos pontos mais sagrados de Garden Heights, só atrás do Templo de Cristo. Ninguém pode se dizer rapper se não tiver batalhado no Ringue.

É por isso que eu tenho que arrasar. Se vencer hoje, ganho uma vaga na escalação do Ringue, e se conseguir uma vaga na escalação do Ringue, posso participar de mais batalhas, e se participar de mais batalhas, vou fazer meu nome. Quem sabe o que pode acontecer depois?

A expressão da professora Murray se suaviza.

— Está seguindo os passos do seu pai, é?

É estranho. Sempre que as pessoas falam dele, é como se estivessem confirmando que ele não é uma pessoa imaginária de quem só lembro de uma coisa ou outra. E quando o chamam de meu pai e não de Lawless, a lenda underground do rap, é como se estivessem me lembrando de que sou dele e ele é meu.

— Acho que sim. Estou me preparando para o Ringue há um tempão. É difícil me preparar pra uma *batalha*, mas uma vitória poderia dar um empurrão na minha carreira, sabe?

— Me deixa ver se entendi — diz ela, se sentando mais ereta.

Alarmes imaginários disparam na minha mente. Aviso: sua professora vai acabar com você, droga.

— Você está tão concentrada no rap que suas notas caíram drasticamente este semestre. Esqueceu que as notas do segundo ano são vitais para a admissão na faculdade. Esqueceu que me disse uma vez que quer entrar na Markham ou em Howard.

— Sra. Murray...

— Não, pense nisso por um segundo. A faculdade é seu objetivo, certo?

— Acho que é.

— Você acha?

Eu dou de ombros.

— A faculdade não é pra todo mundo, sabe?

— Talvez não. Mas e o ensino médio? É essencial. Agora foi um 5, mas esse 5 pode virar 3 se você continuar assim. Tive uma conversa parecida com seu irmão uma vez.

Tento não revirar os olhos. Não é nada contra o Trey nem contra a professora Murray, mas quando você tem um irmão mais velho que teve um ótimo desempenho, se você não se equipara à grandiosidade dele, as pessoas sempre têm alguma coisa a dizer.

Eu nunca consegui chegar aos pés do Trey aqui na Midtown. Ainda estão expostos os programas e os recortes de jornal da época em que ele estrelou *A Raisin in the Sun*. Fico surpresa por não terem mudado o nome da escola para "Escola de Artes Trey Jackson Porque Amamos Muito Aquele Cuzão".

Enfim.

— Uma vez, ele passou de nota 10 para nota 7 — disse a professora Murray —, mas conseguiu recuperar. Agora, olha ele. Se formou em Markham com honras.

É... mas ele voltou a morar na nossa casa no verão. Não conseguiu arrumar nenhum emprego decente e, há três semanas, faz pizzas e recebe um salário mínimo. Não é algo que me deixe com expectativas.

Não o estou menosprezando. Nem um pouco. É demais ele ter se formado. Ninguém na família da nossa mãe tem diploma universitário, e a vovó, a mãe do nosso pai, adora contar para todo mundo que o neto dela se formou "magnum cum laude". (Não é assim que se diz, mas boa sorte se você for dizer isso pra vovó.)

Só que a professora Murray não quer saber de nada disso.

— Vou melhorar minhas notas, juro — digo para ela. — Só preciso participar dessa batalha e ver o que vai acontecer.

Ela assente.

— Eu entendo. Sei que sua mãe vai entender também.

Ela joga meu celular para mim.

Pooooooooorra.

Vou para o corredor. Sonny e Malik estão encostados nos armários. Sonny está digitando no celular. Malik está mexendo na câmera. Ele está sempre no modo cineasta. A uns poucos metros, os seguranças da escola, Long e Tate, ficam de olho neles. Aqueles dois sempre arrumam alguma confusão. Ninguém quer dizer, mas se você tem a pele preta ou marrom, é mais provável que vá parar no radar deles, apesar de o próprio Long ser negro.

Malik ergue o olhar do celular.

— Tudo bem, Bri?

— Podem ir agora — avisa Long. — Não vão ficar enrolando aqui.

— Caramba, a gente não pode conversar por um segundo? — pergunto.

— Vocês ouviram — diz Tate, apontando para a porta com o polegar. Ele tem cabelo louro oleoso. — Saiam daqui.

Eu abro a boca, mas Sonny fala primeiro.

— Vamos embora, Bri.

Tudo bem. Sigo Sonny e Malik na direção da porta e olho para o celular.

São 16h45 e o Hype ainda não ligou.

Um trajeto de ônibus e uma caminhada até em casa e nada.

Chego em casa exatamente às 17h09.

O Jeep Cherokee da Jay está na entrada da nossa casa. Tem música gospel tocando lá dentro. É uma daquelas músicas animadas que levam a uma pausa na igreja e faz a vovó correr pelo templo, gritando. É constrangedor demais.

Jay só costuma botar esse tipo de música aos sábados, quando é dia de faxina, pra forçar a mim e ao Trey a nos levantarmos e ajudarmos.

É difícil xingar alguém que está cantando sobre Jesus, então eu me levanto e ajudo na faxina sem dizer nada.

Por que será que ela está ouvindo essa música agora?

Sinto um arrepio assim que entro em casa. Não está tão frio quanto do lado de fora, dá até pra tirar o casaco e ficar só de moletom. Nosso gás foi cortado semana passada e, sem gás, não temos aquecimento. Jay colocou um aquecedor elétrico no corredor, mas só afasta um pouco do frio do ar. Nós temos que esquentar água em panelas no fogão elétrico se quisermos tomar banho quente e precisamos dormir com mais cobertores na cama. Mamãe e Trey se enrolaram com algumas contas, e ela teve que pedir uma extensão de prazo para a companhia de gás. Depois, teve que pedir outra. E outra. Eles se cansaram de esperar o dinheiro e cortaram tudo.

Acontece.

— Cheguei — eu grito da sala.

Estou prestes a jogar a mochila e o casaco no sofá, mas Jay grita de onde está:

— Pendura esse casaco e guarda a mochila no seu quarto!

Caramba, como ela sabe o que estou fazendo? Obedeço e sigo a música até a cozinha.

Jay tira dois pratos de um armário, um para mim e outro para ela. Trey vai demorar pra chegar. Ainda está com o visual de "Jay de Jesus", necessário para sua função de secretária da igreja: rabo de cavalo, saia até os joelhos, blusa de mangas compridas para esconder as tatuagens e as cicatrizes do vício. É quinta-feira, e ela tem aulas hoje para conseguir o diploma de serviço social que tanto quer; o plano é oferecer aos outros a ajuda que não teve quando usava drogas. Nos últimos meses, ela voltou a estudar e faz aulas várias noites por semana. Ela costuma ter tempo apenas para comer ou trocar de roupa, nunca para as duas coisas. Parece que hoje ela escolheu comer.

— Oi, Li'l Bit — diz ela, toda fofa, como se não tivesse acabado de gritar comigo. Típico. — Como foi seu dia?

São 17h13. Eu me sento à mesa.

— Ele ainda não ligou.

Jay coloca um prato na minha frente e outro ao meu lado.

— Quem?

— O DJ Hype. Eu me inscrevi pra uma vaga no Ringue, lembra?

— Ah, isso.

Isso, como se não fosse nada de mais. Jay sabe que eu gosto de fazer rap, mas acho que não se dá conta de que *quero* fazer rap. Ela age como se fosse o jogo de videogame que estou curtindo no momento.

— Dê um tempo a ele — diz ela. — Como foi a aula preparatória do ACT? Vocês fizeram simulados hoje, né?

— É. — Ela só liga pra isso agora, pra porcaria do exame.

— E aí? — diz ela, como se estivesse esperando mais informações. — Como você foi?

— Acho que bem.

— Estava difícil? Fácil? Você teve dificuldade em alguma parte?

Lá vamos nós com o interrogatório.

— É só um simulado.

— Que vai nos dar uma boa ideia de como você vai se sair no exame de verdade — diz Jay. — Bri, isso é sério.

— Eu sei. — Ela já falou um milhão de vezes.

Jay coloca um pedaço de frango em cada prato. Do Popeyes. É dia quinze. Ela acabou de receber, então estamos comendo bem. Se bem que Jay jura que o Popeyes não é tão bom aqui quanto em Nova Orleans. Foi lá que ela e a tia Pooh nasceram. Ainda consigo ouvir Nova Orleans na voz da Jay às vezes. Tipo, quando ela diz "florzinha", parece que escorreu melado na palavra e ela acaba partida em mais sílabas do que deveria.

— Se nós quisermos que você entre em uma boa faculdade, você tem que levar isso mais a sério — diz ela.

Se *nós* quisermos? Quem quer é *ela*.

Não é que eu não queira fazer faculdade. Na verdade, não sei. O principal é que quero fazer o rap acontecer. Se eu fizer isso, vai ser melhor do que qualquer bom emprego que um diploma de faculdade pode me dar.

Eu pego o celular. São 17h20. Nada de ligação.

Jay suga os dentes.

— Aham.

— O quê?

— Estou vendo onde sua cabeça está. Não deve ter conseguido nem se concentrar no simulado de tanto pensar nessa coisa do Ringue.

Sim.

— Não.

— Humm. Que horas o Hype tinha que ligar, Bri?

— Tia Pooh disse que era entre 16h30 e 17h30.

— *Pooh?* Você não pode achar que nada do que ela diz é lei. É a mesma pessoa que alegou que alguém de Garden capturou um alienígena e escondeu no porão.

Verdade.

— Mesmo que ele ligue entre 16h30 e 17h30, você ainda tem tempo — declara ela.

— Eu sei, só estou...

— Impaciente. Como seu pai.

Se deixarmos Jay falar, ela vai dizer que sou teimosa como meu pai, tenho a boca ferina do meu pai e a cabeça quente do meu pai. Como se ela não fosse todas essas coisas e mais um pouco. Ela diz que o Trey e eu nos parecemos com ele. O mesmo sorriso, mas sem as coroas de ouro nos dentes. Temos as mesmas covinhas nas bochechas, a mesma pele clara que faz as pessoas nos chamarem de "pardos" e "moreninhos", os mesmos grandes olhos escuros. Não tenho as maçãs proeminentes da Jay nem os olhos mais claros, e só fico com a cor de pele dela se passar o dia no sol. Às vezes, eu a vejo me olhando como se estivesse se procurando. Ou como se visse o papai e não conseguisse afastar o olhar.

Como ela está me olhando agora.

— O que foi? — eu pergunto.

Ela sorri, mas é um sorriso fraco.

— Nada. Seja paciente, Bri. Se ele ligar, vai ao ginásio, faz sua batalhazinha...

Batalha*zinha*?

— ...e volta logo pra casa. Não fica por lá com aquele pessoal da Pooh.

Tia Pooh está me levando ao Ringue há semanas para sentir como são as coisas. Vi vários vídeos no YouTube antes disso, mas estar lá é diferente. Jay não se importou de eu ir; meu pai batalhou lá, e o sr. Jimmy não tolera besteira. Mas não gostou que fosse com a tia Pooh. E não gostou nada da tia Pooh dizendo que era a minha agente. De acordo com ela, "aquela idiota não é agente!".

— Como você pode falar mal da sua irmã assim? — pergunto.

Ela coloca arroz cajun nos pratos.

— Eu sei em que ela está metida. *Você* sabe em que ela está metida.

— É, mas ela não vai deixar nada acontecer...

Uma pausa.

Jay coloca quiabo frito nos pratos. E milho cozido. Termina com pãezinhos macios e fofinhos. Podem dizer o que quiserem sobre os pãezinhos do Popeyes, mas eles não são nem macios e nem fofinhos.

Isso é Popkenchurch.

Popkenchurch é quando você compra frango frito e arroz cajun do Popeyes, pãezinhos do KFC e quiabo frito e milho cozido do Church's. Trey chama de "pré-parada cardíaca".

Mas o problema do Popkenchurch não é o drama digestivo que pode vir depois. Jay só compra quando alguma coisa ruim acontece. Quando deu a notícia de que a tia dela, Norma, tinha câncer terminal dois anos atrás, ela comprou Popkenchurch. Quando se deu conta de que não poderia me dar um laptop novo no último Natal, Popkenchurch. Quando a vovó decidiu *não* se mudar do estado para ir ajudar a irmã a se recuperar do derrame, Jay comprou Popkenchurch. Eu nunca vi ninguém descontar a agressividade em uma coxa de frango como ela fez naquele dia.

Isso não é bom.

— Qual é o problema?

— Bri, não há nada com que se preoc...

Meu celular vibra na mesa e nós duas pulamos.

A tela se ilumina com um número que não reconheço.

São 17h30.

Jay sorri.

— Aí está sua ligação.

Minhas mãos estão tremendo até as pontas dos dedos, mas clico na tela e levo o aparelho ao ouvido. Me obrigo a falar.

— Alô.

— É a Bri? — pergunta uma voz muito familiar.

Minha garganta fica seca de repente.

— É. É eu... ela... sou eu. — Que se dane a gramática.

— E aí? É o DJ Hype! Está pronta, garotinha?

Esse é o pior momento de todos para se esquecer como se fala. Eu limpo a garganta.

— Pronta pra quê?

— Pronta pra arrasar? Parabéns, você conseguiu uma vaga no Ringue hoje!

DOIS

Mandei uma mensagem de texto com duas palavras pra tia Pooh: Fui chamada.

Ela aparece em quinze minutos, no máximo.

Eu a ouço antes que a veja. "Flash Light", do Parliament, está tocando lá fora. Ela está ao lado do Cutlass, dançando. Está fazendo o Milly Rock, o Disciple Walk, tudo, como se fosse a escalação completa do programa *Soul Train* no corpo de uma mulher só.

Saio de casa e jogo o capuz por cima do boné; está mais frio do que a bunda de um urso-polar aqui fora. Minhas mãos estão congelando quando tranco a porta de casa. Jay saiu para a aula há alguns minutos.

Alguma coisa aconteceu, eu sei. Além do mais, ela não disse que não foi nada. Disse que não era nada *com que eu precisasse me preocupar.* É diferente.

— Aí está ela! — Tia Pooh aponta para mim. — A futura lenda do Ringue!

Os elásticos nas tranças tilintam quando ela dança. São verdes, como os tênis. De acordo com a Cultura de Gangue de Garden Heights Nível Básico, um Garden Disciple sempre tem que usar verde.

É, ela está nessa vida. Os braços e o pescoço são cobertos de tatuagens que só os GDs conseguem decifrar, exceto pelos lábios vermelhos tatuados no pescoço. São da namorada dela, Lena.

— O que eu falei? — Ela exibe as coroas de ouro nos dentes em um sorriso e bate na palma da minha mão a cada palavra. — Eu. Falei. Que. Você. Ia. Entrar!

Eu mal abro um sorriso.

— É.

— Você entrou no Ringue, Bri! *No Ringue!* Sabe quanta gente aqui queria ter uma chance dessas? O que tá pegando?

Muita coisa.

— Aconteceu alguma coisa, mas Jay não quer me dizer o quê.

— O que te faz achar isso?

— Ela comprou Popkenchurch.

— Droga, é sério? — diz ela, e era de se pensar que isso dispararia os alarmes dela também, mas ela só diz: — Por que você não trouxe um prato pra mim?

Eu aperto os olhos.

— Gulosa. Ela só compra Popkenchurch quando tem alguma coisa errada, tia Pooh.

— Que nada, cara. Você está especulando demais. Essa batalha te deixou muito nervosa.

Eu mordo o lábio.

— Pode ser.

— *Com certeza.* Vamos para o Ringue, pra você mostrar pra esses idiotas como se faz. — Ela mostra a palma da mão para mim. — O céu é o limite?

Esse é o nosso lema, tirado de uma música do Biggie que é mais velha do que eu e quase tão velha quanto a tia Pooh. Eu bato na mão dela.

— O céu é o limite.

— Vamos ver os otários lá do alto. — Ela cita uma parte da música e beija minha testa. — Mesmo com você usando esse moletom nerd.

Tem o Darth Vader na frente. Jay encontrou no bazar de trocas algumas semanas atrás.

— Como é que é? Vader é foda!

— Não tô nem aí, é uma merda nerd!

Eu reviro os olhos. Quando você tem uma tia que só tinha 10 anos quando você nasceu, às vezes ela age como uma tia e outras, como uma irmã mais velha irritante. Principalmente porque Jay ajudou a criá-la; a mãe delas morreu quando a tia Pooh tinha um ano, e o pai morreu quando ela tinha nove. Jay sempre tratou Pooh como a terceira filha.

— Hum, merda nerd? — eu digo para ela. — Está mais pra uma porra irada. Você precisa expandir seus horizontes.

— E você precisa parar de fazer compras no SyFy Channel.

Tecnicamente, Star Wars não é ficção-ci... deixa pra lá. A capota do Cutlass está abaixada, e pulo a porta para entrar. Tia Pooh puxa a calça larga antes de sentar. Qual é o sentido de usar a calça larga lá embaixo se você vai ter que ficar puxando para cima o tempo todo? E ela quer criticar as *minhas* escolhas de moda.

Ela reclina o assento e vira a cabeça para cima. É, ela pode baixar a capota, mas essa combinação de ar frio da noite e calor do aquecedor é perfeita.

— Preciso pegar um dos meus negocinhos.

Ela enfia a mão no porta-luvas. Tia Pooh parou de usar maconha e passou a chupar pirulitos Blow Pop. Acho que ela prefere ter diabetes a ficar chapada o tempo todo.

Meu celular vibra no bolso do moletom. Mandei uma mensagem para Sonny e Malik com as mesmas duas palavras que mandei pra tia Pooh, e eles estão surtando.

Eu também deveria estar surtando, ou pelo menos me concentrando, mas não consigo afastar a sensação de que o mundo virou de cabeça pra baixo.

E a qualquer segundo, pode me virar também.

O estacionamento do Jimmy está quase lotado, mas nem todo mundo está tentando entrar. O *agito*, já começou. É a festa do lado de fora que acontece todas as noites de quinta depois da batalha final no Ringue. Há quase um ano, o pessoal usa o Jimmy como local de festa, como fazem na Magnolia Avenue nas noites de sexta. Ano passado, um garoto foi morto por um policial a poucas ruas da casa dos meus avós. Ele não estava armado, mas o grande júri decidiu não indiciar o policial. Houve protestos durante semanas. Metade do comércio do Garden foi queimado de propósito por baderneiros ou por casualidades da guerra. O Club Envy, o local tradicional das noites de quinta, foi uma casualidade.

O estacionamento não é minha praia (fazer uma festa no frio? Não mesmo), mas é legal ver as pessoas exibindo as rodas novas ou a suspensão hidráulica, carros balançando para cima e para baixo como se não tivessem comprometimento nenhum com a gravidade. A viatura da polícia passa o tempo todo, mas isso já virou uma coisa normal no Garden. Era para ser algo do tipo "Oi, sou o policial simpático do bairro que não vai atirar em você", mas a mensagem que passa é "Estamos de olho nesse bando de negros".

Sigo tia Pooh até a entrada. Tem música vindo do ginásio, e os leões de chácara revistam as pessoas e passam detectores de metal portáteis pelos corpos. Se alguém estiver armado, o segurança coloca a arma em um balde ali perto e devolve quando o Ringue acabar.

— A campeã chegou! — avisa tia Pooh quando nos aproximamos da fila. — Melhor até já colocar a coroa nela!

Isso basta para nós duas ganharmos tapas nas mãos e acenos de cabeça.

— E aí, Li'l Law — dizem algumas pessoas. Apesar de estarmos tecnicamente furando fila, está tudo bem. Faço parte da realeza graças ao meu pai.

Mas também ganho umas risadinhas debochadas. Deve ser engraçado uma adolescente de 16 anos com moletom do Darth Vader achar que tem chance no Ringue.

Os leões de chácara batem na mão da tia Pooh.

— E aí, Bri? — diz o atarracado, Reggie. — Você finalmente vai lá pra cima hoje?

— Vai! E ela vai arrasar — diz a tia Pooh.

— Isso aí — diz o mais alto, Frank, passando o detector de metal em volta de nós. — Está carregando a tocha pro Law, é?

Não exatamente. Estou acendendo minha própria tocha. Mas digo "É" porque é o que tenho que dizer. Está no pacote de fazer parte da realeza.

Reggie faz sinal para entrarmos.

— Que a força leve você pra cima, Scotty. — Ele aponta para o meu moletom e faz a saudação vulcana.

Como alguém confunde Star Trek e Star Wars? *Como?* Infelizmente para algumas pessoas do Garden é "merda nerd" ou, como um idiota do bazar disse, "merda de branco".

As pessoas precisam parar de confundir os filmes que se passam no espaço.

Entramos. Como sempre, a maioria é de homens, mas vejo algumas garotas também (o que é reflexo da pequena proporção de mulheres em relação aos homens no hip-hop, uma merda totalmente misógina, mas enfim...). Tem adolescentes que parecem saídos direto da Garden Heights High, gente que parece que já estava viva na época do Biggie e do Tupac, e gente velha que parece que vem ao Ringue desde a época dos bonés Kangol e dos tênis Adidas com a ponta em forma de uma concha. Tem fumaça de erva e de cigarro no ar, e todo mundo se reúne em volta do ringue de boxe.

Tia Pooh encontra um lugar pra nós ao lado do Ringue. "Kick in the Door", do Notorious B.I.G., toca acima da falação. O grave faz o chão tremer como um terremoto, e a voz do B.I.G. parece ocupar todo o ginásio.

Alguns segundos do Biggie me fazem esquecer tudo.

— E esse *flow*!?

— Essa porra é irada — diz tia Pooh.

— *Irada?* Essa porra é lendária! Biggie prova sozinho que a performance é a chave. As rimas não são todas perfeitas, mas funcionam. Ele fez Jesus rimar com pênis! Olha isso! Jesus e pênis. — É verdade que é provável que seja ofensivo para Jesus, mas mesmo assim. Lendário.

— Isso aí, isso aí. — Tia Pooh ri. — Tô entendendo.

Eu balanço a cabeça e absorvo todos os versos. Tia Pooh me observa com um sorriso, o que faz a cicatriz na bochecha, de quando ela levou uma facada, parecer uma covinha. O hip-hop é viciante, e tia Pooh foi quem me viciou. Quando eu tinha 8 anos, ela botou o disco *Illmatic*, do Nas, para eu ouvir, e disse: "Esse cara vai mudar sua vida com alguns versos."

Ele mudou mesmo. Nada ficou igual depois que o Nas me disse que o mundo era meu. Aquele disco já era antigo na época, mas foi como despertar depois de ter passado a vida dormindo. Foi quase espiritual.

Eu anseio por esse sentimento. É o motivo para eu fazer rap.

Há uma agitação perto das portas. Um cara com dreadlocks curtos abre caminho pela multidão e as pessoas batem punho enquanto ele passa. Dee-Nice, um dos rappers mais conhecidos do Ringue. Todas as batalhas dele viralizaram. Ele se aposentou recentemente das batalhas de rap. Engraçado ele se aposentar de qualquer coisa sendo tão jovem. Dee-Nice se formou na Midtown ano passado.

— Aí, você ficou sabendo? — pergunta tia Pooh. — O garotão conseguiu contrato pra gravar um disco.

— É sério?

— É. Sete dígitos de cara.

Caramba. Por isso ele se aposentou. Um contrato de um milhão de dólares? E não só isso, mas alguém do *Garden* assinou um contrato de um milhão de dólares?

A música acaba e as luzes escurecem. Um holofote aponta diretamente para o Hype e os gritos começam.

— Vamos nos preparar pras batalhas! — diz Hype, como se fosse mesmo uma luta de boxe. — Na nossa primeira batalha, deste lado, temos M-Dot!

Um cara baixo e tatuado sobe no Ringue em meio a uma mistura de gritos e vaias.

— E, deste lado, temos Ms. Tique! — diz Hype.

Eu grito alto quando uma garota de pele bem escura, com cabelo curto encaracolado e argolas sobe no Ringue. Ms. Tique tem a idade do Trey, mas fala palavrão como uma alma velha, como se tivesse vivido duas vidas e não tivesse gostado de nada do que passou.

Ela é um sonho em todos os sentidos.

Hype apresenta os juízes. Tem o próprio sr. Jimmy, Dee-Nice e CZ, um campeão do Ringue nunca derrotado.

Hype joga uma moeda e Ms. Tique ganha. Ela deixa M-Dot começar. A batida começa, "A Tale of Two Citiez", do J. Cole.

O ginásio vai à loucura, mas eu? Eu observo o Ringue. M-Dot anda de um lado para o outro e Ms. Tique fica de olho nele como um predador analisando a presa. Mesmo quando M-Dot vai para cima dela, ela não se move, não reage, só o encara como se soubesse que vai acabar com ele.

É uma coisa linda.

Ele tem uns versos bons. O *flow* funciona. Mas quando chega a vez da Ms. Tique, ela usa frases de efeito que me dão arrepios. Todos os versos despertam reação da plateia.

Ela ganha as primeiras duas batalhas sem dificuldade.

— É isso aí, minha gente — diz Hype. — Está na hora do Calouro Royale! Dois calouros vão batalhar pela primeira vez no Ringue.

Tia Pooh dá pulinhos.

— Ééééé!

De repente, meus joelhos ficam bambos.

— Dois nomes foram escolhidos — diz Hype —, então, sem mais delongas, nosso primeiro MC é...

Ele toca um som de tambores. As pessoas batem os pés, fazendo o chão tremer, e não tenho total certeza se minhas pernas estão tremendo tanto quanto eu sinto.

— Milez! — diz Hype.

Soam gritos do outro lado do ginásio. A plateia se abre, e um garoto de pele marrom com o cabelo em fade zigue-zague segue na direção do Ringue. Ele parece ter a minha idade. Tem um pingente de cruz enorme em uma corrente no pescoço.

Eu o conheço, mas não conheço, se é que isso faz sentido. Já o vi em algum lugar.

Um cara magro de conjunto esportivo preto e branco vai atrás. Óculos escuros escondem seus olhos, apesar de o sol já ter se posto. Ele diz alguma coisa para o garoto, e dois dentes dourados brilham em sua boca.

Eu cutuco a tia Pooh.

— É o Supreme.

— Quem? — diz ela com o pirulito na boca.

— Supreme! — eu digo, como se ela tivesse que saber. Ela devia. — O antigo agente do meu pai.

— Ah, é. Eu me lembro dele.

Eu não me lembro dele. Eu era bebê quando ele conviveu com a gente, mas decorei a história do meu pai como se fosse uma música. Ele gravou sua primeira demo com 16 anos. As pessoas ainda usavam CD na época, e ele fez cópias e distribuiu pelo bairro. Supreme recebeu uma e ficou tão impressionado que implorou ao meu pai para deixar que ele agenciasse a sua carreira. Meu pai concordou. A partir dali, meu pai se tornou uma lenda underground, e Supreme se tornou um empresário lendário.

Meu pai despediu o Supreme pouco antes de morrer. Jay alega que eles tiveram "divergências criativas".

O garoto que está com Supreme sobe no Ringue. Assim que Hype entrega o microfone para ele, diz:

— É seu garoto Milez com z, o príncipe Chocrível!

Os gritos são altos.

— Ah, é ele, o daquela música imbecil — diz a tia Pooh.

É *por isso* que eu conheço ele. A música se chama "Chocrível", e juro por Deus, é a música mais estúpida do mundo. Não consigo nem andar pelo bairro sem ouvir a voz dele cantar "Chocrível, me chame de incrível. Choc-rível. Choc-rível. Choc, choc, choc..."

Tem uma dancinha que acompanha a música, chamada "Wipe Me Down". As criancinhas adoram. O vídeo tem um milhão de visualizações.

— Palmas pro meu pai: Supreme! — diz Milez, apontando para ele. Supreme assente enquanto as pessoas aplaudem.

— Puta merda — diz tia Pooh. — Você vai batalhar contra o filho do gerente do seu pai.

Droga, é o que parece. Não só isso, mas vou ter que batalhar contra alguém. Por mais idiota que a música seja, todo mundo conhece o Milez e as pessoas já estão torcendo por ele. Eu não sou ninguém em comparação.

Mas sou uma ninguém que sabe fazer rap. "Chocrível" tem versos como: "A vida não é justa, mas não me assusta. Não me assusta. Eu tenho grana no bolso. Tenho grana, tenho grana, tenho grana..."

Hum. É. Não vai ser difícil. Mas também quer dizer que perder não é uma opção. Eu nunca sobreviveria a isso.

Hype toca o som de tambores de novo.

— Nossa outra MC é... — diz ele, e algumas pessoas gritam os próprios nomes, como se isso fosse fazer com que ele as chamasse. — Bri!

Tia Pooh levanta meu braço bem alto e me leva até o Ringue.

— A campeã chegou! — grita ela, como se eu fosse Muhammad Ali. Eu não sou Ali. Estou morrendo de medo.

Mas subo no Ringue mesmo assim. O holofote ilumina a minha cara. Centenas de rostos me olham e celulares se viram na minha direção.

Hype me dá um microfone.

— Se apresente — diz ele.

Eu tenho que me promover, mas só consigo dizer:

— Sou Bri.

Algumas pessoas da plateia dão risadinhas.

Hype ri.

— Beleza, Bri. Você não é a filha do Law?

O que isso tem a ver?

— Sou.

— Ah, caramba! Se a garotinha for parecida com o papai, a briga vai ser boa!

A plateia berra.

Não posso mentir, estou um pouco irritada por ele ter falado do meu pai. Entendo por quê, mas, caramba. O fato de eu ser boa não deveria ter nada a ver com ele. Ele não me ensinou a fazer rap. Eu aprendi sozinha. Então por que ele leva o crédito?

— Hora de jogar a moeda — diz Hype. — Bri, seu nome foi escolhido primeiro, então você escolhe.

— Coroa — eu murmuro.

Hype joga a moeda e a pega com as costas da mão.

— Coroa. Quem vai primeiro?

Eu indico o Milez com um movimento de cabeça. Mal consigo falar. Não vou primeiro de jeito nenhum.

— Tudo bem. Estão todos prontos?

Para a plateia, a resposta é basicamente um sim. Já eu? Não mesmo. Mas não tenho escolha.

TRÊS

A batida começa: "Niggas in Paris", de Jay-Z e Kanye.

Meu coração bate mais forte do que o baixo na música. Milez se aproxima de mim, chega perto *demaaaais*. Tenho a oportunidade de avaliá-lo. Ele é muito garganta, mas, cara, tem medo nos olhos dele.

Ele começa o rap.

> *Sou tão insano, você queria ser eu.*
> *Queria um Nike como o meu.*
> *Gasto 100K num dia,*
> *O garoto é só alegria,*
> *Grana não faltaria.*
> *Tão insano, essa vida é de arrasar.*
> *Mas sou do comando, da gangue, não me espanto.*
> *A Ferrari tá pronta, a Glock nas costas.*
> *Pronto pra vazar se os paparazzi*
> *estiverem nas portas.*

Ele está de parabéns. Esses versos foram melhores do que qualquer coisa da letra de "Chocrível", mas esse garoto não pode estar falando sério. Ele não é figurão da gangue, nem figura pequena da gangue, nem nada na gangue, então por que está dizendo que leva essa vida?

Ele nem mora no bairro. Todo mundo sabe que o Supreme mora no subúrbio agora. Mas o filho dele está tirando onda com essa vida?

Ah, não.

Eu tenho que dar um puxão de orelha nele. Talvez dizer alguma coisa tipo: "Sabe sua carreira? Acaba logo com ela. Seu status de membro de gangue é tão autêntico quanto essas pedras no seu pingente."

Rá! Essa é boa.

Ele ainda está cantando sobre ser da gangue. Dou um sorrisinho e espero minha vez. Até que...

> *Sou tão insano, olha o meu lacre.*
> *Isso não é batalha, é massacre.*
> *Vou trucidar a garota a sangue-frio,*
> *Como fizeram com seu papaizinho imbecil.*

Puta.

Que.

Pariu.

Eu parto para cima do Milez.

— Que foi que você disse?

Hype interrompe a música, e escuto "Opa, opa, opa" enquanto duas pessoas correm para o Ringue. A tia Pooh me puxa para trás.

— Seu babaquinha! — eu grito. — Fala isso de novo!

Tia Pooh me puxa para o canto.

— Qual é o seu problema?

— Você ouviu aquela merda?

— Ouvi, mas você tem que enfrentar ele na música, não no braço! Quer ser desqualificada antes de começar?

Eu respiro muito fundo.

— Aquele verso...

— Afetou você como ele queria!

Ela está certa. Droga, ela está certa.

A plateia vaia. Eles também não aceitam insultos ao meu pai.

— Ei! Todo mundo conhece as regras. Não tem limites — diz Hype.
— Até falar do Law é jogo limpo no Ringue.

Mais vaias.

— Beleza, beleza! — Hype tenta acalmar todo mundo. — Milez, aquilo foi golpe baixo, mano. Já chega.

— Foi mal — lamenta Milez no microfone, mas com um sorrisinho debochado.

Estou tremendo de tanto que quero dar na cara dele. A coisa só piora porque minha garganta fica apertada e agora estou quase com tanta raiva de mim mesma quanto do Milez.

— Bri, está pronta? — pergunta Hype.

Tia Pooh me empurra para o centro do Ringue.

— Estou — respondo.

— Beleza — diz Hype. — Vamos nessa.

A batida recomeça, mas todos os versos na minha cabeça de repente não existem.

— Eu...

Vou trucidar a garota a sangue-frio,

Ainda escuto os tiros que tiraram ele de nós.

— Ele...

Como fizeram com seu papaizinho imbecil.

Ainda escuto Jay chorando.

— Eu...

Trucidar... papaizinho imbecil.

Eu ainda o vejo no caixão, frio e rígido.

— Engasgou! — alguém grita.

Merda.

O grito viraliza e se transforma numa musiquinha. O sorrisinho do Milez se alarga. O pai dele ri.

Hype para a batida.

— Caramba — diz ele. — O primeiro round vai automaticamente pro Milez.

Eu cambaleio até o meu canto.

Eu tive um bloqueio.

Eu tive uma porra de *bloqueio*.

Tia Pooh pula as cordas.

— Que porra foi essa? Você deixou ele te afetar?

— Tia...

— Você sabe o que está em jogo agora? — pergunta ela. — É *agora*. Essa é a sua chance de arrasar e você vai entregar a batalha pra ele de mão beijada?

— Não, mas...

Ela me empurra de volta para o Ringue.

— Arrasa nessa merda!

Milez ganha tapinhas nas mãos e soquinhos nos punhos no canto dele. O pai gargalha com orgulho.

Eu queria ter isso. Não um babaca como pai, mas o meu pai. A essa altura, eu aceitaria até boas lembranças. Não só as lembranças da noite em que ele foi morto.

Aconteceu na frente da nossa casa. Ele e Jay estavam saindo à noite. A tia Pooh morava com a gente na época e aceitou cuidar de mim e do Trey enquanto eles estivessem fora.

Papai nos deu beijos de despedida enquanto começávamos uma partida de *Mario Kart*, e ele e Jay saíram pela porta. O carro acelerou lá fora. Quando a minha Princesa Peach alcançou o Bowser do Trey e o Toad da tia Pooh, cinco tiros foram disparados. Eu só tinha 4 anos, mas o som nunca sumiu dos meus ouvidos. Depois, Jay gritando, berrando histericamente, de um jeito que não pareceu humano.

Dizem que um Crown puxou o gatilho. Os Crowns são o maior grupo de King Lords aqui no lado leste. São praticamente uma nova gangue de tantos que são. Meu pai não era de gangue, mas era tão amigo de tantos Garden Disciples que ficou envolvido no drama. Os Crowns o eliminaram.

Por tudo que ouvi, ele não teria deixado ninguém fazê-lo ter um bloqueio desses. Não posso permitir.

— Segunda rodada! — anuncia Hype. — Milez, como venceu o primeiro round, você decide quem vai primeiro.

Ele sorri.

— Deixa comigo.

— Vamos pro tradicional, então! — diz Hype.

Ele mexe nos discos e a batida começa. "Deep Cover", de Snoop e Dre. Ele não estava brincando quando falou de tradicional. Essa foi a primeira música do Snoop.

Os mais velhos no ginásio enlouquecem. Alguns dos jovens parecem confusos. Milez não olha para mim quando canta o rap, como se eu não fosse mais relevante.

Yo, me chamam de príncipe,
Não sou novo no jogo.
Estou nessa há anos
E nada apaga meu fogo.
Pode me chamar de gângster,
Seu filho quer o meu lugar,
E todas as garotas vivas
Acabam por se apaixonar.
Eu tenho grana,
Como se tivesse saído de moda.
Meus carros são novinhos.
Jordan tá na minha roda.

A regra número um da batalha: conheça a fraqueza do seu oponente. Nada que ele disse nessa rodada é dirigido a mim. Isso pode não parecer uma bandeira, mas agora é uma bandeira enorme. Eu tive um bloqueio. Um MC de verdade cairia em cima com tudo por causa disso. Porra, *eu* cairia em cima. Ele nem mencionou. Isso quer dizer que tem 98 por cento de chance de isso ter sido escrito anteriormente.

Coisas escritas antes são proibidas no Ringue. Sabe o que é mais proibido? Uma coisa escrita antes e por outra pessoa.

Não sei se ele escreveu esses versos, talvez sim, mas posso fazer todo mundo achar que não foi ele. É sujeira? Sem dúvida. Mas como falar do meu pai não está proibido, nada está proibido.

A regra número dois da batalha: use as circunstâncias a seu favor. Supreme não parece muito preocupado, mas, acredite. Deveria estar.

Isso vai para o meu arsenal.

A regra número três: se houver batida, seu *flow* tem que encaixar como uma luva. O *flow* é a rima das rimas, e todas as palavras, todas as sílabas, afetam o *flow*. Até o jeito como uma palavra é pronunciada pode afetar o *flow*. Enquanto a maioria das pessoas conhece "Deep Cover" nas vozes de Snoop e Dre, uma vez eu encontrei uma regravação de um rapper chamado Big Pun no YouTube. O *flow* dele na música foi um dos melhores que já ouvi na vida.

Talvez eu possa fazer igual.

Talvez eu possa arrancar aquele sorrisinho debochado da cara do Milez.

Talvez eu possa até ganhar.

Milez para e a batida some. Ele ganha alguns gritos e elogios, mas não muitos. O Ringue adora frases de efeito, não versos fracos sobre a própria pessoa.

— Valeu, vamos nessa — diz Hype. — Bri, sua vez!

Minhas ideias estão espalhadas como peças de um quebra-cabeça. Agora, tenho que juntar tudo em algo que faça sentido.

A batida começa de novo. Eu balanço a cabeça. Não tem nada além de mim, a música e o Milez.

As palavras se entrelaçaram em rimas e em um *flow*, e deixo tudo sair.

> *Pronto pra guerra, Milez? Ah, cê fez merda dessa vez.*
> *Melhor não ter rancor do escritor,*
> *O plagiador, dessa letra que ele fez.*
> *Vem pra Brianna, quer ser enterrado?*
> *Fala ferina, arma feminina,*

Imagina, seu pai tá até preocupado.
Baixa a bola, cara, pode se ajoelhar.
Você tem gás, mas eu tenho mais,
Pergunte aos amigos, conhecidos, Supreme sabe bem.
O Garden chora, pessoas queridas perdidas pro além,
Suas desculpas que morram, sou forte agora,
E o seu rosto nos cartazes de procura-se lá fora.
Você sumiu do mapa, e agora passa mal
Mas hoje é seu dia, toma aqui teu juízo final...

Eu paro. A multidão está surtando. S-u-r-t-a-n-d-o.

— O quê? — grita Hype. — O quê?

Até os caras com jeito de durões estão quicando com os punhos na boca gritando:

— Ahhhhh!

— O quê? — grita Hype de novo, e toca uma sirene. *A* sirene. A que ele usa quando um MC solta uma coisa insana.

Eu, Brianna Marie Jackson, ganhei a sirene.

Puta merda.

— Ela conseguiu o *flow* com jogo de palavras! — diz Hype. — Alguém traz uma mangueira! Não está dando pra aguentar o calor! Não está dando pra aguentar!

Isso é mágico. Eu achava que as reações que recebia quando fazia improviso para as amigas da tia Pooh eram incríveis. Mas isso é outra coisa, como quando o Luke deixou de ser só o Luke para virar o Luke Jedi.

— Milez, foi mal, mas ela trucidou você depois de uns poucos versos — diz Hype. — Chamem o promotor! Isso aqui é uma cena de crime! Juízes, o que vocês acham?

Todos mostram placas com meu nome.

A plateia vai à loucura.

— Bri ganhou! — diz Hype.

Milez esfrega com nervosismo os pelos ralinhos que tem no queixo.

Eu sorrio. Peguei ele.

— Vamos pra rodada final — diz Hype. — Estamos empatados, e quem vencer agora vence tudo. Bri, quem vai primeiro?

— Ele — eu respondo. — Vamos deixar que ele tire logo o lixo dele do caminho.

Um monte de oohs ecoam à nossa volta. É, eu disse isso.

— Milez, é melhor você mandar bem — diz Hype. — Vamos nessa!

A batida começa: "Shook Ones", de Mobb Deep. É mais lenta do que "Deep Cover", mas é perfeita para improviso. Em todas as batalhas a que assisti no YouTube, a coisa ficou boa quando essa batida começou.

Milez me olha de cara feia enquanto canta. Fica falando de quanto dinheiro tem, quantas garotas gostam dele, as roupas, as joias, a vida de gangue que ele vive. Repetitivo. Sem graça. Escrito com antecedência.

Eu tenho que partir para matar.

Aqui estou eu, partindo pra cima dele como se não tivesse educação. Educação. Muitas palavras rimam com isso se eu as enunciar certo. Multidão. Canção. Bajulação. Lixão. Pá. Martelo... Hammer. MC Hammer. Vanilla Ice. Os grandes do hip-hop os consideram astros do pop, não rappers de verdade. Posso compará-lo a eles.

Tenho que inserir o verso que é a minha marca: só se pode escrever brilhante começando com Bri. Tia Pooh observou isso uma vez antes de pegar no meu pé por ser tão perfeccionista.

Perfeição. Posso usar isso. Perfeição, proteção, eleição. Eleição... presidentes. Presidentes são chefes. chefe. Blefe. Ether, a música em que Nas caiu em cima do Jay-Z.

Preciso enfiar alguma coisa relacionada ao nome dele. Milez. Milhas por hora. Velocidade. Velocidade da luz. E preciso terminar com alguma coisa sobre mim.

Milez abaixa o microfone. Há alguns aplausos e gritos. Supreme aplaude, mas seu rosto está rígido.

— Maravilha, foi demais, Milez! — diz Hype. — Bri, é melhor você vir fervendo!

O instrumental recomeça. Tia Pooh disse que só tenho uma chance de contar pra Deus e o mundo quem eu sou.

Então, eu aproveito.

Peço desculpas, esqueci minha educação.
O microfone é minha vida. E você é um cuzão.
Você é popstar. Vanilla Ice ou Hammer, rap é que não dá.
Estão ouvindo essa bosta? Precisa ir pro lixão.
E uma coroa pra mim. Pois todos sabem de mim.
Só se escreve brilhante começando com Bri.
Foi pra isso que eu vim, comigo só perfeição.
Chama logo um guarda-costas pra te dar proteção.
Aqui nessa eleição a multidão aponta o chefe.
Tu usou ghostwriter, tua carreira é um blefe.
Eu vim pra ser o Ether. Foi mal por te arrasar.
Nem é mais uma batalha, é funeral, vou te enterrar.
Aqui na pista eles me chamam de legista, tô avisando.
Fala a verdade, tu é uma fraude cantando.
Perdido e forasteiro, vou explicar pra você aqui:
Você é uma poeira na ventania da Bri.
Sem falácia, eu tenho audácia, tenho eficácia,
Com paciência, destruo os rappers sem deixar evidência.
Eu quero ter meu disco, conquistar o meu salário.
E pra falar a verdade meu rap é legendário.
Milez? Que fofo. Mas tu não me apavora.
Eu sou velocidade da luz, você é milhas por hora.
Teu som é arrastado. E o meu te arrasa.
Bri é o futuro, você é o Matt Lauer e vai virar fumaça.
Covarde. Você é de gangue? Não tô comprando.
Só fala de consumo, dessas roupinhas de marca.
Fala da sua Glock, faz pouco do que vivi.
Mas todo mundo nesse ringue tá doido é por mim,
Bri!

A plateia vai à loucura.

— Eu falei! — grita tia Pooh de pé nas cordas. — Eu falei pra vocês!

Milez não olha para mim e nem para o pai, que parece observá-lo de cara feia. Ele também pode estar olhando de cara feia para mim. É difícil saber com aqueles óculos.

— Beleza, pessoal! — Hype tenta acalmar todo mundo quando sai de trás dos toca-discos. — Agora temos que ver os votos. Quem levar essa vence. Juízes, como ficou?

O sr. Jimmy levanta a plaquinha. Está escrito Bri.

Dee-Nice levanta a plaquinha. Bri.

CZ levanta a plaquinha. Li'l Law.

Puta merda.

— Temos uma vencedora! — diz Hype, recebido por gritos trovejantes. Ele levanta meu braço no ar. — Senhoras e senhores, a vencedora do Calouro Royale, Bri!

QUATRO

Horas depois da minha batalha, eu tenho um pesadelo.

Tenho 5 anos e estou entrando no Lexus velho da minha mãe. Meu pai já foi para o céu há quase um ano agora. Tia Pooh se mudou há uns dois meses. Ela foi morar com a tia dela no conjunto habitacional.

Prendo o cinto de segurança, e minha mãe me entrega a mochila lotada. O braço dela está cheio de marcas escuras. Ela me disse uma vez que ficou com aquelas marcas porque não estava se sentindo bem.

— Você ainda está doente, mãe? — eu pergunto.

Ela segue meu olhar e desenrola a manga.

— Estou, flor — sussurra ela.

Meu irmão entra no carro ao meu lado, e a mamãe diz que vamos fazer um passeio para um lugar especial. Nós vamos parar na porta da casa dos meus avós.

De repente, Trey arregala os olhos. Ele implora para ela não fazer isso. Vê-lo chorar me faz chorar.

Mamãe diz para ele me levar para dentro de casa, mas ele não quer. Ela sai, vai até ele, solta o cinto de segurança e tenta tirá-lo do carro, mas ele enfia os pés no banco.

Ela segura os ombros dele.

— Trey! Preciso que você seja meu homenzinho — diz ela, a voz falhando. — Pelo bem da sua irmã. Tá bom?

Ele olha para mim e limpa o rosto rapidamente.

— Eu... eu... eu estou bem, Li'l Bit — diz ele, mas o choro seco parte suas palavras. — Está tudo bem.

Ele solta meu cinto de segurança, segura minha mão e me ajuda a sair do carro.

Mamãe nos entrega nossas mochilas.

— Sejam bonzinhos, tá? — diz ela. — Façam o que seus avós mandarem.

— Quando você vai voltar? — eu pergunto.

Ela se ajoelha na minha frente. Os dedos trêmulos roçam meu cabelo e aninham minha bochecha.

— Volto mais tarde. Eu prometo.

— Mais tarde quando?

— Mais tarde. Eu te amo, tá?

Ela encosta os lábios na minha testa e fica assim por um tempo. Faz o mesmo com Trey e se levanta.

— Mamãe, quando você vai voltar? — eu pergunto mais uma vez.

Ela entra no carro sem responder e o liga. Tem lágrimas escorrendo por suas bochechas. Mesmo tendo apenas 5 anos, eu já sei que ela vai demorar para voltar.

Largo a mochila e corro atrás do carro.

— Mamãe, não me deixa!

O carro segue pela rua, e eu não posso ir para a rua.

— Mamãe! — eu grito. O carro dela vai, vai, e logo some. — Mamãe! Mãe...

— Brianna!

Eu acordo com um sobressalto.

Jay está sentada na lateral da minha cama.

— Flor, você está bem?

Eu tento recuperar o fôlego enquanto seco a umidade dos olhos.

— Estou.

— Teve um pesadelo?

Um pesadelo que é uma lembrança. Jay realmente me deixou junto com o Trey na casa dos nossos avós. Ela não podia cuidar de nós e do vício das drogas ao mesmo tempo. Foi nessa ocasião que eu aprendi que, quando as pessoas morrem, elas às vezes levam os vivos junto.

Eu a vi no parque alguns meses depois, mais parecida com um dragão com escamas e olhos vermelhos do que com a minha mãe. Foi quando comecei a chamá-la de Jay; não tinha mais como ela ser minha mãe. Virou um hábito meu, difícil de largar. Ainda é.

Ela levou pouco mais de três anos para voltar de reabilitação. Apesar de estar limpa, um juiz decidiu que ela só podia ficar comigo e com o Trey em fins de semana intercalados e em alguns feriados. Jay só recuperou nossa guarda integral cinco anos atrás, depois que arrumou um emprego e alugou essa casa.

Já estou há cinco anos com ela, mas ainda sonho com o dia em que nos abandonou. Acontece do nada às vezes. Mas Jay não pode saber que eu sonho com isso. Ela só vai se sentir culpada, e aí eu também vou me sentir culpada por fazê-la se sentir mal.

— Não foi nada — respondo.

Ela suspira e se levanta da cama.

— Tudo bem. Pode se levantar. Nós temos que ter uma conversinha antes de você ir pra escola.

— Sobre o quê?

— Como você pôde me contar que venceu no Ringue, mas não pôde me contar que suas notas estão caindo mais rápido do que a calça frouxa da Pooh?

— Hã?

— Hã? — Ela me imita e me mostra o celular. — Recebi um e-mail da sua professora de poesia.

A professora Murray.

A conversa no preparatório para o ACT.

Ah, droga.

Sinceramente? Eu esqueci. Estava no ar depois da batalha, de verdade. Aquela sensação de quando a plateia fez festa para mim deve ser igual a ficar doidona, e estou viciada.

Não sei o que dizer para a minha mãe.

— Desculpa.

— Desculpa nada! Qual é sua maior responsabilidade, Bri?

— O estudo acima de tudo — eu resmungo.

— Exatamente. O estudo acima de tudo, *inclusive acima do rap*. Achei que tivesse deixado isso claro.

— Mas não é nada de mais, caramba!

Jay levanta as sobrancelhas.

— Garota — diz ela com aquele jeito lento que é um aviso. — É melhor você se controlar.

— Só estou dizendo que os outros pais não fariam tempestade em copo d'água por isso.

— Ora, veja só, não sou os outros! Você pode ir melhor, você já foi melhor, então melhore. O único cinco que eu quero ver aqui são seus cinco dedos segurando o lápis pra estudar. E o único dois que quero ver são seus dois olhos grudados nos livros. Entendeu?

Ela é tão rigorosa comigo.

— Sim, senhora.

— Obrigada. Se arrume pra escola.

Ela sai.

— Droga — eu sussurro baixinho. — Vem cortar minha vibe tão cedo assim.

— Sua vibe está errada! — grita ela do corredor.

Não posso dizer *porra nenhuma* nessa casa.

Eu me levanto, mas tenho vontade de voltar para debaixo do cobertor quase na mesma hora. Aquela primeira sensação do frio no ar é sempre a pior. O movimento ajuda.

As damas do hip-hop assistem a tudo da parede ao lado da minha cama. Tem um pouco de todo mundo, desde MC Lyte a Missy Elliott e Nicki Minaj e Rapsody... a lista não termina. O que penso é que, se eu quero ser rainha, as rainhas deviam tomar conta de mim enquanto eu durmo.

Visto o moletom do Vader e calço meus não-Timberlands. Pois é, não são os de verdade. Os verdadeiros custam uma conta de água. Esses custaram vinte pratas num bazar de trocas. Eu tento andar com eles como se fossem Timbs, só que...

— Merda — sussurro. Uma parte do "couro" preto de um se desgastou, revelando o tecido branco. Isso aconteceu com o outro na semana passada. Pego uma caneta permanente preta e começo a trabalhar. É horrendo, mas a gente faz o que tem que fazer.

Em breve vou comprar umas botas Timberland de verdade. Estou guardando o dinheiro que ganho vendendo guloseimas. Tia Pooh compra meu estoque e me deixa ficar com o lucro das vendas. É o mais perto que Jay chega de deixar que ela me dê dinheiro. Graças aos alunos da Midtown, estou na metade do valor de um par de Timberlands novinhos. Tecnicamente, a gente não pode vender nada na escola, mas consegui me safar até agora, nem sei como. Viva Michelle Obama. Aquela onda saudável dela fez a escola tirar as coisas boas das máquinas de lanches, o que tornou meu negócio muito lucrativo.

Uma buzina soa lá fora. São sete e quinze, então deve ser o sr. Watson, o motorista do ônibus. Ele alega que vai chegar na hora mesmo depois que morrer. Se ele aparecer com cara de zumbi no ônibus um dia, eu que *não* vou entrar.

— Tô saindo — eu grito para Jay. A porta do quarto do Trey está fechada. Ele deve estar apagado. Ele chega em casa do trabalho quando eu já quase fui para a cama, e sai para o trabalho quando estou na escola.

Tem um ônibus amarelo pequeno esperando na porta de casa. Minha escola fica no bairro de Midtown, onde as pessoas vivem em condomínios bonitos e casas antigas e caras. Eu moro na região da escola Garden High, mas Jay diz que tem merda demais e pouca gente dedicada lá. Uma escola particular não cabe no nosso orçamento, então a Escola de Artes Midtown é a melhor alternativa. Alguns anos atrás, começaram a aceitar alunos de toda a cidade. Chamaram de "iniciativa de diversidade". Jay chama de iniciativa de quem "precisava de subsídios que ninguém queria dar pra um bando de alunos brancos". Tem alunos ricos do lado norte, alunos de classe média do centro e de Midtown, e alunos do gueto como eu. Somos só quinze do Garden em Midtown. Então mandam um micro-ônibus pra nós.

O sr. Watson está com o gorro de Papai Noel e cantarola junto com a versão de "Silent Night" dos Temptations, que está tocando no celular dele. Ainda faltam duas semanas para o Natal, mas o sr. Watson entrou no clima há meses.

— Oi, sr. Watson — eu digo.

— Oi, Brianna! Que tal esse frio todo?

— Está frio *demais*.

— Ah, isso não existe. Esse clima é perfeito!

Para quê, ficar com a bunda congelada?

— Se o senhor diz — eu murmuro, e vou para o fundo do ônibus. Sou a terceira que ele busca. Hana está cochilando na frente, a cabeça mal tocando na janela. Ela não vai estragar o coque, mesmo com sono. Todas as dançarinas do segundo ano parecem exaustas atualmente.

Deon me cumprimenta do banco nos fundos, o estojo do saxofone de pé do lado. Deon também é do segundo ano, mas como está no programa de música, eu só o vejo no ônibus.

— Oi, Bri. Quero um Snickers.

Eu me sento duas fileiras à frente.

— Você tem grana pra um Snickers?

Ele joga para mim uma nota de um dólar enrolada. Eu jogo a barra de chocolate para ele.

— Obrigado. Você arrasou no Ringue.

— Você ficou sabendo?

— Fiquei. Eu vi a batalha no YouTube. Meu primo me mandou mensagem na hora. Ele disse que sua vez chegou.

Caramba, as pessoas estão falando assim? Eu fiz as pessoas do Ringue comentarem. Mal consegui sair de lá ontem à noite sem que me dissessem o quanto eu era insana. Foi a primeira vez que percebi que posso fazer isso.

Querer fazer uma coisa é diferente de achar que é possível. O rap é meu sonho desde sempre, mas sonhos não são reais. Ou a gente acorda ou a realidade faz com que pareçam idiotas. Pode acreditar, todas as vezes que minha geladeira está quase vazia, todos os meus sonhos parecem idiotas. Mas entre a minha vitória e o contrato do Dee-Nice, tudo parece possível agora. Ou talvez eu esteja desesperada por mudanças.

O Garden passa pela minha janela. As pessoas mais velhas estão molhando as flores ou tirando o lixo. Dois carros tocam música alta. Parece normal, mas as coisas não estão normais desde as manifestações. O bairro não parece seguro. Não que o Garden já tivesse sido uma utopia, de jeito nenhum, mas antes eu só me preocupava com os GDs e os Crowns. Agora também tenho que ter medo da polícia? Sim, as pessoas morrem aqui, e não, nem sempre é pelas mãos da polícia, mas Jay diz que era como se um estranho entrasse na sua casa, roubasse um dos seus filhos e botasse a culpa em você por ter uma família disfuncional enquanto o mundo todo critica você por ficar chateada.

Zane, um aluno do terceiro ano com piercing no nariz, sobe no ônibus. Ele é muito metido. Sonny diz que Zane se acha lindo, mas Sonny e eu concordamos que ele *é* lindo mesmo. É uma luta interior ficar irritada pela presunção dele e hipnotizada pelo seu rosto.

E, se for para falar a verdade, hipnotizada pela bunda. Que retaguarda esse garoto tem!

Ele nunca fala comigo, mas hoje diz:

— Sua batalha foi insana, cara!

Caramba.

— Obrigada.

Quantas pessoas viram?

Aja, aluna do nono ano, viu. Ela me elogia assim que sobe no ônibus. Keyona, Nevaeh e Jabari, todos alunos do primeiro ano, também viram. Antes que eu me dê conta, sou o assunto do micro-ônibus.

— Você é boa, Bri!

— Fiquei surtando o tempo todo!

— Duvido que ela ganhasse de mim numa batalha. Juro por Deus, mano.

Esse comentário é do Curtis Brinkley, um garoto baixo de cabelo ondulado e pele marrom que conta muitas mentiras e jura *por Deus, mano*. No quinto ano, ele alegou que a Rihanna era prima dele e que a mãe dele estava em turnê com ela, trabalhando como cabeleireira. No sexto ano, ele disse que a mãe estava em turnê com a Beyoncé como cabeleireira. Na verdade, a mãe dele estava na prisão. Ainda está.

O sr. Watson para na frente das casas de Sonny e Malik. Eles são vizinhos de porta, mas os dois saem pela porta do Malik.

Eu tiro o boné. Minhas raízes ainda precisam ser acertadas, mas hoje arrumei da melhor forma possível. Passei gloss labial também. É uma idiotice, mas espero que Malik repare.

Eu reparo em muita coisa nele. Tipo como os olhos às vezes ficam com um brilho que me faz pensar que ele sabe todos os segredos que existem sobre mim e não se importa com nenhum. Tipo o fato de ele ser lindo e o fato de não perceber que é lindo, o que o deixa mais lindo ainda. Tipo o jeito como meu coração acelera cada vez que ele diz "Brisa". Ele é o único que me chama assim e, quando fala, ele estica a palavra de leve, de um jeito que ninguém consegue imitar. Como se quisesse que o nome pertencesse só a ele.

Todos esses sentimentos começaram quando nós tínhamos 10 anos. Tenho uma lembrança clara de nós dois lutando no jardim na frente da casa do Malik. Eu era o The Rock e ele era John Cena. Nós éramos obcecados por vídeos de luta livre no YouTube. Eu imobilizei o Malik, e enquanto estava sentada em cima dele, senti uma vontade repentina de beijá-lo.

Fiquei apavorada.

Eu dei um soco nele e disse com a minha melhor voz imitando o The Rock:

— Vou detonar sua bunda mole!

Basicamente, tentei ignorar meu despertar sexual imitando o The Rock.

Fiquei muito assustada com a coisa toda. E os sentimentos não passaram. Mas eu disse para mim mesma várias vezes que ele é o Malik. O melhor amigo do mundo, o Luke da minha Leia.

Mas aqui estou eu, usando o celular para ver como está meu gloss labial Perseguição Pink (quem inventa esses nomes?), torcendo para ele me ver com outros olhos. Patético.

— Por que você não admite que eu arrasei? — pergunta Sonny quando eles sobem no ônibus.

— Como eu falei, meu controle estava esquisito — alega Malik. — A gente tem que fazer uma revanche.

— Tudo bem. Vou arrasar com a sua... Briiiii!

Sonny dança pelo corredor com uma batida que ninguém escuta. Quando chega perto, ele se curva como se estivesse me idolatrando.

— Um viva para a rainha do Ringue.

Dou uma gargalhada.

— Não sou rainha.

— Bom, você arrasou, Yoda. — Nós batemos na palma da mão do outro e terminamos com a saudação de Wakanda. Wakanda para sempre.

Malik dá de ombros.

— Não vou dizer eu te disse. Mas também não vou *não* dizer que eu te disse.

— Isso não faz sentido — digo.

Sonny se senta no banco na minha frente.

— Não!

Malik se senta ao meu lado.

— É uma dupla negativa.

— Hum, não, sr. Futuro Cineasta — eu digo. — Como aluna das artes literárias, posso garantir que foi só uma confusão danada. Você basicamente disse que não vai dizer que me disse.

As sobrancelhas se unem e a boca se abre um pouco. Malik fica tão fofo confuso.

— O quê?

— Exatamente. Melhor você ficar com os filmes mesmo, cara.

— Concordo — diz Sonny. — Olha, aquela batalha foi surreal, Bri. Menos a parte em que você ficou paralisada na primeira rodada. Eu estava prestes a fazer a Mariah Carey e dizer "Eu não conheço ela".

Dou um soco no braço dele. *Idiota.*

— Mas, falando sério, você arrasou — diz Sonny. — Já o Milez, por outro lado, tem que parar de fazer rap.

Malik assente.

— Ele Jar Jar Binksou total.

Malik insiste que Jar Jar Binks deveria ser verbo, adjetivo e advérbio para descrever coisas horríveis. Porque o Jar Jar Binks é o pior personagem do universo Star Wars.

— Mano, você sabe que isso nunca vai pegar, né? — pergunta Sonny.

— Mas faz sentido! Quer dizer que uma coisa é horrível? É só chamar de Jar Jar Binks.

— Tudo bem. *Você é* um Jar Jar Binks — diz Sonny. — Entendi.

Malik dá um peteleco na testa do Sonny. Sonny dá um soco no ombro do Malik. Eles ficam um batendo no outro.

Perfeitamente normal. Na verdade, uma briga entre Sonny e Malik é daquelas poucas certezas da vida, junto com a morte, os impostos e as polêmicas do Kanye West.

O celular do Sonny apita, e de repente o Malik não existe mais para ele. O rosto dele se ilumina quase tanto quanto a tela.

Eu estico o pescoço.

— Está mandando mensagem pra quem?

— Credo, mulher. Deixa de ser curiosa.

Eu me estico mais um pouco e tento ver o nome, mas o Sonny escurece a tela e não consigo. Só vejo o emoji com olhos de coração ao lado do nome. Eu levanto as sobrancelhas.

— Quer me contar sobre alguém, senhor?

Sonny olha em volta quase como se tivesse medo de alguém ter me ouvido. Mas todo mundo está conversando. Mesmo assim, ele diz:

— Depois, Bri.

Considerando o tanto que ele ficou tenso, deve ser um cara. Quando nós tínhamos 11 anos, Sonny saiu do armário pra mim. A gente estava vendo o Justin Bieber se apresentar em uma premiação. Eu achava que ele era fofo, mas não era obcecada por ele como o Sonny era. E o Sonny disse de repente: "Acho que só gosto de garotos."

Foi do nada. Mais ou menos. Havia umas coisinhas aqui e outras ali que me faziam suspeitar. Tipo que ele imprimia fotos do Bieber e as levava pra todo lado escondido. Como ele agia com meu irmão; se Trey gostava de alguma coisa, Sonny de repente amava a mesma coisa, se Trey falava com ele, Sonny ficava vermelho, e se Trey arrumasse uma namorada, Sonny agia como se fosse o fim do mundo.

Mas não posso mentir, eu não soube mesmo o que dizer na hora. Então só disse "Tudo bem" e deixei por isso mesmo.

Ele contou para o Malik não muito tempo depois e perguntou se eles poderiam continuar sendo amigos. Aparentemente, Malik disse alguma coisa do tipo "Só se a gente puder continuar jogando Playstation". Sonny também contou aos pais, e eles sempre aceitaram numa boa. Mas acho que às vezes ele tem medo de como outras pessoas vão reagir se souberem.

O ônibus para em um cruzamento, ao lado de um grupo de garotos com olhos embaçados. A respiração deles vira fumaça enquanto esperam o ônibus da Garden High.

Curtis abre a janela.

— Ei, Básicos. Podem repetir aquela merda que vocês estavam dizendo ontem!

O orgulho da escola nos transforma em gangues. Nós chamamos os alunos de Garden Heights de Básicos porque dizemos que eles estudam só coisas "básicas pra caramba". Eles nos chamam de nerds do micro-ônibus.

— Cara, que se foda sua bunda de pirulito — diz um garoto de colete acolchoado. — Aposto que você não tem coragem de sair desse ônibus e dizer isso na minha cara.

Eu dou um sorrisinho. O Keandre não mente.

Ele olha para mim.

— Ei, Bri! Você deu um show naquele Ringue, garota!

Eu abro a janela. Alguns outros garotos assentem ou dizem:

— E aí, Bri?

Se o orgulho da escola nos transforma em gangues, sou neutra graças ao meu pai.

— Viu a batalha? — eu pergunto a Keandre.

— Claro que vi! Parabéns, rainha.

Viu? No bairro, sou da realeza. Todos gostam de demonstrar seu amor por mim.

Mas quando o ônibus para na Midtown, não sou nada.

Na Midtown, você tem que ser excelente para repararem em você. Brilhante, na verdade. E parece que todo mundo está tentando superar todo mundo. O que importa é quem ficou com o papel principal nessa peça ou naquele recital. Quem ganhou aquele prêmio pelo que escreveu ou pela arte que fez. Quem tem a maior extensão vocal. É a competição de popularidade com esteroides. Se você não é excepcional, não é ninguém.

Eu sou o oposto de excepcional. Minhas notas são mais ou menos. Eu não ganho prêmios. Nada que eu faça é suficiente. *Eu* não sou suficiente. A não ser quando sou complicada demais para os professores resolverem e eles me mandam para a sala da diretora.

Na escada da escola, dois garotos fazem a dança do "Wipe Me Down" enquanto Milez canta "Choc, choc, choc" nos fones de um deles. Não sei por que eles estão se torturando com aquele lixo.

— E aí... — Eu seguro as alças da mochila. — O que vocês vão fazer no almoço?

— Eu tenho preparatório para o SAT — diz Sonny.

— Caramba, você está fazendo os dois? — pergunto. Sonny é mais obcecado com essa coisa de faculdade do que a Jay.

Ele dá de ombros.

— Eu faço o que tenho que fazer.

— E você? — pergunto a Malik e, de repente, meu coração bate superrápido com a ideia de almoçar sozinha com ele.

Mas ele franze a testa.

— Desculpa, Bri. Tenho que ir ao laboratório trabalhar num documentário. — Ele mostra a câmera.

Já era a minha ideia. Acho que não vou ver nenhum dos dois até a hora de pegarmos o ônibus de volta. É que o Sonny e o Malik têm os grupos deles na Midtown. Infelizmente pra mim, o Sonny e o Malik *são* o meu grupo. Quando estão com os grupos deles, eu não tenho nada além de não ser ninguém. Os dois são brilhantes. Todo mundo das artes visuais ama o grafite do Sonny. Malik já ganhou dois prêmios com os curtas que faz.

Eu só preciso aguentar mais um ano nesse lugar. Mais um ano sendo a Bri quieta e despretensiosa que fica na dela enquanto os amigos brilham.

É.

Entramos na fila da segurança.

— Vocês acham que o Long e o Tate se acalmaram desde ontem? — pergunta Sonny.

— Provavelmente não.

Eles estão sempre executando abusos de poder. Semana passada, fizeram o Curtis passar por uma avaliação de segurança a mais, apesar de o detector de metais não ter apitado quando ele passou. Eles alegaram que queriam ter "certeza".

— Estou dizendo, o jeito como cuidam da segurança não é normal — diz Malik. — Minha mãe não trata as pessoas assim e ela lida com criminosos.

A mãe do Malik, a tia 'Chelle, é uma das seguranças do tribunal.

— Vocês perceberam que eles pioraram depois do ano passado, né? — pergunta Malik. — Ver aquele policial se safar de um assassinato deve ter feito eles acharem que são invencíveis também.

— Pode ser que você esteja certo, Malik X — diz Sonny.

Esse é o apelido que demos para o Malik desde as manifestações. A situação toda mexeu muito com ele. Mexeu comigo também, não posso mentir, mas o Malik está em outro nível, sempre fala de justiça social e lê sobre coisas como os Panteras Negras. Antes das manifestações, o único Pantera Negra com quem ele se importava era o T'Challa.

— A gente tem que fazer alguma coisa — diz ele. — Isso não está certo.

— É só ignorar — diz Sonny. — Eles falam mais do que agem.

Curtis passa pelo detector de metais sem problema. Depois Hana, Deon, os três alunos do primeiro ano, Zane. Depois o Sonny passa, seguido do Malik. Eu passo em seguida.

O detector de metais não apita, mas Long estica o braço na minha frente.

— Volta.

— Por quê? — pergunto.

— Porque ele mandou — diz Tate.

— Mas não apitou! — digo.

— Não quero saber — diz Long. — Eu mandei você passar de novo.

Tudo bem. Eu passo pelo detector de metais de novo. Não apita.

— Passa a bolsa — diz Long.

Ah, merda. Meu estoque de doces. Se eles encontrarem, posso ser suspensa por vender no campus. Considerando as vezes em que já fui suspensa por outras coisas, merda, eu posso ser expulsa.

— Passa. A. Bolsa — diz Long.

Eu engulo em seco.

— Eu não tenho que...

— Ah, tem alguma coisa aí que você quer esconder? — pergunta Long.

— Não!

— Desliga essa câmera! — diz Tate para Malik.

Ele começou a filmar virado para nós.

— Eu posso gravar se quiser!

— Passa a bolsa! — diz Long.

— Não!

— Quer saber...

Ele estica a mão para pegar a alça da minha mochila, mas eu afasto da mão dele. Pela expressão nos olhos dele, eu não devia ter feito isso.

Ele segura meu braço.

— Me dá essa mochila!

Eu puxo o braço.

— Tira a mão de mim!

Tudo acontece de repente.

Ele segura meu braço de novo e o empurra para as minhas costas. O outro vai parar nas costas também. Tento me soltar e puxar os braços, o que só torna o aperto mais forte. Antes que eu perceba, meu peito bate no chão, depois meu rosto é pressionado no piso frio. O joelho de Long aperta minhas costas enquanto Tate pega a minha mochila.

— Ei! Que porra é essa! — grita Sonny.

— Sai de cima dela! — diz Malik, a câmera apontada para nós.

— Tem coisa aqui, é? — diz Long. Ele enrola um plástico nos meus pulsos e aperta com força. — Era por isso que você não queria que a gente visse, é? Sua marginal. Cadê aquela boca que você tinha ontem?

Não posso dizer nada.

Ele não é policial.

Ele não tem uma arma.

Mas eu não quero acabar como aquele garoto.

Eu quero a minha mãe.

Eu quero o meu pai.

Eu quero ir pra casa.

CINCO

Vou parar na sala da diretora Rhodes.

Meus braços estão presos nas costas. Long me arrastou até aqui e estou sentada há alguns minutos. Ele está na sala da dra. Rhodes agora. Ela mandou a secretária, sra. Clark, chamar minha mãe e ficar de olho em mim, como se fosse eu quem precisasse ser vigiada.

A sra. Clark olha meu arquivo no computador para procurar o número da Jay. Estou surpresa de ela não saber de cor.

Eu olho para a frente. A sala tem pôsteres motivacionais em todas as paredes. Um estampa uma grande mentira: "Não se pode controlar o que os outros fazem. Só se pode controlar como reagir."

Não se pode, não. Não com seu braço puxado para trás do corpo, ou quando você está deitada no chão com um joelho nas costas. Não se pode controlar nada nessa hora.

A sra. Clark pega o telefone e disca. Depois de alguns segundos, diz:

— Alô, aqui é da Escola de Artes Midtown. Posso falar com a sra. Jayda Jackson, por favor?

Jay é quem atende o telefone na Templo de Cristo, então espero que a sra. Clark comece a explicação imediatamente. Mas ela franze a testa.

— Ah. Entendi. Obrigada.

Ela desliga.

Estranho.

— O que a minha mãe disse?

— Fui informada que sua mãe não trabalha mais lá. Há alguma outra forma de fazer contato com ela?

Eu me sento da forma mais ereta que consigo.

— O quê?

— Devo tentar o celular ou o número de casa?

— Tem certeza de que ligou para a Igreja do Templo de Cristo?

— Absoluta — diz a sra. Clark. — O celular ou o fixo de casa?

Meu coração quase para.

O Popkenchurch.

Jay só compra quando acontece alguma coisa ruim.

Ela... ela perdeu o emprego?

Não é possível. A sra. Clark errou. Deve ter ligado para o lugar errado e não se deu conta.

É. É isso.

Eu digo para a sra. Clark tentar o celular da Jay. Uns quinze minutos depois, a porta da sala se abre e Jay entra como um furacão. Ela está com roupa de trabalho, então deve ter vindo de lá.

— Brianna, o que foi que aconteceu?

Ela se ajoelha na minha frente e me examina, quase do mesmo jeito de quando voltou da reabilitação. Os olhos pareciam não se cansar de mim. Agora, eles examinam cada centímetro do meu corpo... menos as minhas mãos. Ela se vira para a secretária.

— Por que motivo a minha filha está algemada?

A dra. Rhodes aparece na porta. Os óculos ocupam boa parte do rosto e o cabelo ruivo encaracolado está preso em um coque. Ela também era diretora na época do Trey. Eu a conheci na noite de boas-vindas de quando ele entrou no nono ano. Ela abriu um sorriso doce para mim e disse: "Espero que você se junte a nós em alguns anos."

Ela não disse que haveria um segurança falando sem parar na sala dela sobre "aqueles garotos" que trazem "aquelas coisas" para "essa escola". A porta estava fechada, mas eu o ouvi.

Aqueles garotos. *Essa* escola. Como se o lugar de uns não fosse na outra.

— Sra. Jackson — diz a sra. Rhodes —, podemos conversar na minha sala?

— Não enquanto minha filha não for solta.

A sra. Rhodes olha para trás.

— Sr. Long, pode soltar Brianna?

Ele sai da sala e pega a tesoura que carrega na cintura. E resmunga:

— Fica de pé.

Eu fico, e com um cortezinho minhas mãos estão soltas.

Jay bota as mãos nas minhas bochechas na mesma hora.

— Você está bem, flor?

— Sra. Jackson, minha sala, por favor — diz a dra. Rhodes. — Você também, Brianna.

Nós vamos atrás dela. O olhar que ela lança para Long diz para ele esperar do lado de fora.

Minha mochila está em cima da mesa dela. Está aberta e revela todos os pacotes de doces que eu tinha.

A dra. Rhodes aponta para as duas cadeiras à frente.

— Por favor, sentem-se.

Nós nos sentamos.

— Você vai me dizer por que a minha filha estava algemada? — pergunta Jay.

— Houve um incidente...

— Obviamente.

— Vou ser a primeira a admitir que os guardas usaram força excessiva. Eles botaram Brianna no chão.

— Jogaram — eu murmuro. — Eles me *jogaram* no chão.

Jay arregala os olhos.

— Como é?

— Nós tivemos problemas de alunos que trouxeram drogas ilícitas...

— Isso não explica por que eles foram agressivos com a minha filha! — diz Jay.

— Brianna não cooperou no começo.

— Continua não explicando!

59

A dra. Rhodes respira fundo.

— Não vai acontecer de novo, sra. Jackson. Garanto que vai haver uma investigação e ações disciplinares serão tomadas se a administração achar cabível. No entanto, Brianna talvez tenha que encarar ações disciplinares também. — Ela se vira para mim. — Brianna, você vende doces no campus?

Eu cruzo os braços. Não vou responder essa merda. E deixar que ela vire isso contra mim? De jeito nenhum.

— Responde — ordena Jay.

— São só doces — eu murmuro.

— Pode ser — diz a dra. Rhodes —, mas é contra a política da escola vender contrabando no campus.

Contrabando?

— O único motivo pra terem descoberto isso é porque Long e Tate gostam de pegar no pé dos alunos pretos e latinos!

— Brianna — diz Jay. Não é um aviso. É um "deixa comigo". Ela se vira para Rhodes. — Desde quando *doce* é contrabando? Por que foram atrás da minha filha?

— Os seguranças têm o direito de fazer revistas aleatórias. Posso garantir que Brianna não foi "alvo".

— Mentira! — Eu nem mordo a língua. — Eles são sempre abusivos com a gente.

— Pode parecer assim...

— É assim!

— Brianna — diz Jay. É um aviso. Ela se vira para a diretora. — Dra. Rhodes, meu filho me contou que os guardas implicavam com alguns alunos mais do que com outros quando ele estudava aqui. Não acho que meus filhos estejam inventando. Eu *odiaria* pensar que você está dizendo isso.

— Vai haver uma investigação. — A dra. Rhodes diz isso com tanta calma que me irrita. — Mas mantenho o que disse, sra. Jackson. Os guardas tratam todos os alunos igualmente.

— Ah — diz Jay. — Eles jogam todos no chão, é?

Silêncio.

A dra. Rhodes limpa a garganta.

— Mais uma vez, Brianna não cooperou. Me informaram que ela foi argumentativa e agressiva. Não é a primeira vez que temos problemas de comportamento com ela.

Lá vamos nós.

— O que você está tentando dizer? — pergunta Jay.

— O comportamento de hoje segue um padrão...

— Sim, um padrão da minha filha ser visada...

— Mais uma vez, ninguém está visando...

— As garotas brancas que fazem comentários indesejados são enviadas para a sua sala a cada duas semanas também? — pergunta Jay.

— Sra. Jackson, Brianna é frequentemente agressiva...

Agressiva. Uma palavra. Quatro sílabas. Rima com excessiva.

Sou tão excessiva
que sou agressiva.

"Agressiva" é usada para me descrever com muita frequência. Deveria significar ameaçadora, mas nunca ameacei ninguém. Só digo coisas das quais os professores não gostam. Todos, exceto a sra. Murray, que por acaso é minha única professora negra. Houve um momento na aula de história durante o Mês da História Negra. Eu perguntei ao professor Kincaid por que nunca falamos sobre as pessoas negras antes da escravidão. As bochechas pálidas dele ficaram vermelhas.

— Porque nós seguimos um planejamento de aulas, Brianna — disse ele.

— É, mas não é você que cria o plano de aula? — eu perguntei.

— Não vou tolerar esse tipo de comentário na aula.

— Só estou dizendo para você não agir como se as pessoas negras não existissem antes...

Ele me mandou ir para a diretoria. Me deu uma advertência por ter sido "agressiva".

Aula de ficção. A professora Burns estava falando sobre o cânone literário e eu revirei os olhos porque todos os livros pareciam chatos pra cacete. Ela perguntou se havia algum problema e eu disse exatamente isso, só que sem dizer o "pra cacete". Ela me mandou para a diretoria. Eu murmurei baixinho quando estava saindo e ela me deu advertência por comportamento agressivo.

Não esqueço o incidente na eletiva de teatro. Tínhamos repetido a mesma cena cem vezes. O professor Ito nos mandou começar tudo de novo. Eu inspirei fundo e disse "Ah, meu Deus", baixando as mãos para as laterais do corpo. Meu roteiro voou da minha mão e o atingiu. Ele jurou que joguei de propósito. Isso me fez ser suspensa por dois dias.

Isso só neste ano. O nono ano e o primeiro do ensino médio também foram cheios de incidentes. Agora, tenho mais um na bagagem.

— Pela política da escola, Brianna vai ter que ser suspensa por três dias por vender itens proibidos dentro da escola sem permissão — diz a dra. Rhodes. Ela fecha a minha mochila e me entrega.

Saímos para o corredor na hora que o sinal do segundo tempo toca. As portas das salas de aula se abrem, e parece que todo mundo na face da Terra sai para o corredor. Ganho olhares que nunca recebi antes, espiadas e sussurros.

Não sou mais invisível, mas agora, queria ser.

Fico em silêncio no trajeto até em casa.

Marginal. Uma palavra, três sílabas. Pode rimar com muitas coisas. Sinônimos: bandido, delinquente, baderneiro, vagabundo, gângster e, de acordo com o Long, Brianna.

> *Não se pode esperar nada legal*
> *Vindo dessa marginal.*

Não. Foda-se essa palavra.

Foda-se aquela escola.

Foda-se isso tudo.

Olho o que sobrou do Garden. Estamos na rua Clover, que era uma das ruas mais movimentadas em Garden Heights, mas desde as manifestações, só tem um monte de escombros queimados e prédios fechados com tapumes. A loja Mega Dollar foi uma das primeiras a sofrer. A Cellular Express foi saqueada primeiro e depois queimada. A Shop 'n Save queimou até o topo, e agora temos que ir ao Walmart no limite do Garden ou até o mercadinho no lado oeste se quisermos comprar comida.

Sou uma marginal, um monte de nada.

— Duvido que consertem essa sujeira — diz Jay. — Parece que querem que a gente lembre do que acontece quando a gente sai da linha. — Ela olha para mim. — Tudo bem, Bookie?

De acordo com meu avô, os Jacksons não choram; a gente engole o choro e aguenta. Não importa o quanto meus olhos ardam.

— Eu não fiz nada errado.

— Não fez, não — diz Jay. — Você tinha todo o direito de ficar com a sua mochila. Mas, Bri... Me prometa, se isso acontecer de novo, você vai fazer o que mandarem.

— O quê?

— Coisas ruins podem acontecer, flor. Gente assim às vezes abusa do poder.

— Então eu não tenho poder nenhum?

— Você tem mais do que pensa. Mas nesses momentos, eu... — Ela engole em seco. — Eu preciso que você aja como se não tivesse nenhum. Quando você estiver fora da situação, em segurança, *aí* a gente resolve. Mas preciso que você saia da situação *em segurança* primeiro. Tudo bem?

Isso parece a conversa que tivemos sobre a polícia. Faça o que eles mandarem, ela disse. Não faça pensarem que você é uma ameaça. Basicamente, eu tenho que me enfraquecer e aguentar o que vier para sobreviver ao momento.

Estou começando a achar que não importa o que eu faça. Sempre vou ser o que as pessoas acham que sou.

— Estão sempre no meu pé naquela escola.

— Eu sei — diz Jay. — E não é justo. Mas você só vai precisar aguentar mais um ano, flor. Esses incidentes... não podemos correr o risco de você ser expulsa, Bri. Se isso significa que você tem que ficar com a boca calada, preciso que fique.

— Não posso me defender?

— Você pode escolher suas batalhas — diz ela. — Nem tudo merece um comentário, um revirar de olhos ou uma atitude...

— Eu não sou a única que faz essas coisas!

— Não, mas as garotas como você são as únicas que recebem anotações no registro permanente!

O carro fica em silêncio.

Jay suspira pelo nariz.

— Às vezes, as regras são diferentes pras pessoas negras, flor — diz ela. — Droga, às vezes eles estão jogando damas enquanto nós estamos metidos em um jogo de xadrez complexo. É um fato horrível da vida, mas é um fato. Midtown infelizmente é um desses lugares em que você não só precisa jogar xadrez, mas precisa jogar seguindo regras diferentes.

Odeio essa merda.

— Não quero voltar pra lá.

— Eu entendo, mas não temos alternativas.

— Por que eu não posso estudar em Garden High?

— Porque seu pai e eu juramos que você e o Trey nunca botariam o pé naquela escola. Você acha os guardas ruins na Midtown? Em Garden High tem polícia de verdade, Bri. Aquela escola é tratada como prisão. Eles não preparam ninguém para o sucesso. Pode dizer o que quiser de Midtown, mas você tem mais chances lá.

— Mais chances de quê? De ser jogada no chão como uma boneca de pano?

— Mais chances de ter um futuro! — Ela fala mais alto do que eu. Depois respira fundo. — Você vai enfrentar muitos Longs e Tates na sua vida, flor, mais do que eu gostaria. Mas nunca deixe que as ações deles determinem o que você vai fazer. Assim que fizer isso, está dando poder a eles. Entendeu?

Entendi, mas ela me entendeu? Nenhuma de nós fala por um tempão.

— Eu queria... queria poder te dar mais opções, flor. Queria mesmo. Mas nós não temos. Ainda mais agora.

Ainda mais agora. Eu olho para ela.

— Aconteceu alguma coisa?

Ela se mexe no banco.

— Por que você diz isso?

— A sra. Clark ligou pra igreja. Disseram que você não trabalha mais lá.

— Brianna, não vamos falar...

Ah, Deus.

— Você perdeu o emprego?

— É temporário, tá?

— Você perdeu o emprego?

Ela engole em seco.

— Perdi.

Ah, não.

Não.

Não.

Não.

— A creche da igreja sofreu durante as manifestações e a companhia de seguro não vai cobrir os danos — diz ela. — O pastor e os mais antigos do comitê tiveram que ajustar o orçamento pra pagar os consertos e por isso me demitiram.

Merda.

Não sou burra. Jay tenta agir como se tudo estivesse bem, mas nós estamos com dificuldades. Já não temos gás. Mês passado, recebemos aviso de despejo. Jay usou boa parte do salário pra cobrir o aluguel e comemos só sanduíche até o pagamento seguinte.

Mas, se ela perdeu o emprego, não vamos ter mais pagamento.

Se ela não tiver pagamento, talvez não voltemos a ter gás.

Nem comida.

Nem casa.

E se...

— Não se preocupe, Bri — diz Jay. — Deus vai cuidar de nós, flor.

O mesmo Deus que deixou que ela fosse demitida de uma *igreja*?

— Estou fazendo algumas entrevistas — diz ela. — Saí de uma pra buscar você. Além do mais, já me inscrevi no seguro desemprego. Não é muito, mas é alguma coisa.

Ela *já* se inscreveu?

— Há quanto tempo você está desempregada?

— Isso não é importante.

— É, sim.

— Não é, não. Trey e eu estamos cuidando das coisas.

— Trey sabia?

Ela abre e fecha a boca algumas vezes.

— Sabia.

Faz sentido. Quando o gás foi cortado, Trey sabia que ia acontecer. Eu descobri quando acordei na casa gelada. O aviso de despejo? Trey sabia. Eu descobri quando ouvi os dois conversando. Queria que isso não me incomodasse, mas incomoda. Parece que Jay não confia em mim o suficiente pra me contar as coisas importantes. Como se me achasse nova demais para suportar.

Eu aguentei a ausência dela durante anos. Posso aguentar um pouco mais do que ela pensa.

Ela estaciona na porta de casa, atrás do Honda Civic velho de Trey, e se vira para mim, mas estou olhando pela janela.

Tudo bem, talvez eu seja um pouco imatura. Sei lá.

— Sei que você está preocupada — diz ela. — As coisas andam difíceis há um tempo. Mas vão melhorar. De alguma forma, de algum jeito. Nós temos que acreditar nisso, flor.

Ela estica a mão para a minha bochecha.

Eu me afasto e abro a porta.

— Vou andar um pouco.

Jay segura o meu braço.

— Brianna, espera.

Estou tremendo. Aqui estou eu, preocupada com problemas reais, e ela quer que eu "acredite"?

— Por favor, me solta.

— Não. Não vou deixar que você fuja em vez de falar comigo. Hoje foi pesado, flor.

— Estou bem.

Ela passa o polegar pelo meu braço, como se estivesse tentando atrair as lágrimas para saírem de mim.

— Não está, não. E tudo bem se não estiver. Você sabe que não tem que ser forte o tempo todo, não sabe?

Talvez não o tempo todo, mas tenho que ser agora. Eu me solto dela.

— Estou bem.

— Brianna...

Jogo o capuz na cabeça e ando pela calçada.

Às vezes, eu sonho que estou me afogando. É sempre em um mar grande e azul profundo demais para ver o fundo. Mas digo para mim mesma que não vou morrer, por mais água que entre nos meus pulmões, e por mais que eu afunde, eu não vou morrer.

Não vou.

De repente, consigo respirar embaixo da água. Consigo nadar. O mar não é mais tão assustador. É até legal. E aprendo a controlá-lo.

Mas estou acordada, estou me afogando e não sei como controlar nada disso.

SEIS

O conjunto habitacional Maple Grove é um mundo diferente.

Eu moro no lado leste de Garden, onde as casas são melhores, os donos são mais idosos e os tiros não são tão frequentes. O conjunto habitacional Maple Grove fica a uns quinze minutos andando, no lado oeste, ou, como a vovó diz: "naquele lado ruim". Aparece mais no noticiário e muitas casas parecem não estar em condições de ser habitadas. Mas é como dizer que um lado da Estrela da Morte é mais seguro do que o outro. Ainda é a Estrela da Morte.

Em Maple Grove, seis prédios de três andares ficam tão perto da rodovia que a tia Pooh diz que tinha gente que ia para o terraço jogar pedras nos carros. Gente que se achava foda. Havia um sétimo prédio, mas houve um incêndio alguns anos atrás e, em vez de reformar, o governo o derrubou. Agora tem um gramado no lugar, onde as crianças brincam. O parquinho é dos drogados.

— E aí, Li'l Law — grita um cara de dentro de um carro velho quando atravesso o estacionamento. Eu nunca o vi na vida, mas aceno. Sempre serei a filha do meu pai.

Ele deveria estar aqui. Talvez assim eu não me perguntasse como vamos sobreviver agora que Jay está sem emprego.

Juro, as coisas nunca ficam "boas". Sempre acontece alguma coisa. Ou a gente fica quase sem comida ou algum serviço é cortado. Sempre acontece alguma coisa.

E a gente não pode ter poder. Pensa bem. Tanta gente que não conheço tem bem mais controle sobre a minha vida do que eu. Se um Crown não tivesse matado meu pai, ele seria um grande astro do rap e o dinheiro não seria um problema. Se um drogado não tivesse vendido a primeira dose pra minha mãe, ela poderia já ter se formado e ter um emprego. Se aquele policial não tivesse matado aquele garoto, as pessoas não teriam feito as badernas, a creche não teria pegado fogo e a igreja não teria demitido a Jay.

Tantas pessoas que não conheço se tornaram deuses da minha vida. Agora, preciso tomar meu poder de volta.

Espero que tia Pooh saiba como.

Um garoto vem na minha direção em uma bicicleta suja. Ele está usando uma camisa do Celtics com um moletom por baixo. As trancinhas têm contas claras nas pontas. Ele aperta o freio a centímetros de mim. Centímetros.

— Garoto, se você tivesse me atropelado... — eu digo.

Jojo ri.

— Eu não ia atropelar você.

Jojo não deve ter mais de 10 anos. Ele mora com a mãe no apartamento em cima do da tia Pooh. Faz questão de falar comigo toda vez que eu venho. Tia Pooh acha que sou a crush dele, mas não. Acho que ele só quer falar com alguém. E também compra doces comigo. Como agora.

— Tem Skittles de tamanho grande, Bri? — pergunta ele.

— Tenho. Dois dólares.

— Dois dólares? Isso é caro pra caralho!

Esse garotinho está com um monte de dinheiro embolado debaixo da camisa (deve ser aniversário dele) e ainda tem coragem de reclamar do meu preço?

— Primeiro, olha a boca — eu digo. — Segundo, esse é o mesmo preço do mercado. Terceiro, por que você não está na escola?

Ele empina a bicicleta.

— Por que *você* não está na escola?

Ele tem razão. Eu tiro a mochila.

— Quer saber? Como é seu aniversário, vou contrariar minhas regras e vou deixar você levar um saquinho de graça.

Assim que entrego a bala para ele, ele abre o saco e vira um monte na boca.

Eu inclino a cabeça.

— E aí?

— Obrigado — diz ele, a boca cheia de Skittles.

— A gente tem que melhorar essa educação aí. De verdade.

Jojo me segue até o pátio. É quase todo tomado de terra, graças aos carros parados ali, como o carro onde a tia Pooh e o amigo dela, Scrap, estão sentados. O cabelo do Scrap é metade trançado e metade black power, como se ele tivesse saído sem terminar de fazer as tranças para fazer outra coisa. Conhecendo Scrap, deve ter sido isso mesmo. Ele está de meias e chinelo e enfia colheradas de cereal na boca, da tigela que tem na mão. Ele e a tia Pooh estão conversando com os outros GDs parados ao lado deles.

Tia Pooh me vê e desce do carro.

— Por que você não está na escola?

Scrap e os GDs acenam para mim, como se eu fosse um deles. Acontece muito.

— Fui suspensa — eu conto à tia Pooh.

— *De novo?* Por quê?

Eu me sento no carro ao lado do Scrap.

— Uma merda aí.

Conto tudo, que os seguranças visam os alunos de pele preta e marrom e que me jogaram no chão. Os GDs balançam a cabeça. Tia Pooh fica com sangue nos olhos. Jojo alega que teria "dado uma surra nos guardas", o que faz todo mundo rir, menos eu.

— Você não teria feito nada, garoto — eu digo.

— Pela minha mãe. — Tia Pooh bate palmas a cada palavra. — Juro pela minha mãe que eles se meteram com a pessoa errada. Mostre quem são e dou um jeito nos otários.

Tia Pooh não vai de zero a cem; ela vai de tranquila a pronta pra matar. Mas não quero que ela seja presa por causa de Long e Tate.

— Eles não valem isso, tia.

— Quantos dias você pegou, Bri? — pergunta Scrap.

Droga. Ele fala como se eu tivesse ido para a prisão.

— Três dias.

— Até que não é ruim — diz ele. — Pegaram seus doces?

— Não. Por quê?

— Então me dá um Starbursts.

— Custa um dólar — eu digo para ele.

— Não tenho grana. Mas posso pagar amanhã.

Eu que não sou trouxa.

— Então você pode comprar o Starbursts amanhã.

— Porra, é só um dólar — diz Scrap.

— Porra, são só 24 horas — eu digo com a minha melhor imitação do Scrap. Tia Pooh e os outros morrem de rir. — Eu não vendo fiado. É contra os Dez Mandamentos dos Doces, mano.

— O quê? — diz ele.

— Yo! Cacete! — Tia Pooh bate no meu braço. — Galera, ela recriou os "Dez Mandamentos do Crack" do Big. É maneiro. Bri, recita aí.

É sempre assim. Eu deixo a tia Pooh ouvir umas rimas que escrevi e ela fica tão pilhada que me pede para cantar rap para os amigos. Pode acreditar, se você for ruim, um membro de gangue vai ser o primeiro a dizer.

— Tudo bem. — Eu coloco o capuz. Tia Pooh faz uma batida no capô do carro. Mais gente no pátio se aproxima.

Eu balanço a cabeça. De repente, estou no clima.

Já faço isso há meses e a grana é gradual,
Então usei as regras do Big e fiz o meu manual
Alguns passos legais que não são nada de mais,
Algumas regras claras pra vender essas balas.
A regra número um é que amigo nenhum

pode ter noção da grana que eu tenho na mão,
porque a inveja desperta e é quase certa
ainda mais se for Básico. É muito rápido.
Número dois, nunca conto o que vou fazer depois.
É que a concorrência tem tendência de ser consequência
quando alguém quer copiar o que consigo ganhar.
Vão querer meu lugar só pra roubar os clientes que forem me procurar.
Número três sem chilique, só confio em Sonny e Malik.
Tem gente que vai cheirar e armar de me pegar,
de moletom e cara coberta só por uns dólares, na certa,
Vão me roubar no parque só por recalque.
Número quatro é uma regra que eu idolatro:
Não posso comer nada que é de vender.
Número cinco, não vendo as paradas em casa.
Podem me pedir o que for, bala ou batata, e eu digo vaza.
Número seis, devolução? Comigo não.
A gente vende e pega a grana. Se arrepende? Vacilão.
Sete, tem gente que não gosta desse ponto,
Mas nem pra minha mãe eu dou desconto.
Família e negócios não se misturam, como água e gordura.
E eu sempre penso: "Não é frescura."
Número oito não é besteira, a grana inteira
eu guardo, e não na bolsa nem na carteira.
A número nove é muito importante:
A polícia nunca pode dar flagrante.
Se desconfiarem de mim, posso falar sem fim.
Só vão atirar e mais um pra estatística. Será meu fim.
Número dez, duas palavras: momento perfeito.
Querem saber o certo? Tem que fazer direito,
Se a clientela sumir, um problema vai surgir,
Se eu sumo de fato, eles vão comprar no mercado.
Seguindo esses passos o sucesso é completo

Posso comprar minhas coisas e pagar os boletos,
Vender mais biscoito que o pessoal do mercado
Pra minha mãe e meu pai, e alô pro Big, o mais irado.

— E aí? — eu termino.

Um "Ohhhh!" coletivo soa. A boca do Jojo está aberta. Um ou dois GDs se curvam para mim.

Não tem nada no mundo assim. Tudo bem, eles são de gangue e já fizeram todo o tipo de merda que nem quero saber nem imaginar. Mas sou suficiente para eles e, sinceramente, eles são suficientes para mim.

— Beleza, beleza — diz tia Pooh para eles. — Mas preciso falar com a estrela em particular. Vocês têm que pular fora.

Todo mundo vai embora, menos Scrap e Jojo.

Tia Pooh empurra de leve a cabeça do Jojo.

— Vai, malandrinho.

— Droga, Pooh! Quando você vai me deixar assumir?

Ele quer dizer assumir as cores, que quer dizer se tornar um Garden Disciple. O garotinho sempre quer entrar, como se fosse o time de basquete do Maple Grove. Ele faz sinais do GD desde que eu o conheço.

— Nunca nessa vida — diz tia Pooh. — Agora vai.

Jojo faz um som de pneu furado.

— Cara — geme ele, mas sai pedalando a bicicleta.

Tia Pooh se vira para o Scrap, que ainda não foi embora. Ela inclina a cabeça como quem diz *E aí?*

— O quê? — pergunta ele. — O carro é meu. Eu fico se quiser.

— Cara, tá bom — diz tia Pooh. — Por você tá tranquilo, Bri?

Dou de ombros. É estranho. Desde que Long me chamou de marginal, parece que a palavra está marcada a ferro na minha testa e não consigo arrancar de mim. Odeio isso estar me incomodando tanto.

— Tem certeza de que não quer que eu dê um jeito nos guardas? — pergunta a tia Pooh.

Ela fala tão sério que quase me dá medo.

— Absoluta.

— Tudo bem. Eu cuido de tudo, basta você falar. — Ela abre um pirulito e enfia na boca. — O que a Jay vai fazer sobre isso?

— Ela não vai me deixar sair da escola, então não importa.

— O quê, por acaso você quer ir pra Garden High?

Eu puxo meus joelhos para o corpo.

— Pelo menos eu não seria invisível lá.

— Você não é invisível — diz tia Pooh.

Solto uma risada debochada.

— Pode acreditar, eu praticamente ando com uma capa da invisibilidade.

— Uma o quê? — pergunta Scrap.

Eu o encaro.

— Me diz que você está brincando.

— É coisa de nerd, Scrap — diz tia Pooh.

— Hã, com licença, mas Harry Potter é um fenômeno cultural.

— Ahhhh. Esse é aquele do carinha baixinho e do anel, né? Meu precioooooso — diz Scrap, em sua melhor imitação do Gollum.

Eu desisto.

— Como eu falei, é coisa de nerd — diz tia Pooh. — Mas para de se preocupar se os idiotas reparam em você na Midtown, Bri. Escuta. — Ela apoia o pé no para-choque do carro. — O ensino médio não é o fim nem o começo. Não é nem o meio. Você vai fazer coisas grandiosas, quer eles vejam ou não. Eu vejo. Todo mundo ontem à noite viu. O que importa é que *você* veja.

Às vezes, ela é minha personal Yoda. Se o Yoda fosse mulher e tivesse ouro nos dentes. Infelizmente, ela não sabe quem é o Yoda.

— É. Você está certa.

— Eu o quê? — Ela coloca a mão ao lado do ouvido. — Não ouvi direito. Eu o quê?

Dou uma risada.

— Você está certa, caramba!

Ela puxa meu capuz para a frente sobre os olhos.

— Foi o que pensei. Como você veio pra cá? Sua mãe te trouxe quando estava indo para o trabalho? Devia ter me dito que eu ia ter que ser babá dessa cabeça dura.

Ah.

Esqueci o motivo para ter ido lá. Olho para os meus não-Timberlands.

— Jay foi demitida.

— Ah, merda — diz tia Pooh. — É sério?

— É. A igreja despediu ela pra poder pagar os consertos na creche.

— Que merda, cara. — Tia Pooh esfrega o rosto. — Você está bem? Jacksons não choram, mas falam a verdade.

— Não.

Tia Pooh me puxa num abraço. Por mais durona que minha tia seja, os abraços dela são os melhores. Eles dizem "eu te amo" e "faço qualquer coisa por você" ao mesmo tempo.

— Vai ficar tudo bem — murmura tia Pooh. — Eu vou ajudar, tá?

— Você sabe que a Jay não vai deixar.

Jay nunca aceita dinheiro da tia Pooh, pois ela sabe de onde vem. Eu entendo. Se as drogas quase tivessem me destruído, eu também não aceitaria o dinheiro delas.

— Aquela teimosa — resmunga tia Pooh. — Sei que essa merda deve estar apavorante agora, mas um dia você vai olhar pra trás e isso aqui vai parecer ter acontecido em outra vida. É um revés temporário antes da virada. E nós não vamos deixar que impeça a virada.

É isso que chamamos de nosso objetivo, a virada. É quando a gente finalmente fizer sucesso com o rap. Estou falando de sair do Garden e ter dinheiro suficiente para nunca mais nos preocuparmos com isso.

— Eu tenho que fazer alguma coisa, tia — digo. — Sei que Jay está procurando emprego e o Trey está trabalhando, mas não quero ser um peso morto.

— Do que você está falando? Você não é um peso morto.

Sou, sim. Minha mãe e meu irmão se arrebentam para eu poder comer e ter onde deitar a cabeça, e o que eu faço? Nada. Jay não quer que eu arrume um emprego; ela quer que eu me concentre nos estudos. Eu comecei a vender os doces. Achei que poderia ajudar se fizesse alguma coisa.

Mas tenho que fazer mais, e a única coisa que sei fazer é rap.

Só que tenho que ser realista: sei que nem todo rapper é rico. Muitos deles fingem para as câmeras, mas até os que fingem têm mais dinheiro do que eu. E tem também os caras como Dee-Nice, que não precisam fingir graças àquele contrato de milhões de dólares. Ele jogou as cartas do jeito certo e teve a própria virada.

— Nós temos que fazer essa coisa de rap acontecer — digo para a tia Pooh. — Agora!

— Deixa comigo, tá? Eu ia te ligar mesmo. Um monte de gente veio falar comigo por causa da batalha. Já fiz algumas coisas acontecerem pra você um tempinho atrás.

— De verdade?

— Aham. Primeiro, você vai voltar ao Ringue. Isso vai ajudar a fazer seu nome.

Nome?

— É, mas não vai me dar dinheiro.

— Confia em mim, tá? — diz ela. — Além do mais, essa não foi a única coisa que providenciei.

— O que mais?

Ela esfrega o queixo.

— Não sei se você está preparada pra isso agora.

Ah, meu Deus. Isso não é hora de me enrolar.

— Conta logo, droga!

Tia Pooh ri.

— Tudo bem, tudo bem. Ontem à noite, um produtor me procurou depois da batalha e me deu o cartão dele. Eu liguei pra ele mais cedo, e combinamos que ele vai fazer uma batida e você vai ao estúdio dele amanhã.

Eu pisco.

— Eu... eu vou a um estúdio?

Tia Pooh sorri.

— Vai.

— E vou fazer uma música?

— Isso aí.

— Yooooooooooo! — Eu enfio o punho na boca. — De verdade? De verdade?

— Claro que sim! Eu falei que ia fazer as coisas acontecerem!

Caramba. Eu sonho em ir a um estúdio desde meus 10 anos. Ficava parada na frente do espelho do banheiro de fones de ouvido e uma escova na mão como se fosse microfone e cantava junto com Nick Minaj. Agora, vou fazer minha própria música.

— Merda. — Tem um pequeno problema. — Mas que música eu vou cantar?

Tenho um monte no meu caderno. E um monte de ideias que ainda não escrevi. Mas essa é minha primeira música de verdade. Tem que ser a certa.

— Olha, o que quer que você faça, vai arrasar — diz tia Pooh. — Nem esquenta a cabeça.

Scrap enfia uma colherada de cereal na boca.

— Você precisa fazer alguma coisa tipo a música do garoto com quem você batalhou.

— Aquele lixo "Chocrível"? — pergunta tia Pooh. — Cara, sai daqui! Aquela merda não tem conteúdo.

— Não precisa ter conteúdo — diz Scrap. — Milez perdeu ontem à noite, mas aquela música é tão chiclete que tem mais gente ainda falando dela. Estava no topo da lista hoje de manhã.

— Espera aí — eu digo. — Você está dizendo que eu venci a batalha, que sou *claramente* uma rapper melhor, mas ele está ganhando toda a atenção?

— Basicamente — diz Scrap — você ganhou no voto popular porque todo mundo amou você no Ringue, mas é ele quem está levando a fama.

Eu balanço a cabeça.

— Muito cedo pra cantar vitória, cara.

— *Touché* — diz ele, porque ele é o Scrap e às vezes diz *touché*.

— Olha, não se preocupa com isso, Bri — diz tia Pooh. — Se aquele otário consegue fazer sucesso com qualquer lixo, eu sei que você consegue...

— Pooh! — Um homem magrelo mais velho ziguezagueia pelo pátio. — Preciso dar um alô pra você!

— Caramba, Tony! — resmunga tia Pooh. — Estou no meio de uma conversa importante.

Não é *tão* importante. Ela vai até ele.

Eu mordo o lábio. Não sei como ela consegue. Não estou falando da parte da venda de drogas. Ela entrega o produto, eles entregam o dinheiro. É simples. O que quero dizer é que não sei como ela consegue, sabendo que em algum momento outra pessoa era o traficante e a minha mãe, *irmã dela*, era a drogada.

Mas se eu conseguir fazer essa coisa de rap acontecer, espero que ela pare com isso.

— Falando sério, Bri — diz Scrap. — Apesar do Milez estar ganhando toda a atenção, você devia sentir orgulho. Você tem talento. Ele está estourando e eu não sei o que vai acontecer com você, mas que você tem talento, isso tem.

Que tipo de elogio velado é esse?

— Valeu, eu acho.

— O Garden precisa de você, de verdade — diz ele. — Lembro quando seu pai estava surgindo. Toda vez que ele fazia um vídeo de música no bairro, eu tentava aparecer. Só queria estar na presença dele. Ele nos dava esperança. Ainda não vi nada como os segundos versos dele. Não tem nada de bom que sai daqui, sabe?

Vejo tia Pooh colocar alguma coisa na mão trêmula do Tony.

— É, eu sei.

— Mas *você* pode ser uma coisa boa — diz Scrap.

Eu não tinha pensado dessa forma. Nem no fato de que tanta gente admirava meu pai. Que gostava da música dele? Sim. Mas que sentiam esperança por causa dele? Ele não era o rapper mais "feliz".

Mas, no Garden, nós fazemos nossos próprios heróis. As crianças do conjunto habitacional amam a tia Pooh porque ela lhes dá dinheiro. Não querem saber como ela consegue. Meu pai falava de coisas ruins, sim, mas são coisas que acontecem aqui. Isso o tornou herói.

Talvez eu também possa ser uma.

Scrap bebe o resto do leite na tigela.

— "Chocrível, me chame de incrível" — canta ele, com um movimento de ombros. — "Choc-rível. Choc-rível... Choc, choc, choc..."

SETE

O problema do carro do meu irmão é o seguinte: dá para ouvir bem antes de ver.

Scrap ainda está cantando "Chocrível" quando reparo naquele ronco familiar se aproximando. O vovô diz que o Trey precisa de um cano de descarga novo. Trey diz que precisa de dinheiro pra um cano de descarga novo.

O Honda Civic velho para no estacionamento de Maple Grove e cabeças se viram na direção dele, como sempre. Trey estaciona, sai e parece olhar diretamente para mim.

Ops! Isso não é bom.

Ele atravessa o estacionamento. O cabelo e a barba cresceram desde que ele voltou para casa. O vovô diz que ele parece estar numa crise de meia-idade.

O vovô diz que nosso pai cuspiu o Trey. Eles são idênticos, até as covinhas. Jay alega que ele até anda como o nosso pai, com um gingado como se a vida estivesse resolvida. Ele está com o uniforme do Sal's, uma camisa polo verde com uma logo de fatia de pizza no peito e um boné combinando. Ele devia estar indo para o trabalho.

Um GD no pátio repara nele e cutuca um dos amigos. Em pouco tempo, estão todos olhando para o Trey. Com sorrisinhos debochados.

Assim que chega perto de mim, Trey diz:

— Parece que o telefone virou uma coisa inútil, né?

— Bom dia pra você também.

— Sabe há quanto tempo estou dirigindo por aí te procurando, Bri? Você nos deixou preocupados.

— Eu falei pra Jay que ia andar um pouco.

— Você precisa dizer *aonde* está indo — diz ele. — Por que não atendeu o telefone?

— Do que você está falando... — Eu pego o celular no bolso do moletom. Droga. Recebi várias mensagens de texto e tenho ligações perdidas dele e da Jay. Sonny e Malik também mandaram mensagens. Aquela meia-lua pequena no alto explica por que eu não sabia. — Desculpa. Botei no silencioso por causa da escola e esqueci de desativar.

Trey passa a mão no rosto com cansaço.

— Você não pode...

Gargalhadas altas explodem do outro lado do pátio, vindas dos GDs. Todos estão olhando para o Trey.

Trey olha para eles com cara de *Algum problema?*

Tia Pooh se aproxima também com um sorrisinho.

— Meu camarada — diz ela enquanto enfia dinheiro no bolso. — O que está fazendo?

— Vim buscar a minha irmãzinha.

— Não, mano. — Ela olha para ele da cabeça aos pés. — Estou falando dessa merda! Você é o cara da pizza? Caramba, Trey. É sério?

Scrap cai na gargalhada.

Mas não vejo nada de engraçado. Meu irmão demorou uma vida pra encontrar trabalho e fazer pizza não é um "objetivo", mas ele está tentando.

— O que estou dizendo é: caramba — diz tia Pooh. — Você passou tanto tempo na faculdade, sendo o Cara do Campus com boas notas e aquela merda toda, e o resultado é *esse*?

O maxilar de Trey treme. Não precisa de muito pra esses dois se estranharem. E Trey normalmente não se segura. Tia Pooh não é muito mais velha do que ele, então aquela história de "respeitar os mais velhos" não funciona.

Mas, hoje, ele diz:

— Quer saber? Não tenho tempo pra gente imatura e insegura. Vem, Bri.

— Imatura? Insegura? — Tia Pooh diz as palavras como se fossem sujas. — De que porra você está falando?

Trey me puxa para o estacionamento.

Nós passamos pelos GDs.

— Como ele pode ser o filho do grande sujeito e fazer pizzas? — diz um.

— Law deve estar rolando no túmulo com essa merda — diz outro, balançando a cabeça. — Que bom que a pequena está seguindo os passos dele.

Trey também não responde. Ele sempre foi "nerd demais para ser filho de Law". Sensível demais, nunca malandro o suficiente, nunca do gueto o suficiente. Mas acho que ele não liga.

Nós entramos no carro dele. Tem papéis de balas e chocolates, notas fiscais, sacos de *fast-food* e papéis para todo lado. Trey é muito bagunceiro. Quando fecho o cinto de segurança, Trey sai com o carro.

Ele solta um suspiro profundo.

— Desculpa se pareceu que eu estava pegando no seu pé, Li'l Bit.

Trey foi a primeira pessoa na família a me chamar assim. Dizem que ele não entendia por que todo mundo era tão louco por mim quando meus pais me levaram para casa, porque eu era "a little bit", "um pouquinho fofa, não muito". Pegou.

Para deixar registrado, eu era muito fofa.

— Você nos deixou preocupados — continua ele. — Mamãe ia pedir à vovó e ao vovô para procurarem você. Você *sabe* como é ruim ela estar prestes a fazer isso.

— É sério?

A vovó nunca deixaria isso passar em branco. Falando sério, eu poderia ser adulta e com filhos e a vovó poderia estar a um fio da morte, mas diria para Jay: "Lembra aquela vez que você não conseguiu encontrar a minha netinha e pediu a minha ajuda?"

A mesquinharia é forte nela.

— É sério — diz Trey. — Além do mais, você não precisa ir para o conjunto habitacional.

— Não é tão ruim lá.

— Escuta só o que você está dizendo. Não é *tão* ruim. É bem ruim. Não ajuda você estar andando com a Pooh, considerando tudo em que ela está metida.

— Ela não deixaria nada acontecer comigo.

— Bri, ela não é capaz de impedir que coisas aconteçam com ela mesma — diz ele.

— Me desculpe pelas coisas que ela disse.

— Não me incomodou — diz ele. — Ela é insegura pela situação dela e implica comigo para se sentir melhor.

Graças àquele diploma de psicologia, meu irmão consegue ler as pessoas como um profissional.

— Continua não sendo certo.

— É o que é. Mas quero falar sobre você, não sobre mim. Mamãe me contou o que aconteceu na escola. Como está se sentindo?

Se eu fechar bem os olhos, ainda consigo ver o Long e o Tate me prendendo no chão. Ainda consigo ouvir aquela palavra. Marginal.

Uma porcaria de palavra e parece que ela tem todo o poder sobre mim. Mas eu digo a Trey:

— Estou bem.

— É, e Denzel Washington é meu pai.

— Caramba, é mesmo? Os genes bons pularam você, né?

Ele me olha de soslaio. Eu sorrio. Implicar com ele é meu hobby.

— Babaca — diz ele. — Mas, falando sério, fala comigo, Bri. Como você está se sentindo?

Eu apoio a cabeça no encosto. Tem dois motivos para o meu irmão ter se formado em psicologia. Um, ele diz que quer impedir alguém de acabar como a nossa mãe. Trey jura que se Jay tivesse feito terapia depois de ver o papai morrer, ela não teria corrido para as drogas para lidar com o trauma. Dois, ele sempre está falando sobre os sentimentos dos outros. Sempre. E agora, tem um diploma para certificar a xeretice.

— Estou de saco cheio daquela escola — eu digo. — Eles sempre me segregam, Trey.

— Já pensou que talvez você devesse parar de dar motivo para eles te segregarem?

— Espera aí, você devia estar do meu lado!

— E estou, Bri. É um saco eles sempre mandarem você pra sala da diretora. Mas você também tem que relaxar um pouco. Você é um caso clássico de transtorno desafiador de oposição.

O dr. Trey chegou.

— Para de tentar me diagnosticar.

— Só estou declarando os fatos — diz ele. — Você tem a tendência de ser argumentativa, desafiadora, fala com impulsividade, fica irritada com facilidade...

— Não fico! Retire o que disse!

Os lábios dele se apertam.

— Como falei, TDO.

Eu me encosto no banco e cruzo os braços.

— Não enche.

Trey cai na gargalhada.

— Você é tão previsível. Mas parece que o TDO ajudou ontem à noite. Parabéns pela vitória no Ringue. — Ele levanta o punho para mim.

Eu bato com o meu no dele.

— Já viu a batalha?

— Ainda não tive tempo. Kayla mandou uma mensagem.

— Quem?

Ele revira os olhos.

— Ms. Tique.

— Ahhhh. — Eu tinha esquecido que ela tem um nome real. — É tão legal você trabalhar com ela. — Se bem que é meio triste que alguém tão irada quanto a Ms. Tique tenha que fazer pizzas para pagar as contas. — Eu ficaria sem fala perto dela.

Trey ri.

— Você age como se ela fosse a Beyoncé.

— Ela é! Ela é a Beyoncé do Ringue.

— Ela é incrível mesmo.

Ele provavelmente não percebe que está todo covinhas no momento. Eu inclino a cabeça para trás de leve com as sobrancelhas erguidas. Trey repara que estou olhando.

— O quê?

— Você está tentando ser o Jay-Z dela?

Ele ri.

— Cala a boca. A gente tem que falar de *você*. — Ele cutuca meu braço. — Mamãe me contou que ela deu a notícia sobre o emprego antes de você fugir. O que está achando disso?

Ainda estamos na sessão de terapia do dr. Trey.

— Estou com medo — admito. — Nós já estávamos com dificuldade. Agora, só vai piorar.

— Vai — concorda ele. — Não posso mentir, contando meus empréstimos estudantis e o carro, parece que meu salário já acabou. As coisas vão ficar muito apertadas até a mamãe conseguir um emprego ou eu arrumar um melhor.

— Como está sua procura por emprego? — Ele está procurando uma coisa melhor desde o primeiro dia no Sal's.

Ele passa os dedos pelo cabelo. Está precisando muito de um corte.

— Está bem. Só demorando um pouco. Pensei em voltar a estudar pra fazer mestrado. Isso abriria muitas portas, mas...

— Mas o quê?

— Tiraria horas em que eu poderia estar trabalhando. Mas tudo bem. Não está tudo bem.

— Mas prometo o seguinte — diz ele —, aconteça o que acontecer, vai ficar tudo bem. Seu irmão mais velho todo poderoso e sábio vai cuidar disso.

— Eu não sabia que eu tinha outro irmão mais velho.

— Você é tão implicante! — Ele ri. — Mas vai ficar tudo bem. Tá? — Ele leva o punho ao meu de novo.

Eu bato no dele. As coisas nunca podem dar errado com o dr. Trey vigiando.

Mas ele não deveria ter que resolver isso. Não deveria ter tido que voltar para Garden Heights. Na Markham State, ele era o rei. Literalmente, foi o rei do baile. Todo mundo o conhecia, por estrelar em produções do campus e por ser o líder da banda. Ele se formou com honras. Estudou como louco para entrar lá e agora teve que voltar para o gueto e precisa trabalhar na pizzaria.

É horrível e me assusta, porque se o Trey não consegue depois de fazer tudo "certo", quem consegue?

— Tudo bem, sobre esse seu TDO — diz ele. — Nós temos que chegar à raiz disso, depois trabalhar...

— Eu não tenho TDO — eu digo. — Fim da discussão.

— Fim da discussão — debocha ele.

— Não repete o que eu digo.

— Não repete o que eu digo.

— Você é tão idiota.

— *Você* é tão idiota.

— Bri está certa.

— Bri está ce... — Ele olha para mim.

Eu abro um sorriso. Peguei ele.

Ele empurra meu ombro.

— Espertinha.

Eu caio na gargalhada. Por pior que a situação seja e por mais chato que ele saiba ser, estou feliz de ter meu irmão mais velho passando por tudo ao meu lado.

OITO

Quando acordo na manhã seguinte, meus fones de ouvido estão tortos e meio caídos da cabeça enquanto meu pai canta rap neles. Eu dormi o ouvindo. A voz dele é grave como a do vovô, meio rouca às vezes, e dura como as coisas sobre as quais ele fala. Para mim, é caloroso como um abraço. Sempre me faz dormir.

De acordo com meu celular, são 8h. Tia Pooh vai estar aqui em uma hora para me levar ao estúdio. Fiquei boa parte da noite mexendo no notebook, tentando decidir que música gravar. Tem a "Desarmados e perigosos". Escrevi essa depois que o garoto foi morto, mas não sei se quero ser política desde o começo. Tem "Estado dos fatos", que revela coisas pessoais demais... ainda não estou pronta para isso. Tem "Na cara e na coragem", que tem potencial. Principalmente o gancho.

Mas não sei. Simplesmente não sei.

Gargalhadas soam em alguma parte da casa, seguidas rapidamente de um "Shhh! Não quero acordar meus bebês".

Tiro os fones. É sábado de manhã e sei de quem são as gargalhadas.

Coloco as pantufas do Piu-Piu. Combinam com meu pijama. Sempre vou ser doida pelo Piu-Piu. Eu sigo as vozes na direção da cozinha.

Jay está à mesa, cercada de viciados em drogas em recuperação. Um sábado por mês, ela faz reuniões com pessoas que conheceu quando morou nas ruas. Ela chama as reuniões de checagem. O centro comunitário os abrigava, mas eles ficaram sem fundos e tiveram que fechar. Jay decidiu seguir em frente sozinha. Algumas daquelas pessoas se conhecem há muito tempo, como o sr. Daryl, que está limpo há seis anos e trabalha com construção agora. Tem a sra. Pat, que acabou de concluir o supletivo. Outros, como a sra. Sonja, aparecem de vez em quando. Jay diz que a vergonha da recaída faz com que ela fique longe.

As mães do Sonny e do Malik também estão aqui. Tia Gina está na bancada com um prato de panquecas. Tia 'Chelle já está começando a lavar os pratos na pia. Elas nunca usaram drogas, mas gostam de ajudar Jay a fazer o café da manhã e até preparam almoço para pessoas como a sra. Sonja, que talvez não consiga uma boa refeição de outra forma.

Às vezes, nós mal temos comida, mas Jay arruma um jeito de nos alimentar e também alimentar outras pessoas.

Não sei se isso me impressiona ou me irrita. Talvez as duas coisas.

— Estou dizendo, Pat — diz Jay —, sua mãe vai mudar de ideia e deixar você ver seus filhos. Continue se esforçando pra ganhar a confiança dela. Mas entendo a frustração. Senhor, como entendo. Depois que saí da reabilitação, meus sogros me fizeram passar o inferno quando o assunto eram meus bebês.

Não sei se era para eu ouvir isso.

— Estou falando de casos no tribunal, visitas supervisionadas... como é que pode um estranho me supervisionar enquanto passo um tempo com os *meus* bebês? Todas essas estrias são de trazer esses cabeçudos ao mundo e não confiam em mim com eles?

Os outros riem. Hum, minha cabeça tem tamanho normal, muito obrigada.

— Eu fiquei danada da vida — diz Jay. — Parecia que todo mundo jogava meus erros na minha cara. Ainda me sinto assim às vezes. Principalmente agora, que tenho que procurar emprego.

— Estão pegando no seu pé? — pergunta o sr. Daryl.

— As entrevistas começam bem — diz Jay. — Até que perguntam sobre meu período sem emprego. Eu falo a verdade e de repente sou uma drogada aos olhos dele. Não recebo resposta.

— Isso é um saco — diz tia 'Chelle, pegando o prato vazio da sra. Pat. Malik não é nem um pouco parecido com a mãe. Ela é baixa e gorducha, ele é alto e magro. Ela diz que ele é clone do pai. — Sabe quanta gente branca e rica tem que ir ao tribunal por posse de drogas?

— Um monte — diz Jay.

— Muitas mesmo — diz tia 'Chelle. — Todas levam um tapinha nas costas e voltam pra sociedade, como se tudo estivesse bem. Agora os negros e os pobres que se metem com drogas?

— Nossa vida acaba — diz Jay. — É isso mesmo.

— Você quer dizer que é coisa de *branco* — diz tia Gina, apontando com o garfo. Sonny é gêmeo da mãe dele, até o cabelo curto e cacheado.

— Aham. Mas o que eu posso fazer? — diz Jay. — É que eu odeio não saber o que vai acontec...

Ela me vê na porta. E limpa a garganta.

— Estão vendo? Vocês acordaram o meu bebê.

Eu entro na cozinha.

— Não acordaram, não.

— Oi, Li'l Bit — diz tia Gina com aquele jeito cuidadoso que as pessoas só usam quando se sentem mal por você. — Como você está?

Ela deve saber o que aconteceu.

— Estou bem.

Isso não é suficiente para Jay. Ela puxa a minha mão.

— Vem aqui.

Eu me sento no colo dela. Eu devia estar grande demais para isso, mas ainda consigo caber perfeitamente nos braços dela. Ela me aperta e está com cheiro de talco e manteiga de cacau.

— Minha Bookie — murmura ela.

Às vezes ela fala comigo como se eu fosse um bebê, o jeito que arranjou de compensar pela época em que esteve longe. E eu deixo. Mas fico pensando se ela só me vê como a garotinha que se aconchegava nela até dormir. Não sei se o carinho é para quem eu sou agora.

Desta vez, acho que o carinho é para ela.

Tia Pooh me busca, como combinamos. Digo a Jay que vamos dar uma volta. Se eu dissesse que estou indo para um estúdio, ela diria que não posso ir porque minhas notas caíram.

O estúdio fica em uma casa velha com tinta descascada no lado oeste. Tia Pooh bate na porta, uma mulher mais velha conversa conosco pela porta de tela e manda nós três, eu, tia Pooh e Scrap, para a garagem nos fundos.

É, o Scrap veio. Tia Pooh deve ter pensado nele como um reforço, porque a casa...

A casa é horrível.

É difícil acreditar que alguém mora nela. Duas janelas estão cobertas por tábuas, e tem trepadeiras e ervas daninhas nas paredes. Latas de cerveja sujam o gramado. Acho que vejo umas agulhas também.

Espere.

— Eles vendem crack aqui? — pergunto à tia Pooh.

— Não é da sua conta — diz ela.

Um pitbull deitado no quintal levanta a cabeça de repente e late para nós. Ele corre em nossa direção, mas uma corrente o segura perto da cerca.

Adivinha quem quase se mijou? A resposta seria eu.

— Quem é esse cara mesmo? — pergunto.

— O nome dele é Doc — diz ela, os polegares enfiados na cintura da calça, ou para segurá-las ou para ela pegar a arma com mais facilidade. — Ele não é importante nem nada, mas tem talento. Consegui uma batida insana por um bom preço. Ele vai mixar e tudo. Te deixar com um som de profissional. — Ela me olha de cima a baixo com um sorriso. — Vejo você arrasando no especial Juicy.

— Hã?

— Antigamente, quando eu usava camisa xadrez vermelha e preta. — Ela puxa a camisa xadrez por baixo do meu colete acolchoado enquanto cita o Biggie. — Um boné na cabeça e, por baixo, uma camiseta. — Ela mexe no meu boné de caçador. — Finalmente aprendeu a ter estilo com sua titia, né?

Ela consegue dar um jeito de levar crédito por tudo de bom que eu faço.

— Se você aprender a manter a calça cobrindo a bunda, podemos conversar.

A garagem é toda pichada. Tia Pooh bate na porta lateral. Pés se arrastam, e alguém grita:

— Quem é?

— P. — Isso é tudo que tia Pooh diz.

Várias trancas são giradas e, quando a porta é aberta, parece aquele momento no *Pantera Negra* em que eles passam pelo holograma e entram na verdadeira Wakanda. Parece que passamos por um holograma que mostrava para todo mundo uma casa de drogados e entramos no estúdio.

Não é o mais chique, mas é melhor do que eu esperava. As paredes são cobertas de suporte de copos de papelão que os restaurantes dão quando você tem que carregar várias bebidas. Isolamento acústico. Tem vários monitores de computador em cima da mesa, com baterias eletrônicas, teclados e alto-falantes por perto. Há um microfone em um suporte de pé no canto.

E tem um cara barrigudo e barbudo de regata sentado à mesa.

— E aí, P? — diz ele, cheio de ouro na boca. As palavras dele saem lentas, como se alguém tivesse diminuído a velocidade da voz.

— E aí, Doc? — Tia Pooh bate na mão dele e dos outros caras. São uns seis ou sete. — Bri, esse é o Doc, o produtor — diz tia Pooh. Doc assente para mim. — Doc, essa é a Bri, minha sobrinha. Ela vai detonar essa batida que você fez pra ela.

— Espera aí, você fez aquilo pra essa garotinha? — pergunta um cara no sofá. — O que ela vai fazer, cantar pra gente dormir?

Lá vêm os sorrisinhos e as risadinhas.

Essas são as babaquices previsíveis sobre as quais tia Pooh me avisou quando contei que queria ser rapper. Ela disse que eu teria que fazer o dobro do trabalho para conquistar metade do respeito. Além disso, tenho que ser implacável e não posso mostrar fraqueza. Basicamente, tenho que ser igual aos caras e mais um pouco para sobreviver.

Eu encaro o cara no sofá.

— Não. Mas você já devia ter ido dormir, meu velho.

— Aah — dois caras dizem, e um ou dois deles batem na minha mão enquanto morrem de rir. E assim eu passo a ser uma deles.

Doc ri.

— Ele queria que a batida fosse pra ele, só isso. Olha só.

Ele clica em algumas coisas em um dos computadores e uma batida rápida e animada toca nos alto-falantes.

Nossa. É muito boa. Penso em soldados marchando, não sei por quê.

Ou nas mãos de um segurança de escola, me revistando em busca das drogas que eu não tinha.

Rat-tat-tat-tat ta-ta-tat-tat.

Rat-tat-tat-tat ta-ta-tat-tat.

Pego meu caderno e dou uma olhada. Merda. Nada que eu tenha parece se encaixar na batida. Vou precisar de uma coisa nova. Uma coisa sob medida.

Tia Pooh se balança nos calcanhares.

— Uau! Vai ser a nossa hora da virada quando essa sair.

Hora da virada.

— Ta-ta-ta-da, na hora da virada — eu murmuro. — Ta-ta-ta-da, na hora da virada.

Eu fecho os olhos. As palavras estão ali, eu juro. Só estão esperando que eu as encontre.

Vejo Long me jogando o chão. Um movimento em falso teria acabado com as minhas chances de virada.

— Mas você não me segura na hora da virada — eu murmuro. — Você não me segura na hora da virada.

Eu abro os olhos. Todas as pessoas presentes estão me olhando.

— Você não me segura na hora da virada — eu digo, mais alto. — Você não me segura na hora da virada. Você não me segura na hora da virada. Não me segura, não, não.

Sorrisos se formam lentamente e cabeças assentem e balançam.

— Você não me segura na hora da virada — ecoa Doc. — Você não me segura na hora da virada.

Um a um, eles cantam junto. Lentamente, cabeças assentem com mais vigor, e essas poucas palavras viram um coro.

— Yo! É isso! — Tia Pooh sacode meu ombro. — É essa merda que...

O celular dela toca. Ela olha a tela e o enfia no bolso.

— Tenho que ir.

Espera aí, o quê?

— Achei que você fosse ficar comigo.

— Tenho uns negócios pra resolver. Scrap vai ficar.

Ele assente para minha tia, como se fosse um acordo que eles já tivessem feito.

Então é por *isso* que ele veio. Que merda.

— *Isso* é pra ser nosso negócio — eu digo.

— Eu volto depois, Bri. Tudo bem?

Ela sai como se a conversa tivesse acabado.

— Com licença — eu digo para os outros e saio rapidamente. Tenho que correr para alcançar a tia Pooh. Ela abre a porta do carro, mas eu a seguro e a fecho antes que ela possa entrar. — Aonde você vai?

— Como falei, tenho uns negócios pra resolver.

Negócios é o código dela para venda de drogas desde que eu tinha 7 anos e perguntei como ela ganhava dinheiro para comprar tênis caros.

— Você é minha agente. Não pode ir agora.

— Bri. Sai — diz ela entre dentes.

— Você tem que ficar comigo! Você tem que...

Deixar tudo de lado. Mas a verdade é que ela nunca disse que faria isso. Eu supus.

— Bri, sai — repete ela.

Eu chego para o lado.

Momentos depois, o Cutlass desaparece na rua, e fico no escuro e sem agente. Pior, sem a minha tia.

Olhos curiosos me esperam no estúdio. Mas não posso demonstrar fraqueza. Ponto. Eu limpo a garganta.

— Tudo bem.

— Que bom — diz Doc. — Você tem que ir com tudo nessa. É sua apresentação para o mundo, entendeu? O que você quer que o mundo saiba?

Eu dou de ombros.

Ele chega mais perto de mim na cadeira de rodinhas, se inclina para a frente e pergunta:

— O que o mundo fez a você ultimamente?

Botou minha família numa situação difícil.

Me derrubou no chão.

Me chamou de marginal.

— Fez um monte de coisas — respondo.

Doc se encosta com um sorriso.

— Conta pra todo mundo o que você está sentindo, então.

Eu me sento em um canto com meu caderno e minha caneta. Doc está com a batida tocando sem parar. Faz o chão pulsar, balançar de leve embaixo de mim.

Fecho os olhos e tento absorver o som, mas, cada vez que faço isso, Long e Tate me olham com desprezo.

Se eu fosse a tia Pooh, teria dado uma surra neles, sem brincadeira. Qualquer coisa só pra fazer aqueles covardes se arrependerem de olhar para mim duas vezes.

Mas não sou a tia Pooh. Sou a fraca e impotente Bri, que não teve escolha além de ficar deitada no chão. Mas, se eu fosse a tia Pooh, eu diria...

— Vem pra cima de mim e vai levar porrada — eu murmuro e escrevo. Porrada. Sabe o que é bom? Muita coisa rima com porrada. O ruim? Muita coisa rima com porrada. Eu bato com a caneta na palma da mão.

Do outro lado da garagem, Scrap mostra a Doc e aos amigos dele suas duas armas. Uma tem silenciador, e os caras quase babam em cima. Tia Pooh diz que Scrap tem mais fogo do que uma fornalha...

Espera.

— Vem pra cima de mim e vai levar porrada. Minha galera tem mais fogo que uma fornalha — eu murmuro enquanto escrevo. — Silenciador é tudo, não escutam o que a gente fala.

A gente fala.

Ninguém ouve o que a gente fala aqui. Como a dra. Rhodes. E todos aqueles políticos que vieram ao bairro depois das manifestações. Eles fizeram um monte de discursos falando para "acabar a violência das armas", como se nós fôssemos os culpados pela morte do garoto. Eles não se importavam que não era nossa culpa.

— E ainda jogam assassinato na nossa cara — eu digo baixinho.

Scrap aponta a Glock para a porta para a exibir. Ele até a engatilha. Se eu tivesse uma, teria mirado e engatilhado.

— Essa Glock, isso aí, eu engatilho e aponto — eu escrevo. Espera, não tem que vir alguma coisa antes disso. Aponto. Pronto. Monto... Desaponto.

A verdade é que, se eu tivesse aquela Glock, Tate e Long teriam mais um motivo para me chamar de marginal, de bandida. Ah, quer saber?

— Você me acha bandida, admito, não desaponto — eu murmuro. — Essa Glock, isso aí, eu engatilho e aponto. É isso que você quer? Então pronto. Você pintou a imagem, eu apenas monto.

Moleza.

Meia hora depois, vou até o microfone e coloco os fones nos ouvidos.

— Está pronta? — diz Doc nos fones.

— Estou.

A música começa. Eu fecho os olhos de novo.

Querem me chamar de marginal?

Tudo bem.

Vou ser a marginal então.

> *Você não me segura na hora da virada.*
> *Você não me segura na hora da virada.*
> *Você não me segura na hora da virada.*

Não me segura, não, não.
Você não me segura na hora da virada.
Você não me segura na hora da virada.
Você não me segura na hora da virada.
Não me segura, não, não.
Vem pra cima de mim e vai levar porrada.
Minha galera tem mais fogo que uma fornalha.
Silenciador é tudo, não escutam o que a gente fala.
E ainda jogam assassinato na nossa cara.
Você me acha bandida, admito, não desaponto.
Essa Glock, isso aí, eu engatilho e aponto.
É isso que você quer? Então pronto.
Você pintou a imagem, eu apenas monto.
Eu chego, você olha, sou uma ameaça.
Acha que sou a pior bandida dessa praça.
A polícia corrupta causa o ruído
E não se arrepende do corpo estendido.

Mas você não me segura na hora da virada.
Você não me segura na hora da virada.
Você não me segura na hora da virada.
Não me segura, não, não.
Você não me segura na hora da virada.
Você não me segura na hora da virada.
Você não me segura na hora da virada.
Não me segura, não, não.

Me jogou no chão, cara, maior cagada.
Me denunciou, juntou galera, fiquei toda errada
Se eu fizesse o que queria e te desse uma porrada,
Sua cara já estaria apodrecida e enterrada.
Tem caras de uniforme por toda a região.
Acham que nosso lugar é no camburão.

Se reagimos, atacamos, eles surgem e dizem não
Trazem tropas usam botas pelo bem da nação.
Mas preciso ser sincera, eu te garanto,
Se a polícia me agredir, aqui não vai ter pranto.
Como meu pai, sem medo. Meu acalanto
É meu gueto que acolhe e amplia meu canto.

Porque você não me segura na hora da virada.
Você não me segura na hora da virada.
Você não me segura na hora da virada.
Não me segura, não, não.

Sou rainha, não preciso de cinza pra provar.
Arraso com a coroa e ninguém vai me tirar.
Tenho sangue azul, é coisa de família.
Venho da nobreza. Do rei eu sou a filha.
Os caras confundem mochila com pistola.
Acham que levo cartuchos pra minha escola.
Se me acham uma assassina, que eu sou perigosa,
Eu devia explodir a porra toda, furiosa.
Odeio que minha mãe se mata diariamente.
As contas, a comida, um sufoco que é frequente.
Mas juro pra você o meu sucesso é iminente.
Minha mãe ainda vai viver como gente.

Então você não me segura na hora da virada.
Você não me segura na hora da virada.
Você não me segura na hora da virada.
Não me segura, não, não.

NOVE

Tia Pooh não voltou. Scrap andou comigo até em casa.

Deixei recados na caixa-postal, mandei mensagens de texto, tudo. Isso foi ontem, e ainda não tive resposta dela. A namorada dela, Lena, também não teve notícias. Mas a tia Pooh faz isso às vezes. Some um pouco e aparece do nada, agindo como se estivesse tudo bem. Se você perguntar o que ela estava fazendo, ela vai dizer "Não esquenta a cabeça" e vai fazer outra coisa.

Sinceramente, é melhor assim. Olha, eu sei que minha tia faz coisas erradas, tá? Mas prefiro vê-la como heroína a vê-la como vilã de alguém. Só não posso mentir, estou puta da vida por ela ter me abandonado daquele jeito.

Eu fiz a música, Doc aprimorou, botou em um pen-drive para mim e pronto. Sem problemas. Mas tia Pooh devia estar lá. Era ela que tinha que me avisar se algum verso estivesse ruim e me elogiar quando estivesse bom. Ela tem que me dizer o que fazer.

Não coloquei a música online ainda. Primeiro, não sei o que fazer com ela. Como eu divulgo? Eu *não* quero ser aquela pessoa aleatória no Twitter que invade threads e solta links do Dat Cloud que ninguém pediu.

Segundo, por mais idiota que pareça, estou com medo. Para mim, é como botar nudes na internet. Tá, posso estar exagerando um pouco, mas é como exibir uma parte de mim que não vou poder esconder de novo.

Já tem uma parte de mim exposta que não tenho como esconder. Alguém da escola fez upload de um vídeo do Long e do Tate me segurando no chão. Não mostra quando eles me derrubaram e nem nada que aconteceu antes. Quem gravou chamou de "Traficante pega na Midtown".

Traficante. Uma palavra.

Como acham que sou traficante,
Ninguém está dando a
Mínima.

O vídeo quase não teve visualizações. É horrível e estou feliz de ninguém estar vendo.

Trey espia no banheiro.

— Caraca, não está pronta ainda?

— Treeey! — eu resmungo. Só estou passando gel nas raízes, mas quem quer o irmão mais velho dividindo esse momento? — Você sabe o que é privacidade?

— Você sabe o que é pontualidade? — Ele olha para o relógio. — O culto começa em vinte minutos, Bri. Mamãe está pronta.

Eu prendo os fios de cabelo menores.

— Não sei por que estamos indo para a igreja.

Pra ser direta, seria preciso o próprio Jesus aparecer para me fazer voltar à mesma igreja que me deixou partir. De verdade. E, ainda assim, eu diria: "Preciso pensar um pouco."

— Também não sei por que a mamãe quer ir — diz Trey. — Mas ela quer. Então, anda.

Isso não faz sentido, eu juro. Trey sai, e vou logo atrás. Jay já está no Jeep.

— Tudo bem, pessoal — diz ela. — Vocês já sabem que as pessoas vão falar de eu ter perdido o emprego. Tentem ignorar e nada de responder, tá?

Ela olha diretamente para mim pelo retrovisor.

— Por que você está me olhando?

— Ah, você sabe por quê. — Ela dá ré no carro. — Você tem a boca do seu pai.

E a dela também. Mas tudo bem.

A Templo de Cristo fica a cinco minutos de carro. O estacionamento está tão cheio que tem carros parados no terreno de cascalho ao lado que pertence à igreja. É lá que vamos parar em vez de na vaga de secretária da igreja que Jay usava. Tiraram a placa.

Do lado de dentro, Jay cumprimenta as pessoas com um sorriso que parece que nada aconteceu. Ela até abraça o pastor Eldridge. Ele abre os braços para mim. Dou um aceno de *E aí* e sigo em frente. Trey faz a mesma coisa. Nosso rancor não discrimina.

Temos um banco perto dos fundos que é como se tivesse nosso nome. Daqui, podemos ver um pouco de tudo. O culto ainda não começou, mas tem pessoas em todo o santuário, conversando em grupinhos. Tem as "mães" mais velhas, como são chamadas, na fileira da frente com os chapéus grandes.

Alguns dos diáconos estão de lado, inclusive o diácono Turner com o penteado Jheri curl. Olho com uma cara muito feia para ele. Alguns meses atrás, ele foi para a frente da congregação e ficou falando que os pais não devem abraçar e beijar os filhos porque eles viram gays. Os pais do Sonny disseram que aquela falação foi "um monte de baboseira". Eles não levaram Sonny e a irmã para a igreja depois disso. Mostrei o dedo do meio para o diácono Turner todas as vezes que tive oportunidade desde então.

Como agora. Mas ele não está usando os óculos, o que explica por que só acena para mim. Então ofereço meu especial duplo de dedos do meio.

Trey empurra minha mão para baixo. Seus ombros tremem de tanto rir.

Vovó está lá na frente com o grupo do comitê de decoração. O chapéu dela é o maior de todos. Ela diz alguma coisa para as amigas, que olham para nós.

— Espero que a vaca não esteja falando de mim — diz Jay. — Com aquele horror sintético na cabeça. Aquela peruca parece um animal morto atropelado.

— Mãe! — diz Trey. Eu sufoco uma risada.

Vovô se aproxima pelo corredor central. Ele não pode dar um passo sem alguém dizer "Bom dia, diácono Jackson!" Esse é o único lugar onde as pessoas não o chamam de "Jackson pai". A barriga redonda parece que vai explodir pelo colete. A gravata e o lenço roxos combinam com o vestido e o chapéu da vovó. Meus avós sempre combinam. E não só aos domingos. Eles apareciam nos jogos de futebol americano da Markham de conjuntos esportivos iguais para ver Trey. Ele não jogava, era líder da banda, mas a banda é tão importante quanto o time de futebol americano nas Faculdades e Universidades Historicamente Negras. Nossa, mais importante até.

— Muito bem, pessoal — diz o vovô para nós.

Esse é o jeito dele de dizer bom-dia. Ele se inclina sobre o banco e beija a bochecha de Jay.

— Bom ver que vocês conseguiram vir hoje.

— Claro, sr. Jackson — diz Jay. — Nada poderia me impedir de comparecer à casa do Senhor. Oh, Glória!

Eu olho para ela de lado. Não que Jay não ame o Senhor, mas ela fica extracristã quando estamos na igreja. Como ela, tia Gina e tia 'Chelle estavam dançando ontem à noite na nossa sala. Menos de 24 horas depois, uma a cada duas palavras que saem da boca de Jay é "glória" ou "aleluia". Duvido até que Jesus fale assim.

Vovô se inclina na minha direção e aponta para a bochecha. Eu a beijo. É gorda e com covinhas, como era a do meu pai.

— Sempre preciso do açúcar da minha Li'l Bit — diz ele com um sorriso. Ele olha para Trey e o sorriso some. — Garoto, você sabe que precisa ir a um barbeiro. Tem mais cabelo aí do que um branco que se perdeu na selva.

Eu dou um sorrisinho. Só o vovô.

— Já vai começar logo de manhã? — pergunta Trey.

— É... você que vai ter animais selvagens correndo na cabeça. Está tudo bem, Jayda?

Ele sabe. Não está surpreso. Como diácono-chefe, o vovô descobre tudo.

— Sim, senhor — alega Jay. — Nós vamos ficar bem.

— Não estou perguntando se vão ficar, estou perguntando como estão *agora*.

— Estou cuidando de tudo — diz Trey.

— Com aquele negócio que você chama de emprego? — pergunta vovô.

O vovô acha que Trey deveria arrumar um "emprego de verdade". Semana passada começou um papo de que "essa nova geração não quer dar duro" e que fazer pizza "não é emprego de homem". O vovô foi funcionário da manutenção da cidade por quarenta anos. Foi um dos primeiros negros a ter emprego lá. No ponto de vista dele, se Trey não chega em casa suado e sujo, ele não está dando duro o bastante.

— Eu disse que estou cuidando de tudo — diz Trey.

— Sr. Jackson, nós estamos bem — diz Jay. — Obrigada por perguntar.

Vovô pega a carteira.

— Me deixe pelo menos dar alguma coisa a vocês.

— Não posso aceitar...

Ele conta duas notas de vinte e coloca na mão de Jay.

— Pare com essa tolice. Júnior ia querer que eu fizesse isso.

Júnior é o meu pai e a chave para encerrar qualquer discussão com a minha mãe.

— Não — diz Jay. — Se ele estivesse aqui, estaria dando dinheiro para o *senhor*.

Vovô ri.

— Aquele garoto era generoso, não era? Outro dia, eu estava olhando o relógio que ele me deu e comecei a pensar. — Ele bate no relógio de ouro que fica no pulso o tempo todo. — Foi a última coisa que ele me deu e eu quase não aceitei. Eu teria me arrependido se soubesse...

Vovô faz silêncio. A dor não passou para os meus avós. Esconde-se nas sombras e espera os momentos certos para aparecer.

— Fique com o dinheiro, Jayda — diz o vovô. — Não quero ouvir mais nada sobre isso, escutou?

Vovó se aproxima.

— Só não vá desperdiçar.

Jay revira os olhos.

— Oi para a senhora também, sra. Jackson.

Vovó olha para ela da cabeça aos pés e repuxa os lábios.

— Aham.

Sou a primeira a dizer que minha avó é metida. Desculpa, mas ela é. O motivo principal para ela não gostar de Jay é por ela ser de Maple Grove. Ela já chamou Jay de aquela "rata de gueto do conjunto habitacional" várias vezes. Por outro lado, Jay já a chamou de "vaca velha e arrogante" muitas outras.

— Espero que você use esse dinheiro com os meus netinhos e não com alguma outra confusão em que você deve estar metida — diz a vovó.

— Como? — diz Jay. — Que outra confusão?

— Louise, pare com isso — diz o vovô.

Vovô suga os dentes e me olha.

— Brianna, amorzinho, não quer se sentar conosco?

É a mesma pergunta todos os domingos. Felizmente, já tenho um sistema para lidar com isso. A cada dois domingos eu me sento com meus avós. Assim, a vovó não fica decepcionada por eu escolher mais Jay do que ela, e Jay não fica decepcionada de eu ter escolhido meus avós em vez de ficar com ela. Basicamente, é guarda compartilhada: edição banco da igreja.

É complicado, mas é a minha vida. Então, como fiquei com Jay no domingo anterior, esse domingo é dos meus avós.

— Sim, senhora.

— Essa é a minha garota — diz vovó, toda arrogante. Ela ainda não percebeu meu esquema. — E você, Lawrence?

Ela está falando de Trey. Ele é Lawrence Marshall Jackson III. Vovó raramente usa o apelido.

Trey passa o braço em volta da nossa mãe.

— Está bom aqui.

É a resposta dele todas as semanas.

Vovó repuxa os lábios.

— Tudo bem. Vamos, Brianna.

Jay aperta minha mão de leve quando passo.

— Até mais tarde, florzinha.

Ela sabe que eu divido os domingos. Disse que não preciso fazer isso. Mas faço qualquer coisa pra manter a paz.

Sigo a vovó na direção da frente do templo. Ela e o vovô têm um lugar na segunda fila que pertence a eles. A primeira fila é das pessoas que querem se exibir. A segunda fila é das pessoas que querem se exibir, mas preferem agir de forma mais sutil.

Vovó aperta os olhos e me examina de cima a baixo.

— Você parece cansada. Com olheiras e tudo. Aquela mulher está deixando você ficar acordada até tarde, não é?

Primeiro de tudo, que grosseria. Segundo:

— Eu vou dormir em um horário decente. — Às vezes. Não é culpa de Jay. É mais do meu PlayStation.

— Hum! Até parece. E você está parecendo meio seca.

Seca de magra, coisa que não estou. É o jeito do interior de falar. Por mais burguesa que minha avó queira parecer, de acordo com o vovô ela tem "um pé na floresta e um dedo na ignorância".

— Eu estou comendo bem, vovó — digo.

— Aham. Não parece. Ela nem deve cozinhar, não é? Essas mães jovens vivem comprando comida. Deve te dar hambúrguer todas as noites. Um horror!

Eu nem digo nada, só resmungo.

Vovó implica com meu cabelo.

— E por que ela sempre fica botando você de trancinhas? Você tem cabelo bom! Não precisa ficar esse horror.

O que quer dizer cabelo "bom"? E o que é cabelo "ruim"?

— Senhor, aquela mulher não sabe cuidar de você — continua ela. — Você sabe que pode voltar para o seu lar, não é?

Para ela, a casa dela e do vovô sempre vai ser meu "lar". Falando sério, ela age como se eu só estivesse visitando Jay. Não posso mentir, antes eu também queria voltar para eles. Quando sua mãe é só sua mãe nos fins de semana e nos feriados, ela está a um passo de se tornar uma estranha. Morar com ela era novidade.

Mas agora, sei o quanto ela lutou para ficar conosco e o quanto a magoaria se fôssemos embora. É por isso que eu digo para a vovó:

— Eu sei. Mas quero ficar com a minha mãe.

Vovó faz "Hum!" como se duvidasse.

A irmã Daniels se aproxima. Ela é outra integrante da equipe "salva e burguesa". Quer agir como se não deitasse a cabeça no conjunto habitacional Maple Grove todas as noites. Vovó a abraça e sorri na cara dela, sabendo que fala mal da irmã Daniels sempre que pode. Na verdade, foi a vovó que espalhou o boato de que ela tem problemas com baratas. É por isso que o comitê de alimentos nunca mais pede para a irmã Daniels cozinhar nos eventos, e agora pede para a minha avó.

— Garota, você está chique hoje! — declara a irmã Daniels.

Eu praticamente vejo a cabeça da minha avó inchar. Mas é preciso tomar cuidado com cumprimentos de igreja. A pessoa deve estar pensando o oposto do que falou, mas diz uma coisa legal para o caso de Jesus estar ouvindo.

— Obrigada, garota — diz vovó. — Minha sobrinha comprou este em um dos shoppings de ponta de estoque que ela conhece.

— Deu para perceber.

Ah, que constrangimento. Pelo olhar rápido que surge no rosto da minha avó, ela também sabe.

Ela ajeita a saia.

— O que você está fazendo aqui, garota? — Isso é o jeito de igreja de dizer "É melhor você sair da minha frente".

— Ah, eu queria falar com Brianna — diz a irmã Daniels. — Curtis me contou o que aconteceu na escola. Você está bem, amorzinho?

Eu olho para o outro lado do corredor. Curtis me olha com o maior sorriso do mundo.

Curtis é o único neto da irmã Daniels. Com a mãe dele na prisão, ele mora com a avó e sempre conta tudo para ela. No quinto ano, ele disse uma coisa que me irritou, e eu lhe dei um soco na boca. Ele correu e contou para a avó. A avó dele contou para a minha, e eu levei uma surra. Dedo-duro.

Vovó se vira para mim.

— O que aconteceu na escola, Brianna?

Eu não queria contar para ela. Vai fazer um milhão de perguntas sobre as quais não quero pensar.

— Nada, vovó.

— Ah, não foi nada — diz a irmã Daniels. — Curtis disse que os seguranças jogaram ela no chão.

Vovó ofega. A irmã Daniels se alimenta de ruídos como esse.

— Jogou? — diz a vovó. — Por que fizeram isso?

— Acharam que ela estava com drogas — diz a irmã Daniels antes que eu possa responder.

Outro ofego. Eu fecho os olhos e boto a mão na testa.

— Brianna, o que você está fazendo com drogas? — pergunta a vovó.

— Eu não estava com drogas, vovó — resmungo.

— Claro que não — diz a irmã Daniels. — Ela vende doces. Curtis diz que os guardas adoram arrumar confusão. A culpa é deles, mas Brianna foi quem acabou suspensa.

Ora, eu nem preciso contar a história. É só deixar a irmã Daniels assumir. Na verdade, por que eu não deixo ela escrever logo minha biografia, se ela sabe tanto?

— Te deram três dias, não foi, amorzinho? — pergunta ela.

— Três dias? — grita vovó.

Que drama. Eu apoio o queixo na mão.

— É.

— Por que você estava vendendo doces? — pergunta a vovó.

— Provavelmente pra ajudar a mãe — diz a especialista na vida de Bri. Surpresa! Parece que não sou eu.

— Senhor, eu sabia que você não estava bem — diz a vovó. — Você não agia assim quando morava conosco.

— Carol e eu estávamos conversando — a irmã Daniels baixa a voz —, e essa coisa toda é estranha, não é? O pastor preferia pagar um salário do próprio bolso para não deixar alguém ficar sem trabalho. Ele não despede as pessoas com facilidade. A não ser que...

Ela levanta as sobrancelhas, como se houvesse uma mensagem escondida nelas.

— Hum! — diz vovó.

— Aham.

Hum, hã?

— A não ser que o quê? — pergunto.

— Eu não ficaria surpresa — diz a vovó enquanto elas olham para Jay. — Você sabe o que dizem, as pessoas nunca se livram completamente depois que se metem com aquilo.

Espera, o quê?

— Meniiiina — diz a irmã Daniels. — É melhor você ficar de olhos e ouvidos abertos, Louise. Pelo bem dos seus netos.

Eu estou sentada bem ali.

— Minha mãe não está usando drogas.

A irmã Daniels apoia a mão no quadril.

— Tem certeza disso?

O "sim" está na ponta da minha língua, mas fica lá por um segundo. Quer dizer... eu acho que não está.

Primeiro, oito anos é muito tempo para se estar limpa. Segundo, Jay não voltaria para aquela vida. Ela sabe o quanto faz mal a nós. Ela não nos faria passar por aquilo de novo.

Mas.

Ela já nos fez passar por aquilo.

O coral ocupa a arquibancada e a banda começa uma música animada. As pessoas batem palmas.

A irmã Daniels bate no joelho da vovó de leve.

— Fique de olho, Louise. Só estou dizendo isso.

Quatro horas depois, o culto acaba.

O Espírito Santo esqueceu o conceito de tempo; quer dizer, o Espírito Santo acertou o pastor Eldridge com tudo. Ele bufou e soprou até um louvor sair. Vovó saiu correndo, como sempre, e aquela peruca saiu voando, como sempre. Vovô a guardou embaixo do braço e ficou parecendo que ele tinha pelos demais na axila.

Depois que o culto acaba, todos vão para o porão da igreja para a "confraria". Não consigo evitar um leve tremor cada vez que venho aqui. Parece que o lugar é assombrado. Tem retratos de todos os pastores velhos e mortos nas paredes. Nenhum deles sorri, como se eles estivessem nos julgando por não termos contribuído o suficiente com nosso dízimo e com as ofertas. Não ajuda o fato de que o local é decorado como uma funerária. Estou convencida de que um dia Jesus vai pular de um canto e me matar de susto.

Pergunta: Se Jesus te dá um susto, você chama por ele? Você diz "Ah, meu Deus"?

Coisas para ponderar.

A confraria na Templo de Cristo significa rango, e rango significa frango frito ou assado, salada de batata, vagem, bolo e refrigerante. Acho que as pessoas da igreja não sabem fazer um "lanchinho".

A vovó e duas amigas servem a comida, inclusive a sra. Daniels. Elas usam luvas de plástico e redes de plástico na cabeça que parecem finas demais para a germefobia da minha avó. Vovô e alguns diáconos conversam no canto. O vovô toma um refrigerante diet. Qualquer coisa diferente de diet e a vovó pega no pé dele por não controlar o consumo de açúcar. Trey foi encurralado por dois outros diáconos não muito longe. Ele parece preferir ser invisível. Jay está conversando com o pastor Eldridge e ri e sorri como se não houvesse nada de errado.

Ainda estou na fila para pegar comida. Existe uma regra tácita que é: quando seus avós estão servindo, você tem que ir para o fim da fila. Não estou reclamando. Vovó está servindo o frango e vai guardar um pedaço grande para mim. E vai mandar a irmã Grant me dar o pedaço do canto da torta de pêssego. Torta de pêssego é o amor da minha vida, e o cantinho é a perfeição.

Alguém entra atrás de mim. O hálito roça no meu ouvido quando a pessoa diz:

— Você não ficou encrencada demais com a sua avó, ficou, Princesa?

Sem hesitação, empurro o cotovelo direto na barriga dele. O "ai!" me faz sorrir.

Curtis me chama de "Princesa" desde que tínhamos 7 anos. Ele disse que era porque as pessoas chamam meu pai de "rei do Garden". Sempre me irritou. Não tanto por ser chamada de princesa (a verdade é que eu seria uma princesa fodona), mas o jeito como ele fala. *Princesa*, como se fosse uma piada interna, que só ele entende.

Espero que ele "entenda" a cotovelada.

— Droga — diz ele. Eu me viro, e ele está curvado para a frente. — Que violenta.

— Que dedo-duro — eu digo, entre dentes. — Tinha que ir correndo contar pra vovó o que aconteceu, né? Você *sabia* que ela ia fazer fofoca.

— É, eu só contei pra ela o que aconteceu na escola, como um bom neto deve fazer. Não é culpa minha ela sair contando pra todo mundo que você foi jogada no chão.

— Uau. Você acha que o que fizeram comigo foi engraçado?

O sorrisinho desaparece.

— Não. Não acho mesmo.

— Até parece que não.

— Falando sério, Bri. Não acho. É errado. Estou de saco cheio de ficarem tirando conclusões sobre nós.

Sinto isso na alma. Tem mais gente fazendo suposições sobre quem eu sou do que pessoas que realmente me conhecem.

— Por Deus, mana — diz Curtis —, aqueles guardas vão ter o que merecem um dia. Por Deus.

Desta vez, não acho que ele esteja mentindo para Deus.

— Não faça nenhuma burrice, Curtis.

— Olha isso. A princesa está preocupada com o insignificante *eu*?

— Rá! Não mesmo. Mas se você acha que eles são ruins agora, espera alguma coisa acontecer. Vamos ter sorte se nos deixarem entrar de novo.

Vamos falar a verdade: nós somos adolescentes negros de um dos piores bairros da cidade. Basta um de nós fazer besteira e todos fizeram besteira. Eu já devo ter piorado a situação.

— Você está certa — admite Curtis. — Eu perguntaria como você está depois daquilo, mas é uma pergunta idiota. Os boatos na escola não devem estar ajudando, né?

— Que boatos?

— De que você vende drogas e de que foi por isso que Long e Tate foram atrás de você.

Então a pessoa que postou o vídeo não é a única.

— Mas que merda. Como concluíram isso?

— Você sabe como é. De alguma forma, passou de você entregar doces pras pessoas nos corredores pra vender erva nos corredores.

— Uaaaaau.

— Olha, ignora essas besteiras — diz Curtis. — Só lembra que você não fez nada de errado.

Agora *eu* estou achando graça.

— Olha isso. Você está agindo como se realmente se importasse comigo.

Ele morde o lábio e me olha por um longo e constrangedor momento, de um jeito que nunca me olhou antes. Finalmente, diz:

— Eu me importo com você, Bri.

O quê?

Curtis estica a mão para trás de mim, o braço roçando no meu, e pega um prato de isopor na mesa. Seus olhos se encontram com os meus.

— Brianna, amorzinho — diz a irmã Daniels. É minha vez na fila.
— O que você quer, salada verde ou de batata?

Mas meu olhar ainda está grudado no de Curtis.

Ele se empertiga com um sorrisinho.

— Vai ficar encarando ou vai pegar comida?

DEZ

— Você acha o Curtis fofo?

Sonny me olha como se eu tivesse duas cabeças.

— Que Curtis?

Eu indico com a cabeça.

— Aquele Curtis.

É quarta-feira, meu primeiro dia depois da suspensão. Curtis está em um dos bancos da frente no ônibus. Um brinco de "diamante" brilha em uma das orelhas e o boné combina com os tênis. Ele se gaba da pontuação em um videogame de basquete com Zane, o do piercing no nariz. Alto como sempre e atribuindo a "juro por Deus, mano" que venceria Zane no jogo, como sempre.

Sonny aperta os olhos. Inclina a cabeça para um lado e depois para o outro.

— Até que é. Mas não é meu bebê, o Michael B. Jordan.

Senhor. Desde *Pantera Negra*, Sonny jura que Michael B. Jordan é a definição da gostosura. Mas entendo por quê. Quando ele tirou a camisa no filme, Sonny e eu nos olhamos e falamos "Meu Deus!". Durante a cena toda, Sonny ficou apertando a minha mão e dizendo "Bri... Bri!"

Foi um grande momento.

— Ninguém é Michael B. Jordan, Sonny — eu lembro a ele.

112

— Você está certa. Ele é único mesmo. Mas acho que o Curtis é fofo do mesmo jeito que roedores são estranhamente adoráveis. Sabe quando você vê um ratinho bebê e pensa "Ai, que fofo!". Até que o filho da puta invade seu armário e come os doces de Halloween que você escondeu das suas irmãzinhas.

— Isso é estranhamente específico.

— Hum, *você me* perguntou se o Curtis é fofo. A única estranha aqui é você, Bri.

Touché. A pergunta está me incomodando desde o domingo. Será que ele é meio bonitinho? Ele é baixo e meio atarracado, coisa que eu gosto, não posso mentir, e tem uns lábios bem carnudos que ele morde muito, principalmente quando está sorrindo. Seus olhos são mais suaves do que se esperaria, tipo, apesar de falar muita besteira, ele é como um ursinho de pelúcia. Ele não é um garoto lindo, mas eu não suporto garotos lindos. Eles costumam agir como quem sabe que é maravilhoso. Ele tem a quantidade certa de fofura que pode ser considerada bonita.

Mas é o Curtis.

Curtis.

Sonny olha para o celular e o guarda no bolso do casaco. Ele entrou no ônibus sozinho hoje. Malik queria trabalhar no documentário no laboratório antes da aula começar.

— O que fez você começar a pensar na boa aparência do Curtis ou na falta dela? — pergunta Sonny. — Ter sido suspensa te deixou *tão* desesperada assim?

Eu o empurro com tanta força que ele cai para o lado rindo.

Sonny se senta novamente.

— Vi-o-len-ta. Falando sério, de onde veio isso?

— Nós conversamos na igreja sobre a minha suspensão e ele até que foi legal.

— Caramba, Bri. Ele falou com você como um ser humano e agora de repente você está doida por ele? Que tipo de baboseira heterossexual é essa?

Eu aperto os lábios.

— Não foi isso que eu quis dizer, Sonny. Só estou dizendo... que a conversa me fez olhar para ele de um jeito meio diferente, só isso.

— Como falei, seus padrões são *tão* baixos que agora você de repente está se apaixonando por ele?

— Eu não me apaixonei, muito obrigada.

— Você vê aquele troll como mais do que um troll. Isso já é bem ruim — diz Sonny. — Aff, criança. O gueto.

Eu reviro os olhos. Sonny só assiste a *Real Housewives of Atlanta* para pegar as citações de NeNe, assim como assiste a *Empire* pelas citações de Cookie, e vive pelos momentos em que pode usá-las.

— Você nem me contou como foi no estúdio — disse ele. — Gravou uma música?

— Gravei.

Sonny levanta as sobrancelhas.

— Posso ouvir ou não?

— Humm...

Preciso de todas as minhas forças para dizer "Não!" Eu me tornei uma pessoa nova quando parei na frente do microfone; acontece sempre que eu canto rap. Mas quando Sonny ouvir "Na hora da virada", ele não vai ouvir Bri, a rapper. Vai ouvir Bri, sua melhor amiga.

Eu devia estar acostumada com isso, pois deixo que ele e Malik ouçam as rimas que escrevi, mas sempre fico com medo de mostrar esse outro lado meu às pessoas que me conhecem. E se elas não gostarem?

— Por favor, Bri — pede Sonny, unindo as mãos. — Por favooooor.

Quer saber? Tudo bem. Ou ele vai me encher o dia todo.

— Tudo bem.

Por algum motivo, minhas mãos tremem, mas consigo abrir "Na hora da virada" no celular. Aperto o play e desejo poder pular do ônibus.

Não sei como os rappers fazem. Quando parei na frente do microfone, éramos só eu e ele. Não pensei no que Sonny ia pensar, nem ninguém. Só falei o que a rapper Bri queria dizer.

Porra. Por que fiz aquilo?

Mas a boa notícia é que Sonny balança a cabeça com a batida e abre um sorriso largo.

— Briiii! — Ele balança meu ombro. — Que irado!

— Pra cacete — acrescenta Deon atrás de nós. Ele também assente. — É você, Bri?

Meu coração está quase pulando do peito.

— É.

Ele solta um assobio.

— Isso aí é quente.

— Aumenta essa porra! — diz Sonny. O garoto pega meu celular e aumenta o volume, o suficiente para todo mundo, sim, *todo mundo* no ônibus ouvir.

Conversas param, pessoas balançam as cabeças com a batida e se viram.

— Ei, de quem é essa música? — pergunta Zane.

— Da Bri! — responde Deon.

— Caramba, como se chama? — pergunta Aja, o calouro.

Estou suando. Sério.

— "Na hora da virada."

— *Você não me segura na hora da virada.* — Sonny dança da melhor forma que consegue sentado. — *Não me segura, não, não.*

Ouvir a música na voz dele a faz parecer diferente; como se fosse uma música de verdade, e não só uma coisinha que eu fiz.

> *Me jogou no chão, cara, maior cagada.*
> *Me denunciou, juntou galera, fiquei toda errada*
> *Se eu fizesse o que queria e te desse uma porrada,*
> *Sua cara já estaria apodrecida e enterrada.*

— Ah, meeeerda — diz Curtis, o punho na boca. — Princesa, você falou do Long e do Tate?

— Ah, falei. Eles tinham que saber.

Pela reação das pessoas no ônibus, parecia que todo mundo tinha descoberto que ia ganhar mil dólares. Deon se deita no banco, agindo como se eu o tivesse matado.

— Você... fez... isso! — diz Sonny. — Ah, meu Deus, você fez isso!

Estou sorrindo muito. Já botaram a música duas vezes, tenho certeza de que estou flutuando.

Até que o ônibus para na frente da Midtown.

Todo mundo desce sem hesitar. O recesso de Natal começa amanhã e acho que todos estão prontos pra encarar logo o dia e acabar com ele. Eu fico no meu lugar e olho para o prédio. Queria que a última vez que estive ali fosse realmente a minha última vez ali, mas hoje de manhã Jay me mandou "entrar lá de cabeça erguida".

Ela só não me disse como fazer isso.

— Tudo bem? — pergunta Sonny.

Eu dou de ombros.

— Não se preocupe com aqueles dois — diz ele. — Como eu falei, eles não vieram nenhuma vez esta semana.

Long e Tate. Sonny e Malik me mandaram uma mensagem na segunda-feira e me contaram que eles tinham sumido. Não estou preocupada com eles. Não tem como eles voltarem. São os sussurros, os olhares e os boatos que me incomodam.

— Estou do seu lado — diz Sonny. Ele estica o braço para mim. — Vamos, minha dama?

Dou um sorriso.

— Vamos.

Passo o braço pelo de Sonny e descemos do ônibus juntos.

Metade da escola está na frente, como sempre. Os olhares e sussurros começam assim que descemos do ônibus. Uma pessoa cutuca outra e me olha, e logo as duas estão olhando, até que todo mundo também está.

Não foi isso que eu quis dizer quando falei que queria ser visível.

— Então — diz Sonny. — Tem um cara com quem ando conversando...

Viro a cabeça para ele rapidamente.

— Nome completo, data de nascimento e número do CPF.

— Caraca, Bri. Posso terminar?

— Não. — Se o plano dele era me distrair de ser o assunto da escola, deu certo. — Onde vocês se conheceram?

— Nós não nos conhecemos. Só conversamos online.

— Qual é o nome dele?

— Só sei o nome de usuário dele.

— Quantos anos ele tem?

— Dezesseis, como eu.

— Como ele é?

— Eu ainda não vi fotos.

Eu levanto as sobrancelhas.

— Tem certeza de que existe um cara?

— Absoluta. Estamos conversando há semanas...

Eu boto a mão no peito.

— Jackson Emmanuel Taylor, tem um cara com quem você está conversando há *semanas* e só estou sabendo *agora*?

Ele revira os olhos.

— Você é tão dramática. E xereta. E não consegue guardar segredo. Então, é, você só está sabendo *agora*.

Dou um soco no braço dele, o que ele devolve com um sorriso.

— Eu também te amo. O problema é que só sei o nome de usuário dele, Rapid_One, e... o que você está fazendo?

Eu pego o celular.

— Stalkeando. Continua.

— Nojenta. Ele me mandou uma mensagem algumas semanas atrás. Ele faz fotografia e me mandou uma foto do meu punho com arco-íris no parque Oak.

Sonny faz grafite no Garden e posta no Instagram com o codinome "Sonn__Shine". Malik e eu somos as únicas pessoas que sabem que é ele.

— Aah! Ele mora aqui! Qual é o endereço dele?

— Tenho certeza de que você vai descobrir, Olivia Pope de araque.

Sonny e eu éramos obcecados por *Scandal*. Kerry Washington é uma musa.

— Olha, eu me senti elogiada.

— Claro. Então, ele disse que sentiu uma conexão com o grafite e veio falar comigo. Estamos trocando mensagens todos os dias agora.

Ele abre um sorriso tímido e nada característico quando subimos a escada.

— Ah, meu Deus, você gosta dele! — eu digo.

— Mas é claro que sim. Acho que ele gosta de mim também, mas tecnicamente nós não nos *conhecemos*, Bri. Não trocamos nem fotos. Quem faz isso?

— Duas pessoas que nasceram na geração das redes sociais e que, apesar de serem rotuladas como rasas e vaidosas, na verdade são superantenadas e preferem se esconder atrás de avatares a se revelarem.

Sonny só fica me olhando.

Eu dou de ombros.

— Vi no Instagram.

Sonny inclina a cabeça.

— Não sei se você me atacou ou não. Eu li há pouco tempo um livro sobre dois caras que se apaixonam por e-mail. Quando li, fiquei pensando: "Caramba. Talvez possa dar certo pra nós também."

— Mas? — eu pergunto. Obviamente tem um mas.

— Não posso me distrair. Tem coisa demais em jogo.

— Se você está falando das coisas preparatórias pra faculdade...

— Coisas preparatórias pra *vida*, Bri. Minhas pontuações no ACT e no SAT vão me botar em uma boa faculdade de artes, vão me ajudar a conseguir uma bolsa. Vão me tirar do Garden. Eu sei, nada é garantido, mas, caramba, por pelo menos quatro anos eu talvez possa morar em outro lugar que não seja o nosso bairro e toda aquela merda. Em um lugar onde eu não precise me preocupar com cores, balas perdidas. Com homofóbicos.

Eu entendo... e não entendo. Já tive vislumbres de coisas que Sonny e tia Pooh enfrentam no bairro, mas nunca vou *saber* de verdade porque não passo por elas.

— Além do mais, tenho que dar o exemplo pras minhas irmãs — diz Sonny. — Elas precisam me ver conseguir, senão vão achar que não conseguem.

— As pessoas vão pra faculdade *e* têm relacionamentos, Sonny.

— É, mas não posso correr o risco, Bri. Por sorte, o Rapid entende. Estamos indo devagar, sei lá. Acho que não contei pra você e o Malik sobre ele porque é legal não ter que explicar nada e só... existir, sabe?

O que quer dizer que ele não acha que consiga "só existir" comigo e com o Malik. Mas acho que entendo. É como o rap dentro de mim. Eu não quero ter que explicar porra nenhuma. Só quero existir.

Eu beijo a bochecha dele.

— Bom, estou feliz que você tenha encontrado alguém.

Sonny me olha de lado.

— Não vai ficar melosa pra cima de mim, vai?

— Nunca.

— Tem certeza? Isso aí pareceu bem meloso.

— Não foi meloso.

— Acho que foi, sim.

— Isso é meloso? — Eu mostro o dedo do meio.

— Ah. Essa é a minha Bri.

Idiota.

Nós entramos na fila da segurança. Tem uma mulher e um homem que nunca vi, instruindo as pessoas a passarem pelos detectores de metais um de cada vez.

De repente, fico enjoada.

Não tinha nada comigo naquele dia. Não tem nada comigo hoje. Nem doces. Não vou mais vender aquela merda porque faz as pessoas acharem que eu sou traficante.

Mas estou tremendo como se eu realmente fosse traficante. É como quando vou a uma loja em Midtown (o bairro) e os funcionários me observam com atenção ou me seguem. Sei que não estou roubando, mas fico com medo de acharem que estou roubando.

Não quero que esses novos guardas também façam suposições. Principalmente porque consigo ver o local exato onde Long e Tate me seguraram no chão. Não tem sangue lá nem nada, mas é uma daquelas coisas que nunca vou esquecer. Eu conseguiria botar o rosto no mesmo lugar sem pensar duas vezes.

É mais difícil respirar.

Sonny toca nas minhas costas.

— Está tudo bem.

A mulher faz sinal para eu passar pelo detector de metais. Não apita e estou liberada para seguir em frente. O mesmo acontece com Sonny.

— Sua primeira aula é poesia, não é? — pergunta ele, como se eu não tivesse acabado de quase ter um ataque de pânico.

Eu engulo em seco.

— É. Você tem história?

— Não. Pré-cálculo. Como se eu precisasse saber aquelas merdas pra...

— Libertem Long e Tate!

Nós dois nos viramos. Tem um cara ruivo levantando o punho e olhando para nós. Os amigos morrem de rir.

Sempre há aquele garoto branco que diz idiotices só para fazer os amigos rirem. Eles costumam ser encontrados falando merda no Twitter. Nós acabamos de ver um solto na natureza.

— Que tal você libertar minhas bolas pra você e seus ancestrais da klan? — pergunta Sonny, com a mão na virilha.

Eu seguro o braço dele.

— Ignora.

Eu o puxo pelo corredor na direção dos nossos armários. Malik enfia os livros no armário já lotado. Ele faz milagre todas as vezes. Ele e Sonny batem mãos e terminam com a saudação de Wakanda.

— Tudo bem com vocês? — pergunta Malik, mas olha para mim quando fala.

— Tudo — respondo.

— Mais do que bem — diz Sonny. — Bri deixou a galera no ônibus ouvir a música dela. Aquela porra é foda.

— É legal — eu digo.

— *Legal?* Tá de brincadeira — diz Sonny. — É muito melhor do que aquele lixo "Chocrível" do Milez.

Dou um sorrisinho.

— Isso não diz muito.

Malik me encara com olhos brilhantes.

— Não estou surpreso.

O sorriso dele... meu bom Senhor, deixa um nó no meu cérebro.

Mas é o Malik.

É o Malik.

Droga, é o Malik.

— Obrigada.

— Quando vou poder ouvir? — pergunta ele.

Perto dessas pessoas que já estão me olhando? Definitivamente, agora não.

— Mais tarde.

Ele inclina a cabeça, as sobrancelhas erguidas.

— Mais tarde quando?

Eu também inclino a cabeça.

— Mais tarde quando me der na telha.

— Isso não é específico o suficiente. Que tal mais tarde na hora do almoço?

— Almoço? — eu digo.

— É. Quer ir ao Sal's?

Acho que tenho uns dois dólares pra pagar uma pizza.

— Quero. Nos encontramos aqui ao meio-dia?

— Eu, não — avisa Sonny. — Tenho preparatório para o SAT.

— É — diz Malik, como se já soubesse. — Achei que a gente podia sair juntos, Bri.

Espera. Isso...

Ele está me chamando para sair?

Tipo, num encontro?

— Hum, tá. — Não sei como consegui formar uma palavra. — Claro.

— Legal, legal. — Malik sorri sem mostrar os dentes. — A gente se encontra aqui ao meio-dia?

— Isso. Meio-dia.

— Tudo bem, beleza.

O sinal toca. Sonny bate na nossa mão e vai para a ala de artes visuais. Malik e eu seguimos em direções opostas. Na metade do corredor, ele se vira.

— Ah, e quer saber, Brisa? — diz ele enquanto caminha de costas. — Tenho certeza de que a música é irada.

ONZE

Minha cabeça está em qualquer lugar, menos onde deveria estar.

Malik me chamou pra sair.

Eu acho.

Bom, uma confissão: de acordo com o vovô, eu "tiro conclusões mais rápido do que os piolhos pulam da cabeça de uma criança branca para a outra". É o tipo de coisa que só o meu avô diria, mas ele talvez tenha razão. Na primeira vez que me disse isso, eu tinha 9 anos, ele tinha acabado de contar para mim e para o Trey que tinha diabetes. Eu caí no choro e gritei: "Vão cortar suas pernas fora e você vai morrer!"

Eu era uma criança dramática. Além do mais, tinha acabado de assistir a *Alimento da alma* pela primeira vez. Descanse em paz, Big Mama.

Posso estar tirando conclusões precipitadas, mas pareceu que Malik estava me chamando para sair sem me chamar para sair, sabe? Daquele jeito casual de quem diz "Ei, nós somos amigos, é normal amigos almoçarem juntos, mas ainda bem que vamos ser só nós dois".

Acho que é isso mesmo. Ou estou exagerando. Mas acho que é. Assim, posso ignorar o jeito como as pessoas me olham no corredor.

Tem pena. Tem surpresa, como se eu devesse estar na prisão. Alguns parecem querer falar comigo, mas não sabem o que dizer, então só olham. Um ou dois cochicham. Algum idiota tosse enquanto fala "traficante" na hora que eu passo.

Não ando de cabeça erguida, como minha mãe mandou. Na verdade, queria ser invisível de novo.

Quando entro na aula de poesia, meus colegas fazem silêncio de repente. Aposto cinco dólares que estavam falando sobre mim.

A professora Murray me olha por cima de um livro. Ela o fecha e o coloca na mesa com um sorriso que tem tanta solidariedade que é quase uma careta.

— Oi, Bri. Que bom ver você de volta.

— Obrigada.

Até ela parece não saber o que dizer e agora sei que as coisas estão bem ruins. A professora Murray sempre sabe o que dizer.

Todos os olhos na sala me acompanham até minha mesa.

Já não aguento mais isso.

Ao meio-dia, vou direto para o meu armário.

Uso o celular para olhar o cabelo. Na segunda-feira, fiquei sentada por quatro horas entre as pernas da Jay enquanto ela fazia minhas trancinhas na raiz que terminam em tranças embutidas. São lindas? Muito. Dão trabalho? Infelizmente. Estão tão apertadas que consigo sentir meus pensamentos.

Malik é tão alto que o vejo acima de várias pessoas quando ele vem andando pelo corredor. Está rindo e conversando com uma pessoa. Sonny, talvez?

Mas Sonny não é uma garota baixa de pele escura e usando coque.

— Desculpa o atraso — diz Malik. — Tive que ir buscar a Hana.

Hana, do ônibus, veste o casaco. Malik a ajuda.

— Ah, meu Deus, estou tão ansiosa. Não vou ao Sal's há um tempão.

Acho que acabei de descobrir como um balão se sente quando está murchando.

— Hum... eu não sabia que a Hana também ia.

— Uau. É sério, Malik? — Hana dá um soco no braço dele. — Esquecidinho.

Ela deu um soco nele. Sou *eu* quem dá socos nele.

Ele segura o braço, rindo.

— Caramba, mulher. Esqueci, tá? Está pronta, Bri?

O que está acontecendo?

— Estou. Claro.

Eu ando na frente. Sabia que os dois conversavam; os dançarinos têm ensaio depois da aula e Malik sempre fica até mais tarde para trabalhar no documentário, então ele e Hana acabam pegando o ônibus da cidade para voltar para o Garden juntos às vezes. Mas eu não sabia que os dois se davam *tão* bem.

Eles riem e conversam atrás de mim enquanto seguimos pela calçada. Eu seguro as alças da mochila. O Sal's fica a dois quarteirões apenas, mas mesmo naquela caminhada curta temos que seguir as regras do bairro, afinal estamos em Midtown. São regras tácitas, mas conhecidas.

1. Se entrar em uma loja, mantenha as mãos fora dos bolsos e da mochila. Não dê motivo para acharem que você está roubando.
2. Sempre use "senhora" e "senhor" e sempre fique calmo. Não dê motivo para acharem que você é agressivo.
3. Não entre em nenhuma loja, café e nenhum outro lugar se não planejar comprar nada. Não dê motivo para acharem que você vai assaltá-los.
4. Se seguirem você pela loja, fique calmo. Não dê motivo para acharem que está fazendo alguma coisa errada.
5. Basicamente, não dê motivo. Ponto.

A questão é que às vezes eu sigo as regras e mesmo assim tenho que aguentar merda. Sonny, Malik e eu entramos em uma loja de quadrinhos alguns meses atrás e o funcionário nos seguiu até sairmos. Malik gravou tudo com a câmera.

O Sal's é um dos poucos lugares onde as regras não se aplicam. As paredes são sujas e marrons e todas as cabines estão com o couro dos assentos rasgados. As coisas mais saudáveis do cardápio são os pimentões e as cebolas que podemos acrescentar à pizza.

Big Sal recebe os pedidos no balcão e grita para o pessoal de trás. Se demoram muito para preparar um pedido, ela diz: "Preciso ir aí eu mesma fazer?" Ela é pequenininha, mas todo mundo em Midtown e no Garden sabe que ela não está para brincadeira. Esse é um dos poucos lugares que nunca é pichado.

— Oi, Bri e Malik — diz ela quando chega nossa vez. Quando Trey começou a trabalhar aqui no ensino médio, Sal se tornou a tia italiana que nunca tivemos. — Quem é a mocinha linda com vocês?

— Hana — diz Malik. — Ela não vêm aqui há um tempo, por favor a perdoe.

Hana o cutuca de leve.

— Por que você tem que me dedurar?

Hum, ela está muito à vontade com ele.

— Ah, tudo bem. Não sou rancorosa — diz Sal. — Mas, depois que comer uma fatia, você volta logo. O que vão querer?

— Pepperoni média com queixo extra? — eu pergunto a Malik. É a nossa de sempre.

— Ahh, podemos acrescentar lombo canadense? — pede Hana.

— Por mim, tudo bem — responde Malik.

Primeiro: quem acrescenta lombo canadense na pizza?

Segundo: lombo canadense está longe de ser bacon. Sem querer ofender, Canadá, mas essa merda é presunto magro.

Sal faz nosso pedido, aceita o dinheiro do Malik (ele insiste em pagar), nos dá copos e nos manda ir para uma mesa. Ela também diz que o Trey não está. Saiu para almoçar. Aparentemente, é possível se cansar de comer pizza.

Enchemos nossos copos na máquina de refrigerante e Malik e eu levamos Hana até nossa cabine de cantinho, que costumamos dividir com Sonny. Por sorte, sempre está vazia. Não consigo me imaginar sentando em nenhum outro lugar. Tratamos o lugar da mesma forma que as senhoras da Templo de Cristo tratam seus bancos: se alguém chegasse primeiro ali, nós olharíamos de cara tão feia que a pessoa seria pulverizada.

Malik estica os braços no encosto do banco, tecnicamente nos ombros da Hana. Mas vou agir como se fosse só no encosto.

— Posso ouvir a música agora, Bri? — pede ele.

Hana toma um gole de refrigerante.

— Que música?

— A Bri gravou a primeira música dela outro dia. E tocou pra todo mundo no ônibus hoje de manhã.

— Aah, quero ouvir — diz Hana.

Se ela estivesse no ônibus de manhã, eu não teria tido problema em deixar que ela ouvisse. Mas agora? Agora é diferente.

— Talvez uma outra hora.

— Ah, para com isso, Bri — diz Malik. — Todo mundo ouviu, menos eu. Você vai me deixar magoado.

Eu já estou magoada.

— Não é tão boa.

— Considerando que você escreveu algumas das melhores rimas que ouvi na vida, aposto que é — diz ele. — Tipo "Tem um animal sempre rondando este local..."

— "...que se chama cocaína em cristal, o crack convencional..." — eu digo, cantando minha própria letra.

— "Impressiona como entra na corrente e transforma mães em estranhas que só têm o mesmo nome da gente." — Malik termina. — Não posso esquecer minha favorita, "Desarmados e perigosos, mas, América, vocês nos fizeram, e só ficamos famosos..."

— "Quando morremos. E vocês dizem que nós merecemos" — eu termino desta vez.

— Que profundo — diz Hana.

— A Bri tem talento — diz Malik. — Por isso eu sei que essa música deve ser incrível. Só promete que você não vai ficar metida quando estourar. Eu te conheci quando você ainda tinha medo do Garibaldo.

Hana ri.

— Do Garibaldo?

— É. — Malik ri. — Ela fechava os olhos todas as vezes que ele aparecia na Vila Sésamo. Uma vez, o pai do Sonny vestiu uma fantasia de Garibaldo pra festa do Sonny. A Bri saiu correndo e gritando.

Hana cai na gargalhada.

Eu contraio o maxilar. Ele não tinha o direito de contar isso, principalmente pra fazer com que ela risse.

— Não faz sentido um pássaro ser grande daquele jeito — digo, com voz ferina.

Não é mesmo. O Piu-Piu é o amor da minha vida. O Garibaldo? Não confio naquele sujeito. Além do mais, alguém já *viu* o ninho dele? Ele deve esconder corpos lá.

A gargalhada de Malik some. Eu não estou achando nada engraçado. Nem um pouco.

— Relaxa, Bri. Estou brincando.

— Tudo bem — eu resmungo. — Tá.

Eu pego o celular, abro a música e aperto o play.

Hana se balança um pouco no assento.

— Legal. A batida é boa.

Meu primeiro verso começa e as sobrancelhas do Malik se unem. Ficam unidas durante o resto da música. Quando chega nos versos do incidente, os dois me olham.

Quando a música termina, Hana diz:

— Arrasou, Bri

Malik morde o lábio.

— É. Irado.

A expressão do rosto dele diz mais do que ele falou.

— O que foi? — pergunto.

— É que... você falou de fazer coisas que nunca fez de verdade, Bri.

— Acho que você não está entendendo a questão, Maliky — diz Hana.

Maliky?

— Ela não está dizendo que faz essas coisas. Está dizendo que é isso que esperam que ela faça — diz Hana.

— Exatamente — eu digo.

— Eu entendo, mas acho que pouca gente vai entender — diz Malik. — E esse papo todo de armas?

Ah, meu Deus. É sério?

— Importa, Malik?

Ele levanta as mãos.

— Esquece que falei alguma coisa.

Ele está quase me irritando.

— O que houve com você?

Ele me olha.

— Eu é que devia te perguntar isso.

Uma garçonete coloca nossa pizza quente na mesa. Ficamos em silêncio quando começamos a comer.

Depois de um tempo, Hana coloca a fatia no prato e limpa as mãos com o guardanapo.

— Na verdade, eu queria falar com você, Bri.

— Ah?

— É. Sobre aquele dia.

— Ah.

— É... — Ela para de falar e olha para Malik. Ele assente, como se estivesse dando permissão para ela continuar. — Alguns de nós andam conversando sobre como o Long e o Tate parecem marcar mais certos alunos do que outros.

Era melhor ela dizer de uma vez.

— Você quer dizer os alunos de pele morena e negra?

— Isso mesmo — diz ela. — É ridículo, sabe? Claro que você sabe agora... — Ela fecha os olhos. — Deus, isso saiu errado. Sou péssima nisso.

Malik coloca a mão na dela.

— Você é ótima. Eu juro.

Olho direto para as mãos deles e meu mundo para.

Ele... eles...

Tem alguma coisa entre os dois.

Eu devia saber. Ele é o Luke da minha Leia. Nada mais do que isso.

Hana sorri e ele passa o polegar na mão dela, depois ela olha para mim. Não sei como consigo não ficar com lágrimas nos olhos.

— Um grupo estava conversando e decidimos que vamos fazer alguma coisa sobre isso.

Estou tentando lembrar de como falar. Meu coração está tentando lembrar de como bater.

— Alguma coisa o quê?

— Ainda não sabemos. Desde as manifestações e protestos do ano passado, estou inspirada a fazer alguma coisa. Não posso mais ficar sentada deixando as coisas acontecerem. Nós tínhamos esperança de que você sentisse o mesmo.

— Nós formamos uma aliança não oficial de alunos negros e latinos — diz Malik. É a primeira vez que escuto falar disso. — Planejamos exigir mudanças da administração. A verdade é que precisam de nós naquela escola. Só começaram a usar os ônibus pra transportar alunos de outros bairros para poderem conseguir subsídio. Se a notícia de que alunos negros e latinos estão sendo perseguidos se espalhar...

— Midtown teria problemas — diz Hana.

— Isso mesmo — diz Malik. — E se a notícia do que aconteceu com você especificamente se espalhasse...

Opa, opa, opa.

— Quem disse que quero ser o símbolo disso?

— Me escuta, Bri — diz Malik. — Algumas pessoas gravaram o que aconteceu, mas só depois que você estava no chão. Eu filmei o incidente inteiro. Posso postar online.

— O quê?

— Mostra que você não fez nada que merecesse o que eles fizeram — continua ele. — Todos os boatos que estão se espalhando são só um jeito de tentar justificar o que aconteceu.

— É — diz Hana. — Eu já ouvi que alguns pais não se importam porque souberam que você era traficante. Eles querem Long e Tate de volta.

Isso é como um tapa na minha cara.

— Você está falando sério?

Isso explica por que aquele garoto gritou "Libertem Long e Tate". Bom, claro que ele é um babaca, mas isso me ajuda a entender melhor.

— É ridículo — diz Malik. — Quem sabe o que pode acontecer depois que eu postar o vídeo?

Ah, eu sei o que pode acontecer. O acontecimento pode parar no noticiário e nas redes sociais. Pessoas de todo o mundo vão me ver ser jogada no chão. Depois de um tempo, vai acabar sendo esquecido, sabe por quê? Uma coisa parecida vai acontecer com outra pessoa negra numa Waffle House ou na Starbucks ou algum outro lugar e todo mundo vai passar a falar disso.

Prefiro esquecer que aconteceu. Além do mais, não tenho tempo de me preocupar com essas coisas. Minha casa está sem aquecimento.

Malik se inclina para a frente.

— Você tem a chance de fazer alguma coisa, Bri. Se esse vídeo se espalhar e você falar... As coisas podem mudar na nossa escola.

— Então fala você — digo.

Ele se encosta.

— Uau. Me deixa ver se entendi direito: você prefere fazer um rap sobre armas e coisas que você não faz a falar de uma forma positiva sobre uma coisa que realmente aconteceu com você? Que coisa vendida, Bri.

Eu o olho de cima a baixo.

— Como é?

— Vamos falar a verdade — diz ele. — O único motivo pra você ter cantado o rap daquele jeito é porque todo rap é assim, certo? Você achou que seria uma forma fácil de fazer sucesso com a música e ganhar dinheiro.

— Não, porque nem todo mundo tem versos sobre ser jogado na porcaria do chão!

Falo tão alto que várias cabeças se viram em nossa direção.

— Não é da sua conta por que eu fiz o rap do jeito que fiz — digo, com os dentes cerrados. — Mas eu disse o que queria dizer, inclusive sobre o incidente. É tudo que vou dizer sobre isso. Mas se eu fiz o rap daquele jeito só pra fazer "sucesso" e ganhar dinheiro, que bom pra mim, considerando toda a merda que a minha família está passando. Quando você acordar em uma casa gelada, me procura, mano.

A ficha parece cair em questão de segundos; seus olhos se arregalam quando ele provavelmente lembra que Jay perdeu o emprego, ele parece horrorizado por ter esquecido que não temos gás e abre e fecha a boca como se estivesse arrependido do que disse.

— Bri, me desculpa...

— Foda-se, Malik — eu digo. Por vários motivos.

Saio da mesa, jogo o capuz na cabeça e saio da pizzaria.

DOZE

Não falei com Malik pelo resto do dia e nem no dia seguinte. Nós passamos um pelo outro nos corredores e, no que me diz respeito, ele era um estranho. Ele entrou no ônibus naquela tarde e acho que o fato de eu não falar com ele o fez se sentar na frente com Hana.

Sonny odeia a situação.

— Quando vocês dois brigam, parece o Capitão América contra o Homem de Ferro e eu sou o Peter Parker, impressionado com os dois — disse ele. — Não consigo escolher um lado, droga.

— Não quero que escolha. Mas você sabe que o Peter estava tecnicamente do lado do Homem de Ferro, né?

— Não é essa a questão, Bri!

Odeio que ele esteja nessa posição, mas é o que é. Não vou falar com Malik enquanto ele não pedir desculpas. Falando sério, vendida? Eu já estava com raiva dele por ter feito Hana rir por minha causa. E também meio puta por ele a ter levado lá. Mas eu estava errada? Eu não fazia ideia de que havia alguma coisa entre os dois e de repente virei vela no que achava que seria um almoço com o meu melhor amigo.

E no que supus estupidamente que seria um encontro. Mas estou com mais raiva de mim mesma por causa disso. Eu sempre tenho sentimentos por garotos que nunca vão sentir nada por mim. Estou destinada a ser essa pessoa.

Mas não posso me preocupar com Malik. No momento, estou mais preocupada com essa geladeira quase vazia na minha frente.

É o segundo dia do recesso de Natal e estou aqui há um minuto. Tempo suficiente para contar quantos itens tem dentro. Dezoito, para ser precisa. Oito ovos, quatro maçãs, duas barras de manteiga, um pote de geleia de morango (para acompanhar o pote de creme de amendoim no armário), uma garrafa de leite, uma garrafa de suco de laranja, um pão. O freezer não está muito melhor: um saco de 5 quilos de frango, um saco de ervilha e um saco de milho. Esse vai ser o jantar de hoje e o de amanhã também. Não sabemos o que vamos jantar depois disso. O Natal é daqui a alguns dias e é um ponto de interrogação gigantesco.

Trey passa por mim.

— Para de deixar o ar frio sair da geladeira, Bri.

Agora, são sete ovos. Ele pega um, junto com o pão.

— Você parece a vovó. — Não posso estar com a geladeira aberta há dez segundos que ela já vem falar "Fecha a geladeira senão vai estragar a comida!"

— Ei, ela tem razão — diz Trey. — A conta de luz só aumenta desse jeito.

— Não enche.

Eu fecho a geladeira. A porta está coberta de contas novas. A conta de gás foi paga e é por isso que a casa está quente e a geladeira está quase vazia. Quando a decisão era entre mais comida ou aquecimento, o tempo frio fez Jay escolher o aquecimento; deve haver nevasca na semana que vem. Ela disse que podemos "prolongar" a comida que temos.

Mal posso esperar pelo dia em que não tenhamos que prolongar nem escolher.

— O que vou fazer de café da manhã?

Trey quebra o ovo em uma frigideira quente.

— Faz um ovo mexido como estou fazendo.

— Mas odeio ovo. — Ele sabe disso. É... melequento demais.

— Faz sanduíche de creme de amendoim com geleia, então — diz Trey.

— De café da manhã?

— É melhor do que nada.

Jay entra, prendendo o cabelo em um rabo de cavalo.

— O que vocês tanto conversam?

— Não tem quase nada pra comer — eu digo.

— Eu sei. Vou ao posto comunitário agora. Gina disse que tem distribuição de comida. Podemos conseguir algumas coisas pra segurar até o dia primeiro.

Trey coloca o ovo em uma fatia de pão.

— Mãe, acho que você devia ir ao centro logo.

O centro é o código para a "assistência social". É como o pessoal do Garden fala. Chamar de "centro" faz com que ninguém se meta. Mas todo mundo sabe o que quer dizer. Não sei bem qual é o objetivo.

— Não vou lá de jeito nenhum — diz Jay. — Eu me recuso a deixar as pessoas de lá me diminuírem porque tenho a audácia de pedir ajuda.

— Mas, se ajudar...

— Não, Brianna. Acredite em mim, florzinha, o tio Sam não dá nada de graça. Ele arranca sua dignidade em troca de moedas. Além do mais, eu não conseguiria nada. Não permitem que universitários peguem cupons pra alimentos mesmo que eles não tenham emprego, e não vou largar os estudos.

Como assim? Juro, essa merda parece areia movediça: quanto mais tentamos sair, mais difícil fica.

— Só estou dizendo que ajudaria, mãe — diz Trey. — Nós precisamos de toda ajuda que conseguirmos.

— Vou dar um jeito de termos comida — diz ela. — Pare de se preocupar com isso, tá?

Trey suspira pelo nariz.

— Tá.

— Obrigada. — Jay beija a bochecha dele e limpa a marca de batom. — Bri, quero que você vá comigo à distribuição de alimentos.

— Por quê?

— Porque eu mandei.

Queridos pais negros de todos os lugares,
  Essa não é uma boa resposta.
  Assinado, Brianna Jackson, em nome dos filhos negros do
mundo.

P.S.: Não temos coragem de dizer na cara de vocês, então corre-
mos para o nosso quarto e nos vestimos enquanto resmungamos
tudo que queremos dizer.

— O que você disse? — grita Jay.
— Nada!
Droga. Ela ouve até meus resmungos.

O centro comunitário fica duas ruas adiante, na Ash. Não são nem 8 horas ainda, mas o estacionamento está cheio de carros, tem um caminhão de dezoito rodas cheio de caixas e uma fila que sai pela porta.
  Também tem uma van de noticiário.
  Ah, droga.
— Eu não quero sair na TV! — digo quando Jay estaciona.
— Garota, você não vai sair na TV.
— A câmera pode se virar na minha direção, sei lá.
— E?
Ela não entende.
— E se o pessoal da escola me vir?
— Por que você está tão preocupada com o que eles pensam?
  Eu mordo o lábio. Se alguém reparar em mim, de repente vou ser a garota pobrezinha de não-Timberlands que não só foi jogada no chão, mas também precisa pegar comida distribuída.
— Olha, você não pode ficar se preocupando com o que as pessoas pensam, flor — diz Jay. — Sempre vai ter alguém que vai dizer alguma coisa, mas isso não quer dizer que você tenha que dar ouvidos.
  Eu olho para a van da televisão. Ela age como se fosse fácil *não* dar ouvidos.

— Nós não podemos...

— Não. Nós vamos entrar aqui, pegar comida e ficar agradecidas por isso. Senão, não é que vai ter *pouca* comida. Não vai ter *nenhuma* comida. Entendeu?

Eu suspiro.

— Tudo bem.

— Que bom. Vamos.

A fila anda rápido, mas também não parece que vai diminuir tão cedo. Entramos no final dela e menos de um minuto depois tem mais quatro pessoas atrás de nós. Tem todo tipo de gente na fila, mães com os filhos e idosos de andador. Algumas estão embrulhadas em casacos, outras estão com roupas e sapatos que parecem que deveriam estar no lixo. Tem música de Natal tocando alto e voluntários de gorro de Papai Noel descarregam o caminhão.

Um homem no estacionamento filma a fila com uma câmera de televisão. Acho que alguém em algum lugar ama ver os pobres do gueto implorando por comida.

Eu olho para os sapatos. Jay levanta o meu queixo e diz com movimentos labiais: *Cabeça erguida.*

Pra quê? Isso não é nada que me deixe orgulhosa.

— É sua filha? — pergunta a mulher atrás de nós. Ela está de casaco fechado, sapatos de ficar em casa e rolinhos no cabelo, como se tivesse acabado de sair da cama para ir até lá.

Jay passa os dedos pelo meu cabelo.

— É. Minha garotinha. Minha *única* garotinha.

— Que amor da parte dela vir ajudar. Não consegui tirar os meus da televisão.

— Ah, pode acreditar. Eu precisei obrigá-la a vir.

— Essas crianças não são nem capazes de reconhecer uma bênção. Mas querem comer tudo que a gente leva pra casa.

— E não é verdade? — diz Jay. — Quantos você tem?

Juro, não consigo ir a lugar nenhum sem que ela comece a conversar com algum estranho. Jay é uma pessoa que gosta de pessoas. Eu estou mais para "é verdade que as pessoas existem, mas isso não quer dizer que precise conversar com elas".

Quando chegamos ao prédio, já ouvi a história da vida da mulher. Ela também conta para Jay sobre todas as igrejas e organizações da cidade que distribuem comida. Jay anota tudo. Acho que essa é nossa vida agora.

Há mesas por todo o ginásio cobertas de roupas, brinquedos, livros e alimentos embalados. Um dos voluntários pega algumas informações com Jay, dá uma caixa para ela e nos diz para dar uma volta. Outros voluntários entregam coisas. Perto das cestas de basquete, um Papai Noel negro dá balas que tira do saco para as crianças. Um garoto com o cabelo em corte zigue-zague o ajuda e posa para selfies. A frente do suéter dele diz "Sr. Chocrível".

Eu sempre tive a teoria de que Deus é um roteirista de comédia que adora me botar em situações ridículas. Tipo, "Hahahaha, além de ter que mendigar comida, ela vai ter que fazer isso na frente do Milez. Hilário!"

Esse programa precisa mudar de rumo.

Jay segue meu olhar até Milez.

— Aquele é o garoto da sua batalha, não é? O da música idiota?

Como ela sabe?

— É.

— Ignora ele.

Quem me dera. Por mais que "Chocrível" seja idiota, não consigo andar pelo bairro sem ouvi-la.

Estou esperando tia Pooh me dizer o que fazer com "Na hora da virada". Mas ela continua sumida. Não estou preocupada. Como falei, ela faz isso às vezes.

— Não fica assim. — Jay puxa meu braço. — Nós só viemos buscar comida. É só disso que a gente precisa. Algumas dessas pessoas não têm tanta sorte.

A primeira mesa está cheia de enlatados. Tem duas senhoras idosas, uma negra e uma branca. Elas estão usando suéteres iguais de Natal.

— Quantas pessoas moram na sua casa, querida? — pergunta a negra a Jay.

A companheira de mesa dela me olha com um sorrisinho, e a expressão nos olhos dela me dá vontade de gritar.

Pena.

Quero dizer para ela que as coisas não são assim para nós normalmente. Nós não costumamos entrar em filas compridas em centros comunitários para pedir comida. Às vezes, a geladeira ficava vazia, é verdade, mas havia a garantia de que ficaria cheia.

Quero falar para ela parar de me olhar daquele jeito.

Que vou resolver isso um dia.

Que quero sair daqui.

— Vou dar uma volta — eu resmungo para Jay.

Os alimentos ficam de um lado do ginásio e roupas, brinquedos e livros ficam do outro lado. Perto dos brinquedos e livros, as criancinhas fazem a dancinha do Milez em volta dele. Uma câmera pega toda a ação.

Vou o mais para longe que posso e sigo na direção da mesa de sapatos. É comprida como as mesas no refeitório de Midtown, separada por tamanhos. Todos os sapatos são, no mínimo, de segunda mão. Olho para a parte feminina tamanho 34, só por olhar.

De repente, eu vejo.

São mais altos do que a maioria dos outros sapatos. Tem uma parte gasta no dedão do pé esquerdo, mas estão novos e a etiqueta de couro está pendurada na corrente.

Timberlands.

Eu pego o par. Não é imitação, como o que obtive no bazar de trocas. A arvorezinha marcada na lateral é prova.

Timberlands de verdade que poderiam ser meus.

Meu olhar se desloca para os meus sapatos. Jay mandou a gente só buscar comida. Os Timberlands precisam ir para alguém que talvez não tenha sapatos. Não preciso deles.

Mas preciso. As palmilhas dos meus estão quase furadas. Começou alguns dias atrás. Não falei para Jay. Posso aguentar um pouco de desconforto e ela não precisa se preocupar em comprar sapatos pra mim agora.

Eu mordo o lábio. Posso levar esses, mas assim que sair daqui com eles, estou fodida. *Estamos* fodidos. Significa que chegamos ao ponto de precisar de sapatos que alguém decidiu doar.

Não quero ser essa pessoa. Mas acho que *sou* essa pessoa.

Cubro a boca para segurar o choro. Os Jacksons não choram, principalmente não em centros comunitários com olhos cheios de pena e câmeras de noticiário procurando por momentos penosos. Eu engulo o choro respirando fundo, e os coloco na mesa.

— Por que você não experimenta, Li'l Law? — pergunta alguém atrás de mim.

Eu me viro. O Papai Noel está com óculos escuros que escondem os olhos, tem dois dentes de ouro na boca e usa algumas correntes de ouro. A não ser que o visual tradicional do Papai Noel tenha mudado e ninguém tenha me contado, esse é o Supreme, o antigo agente do meu pai.

— Não existe nada como um Timberland de verdade — diz ele. — Anda. Experimenta.

Eu cruzo os braços.

— Não, obrigada.

Há regras na batalha e há regras para depois da batalha. A regra número um: ficar alerta. Na última vez que vi Supreme, eu destruí o filho dele no Ringue. Duvido que ele tenha ficado feliz. Como vou saber que ele não vai me atacar sorrateiramente?

A regra número dois: não esquecer nada. Eu não esqueci como ele riu daquela besteira que o Milez disse sobre o meu pai. Não posso deixar isso passar.

Supreme ri baixinho.

— Ah, rapaz. Você é *igual* ao seu pai. Pronta pra lutar e nem falei nada pra você.

— Eu preciso estar pronta pra lutar? — Ora, vai ter que ser assim, se bater, leva.

— Que nada, não estou com raiva. Você fez o Milez fazer papel de trouxa no Ringue, é verdade, mas não guardo rancor. Ele estava com a cabeça em outro lugar.

— Não estava tão em outro lugar assim. Ele fez um verso desrespeitoso sobre o meu pai.

— É, você é mesmo o Law. Com raiva por causa de um verso.

— Não foi só um verso.

— É, mas aquilo foi *só* uma batalha. Milez só queria irritar você. Não foi nada pessoal.

— Bom, é pessoal quando digo que se danem ele e você. — Eu me viro.

Ficamos em silêncio até que o Supreme diz:

— Você precisa das botas, não precisa?

A mentira sai com facilidade.

— Não.

— Não tem motivo pra vergonha se precisar. Já passei por isso. Minha mãe me arrastava pra todo tipo de distribuição de coisas assim quando eu era pequeno.

— Minha mãe não me "arrastou" pra todo tipo de distribuição de coisas.

— Ah, primeira vez — diz ele. — A primeira é sempre a mais difícil. Principalmente com os olhares de pena do pessoal. A gente acaba aprendendo a ignorar isso.

Impossível.

— Olha, não vim pegar no seu pé — declara ele. — Vi você e Jayda entrando e pensei em vir dar os parabéns. Você arrasou no Ringue.

— Eu sei. — Não, não sei, mas tenho que agir como se soubesse.

— Vi uma coisa em você que não vejo há muito tempo — diz ele. — Nós da indústria chamamos de "algo". Ninguém sabe explicar o que é, mas nós reconhecemos quando vemos. Você tem algo. — Ele ri. — Caramba, como você tem.

Eu me viro.

— É mesmo?

— Ah, é. Law morreria de orgulho, sem dúvida.

Sinto uma pontada no peito. Não sei dizer se é de dor ou alegria. Talvez as duas coisas.

— Obrigada.

Ele enfia um palito na boca.

— Pena que você não esteja fazendo nada com isso.

— Como assim?

— Eu pesquisei. Você não tem nenhuma música por aí. Perdeu uma oportunidade. Porra, o Milez perdeu a batalha e mesmo assim teve repercussão. Se você tivesse um agenciamento certo, estaria fazendo mais sucesso do que ele agora.

— Minha tia é minha agente.

— Quem? Aquela garotinha que vivia atrás do Law?

Tia Pooh idolatrava meu pai. Diz que andava atrás dele como uma sombra.

— É, ela.

— Ah. Vou tentar adivinhar: ela viu que Dee-Nice conseguiu um contrato de um milhão de dólares e agora quer ficar jogando você no Ringue na esperança de que consiga um também.

É, mas isso não é da conta dele.

Supreme levanta as mãos.

— Ei, não falo por mal. Porra, é o que metade do bairro está tentando agora. Mas vou ser sincero, garotinha. Se você quiser fazer sucesso, vai precisar de mais do que o Ringue. Vai ter que fazer música. Foi o que falei para o Dee-Nice. Olha ele agora.

— Espera, *você* é o agente dele?

— Sou. Ele me contratou um ano atrás — diz Supreme. — O Ringue não foi o que conseguiu o contrato dele. Só conseguiu atenção. A música conseguiu o contrato. A mesma coisa com seu pai. Só foi preciso a atenção certa, a música certa na hora certa e, bam! Ele estourou.

A música certa.

— Como você sabe quando é a "música certa"?

— Quando escuto. Nunca errei até hoje. Veja só "Chocrível". Admito que é uma música simples e boba, mas faz sucesso. Às vezes, basta uma música.

Eu tenho uma música.

— Enfim — diz Supreme —, pensei só em vir dar os parabéns. Eu provavelmente não estaria onde estou agora se não tivesse encontrado seu pai, então, se você algum dia precisar de ajuda — ele me entrega um cartão de visitas —, é só me chamar.

Ele começa a se afastar.

Ele reconhece um sucesso quando escuta e preciso de um. Talvez eu não precise voltar a pegar donativos no ano que vem.

— Espera — eu digo.

Supreme se vira.

Eu tiro o celular do bolso.

— Eu tenho uma música.

— Beleza.

Há uma pausa carregada enquanto ele espera o resto.

— Eu, hum... — De repente, as palavras somem. — Eu... não sei se é boa ou não... Meus amigos gostaram, mas eu...

Ele dá um sorrisinho arrogante.

— Você quer saber o que eu acho?

Eu quero e não quero. E se ele disser que é lixo? Por outro lado, por que de repente eu me importo com a opinião dele? Meu pai o demitiu. O filho dele falou mal de mim.

Mas ele tornou meu pai uma lenda. Conseguiu um contrato de um milhão de dólares para Dee-Nice. E Milez pode ser um lixo, mas Supreme está fazendo alguma coisa certa com ele.

— É — eu digo. — Eu gostaria da sua opinião.

— Tudo bem. — Ele tira fones de ouvido do bolso. — Me deixe ouvir.

Eu coloco a música e entrego o celular para ele. Supreme conecta os fones no aparelho, os coloca no ouvido e aperta o play.

Eu cruzo os braços para que fiquem parados. Normalmente, consigo interpretar as pessoas, mas o rosto dele está tão vazio quanto um caderno novinho. Ele não balança a cabeça nem nada.

Fico com vontade de vomitar.

Depois dos três minutos mais longos da minha vida, Supreme tira os fones dos ouvidos, solta o fio do meu aparelho e me devolve o celular.

Eu engulo em seco.

— Ruim assim?

As beiradas dos lábios dele se curvam para cima e formam um sorriso, lentamente.

— Isso aí é um sucesso, garotinha.

— De verdade?

— De verdade! Caramba. Essa música aí? Ela pode ser o início da sua carreira.

Puta merda.

— Por favor, não brinca comigo.

— Não estou brincando. O ritmo pega, os versos são bons. Você ainda não botou online?

— Não.

— Olha só — diz ele. — Bota online e me manda o link. Vou fazer algumas ligações e ver o que consigo pra que você tenha atenção. Todo mundo está de férias agora, então vai ter que ser depois das festas de fim de ano. Mas, caramba, se eu falar com as pessoas certas, você pode conseguir alguma coisa.

— Simples assim?

Ele mostra os dentes dourados em um sorriso.

— Simples assim.

Jay se aproxima com uma caixa.

— Bri, vamos...

Ela aperta os olhos para o Papai Noel. Demora um segundo, mas ela diz:

— Supreme?

— Quanto tempo, Jayda.

Ela não retribui o sorriso, mas também não faz cara feia.

— O que você está fazendo aqui?

Supreme coloca o saco do Papai Noel no ombro.

— Eu só estava dizendo pra Bri que eu vinha a distribuições assim quando era pequeno. Achei que meu filho e eu poderíamos retribuir agora que estamos em posição melhor. Além do mais, é bom pra ele lembrar o quanto é abençoado.

Eu quase reviro os olhos. Como essas pessoas se sentiriam se soubessem que o Milez estava aqui para ver o quanto a coisa está ruim para elas e perceber o quanto estão boas para ele? Ele vai para a casa bonita no subúrbio e vai se esquecer disso em uma semana no máximo, enquanto ainda estaremos passando por dificuldades.

Minha realidade não deveria ser a atividade extracurricular dele.

— Você está bem — diz Supreme para Jay. Não de um jeito paquerador, mas como as pessoas falam para alguém que se livrou das drogas. — Está segurando a onda?

— Estou — diz Jay. — Não tenho alternativa.

— Você sabe que sempre pode me chamar se precisar de ajuda — diz Supreme. — Law era como um irmão mais novo pra mim. Não importa o que aconteceu entre nós. Ele ia querer que eu...

— Brianna e eu temos que ir — diz Jay.

Meu pai é um assunto do tipo que eu chamo de "depende do dia". Tem dias em que Jay me conta histórias que compensam as lembranças que não tenho. Em outros, parece que o nome dele é um palavrão que não devemos dizer. Hoje, deve ser o dia do palavrão.

Jay se vira para mim.

— Vem.

Eu a sigo pelo ginásio e olho para trás, para Supreme. Ele abre o sorriso mais triste do mundo para mim.

A fila da distribuição foi encerrada. Alguns voluntários dizem para aquelas pessoas todas na calçada irem embora. Não tem câmeras por perto para captar os xingamentos gritados e nem para ver a mãe com um bebê no colo que suplica por comida.

A pior parte é passar por elas com a sua mãe carregando uma caixa de comida, sabendo que você não pode dar nada porque precisa de tudo.

Ajudo Jay a colocar a caixa no Jeep. Está cheia de enlatados, alimentos em caixa e tem um peru congelado.

— A gente vai ficar bem por um tempo — diz ela. — Vou ser como o Bubba do *Forrest Gump* com o peru.

Forrest Gump é meu filme favorito. (Não, espera, é meu segundo favorito. Wakanda pra sempre.) Não sei, tem alguma coisa na ideia de como um sujeito tão simples testemunhou tanta coisa na história. Faz com que eu pense que tudo é possível. Se o Forrest Gump pôde conhecer três presidentes, eu posso sair do Garden um dia.

Enquanto saímos, outros carros entram no estacionamento. A câmera do noticiário talvez tenha que voltar. Desse jeito, alguém vai fazer alguma cena.

— Sorte que chegamos naquela hora — diz Jay.

É assustador pensar que a sorte decidiu se teríamos ou não comida. Mas foi isso que aconteceu em *Forrest Gump*. A sorte o colocou nos lugares certos nas horas certas.

E se eu tiver acabado de passar por um momento Forrest Gump com o Supreme?

Jay me olha.

— O que você e o Supreme estavam conversando?

Eu me mexo na cadeira. Não contei pra ela sobre a música. A questão é que, se eu sou do tipo que tira conclusões rápidas, Jay é do tipo que se teletransporta para as conclusões. Não importa sobre o que é a música, ela ouviria o verso sobre a Glock e me enterraria a oito palmos na terra. Sete não seriam suficientes.

Quero ver o que posso fazer com a música primeiro. Vai ser difícil ela ficar com raiva se eu conseguir um contrato de um milhão de dólares igual ao Dee-Nice, não é?

— Nós estávamos falando da batalha e tal — eu digo. — Supreme acha que eu tenho "algo". Você sabe, a coisa que torna as estrelas *estrelas*.

— Ele está certo quanto a isso. Ora, eu mesma vi esse algo no vídeo da batalha.

— Você viu minha batalha?

— Claro. Por que não veria?

— Você não disse nada.

— Eu estava com raiva por causa das suas notas. São mais importantes. Mas vi o vídeo logo depois que entrou na página do YouTube do Ringue. Você foi incrível, Bri. Não estou surpresa. Quando você era pequena, transformava tudo em microfone. Se minha escova de cabelo sumia, eu sabia que você estava cantando com ela em alguma parte da casa. Seu pai dizia — ela faz a voz mais grossa — "Nossa pequena milagrosa vai ser uma estrela".

— Milagrosa?

— Eu sofri quatro abortos antes de finalmente ter você.

— Ah.

Milagrosa. Uma palavra. Rima com maravilhosa.

É uma coisa maravilhosa
Eu ser chamada de milagrosa.

Jay pisca rápido, mas mantém o olhar na rua. Às vezes, ela me olha como se estivesse procurando a si mesma e às vezes eu a observo enquanto ela não está olhando. Não de um jeito sinistro, mas o suficiente para ter uma ideia de quem ela era e ter um vislumbre de como posso vir a ser.

Ela me dá esperanças e me assusta ao mesmo tempo.

— Nossa pequena milagrosa. — Ela me olha. — Eu te amo. Você sabe disso, né?

Sinto um aperto no peito de novo. Esse é de alegria.

— Eu sei — eu digo. — Eu também te amo.

TREZE

O Natal consegue ser o Natal.

Mesmo que seja domingo e aniversário de Jesus, nenhum de nós consegue levantar antes das onze, então acabamos perdendo o culto. Eu nunca entendi aqueles filmes que mostram as famílias acordando ao amanhecer, todas cheias de alegria porque "Viva, Natal!" Para nós é "Viva, dormir!" Falando sério, dormir é a melhor parte do Natal. Ficar de pijama quase o dia inteiro é o maior bônus de todos. Meu macacão do Pikachu é simplesmente perfeito.

Só começamos a tomar café da manhã ao meio-dia. Jay sempre faz panqueca de maçã com canela no Natal e hoje não é diferente graças ao saco de farinha que estava na caixa do centro comunitário. A gente também costuma comer bacon, daquele tipo grosso com o qual eu me casaria se a lei permitisse, mas não havia bacon na caixa.

Levamos os pratos para a sala e nós três nos sentamos no sofá e cobrimos as panquecas de geleia e manteiga. Depois do café da manhã, normalmente é a hora dos presentes, só que este ano não tem nada embaixo da árvore. Jay não tinha dinheiro para o Natal e Trey também não, obviamente. Além do mais, estou acostumada. Se há três presentes embaixo da árvore, é um milagre. Zero não fica muito longe disso.

Tudo bem.

Jay vai para o quarto ligar para os parentes mais velhos que surpreendentemente ainda estão vivos e Trey e eu colocamos o jogo do Michael Jackson no Wii que meu pai comprou quando éramos mais novos. Juro por Deus, esse jogo é uma das melhores coisas que existem. Ensina a dançar igual ao MJ. Tecnicamente, você pode mover os controles do Wii na direção certa e ganhar, mas Trey e eu caprichamos. Os chutes, os movimentos de virilha, tudo. O fato de sermos competitivos à beça não ajuda.

— Olha esse chute! — diz Trey quando faz um. Ganha avaliação de "perfeito" no jogo. Os chutes dele sempre são superaltos. É uma capacidade que ele tem desde a época da banda. — Uiiiii! Você não é páreo, garota!

— Corta essa!

Faço um rodopio que ganha um "perfeito". Claro. Conheço cada passo de cor. Meu amor pelo Mike começou quando vi um vídeo no YouTube da primeira vez que ele cantou "Billie Jean". Eu tinha 6 anos e o Michael era magia. O jeito como ele se movia, sem esforço. A reação da plateia a cada chute, a cada passo. O fato de ele ter meu sobrenome também contribuiu. Eu o amava como se o conhecesse.

Vi aquela apresentação até aprender cada passo. Meus avós sempre colocavam "Billy Jean" nas reuniões de família e eu dava um show. Churrascos, jantares de domingo, funerais, não importava. Todo mundo se divertia com a minha apresentação e eu me divertia com as reações.

É, o cara tinha seus problemas, coisas que nem vou tentar entender, mas seu talento era inigualável. Ele sempre foi o Michael Incrível Jackson.

Eu quero ser assim. Bom, não exatamente assim, sem querer ofender o Mike, mas um dia quero que as pessoas olhem para mim e digam: "Apesar daquela garota ter perdido o pai pra violência das armas, de ela ter tido uma mãe viciada em drogas e de ser tecnicamente uma estatística de gueto, ela é Brianna Incrível Jackson e fez umas coisas maravilhosas."

Empurro o peito do Trey e faço o moonwalk para longe dele, dou um giro e paro nas pontas dos pés enquanto exibo os dois dedos do meio. Como uma lenda.

Trey morre de rir.

— Isso não é passo do MJ!

— Não, é da BJ.

— Isso não soa muito bem.

— Eu sei, cala a boca.

Ele se senta no sofá.

— Tudo bem, essa rodada é sua. Não consigo vencer isso.

— Eu sei. — Eu me sento ao lado dele. — Como eu ganhei, você sabe o que tem que fazer.

— Ah, não.

— É a regra!

— É aniversário de Jesus, portanto aquela regra não se aplica, por ser uma violação clara de um dos Dez Mandamentos.

Eu inclino a cabeça.

— Vai vir com religião pra cima de mim?

— Você não ganhou! Eu cedi a vitória.

— Isso é vitória. — Eu bato palmas a cada palavra. — Então, vai logo.

— Cara — geme ele, mas fica de joelhos e me idolatra. — Um viva para a maravilhosa Bri.

— Que é um MJ melhor do que eu — eu acrescento.

— Que é um MJ melhor do que eu.

— E que me deu uma surra de lavada.

— E que me deu uma... — Ele murmura o resto a ponto de não dar para ouvir direito.

Eu levo a mão ao ouvido.

— Como é?

— Que me deu uma surra de lavada! — diz ele mais alto. — Pronto. Feliz?

Eu abro um sorriso.

— Sim!

— Tudo bem — resmunga ele quando volta a se sentar no sofá. — Esteja pronta da próxima vez.

Jay volta para a sala, segurando o celular entre a bochecha e o ombro. As mãos estão ocupadas com uma caixa.

— Aqui estão. Pessoal, digam oi para o tio Edward. — Ela segura a caixa com uma das mãos e estica o celular na nossa direção.

— Ele não está morto? — pergunta Trey.

Eu o cutuco. Que grosseiro.

— Oi, tio Edward — nós dizemos.

Ele é o tio da mãe da Jay, o que o torna meu tio-bisavô. Eu nunca o vi na vida, mas Jay me faz falar com ele sempre que conversam.

Ela coloca o celular no ouvido.

— Tudo bem, volte a dormir. Eu só queria desejar Feliz Natal... Tudo bem. Nos falamos depois. — Ela encerra a ligação. — Senhor. O homem dormiu no meio da conversa comigo.

— Sorte a sua que ele não *morreu* no meio da conversa — diz Trey. Jay olha para ele de cara feia. Ele assente em direção à caixa. — O que é isso?

— Surpresas de Natal pra vocês.

— Mãe, a gente disse que não ia comprar presentes...

— Eu não comprei nada, garoto. Estava olhando na garagem pra ver se tinha alguma coisa que dava pra vender. Encontrei umas caixas do seu pai.

— Isso aí são coisas dele? — eu pergunto.

Jay se senta de pernas cruzadas no chão.

— É. Tive que esconder da sua avó. A mulher quer tudo que pertenceu a ele. Tive até que esconder de mim mesma. — Ela baixa os olhos. — Eu provavelmente teria vendido algumas dessas coisas na época em que estava doente.

É assim que ela chama o vício.

Eu olho para a caixa. Tem coisas dentro que foram do meu pai. Coisas em que ele tocou em algum momento, que podem ter sido parte da vida diária dele. Coisas que o tornaram quem *ele* era.

Abro as abas da caixa. Tem um boné verde-exército em cima. É irado e é a minha cara. Obviamente, era a dele também.

— Law agia como se não pudesse ser visto sem boné — diz Jay. — Aquele homem me dava nos nervos. Não importava aonde íamos, ele precisava de algum tipo de chapéu. Achava que a cabeça tinha um formato estranho.

Eu sou igual. Tiro o capuz do macacão do Pikachu e coloco o boné. É meio grande e desajeitado, mas é perfeito.

Chego para a ponta do sofá e remexo mais. Tem um moletom que ainda carrega o cheiro da colônia dele de leve. Tem um caderno de composição. Todas as páginas têm coisas escritas com uma caligrafia feia que não devia ser chamada de caligrafia. Mas consigo ler. É bem parecida com a minha.

Tem mais cadernos, uma carteira surrada de couro com a habilitação dele dentro, mais camisas e jaquetas, CDs ou DVDs, difícil saber qual dos dois. No fundo da caixa, tem algo em ouro.

Eu pego o objeto. Tem um pingente de coroa pendurado em uma corrente de ouro. Diamantes formam o nome "Law" embaixo, como se a coroa ficasse na cabeça do nome.

Puta merda.

— Isso é de verdade?

— É — diz Jay. — Ele comprou com o primeiro cheque alto que recebeu. Usava o tempo todo.

Essa coisa deve valer milhares de dólares. Deve ser por isso que Trey diz:

— A gente tem que vender isso.

— Não, de jeito nenhum. — Jay balança a cabeça. — Quero que Bri fique com isso.

— É sério? — eu digo.

— E quero que Bri tenha comida e abrigo — diz Trey. — Nem inventa, mãe. Vende! Droga, vale mais do que ele valia.

— Olha essa boca — rosna Jay.

Quando o assunto é o papai, Trey não é muito fã. Não quero dizer que ele não escuta as músicas do papai (ele não escuta mesmo), mas se Trey for contar a história, vai dizer que o papai morreu por bobagens que poderia ter evitado. Trey nunca fala sobre ele por causa disso.

Ele seca o rosto com cansaço.

— Eu... é.

Ele se levanta do sofá e vai para o quarto.

Jay olha para o lugar onde ele estava.

— Pode ficar com tudo na caixa, Bri. Seu irmão obviamente não quer nada. Vou começar a preparar o jantar.

É, ela já está começando o jantar. O Natal serve para comer em homenagem a Jesus.

Fico sentada no sofá. A corrente está na minha mão e o boné na minha cabeça. Seguro o pingente contra a luz da sala e os diamantes brilham como um lago num dia de sol.

A campainha toca. Eu puxo a cortina e olho. Tia Pooh está com chapéu de Papai Noel e um suéter com o Papai Noel fazendo a pose *dabbing*. O braço dela está enroscado no de Lena.

Eu abro a porta para elas.

— Por onde você andou?

Tia Pooh passa por mim e entra na casa.

— Feliz Natal pra você também.

— Nem gasta energia, Bri — diz Lena. — Foi como sempre.

Considerando metade das coisas que Lena aguenta da tia Pooh, ela é uma santa. Elas estão juntas desde que tinham 17 anos. Do mesmo jeito que tia Pooh tem os lábios da Lena tatuados no pescoço, Lena tem "Pooh" no peito.

— Eu sou adulta — diz tia Pooh enquanto se senta no sofá. — Bri só precisa saber disso.

Lena se senta pesadamente no colo dela.

— Ai! Tira essa bunda grande de cima de mim!

— Você vai dizer pra *mim* também que é adulta? — pergunta Lena. Ela belisca a tia Pooh, que ri e faz careta ao mesmo tempo. — Hã?

— Você tem sorte por eu amar sua chatice. — Tia Pooh dá um beijo nela.

— Não. *Você* tem sorte — diz Lena.

Fato.

Jay entra na sala secando as mãos em um pano de prato.

— Achei que eram vocês mesmo.

— Feliz Natal, Jay — diz Lena. Tia Pooh só faz o sinal da paz.

— Achei mesmo que Pooh ia aparecer assim que eu começasse o jantar. Por onde você andou?

— Caramba, vocês não podem parar de se meter na minha vida? — reclama tia Pooh.

Jay apoia a mão no quadril e faz aquela cara de *fala isso de novo se tiver coragem*. Tia Pooh afasta o olhar. Não importa a idade dela, Jay sempre vai ser a irmã mais velha.

Jay suga os dentes.

— Foi o que pensei. Agora tira os sapatos do meu sofá. — Ela bate nos pés da tia Pooh.

— Um dia você vai ter que parar de me tratar como criança.

— Bom, não vai ser hoje!

Lena cobre a boca para segurar uma gargalhada.

— Jay, precisa de ajuda com o jantar?

— Preciso, garota — diz Jay, mas o olhar fulminante está em Pooh. — Vamos lá.

As duas vão para a cozinha.

Tia Pooh começa a botar os pés no sofá de novo, mas Jay grita:

— Eu mandei você tirar os sapatos dos meus móveis!

— Caramba! — Tia Pooh olha para mim. — Como ela faz isso?

Eu dou de ombros.

— É tipo um sexto sentido.

— Com certe... — A corrente do meu pai chama a atenção dela. — Ah, merda! Onde você conseguiu isso?

— Jay me deu. Estava em uma caixa com as coisas dele.

— Nossa. — Tia Pooh segura a corrente entre os dedos. — Ainda está limpinha. Mas você não precisa usar.

Eu franzo a testa.

— Por quê?

— Só confia em mim, tá?

Estou tão cansada dessas respostas que não digo nada.

— Era pra "só confiar em você" quando você me abandonou no estúdio?

— Scrap estava lá, não estava?

— Mas *você* tinha que estar lá.

— Eu falei, tive uma coisa pra resolver. Scrap disse que você fez a música e que ficou insana. É só isso que importa.

Ela não entende.

Tia Pooh tira os tênis Jordan e coloca as pernas no sofá. Ela esfrega as mãos com avidez.

— Me deixa ouvir. Estou esperando isso desde a semana passada.

— É, foi mesmo sua prioridade. — Pronto, falei.

— Bri, me desculpa, tá? Agora, vamos. Bota a música pra mim.

Eu abro o arquivo da música e jogo meu celular para ela.

Ela pega os fones de ouvido. Sei quando começa; ela dança mesmo deitada no sofá.

— Que gancho — diz ela alto. Ela não deve conseguir se ouvir. — Amei essa porra!

De repente, ela para de dançar. Ela aponta para o celular.

— O que é isso?

— O que é o quê?

Ela tira os fones e olha na direção da cozinha. Jay e Lena estão ocupadas conversando enquanto uma música de Natal R&B toca.

— Que merda é essa que você está dizendo na música? — pergunta tia Pooh em voz baixa. — Você não é dessa vida!

Ela não pode estar falando sério. Malik, tudo bem. Mas a tia Pooh, que anda por aí armada o tempo todo? Que desaparece por dias pra traficar drogas?

— Não, mas você é.

— Isso não tem porra nenhuma a ver comigo, Bri. Isso é você se mostrando como uma pessoa que não é de verdade.

— Eu não disse que era eu! A questão aqui é brincar com o estereótipo.

Ela se senta.

— Você acha que os idiotas nas ruas vão ouvir o "significado mais profundo"? Bri, você não pode sair por aí falando coisas das ruas e não esperar que alguém teste você. E que porra é essa sobre coroa dos Crowns? Você está *a fim* de ter problema?

— Espera, o quê?

— Você disse que não precisa de cinza pra ser rainha.

— E não preciso mesmo! — Caramba, eu tenho mesmo que explicar? — É meu jeito de dizer que não tenho lados.

— Mas vão interpretar de outra forma! — diz ela.

— Não é problema meu se fizerem isso. É só uma música.

— Não, é uma declaração! — diz tia Pooh. — É *isso* que você quer que as pessoas pensem sobre você? Que você puxa gatilhos e anda armada? É esse tipo de reputação que você quer?

— É o tipo que você quer?

Silêncio. Silêncio absoluto.

Ela atravessa a sala e fica na minha frente.

— Apaga essa merda — diz ela por entre dentes.

— O quê?

— Apaga — diz ela. — Vamos fazer outra música.

— Ah, desta vez você vai ficar?

— Pode apontar seu dedo pra mim o quanto quiser, mas quem fez merda foi *você*. — Ela cutuca meu peito. — Você vai gravar versos novos. Simplesmente isso.

Eu cruzo os braços.

— O que você planeja fazer com a nova versão?

— O quê?

Estou com Supreme na cabeça.

— Se você achar boa, o que vai fazer com a música?

— Vamos botar online e ver o que acontece — diz ela.

— Só isso?

— Quando fizer uma música que for realmente boa, você vai estourar — diz ela. — Não preciso saber como.

Eu olho para ela. Ela *não pode* estar falando sério. Isso não funcionaria nem em um dia bom. Quando sua família está a um contracheque do fundo do poço? Essa merda não funcionaria nem se tivesse asas.

— Não é o bastante pra mim — eu digo. — Você sabe como isso é importante?

— Bri, eu entendo, tá?

— Não entende, não! — Jay e Lena riem de alguma coisa na cozinha. Eu falo mais baixo. — Minha mãe teve que ir pegar comida de caridade, tia Pooh. Você sabe o quanto eu tenho em jogo agora?

— Eu também tenho muito em jogo! Você acha que eu quero ficar no conjunto habitacional? Acha que quero ficar vendendo aquela merda o resto da minha vida? Não, porra! Todo santo dia eu sei que tem uma chance de ser meu último.

— Então para! — Caramba, é tão simples.

— Olha, eu estou fazendo o que tenho que fazer.

Porra nenhuma. Porra. Nenhuma.

— Dar a nossa virada com essa porra de rap — diz ela — é tudo que eu tenho.

— Então aja dessa forma! Não posso ficar esperando que "alguma coisa aconteça". Preciso de garantias.

— Eu tenho garantias. Vamos botar você de volta no Ringue depois das festas e vamos fazer você ficar famosa.

— Como?

— Só confia em mim! — diz ela.

— Isso não é suficiente!

— Ei — grita Jay. — Tudo bem aí?

— Tudo — diz tia Pooh. Ela me olha. — Apaga essa merda.

Ela vai para a cozinha e brinca com Jay e Lena, como se tudo estivesse bem.

Ah, mas não está. Supreme disse que tenho um sucesso nas mãos. Tia Pooh acha que vou deixar isso escorregar pelos dedos?

Posso mostrar melhor do que contar.

Vou para o meu quarto, fecho a porta e abro o laptop. Levo dez minutos para subir "Na hora da virada" para o Dat Cloud e vinte segundos para enviar o link para o Supreme.

Ele responde em menos de um minuto.

Deixa comigo, garotinha.

Se prepara.

Você vai explodir.

PARTE DOIS

ERA DE OURO

QUATORZE

Na manhã do primeiro dia depois do recesso de natal, batidas fortes na nossa porta me acordam.

— Quem faz uma coisa dessas! — grita Jay em alguma parte da casa.

— Deve ser Testemunha de Jeová — diz Trey, com voz grogue no quarto dele.

— Numa segunda? — diz Jay. — Ah, não. Se forem eles, vão testemunhar uma coisa e tanto, esperem só.

Opa! Acho que vai ser divertido.

Ela vai até a sala, e está silencioso o bastante para eu ouvir o "Ah, droga!" que ela murmura. A tranca estala e a porta se abre.

— Cadê meu dinheiro?

Merda. É a sra. Lewis, nossa senhoria.

Eu me levanto, com pijama do Homem Aranha furado e tudo (é confortável, tá) e vou até a porta. Trey também se arrastou da cama. Ele tira remela seca dos olhos.

— Sra. Lewis, preciso de mais um pouco de tempo — diz Jay.

Mesmo cedo assim, a sra. Lewis traga um cigarro na nossa varanda. Eu perderia a conta se tentasse listar todas as pintas no rosto dela. Ela tem um black power preto e grisalho que seu irmão, o barbeiro, mantinha ajeitado. Ele se mudou recentemente e agora o black power está descontrolado.

— Mais tempo? Rá! — Parece que tem uma gargalhada entalada na garganta dela. — Você sabe que dia é hoje?

Dia nove. O dia do aluguel foi o do Ano Novo.

— Eu te dei duas semanas para o resto do aluguel do mês passado e ainda estou esperando — diz ela. — Agora, preciso do deste mês também, e você tem a coragem de mendigar...

— Mendigar? — eu repito.

— Espera aí — diz Trey. — Não fala com a minha mãe ass...

— Pessoal! — diz Jay.

Só pra deixar registrado, eu nunca gostei da sra. Lewis. É verdade que a minha casa é tecnicamente dela, mas no que depender de mim, ela pode morrer engasgada no próprio cuspe. Ela está sempre de nariz em pé, agindo como se fosse melhor do que nós porque alugamos a casa dela. Como se ela não morasse no bairro, a duas ruas de nós.

— Sra. Lewis — diz Jay, calmamente. — Vou conseguir seu dinheiro. Mas me faça um enorme favor e me dê um pouco mais de tempo.

A sra. Lewis aponta o cigarro para a cara da Jay.

— Está vendo, é isso que está errado com tantos de vocês, negros. Vocês acham que as pessoas *têm* que fazer favores pra vocês.

Hum, ela também é negra.

— O que houve? Por acaso você voltou a usar aquelas coisas? Está desperdiçando meu dinheiro com drogas?

— Pode ir parando...

— Brianna! — diz Jay, com rispidez. — Não, eu não voltei a usar drogas, sra. Lewis. Só estou numa situação ruim no momento. Estou implorando, de uma mãe para a outra, para você me dar mais tempo.

A sra. Lewis joga o cigarro no chão da varanda e apaga com a ponta do sapato.

— Tudo bem. Sorte sua que estou protegida.

— Está mesmo? — eu pergunto.

Jay me olha de cara feia.

— É a última vez que vou fazer isso — avisa a sra. Lewis. — Se eu não receber meu dinheiro, vocês vão pra rua.

A sra. Lewis sai batendo os pés e resmungando enquanto desce a escada da varanda.

Jay fecha a porta e apoia a testa nela. Os ombros murcham e ela solta o ar, como se estivesse liberando tudo que gostaria de dizer. Não lutar é mais difícil do que lutar.

— Não se preocupe, mãe — diz Trey. — Vou a um daqueles lugares de empréstimo no meu almoço.

Jay se empertiga.

— Não, amor. Aqueles lugares são armadilhas. É o tipo de dívida impossível de se livrar. Vou dar um jeito.

— E se não der? — eu pergunto. — Se formos despejados, vamos ficar...

Não consigo dizer. Mas as palavras ocupam o ambiente como um cheiro ruim.

Sem-teto. Duas palavras, três sílabas.

O momento é inquieto
Estamos quase sem-teto.

— Vai dar certo — diz Jay. — Não sei como, mas vai.

Parece que ela está falando mais para si mesma do que para nós.

A situação toda me abala. Quando o sr. Watson aperta a buzina do ônibus, eu ainda estou me vestindo. Jay é que me leva para a escola.

Ela bota a mão no apoio de cabeça do meu banco quando dá ré para sair da entrada de casa.

— Não deixe que essa situação te distraia, Bri. Eu falei sério quando disse que vai dar certo.

— Como?

— Não preciso saber como.

Estou cansada de ouvir as pessoas falando isso. Primeiro a tia Pooh, agora Jay. Elas não sabem como vai dar certo, mas esperam que dê, por milagre.

— E se eu arrumar um emprego? — eu pergunto. — Ajudaria.

— Não. A escola é seu trabalho — diz ela. — Tive meu primeiro emprego aos 13 anos, depois que a minha mãe morreu, pra poder ajudar meu pai. Não pude ser adolescente porque estava com a cabeça nas contas. Achei que era adulta. Esse foi um dos motivos pra eu acabar tendo Trey aos 16 anos.

É, minha mãe e meu pai foram aqueles clichês de pais adolescentes. Eram adultos quando eu nasci, mas Trey os fez crescer bem antes disso. Vovô diz que meu pai tinha dois empregos aos 16 anos e ainda assim fazia rap. Ele estava determinado a...

Bom, não terminarmos assim.

— Não quero que você tenha que crescer antes da hora, flor — diz Jay. — Aconteceu comigo e não tenho como voltar atrás. Quero que você aproveite a infância o máximo que puder.

— Prefiro crescer a virar sem-teto.

— Odeio que você tenha que pensar assim — murmura ela. E limpa a garganta. — Mas a responsabilidade é minha. Não sua, nem do Trey. Vou pensar em alguma solução.

Olho para a corrente antiga do meu pai, pendurada no meu pescoço. Eu não devia usar no Garden, é praticamente pedir pra ser assaltada, mas na escola não deve ter problema. Além do mais, todo mundo vai estar exibindo as roupas e sapatos novos que ganhou no Natal. Quero exibir alguma coisa também. Mas, se precisamos pagar o aluguel...

— Talvez a gente possa botar no penhor...

— Não vamos abrir mão dessa corrente. — Droga. Ela leu minha mente.

— Mas...

— Algumas coisas valem mais do que dinheiro, florzinha. Seu pai ia querer que você ficasse com isso.

Também acho que ele ia querer isso. Mas também não ia querer que ficássemos sem casa.

Nós paramos em frente à minha escola. Está frio demais para as pessoas ficarem do lado de fora. Mas Sonny está lá. Ele acena para mim da escada. Já tinha me mandado uma mensagem dizendo que precisava falar comigo.

— Tchau — eu digo para Jay, e começo a sair.

— Ei — diz ela. — Posso ganhar um beijo, por acaso?

Nós não costumamos fazer essas coisas, mas acho que é um daqueles dias em que ela precisa mais do que eu. Eu beijo sua bochecha.

— Eu te amo — diz ela.

— Eu também te amo.

Ela dá um beijo rápido na minha têmpora. Estou na metade da escada quando ela abre a janela e grita

— Tenha um bom-dia, Bookie!

Fico paralisada.

Ah, Deus. Ela não fez isso.

Não sei o que quer dizer, mas "Bookie" é o apelido exclusivo da Jay para mim desde que consigo lembrar. É um milagre eu não ter achado que meu nome de verdade fosse "Bookie" quando era pequena, considerando o quanto ela o usava.

As poucas pessoas do lado de fora a ouviram. Jogo o capuz na cabeça e subo a escada correndo.

Sonny dá um sorrisinho.

— Você sabe que sempre vai ser Bookie, né?

— Cala a boca, Sonny Coelhinho. — Esse é o apelido que a mãe usa com ele.

— Vai se danar. — Ele segura meu pingente. — Caramba. Era do tio Law, não era?

— Era. Minha mãe me deu. O que houve? Você disse que precisávamos conversar.

Nós subimos a escada.

— Eu queria saber o que houve com você. Não respondeu às mensagens do Malik durante todo o recesso.

Não respondi. Na verdade, não falo com ele desde que ele me chamou de vendida e me transformou em piada para Hana.

— O que houve, você está de intermediário dele agora? — eu pergunto.

— Infelizmente, sou oficialmente o intermediário. Você ainda está com raiva do que ele disse no Sal's, é?

Eu devia estar com mais raiva de mim mesma, mas, sim, ainda estou com raiva dele. E magoada. Mas admitir? De jeito nenhum. Seria como admitir que tinha sentimentos idiotas por ele e achava que tínhamos uma chance.

Mas não temos nenhuma agora. De acordo com a mensagem de texto que Sonny me mandou no Ano Novo, Hana e Malik estão juntos.

Problema deles.

— Eu estou ótima. — Digo para Sonny a mesma coisa que digo para mim mesma. — Você ficou mesmo esperando aqui no frio para falar comigo sobre o Malik?

— Rá! De jeito nenhum. Não ligo tanto assim pra vocês.

Eu olho para ele de lado. Ele sorri. Que idiota.

— Mas, de verdade, o que quero falar é o seguinte... — diz ele.

Sonny me mostra o celular. É uma mensagem do Rapid, enviada de manhã cedo, e consiste em uma pergunta simples que não é tão simples.

Quer se encontrar comigo?

Meu queixo cai.

— Sério?

— Sério — diz Sonny.

— Puta merda. — Mas tem um problema. — Por que você não respondeu?

— Não sei — diz ele. — Uma parte de mim está gritando que sim. A outra parte acha que essa porra é boa demais pra ser verdade. E se ele for um homem de 50 anos que mora no porão da mãe e tem um plano malicioso de me matar e deixar as partes do meu corpo espalhadas no quintal, sem ninguém saber até daqui a 20 anos, quando um cachorro de rua acabar farejando meus restos?

Eu o encaro.

— Às vezes os detalhes nos seus exemplos são perturbadores.

— Pode acontecer. O que eu faria se fosse o caso?

— Hum, eu espero que você saia correndo feito um louco antes que ele consiga te matar.

Sonny aperta os lábios.

— Depois disso?

— Chamar a polícia.

— Bri! — diz ele, enquanto eu rio. — Falando sério, ele pode ser uma fraude.

— Pode, sim. — Eu tenho que admitir. A internet é cheia de gente sinistra e mentirosa. E não sei se seria exatamente como o exemplo do Sonny, mas pode ser perigoso.

— Além disso, mais uma vez, isso é uma...

— Distração — eu digo por ele.

— Isso mesmo. Malik está tentando descobrir quem é o Rapid. Dei algumas informações pra ele, e ele já está trabalhando. Fizemos umas pesquisas outro dia.

— Ah. Que legal.

Meu estômago despenca. Sonny contou coisas sobre o Rapid para o Malik que não contou para mim. E eles pesquisaram juntos. Sem mim.

É besteira, mas dói.

Sonny rói a unha já destruída.

— Vou dizer ao Rapid pra esperarmos pra esse encontro. Enquanto isso, Malik e eu vamos continuar pesquisando.

Ele e Malik. A Profaníssima Trindade agora virou uma dupla.

Porra. Por que estou tão sentimental?

— Pode ser a tentativa de algum babaca de me constranger, até onde eu sei — continua Sonny. — Considerando todas as coisas que contei pra ele... Vou fazer papel de bobo.

A vergonha nos olhos dele torna meus sentimentos irrelevantes.

Eu o cutuco de leve.

— Você não é bobo. Ele é bobo se estiver te enganando. Prometo que vou dar uma surra nele se estiver de sacanagem.

— Mesmo que ele seja um cinquentão em um porão?

— Mesmo que ele seja um cinquentão em um porão. Vou arrancar os dedos dele e enfiar pela garganta.

Sonny beija a minha bochecha.

— Obrigado por ser violenta por mim.

— Aahhh, pode contar comigo sempre. Você sabe que vou sempre cuidar desse seu jeitinho perturbador.

— Só é perturbador porque você sabe que pode acontecer.

A segurança é tranquila. Os novos guardas ainda estão aqui. Todo mundo vai mais devagar pelos corredores do que o habitual. Acho que o recesso de inverno nos faz desejar ainda mais o verão.

Sonny me cutuca. À frente, Malik espera no meu armário.

— Vocês dois vão ficar bem? — pergunta Sonny.

— Vamos — eu minto. Na verdade, não sei.

Sonny tem que falar com um dos professores antes da aula, então vai para a ala de artes visuais. Vou até meu armário.

Eu o abro e tiro a mochila.

— Oi.

Malik arregala os olhos de leve.

— Não está mais com raiva de mim?

Pego meu livro de História Americana (branca) e coloco na mochila.

— Não. Está tudo bem.

— Não acredito. Você se apega a ressentimentos como os pão-duros se apegam a dinheiro.

Ele anda frequentando a escola de frases do vovô?

— Já falei que está tudo bem.

— Não está, não. Brisa, olha. — Malik segura meu braço. — Me desculpa, tá? É horrível não falar com você.

Na verdade, isso é horrível. O jeito como ele está segurando meu braço, passando o polegar na minha pele. Todas as partes de mim estão cientes de que ele está me tocando.

Não. Apaga isso. *O namorado da Hana* está tocando em mim.

Eu solto o braço da mão dele.

— Está tudo bem, Malik. Esquece isso.

Porque estou me obrigando a esquecê-lo.

Ele suspira.

— Você pode pelo menos me contar o que está realmente acon...

— Ei! Princesa!

Curtis se aproxima de nós, provavelmente para fazer alguma piada idiota que só o Curtis é capaz de inventar.

— O que foi, Curtis? — pergunto.

O boné e os tênis Jordan estão combinando, como sempre, e parecem novinhos. Devem ter sido presentes de Natal.

— Está se achando agora, é? Eu nem estou com raiva.

— De que você está falando?

— Você ainda não viu o *Blackout*? — pergunta ele.

— *Blackout*? — diz Malik.

Blackout é o blog de fofoca que adora "falar mal e contar segredos" (palavras deles) sobre as celebridades negras para o público sedento. É ridículo... e viciante. De que outra forma vou saber qual Kardashian engravidou de uma celebridade negra esta semana?

— É. Acabaram de postar a música da Bri — diz Curtis.

Devo ter ouvido errado. Não é possível.

— Como é?

Curtis abre o site no celular.

— Está vendo?

Lá estou eu, na primeira página do *Blackout*. Postaram uma foto minha no Ringue. A manchete? "Filha adolescente de lenda underground do rap Lawless é só tiro com música nova!"

Um comentário: Por acaso eu não tenho nome? É bem curto, caberia.

Estou disposta a ignorar a baboseira machista por enquanto. Embaixo da foto tem um player com link para "Na hora da virada" direto da minha página do Dat Cloud. De acordo com a contagem de reproduções...

Pu.

Ta.

Merda.

— Vinte mil reproduções! — eu grito. — Eu tive 20 mil reproduções!

Todos os olhos do corredor se voltam para mim. A dra. Rhodes está a poucos metros e me olha por cima dos óculos.

É, falei alto. Não ligo.

— Vinte mil e aumentando — diz Curtis. — Você está nos trends.

— Mas... como... quem...

Supreme. Ele cumpriu a promessa.

Os lábios de Malik se curvam de leve.

— Legal, Bri.

— *Legal?* — repete Curtis. — Meu amigo, quantas pessoas você conhece no Garden que estão recebendo atenção assim? Isso é incrível, Princesa. Parabéns.

Não sei o que é mais chocante: o fato da minha música estar viralizando ou do Curtis ter me parabenizado.

Curtis balança a mão na minha frente. Bate na minha testa.

— Tem alguém aí...

Eu bato na mão dele.

— Garoto, se você não...

Ele ri.

— Achei por um segundo que você tinha morrido na nossa frente.

— Não. — Mas estou me perguntando se essa é uma experiência extracorpórea. Eu ponho a mão na testa. — Isso é loucura.

— É... — Malik decide não falar mais. — É melhor eu ir pra aula. Parabéns, Bri.

Ele desaparece no corredor.

— Seu amigo é estranho, cara — diz Curtis.

— Por que você está dizendo isso?

— Se eu fosse tão próximo assim de alguém como ele teoricamente é de você, eu estaria surtando pela pessoa agora. Ele nem conseguiu te dar parabéns direito.

Eu mordo o lábio. Também reparei.

— Ele não gosta das coisas que eu falo na música, só isso.

— Qual é o problema do que você diz?

— Eu falo de armas, essas coisas, Curtis. Ele não quer que as pessoas pensem que sou assim.

— Mas vão pensar de qualquer jeito. Se você puder tirar alguma coisa disso, esquece essas besteiras e vai com tudo.

Eu o encaro.

— Uau.

— O que foi?

— Você é mais decente do que eu pensava.

— Você ama me odiar, né? Enfim. — Ele bate de leve com os nós dos dedos no meu braço. — Não vai ficar metida por causa disso. Seu ego já é bem grande.

— Engraçado. Aposto que não podemos dizer o mesmo sobre uma certa parte do seu corpo.

— Ai! — Ele franze a testa. — Espera, você andou pensando nisso, Princesa?

Por que eu achei que ele era fofo mesmo?

— Vai sonhando, meu querido.

— Grossa. Mas estou feliz por você. De verdade, não é mentira.

Eu retorço a boca.

— Ah, sei.

— Não estou mentindo! — diz ele. — Já estava na hora de alguma coisa boa sair do Garden. Se bem que — ele dá de ombros — eu ainda daria uma surra em você em uma batalha.

Eu caio na gargalhada.

— Não mesmo.

— Ah, sim.

— Beleza — eu digo. — Prova.

— Beleza — diz ele.

Ele chega perto, bem perto.

Por que fico olhando para ele?

Por que ele fica me olhando?

— Vai — digo.

— Não — diz ele. — Primeiro as damas.

— Isso é pular fora.

— Ou estou sendo cavalheiro.

Quase sinto as palavras de tão pouco espaço que há entre nós. Meus olhos descem para os lábios dele. Ele os umedece, e aqueles lábios praticamente imploram que eu b...

O sinal toca.

Eu me afasto do Curtis. Que porra é essa?

Ele dá um sorrisinho e sai andando.

— Fica pra próxima, Princesa.

— Você não ganha de mim! — eu grito para ele.

Ele se vira.

— *Okay, lady.* Entre em formação.

Ele acabou de citar Beyoncé para mim?

Eu mostro o dedo do meio.

Mais ou menos citando Biggie, isso tudo é um sonho.

Não posso andar pela escola sem alguém reparar ou apontar pra mim, e não tem nada a ver com o incidente e nem com os boatos de eu ser traficante. Pessoas que nunca falaram comigo de repente me cumprimentam. A corrente do meu pai me faz ganhar mais olhares. Na aula de Ficção, uma pessoa toca a minha música antes da aula começar. A professora Burns manda a pessoa "desligar essa besteirada", e estou tão animada que mordo a língua. Digo *internamente* que a peruca dela é a única besteirada na sala.

Brianna Jackson não vai para a diretoria hoje.

A professora Murray também ouviu a música. Quando entro na aula de Poesia, ela diz:

— Chegou a MC da vez! — Mas acrescenta: — Como hip-hop é poesia, suas notas não podem mais cair.

Enfim...

Ver as reproduções da música aumentarem e meus colegas de escola surtarem me faz pensar que, caramba, todas as coisas com que sonhei podem realmente acontecer. Eu posso fazer sucesso como rapper. Não é um absurdo que minha imaginação inventou. É...

É possível.

QUINZE

Faz pouco mais de duas semanas que o *Blackout* postou minha música. Os números só aumentam. Estou falando de seguidores, reproduções, tudo. Ontem, fui andando até a casa dos meus avós pra jantar com eles (vovó insistiu) e um carro passou por mim tocando minha música bem alto.

Mas o carro que para na frente da minha casa não está ouvindo a minha música. Tia Pooh espera no Cutlass. Tenho outra batalha no Ringue hoje. Não faço ideia de quem vou enfrentar, mas é isso que torna o Ringue o que é: temos que estar prontos pra tudo.

Jay está na aula e Trey, no trabalho, então eu tranco a casa. Por mais atenção que eu tenha recebido online, acho que nenhum dos dois sabe sobre a música. Além do mais, Jay não usa internet, a não ser que seja pra assistir a alguma coisa no YouTube ou xeretar amigos e familiares no Facebook. Trey acha que as redes sociais promovem insegurança e não usa muito. Por enquanto, está tudo bem.

Scrap está no banco do passageiro da tia Pooh. Ele o puxa para a frente para eu poder entrar atrás.

— Você não me segura na hora da virada. Yeeeeah! — diz ele. — Não consigo tirar isso da cabeça, Li'l Law. É tiro demais.

— Obrigada. Oi, tia.

— E aí — murmura ela, olhando para a frente.

No dia que o *Blackout* postou "Na hora da virada", contei tudo pra ela. E não recebi nenhuma resposta até ontem, quando ela me mandou uma mensagem avisando que vinha me buscar para o Ringue hoje.

Acho que ela está chateada porque não apaguei a música, como ela mandou. Mas o que importa se significar que estamos melhorando? Caramba. O objetivo é esse, né?

Scrap me observa.

— Olha só, você está com a corrente do seu pai.

Olho para o pingente de coroa pendurado no cordão de ouro. Usei todos os dias desde que ganhei. Colocá-lo se tornou um hábito, como escovar os dentes.

— Acho que gosto de ter uma parte dele comigo.

— Uau! — diz Scrap, com a mão fechada na frente da boca. — Lembro quando Law comprou isso aí. O bairro inteiro ficou falando. Foi assim que descobrimos que ele tinha chegado lá.

Tia Pooh olha para mim de cara feia pelo retrovisor.

— Não mandei você não usar essa merda?

Com o que ela está preocupada? Alguém me assaltar? É por isso que costumo enfiar pra dentro da blusa no bairro. Mas no Ringue?

— Ninguém vai roubar, tia Pooh. Você sabe como é a segurança.

Ela balança a cabeça.

— Às vezes, não sei por que eu me preocupo com essa cabeça-dura.

Chegamos ao ginásio. Alguns dos carros mais absurdos estão expostos no estacionamento. Tem um carro rebaixado pintado como uma caixa de Froot Loops e uma picape com os maiores pneus que já vi na vida. Passamos por um carro que parece roxo, mas quando a luz do poste o ilumina, vemos que é verde-néon.

Tia Pooh encontra uma vaga e nós três saímos. Tem música tocando para todo lado. As pessoas adoram exibir seus aparelhos de som da mesma forma que gostam de exibir os carros. Talvez até mais. Um carro está com minha voz tocando.

Você não me segura na hora da virada.

— Aííí! — grita um cara dentro do carro e aponta para mim. — Arrasa em nome do Garden, Bri!

Mais pessoas reparam em mim e gritam palavras de carinho e parabéns.

Scrap me cutuca.

— Está vendo? O bairro todo está falando de você.

Tia Pooh enfia um pirulito na boca, em silêncio.

A fila para entrar na arena vai até a calçada, mas, como sempre, vamos direto para a porta. Normalmente, não tem problema, mas um cara diz:

— É melhor vocês irem pro fim da fila!

Nós três nos viramos.

— Com quem você pensa que está falando? — pergunta tia Pooh.

— Com uma vadia qualquer — diz o cara. Ele tem a boca cheia de prata e usa uma camisa cinza de beisebol. Todos os caras em volta dele estão de cinza. Crowns.

— É melhor você pensar direito no que fala, amigão — avisa Scrap.

— Qual é, neg... — Os olhos do Crown vão direto para a corrente do meu pai. — Ah, merda. — Ele curva os lábios. — Olha só o que temos aqui.

Os amigos dele também reparam. Seus olhos se iluminam e de repente viro um pedaço de carne jogado em uma toca de leões famintos.

— Você é a filha daquele arruaceiro do Lawless, não é? — pergunta o instigador.

Tia Pooh parte para cima dele, mas Scrap segura a blusa dela.

— O que você disse do meu irmão?

Cunhado. Mas, se perguntarem para a tia Pooh, ela vai dizer que é apenas um detalhe.

— Tia. — Minha voz está tremendo. — Vamos entrar, tá?

— É, tia, entra — debocha o Crown. Ele me olha de novo. — Foi você que fez aquela música, não foi?

De repente, não consigo falar.

— E se for? — pergunta tia Pooh.

O Crown esfrega o queixo.

— Ela disse umas coisas reais da rua na música. Tem um verso que deixou a gente bolado. Uma parte que fala de não precisar de cinza pra ser rainha. Que porra isso quer dizer?

— Quer dizer o que ela quiser — diz tia Pooh. — Ela não é de lado nenhum, então qual é o problema?

— A gente ficou se sentindo meio estranho — diz o Crown. — É melhor ela tomar cuidado. Não vai querer acabar como o pai.

— O que você está dizendo? — Tia Pooh vai para cima dele.

Ele vai para cima dela.

Surgem gritos de "Ah, merda!" e berros. Celulares são virados para nós.

Tia Pooh leva a mão à cintura.

O Crown leva a mão à dele.

Estou paralisada.

— Ei! Parem agora! — grita Frank, o leão de chácara.

Ele e Reggie se aproximam correndo. Reggie empurra a tia Pooh para trás e Frank empurra o Crown.

— Não, cara, não — diz Frank. — Não vai rolar essa merda aqui. Vocês vão ter que ir embora.

— Esses idiotas é que começaram! — diz tia Pooh. — A gente só estava tentando entrar pra minha sobrinha participar da batalha.

— Não quero saber — diz Reggie. — Nós não toleramos essa merda da rua, Pooh. Você sabe. Vocês vão ter que ir embora.

Ei, calma. Todo mundo?

— Mas eu vou participar da batalha hoje.

— Não vai mais — diz Frank. — Você conhece as regras, Bri. Se você *ou a sua equipe* — ele aponta para Scrap e para a minha tia — trouxerem essa baboseira de gangue pra cá, vocês têm que ir embora. É simples.

— Mas eu não fiz nada!

— São as regras — diz Reggie. — Todos vocês, pra fora. Agora.

Os Crowns falam palavrões, mas vão embora. Há sussurros por toda fila.

— Parem com isso, pessoal — eu digo para Frank e Reggie. — Por favor. Me deixem entrar.

— Lamento, Bri — diz Frank. — Você vai ter que ir embora.

— Regras são regras — diz Reggie.

— Mas eu não fiz porra nenhuma! Vocês estão me expulsando por causa do que *minha equipe* fez? Isso é absurdo!

— São as regras — alega Frank.

— Que se fodam as regras!

Eu falo sem pensar? O tempo todo. Meu temperamento vai de zero a cem em segundos? Claro. Mas, pelo jeito como as pessoas resmungam, elas parecem concordar.

— Não, Bri. Você tem que ir. — Reggie faz sinal na direção da rua. — Agora.

— Por quê? — eu grito enquanto a multidão faz mais barulho. Desta vez, Scrap segura a *minha* blusa. — Por quê?

— Porque a gente mandou! — diz Frank para mim e para as pessoas.

Mas ninguém quer saber. Alguém começa a tocar "Na hora da virada" no carro e todo mundo perde a cabeça.

Quer saber? Que se foda.

— Vem pra cima de mim e vai levar porrada — eu digo.

— Minha galera tem mais fogo que uma fornalha — as pessoas cantam em seguida.

— Silenciador é tudo, não escutam o que a gente fala — eu digo.

— E ainda jogam assassinato na nossa cara! — canta a galera.

Quando chega o gancho? Ah, meu Deus. Quase todo mundo canta junto. As pessoas quicam e gritam comigo. É um miniconcerto ali no estacionamento.

Frank e Reggie balançam a cabeça e voltam para a porta. Mostro o dedo do meio para os dois. Alguém grita:

— Vocês são uns filhos da puta!

Recebo palavras de incentivo de todas as direções. Se meu pai é o rei do Garden, eu sou a princesa.

Mas tia Pooh me olha de cara feia. Ela sai andando para o estacionamento.

Que porra é essa? Eu seguro o braço dela.

— Qual é seu problema?

— Você é meu problema!

Dou um passo para trás.

— Como é?

— Eu mandei você não publicar aquela maldita música! — grita ela, com cuspe voando da boca. — Agora a gente não pode voltar aqui!

— Espera aí, você está culpando a minha *música*? Eu não te mandei se meter com aqueles Crowns!

— Ah, então a culpa é minha? — berra ela.

— Era você que ia puxar a arma pra eles!

— É, pra proteger você! — grita tia Pooh. — Cara, esquece. Enfia essa bunda burra no carro.

Eu a vejo sair andando. Ela não viu como todo mundo ama a música? Mas está com raiva de mim porque uns Crowns ficaram aborrecidos por causa de um verso?

Como *eu* posso ser a burra nessa história?

Tia Pooh me olha.

— Vem!

Com ela me tratando assim?

— Não. Pode deixar. Que imagem eu vou passar se andar de carro com alguém que me chama de burra quando não fiz nada de errado?

Tia Pooh olha para o céu. Levanta as mãos.

— Tudo bem! Faz o que você quiser.

— Acho que não é uma boa ideia... — Scrap começa a dizer.

Tia Pooh sai batendo os pés na direção do carro.

— Deixa a burra ficar! Essa merda toda subiu à cabeça dela.

Scrap olha dela para mim, mas vai atrás dela. Eles entram no carro e tia Pooh vai embora.

Sinceramente? Acho que eu não devia ficar lá sozinha. Não fui eu que quase me meti numa briga com aqueles Crowns, mas nunca se sabe o que um membro de gangue vai fazer quando está daquele jeito. Tenho que ficar de cabeça baixa, olhos abertos e ouvidos alertas. Tenho que ir para casa.

Eu vou para a calçada.

— Ei! Li'l Law!

Eu me viro. Supreme se aproxima. Ele está de óculos escuros, apesar de estar tudo um breu.

— Precisa de carona? — pergunta ele.

Supreme dirige um Hummer preto com grade dourada na frente. Milez está no banco do passageiro. Supreme abre a porta do lado do motorista e estala os dedos para o filho.

— Ei, pula pra trás. Quero a Bri na frente.

— Por que ela não pode...

— Garoto, eu mandei você ir pra trás!

Milez solta o cinto de segurança e vai para trás, resmungando baixinho.

— Se tiver alguma coisa para dizer, melhor falar alto! — reclama Supreme.

Nossa. Que constrangedor. Parece quando a tia 'Chelle ou a tia Gina dão bronca no Malik e no Sonny quando estou na casa deles. Não sei se é melhor sair, ficar ou agir como se nada tivesse acontecido.

Eu ajo como se nada tivesse acontecido. Esse é o carro mais caro em que já andei. O painel do Supreme parece coisa da Millennium Falcon, com tantas telas e botões. Os assentos são de couro branco e, segundos depois de ele ligar o carro, o meu parece estar torrando.

Supreme parece olhar para o filho pelo retrovisor.

— Você poderia pelo menos falar com as pessoas.

Milez suspira e estica a mão para mim.

— Miles, sem o z. Peço desculpas pelas coisas que falei sobre seu pai na nossa batalha.

Ele parece... diferente. Parece quando vou com a minha avó a um dos supermercados melhores no subúrbio e ela me manda "falar como se fosse ajuizada". Ela não quer que as pessoas pensem que somos "que nem aqueles ratos do gueto que frequentam seu estabelecimento". Trey chama de mudança de código.

Miles fala como se não fosse mudança de código para ele. Parece como ele fala naturalmente, como se seu lugar fosse no subúrbio. Quer dizer, ele *é* do subúrbio, mas no Ringue algumas semanas atrás, ele falou como alguém do gueto.

Eu aperto a mão dele.

— Tudo bem. Sem ressentimentos agora.

— *Agora*?

— Ei, você devia saber que houve algum. Foi por isso que pediu desculpas, não foi?

— Na mosca — diz ele. — Não foi pessoal. É que eu não estava preparado pra você cair em cima como fez.

— O que foi? Ficou surpreso de uma garota ter te vencido?

— Não, não teve nada a ver com você ser garota — diz ele. — Acredite, minhas listas estão cheias de Nicki e Cardi.

— Uau, você é uma das raras pessoas que amam as duas?

Eu também sou. Elas podem ter uma rusga, mas não é porque elas não se gostam que não posso gostar das duas. Além do mais, me recuso a "escolher" entre duas mulheres. Já somos tão poucas no hip-hop.

— Ah, sou. — Miles chega um pouco mais para a frente. — Mas vamos falar a verdade. Li'l Kim é a abelha rainha.

— Hum, claro.

Jay é doida por Li'l Kim. Eu cresci ouvindo. Kim me ensinou que, além de as garotas serem capazes de fazer rap, elas também podem ficar em pé de igualdade com os garotos.

— O cover de *Hard Core* por si só é icônico — diz Miles. — De um ponto de vista visual, a estética...

— Garoto — diz Supreme.

Apesar de ele só dizer isso, Miles chega para trás e começa a mexer no celular em silêncio, como se não estivéssemos tendo uma conversa. Estranho.

— Pra onde vamos, Bri? — pergunta Supreme.

Dou meu endereço e ele o coloca no GPS. Ele sai dirigindo.

— O que aconteceu com você e a sua tia lá? — pergunta ele.

— Você viu?

— Vi. Vi o minishow que você deu também. Você sabe puxar uma galera. A fama viral está te tratando bem?

Eu encosto a cabeça. Caramba. Até o apoio de cabeça está aquecido.

— É surreal. Não tenho como agradecer pelo que você fez.

— Nem precisa — diz ele. — Se não fosse seu pai, eu não teria uma carreira. É o mínimo que eu poderia fazer. E qual é o plano agora? Você tem que aproveitar o momento.

— Eu sei. Era por isso que eu estava no Ringue.

— Ah, aquilo? Não é o suficiente — diz Supreme. — Se bem que o que aconteceu hoje *vai* fazer as pessoas falarem. Todos os celulares do estacionamento estavam apontados pra vocês. Já vejo as manchetes: "Rapper do gueto tem confronto típico do gueto." — Ele ri.

— Espera. Eu só estava falando...

— Calma, garotinha. Eu sei — diz Supreme. — Mas vão falar mesmo assim. É o que fazem. A chave é você desempenhar o papel, seja qual for.

Estou confusa.

— Desempenhar o papel?

— Desempenhar o papel — repete ele. — Olha pra mim. Eu vou a reuniões com os executivos, certo? Com ternos caros que mando fazer, sapatos de marca que custam o que minha mãe ganhava em um ano. Eles *ainda* me veem como um negro do gueto. Mas, adivinha? Eu não saio de lá como um negro *pobre*, pode apostar. Porque eu desempenho o papel que eles acham que é o meu. É assim que fazemos esse jogo funcionar a nosso favor. Usando o que eles pensam de nós como vantagem. Sabe quem são os maiores consumidores de hip-hop?

— Garotos brancos dos subúrbios — responde Miles secamente, como se já tivesse ouvido isso.

— Exatamente! Garotos brancos dos subúrbios — diz Supreme. — Sabe o que os garotos brancos dos subúrbios amam? Ouvir as merdas que assustam os pais deles. Se você assustar os pais deles, eles procuram você como as mariposas procuram a luz. Os vídeos de hoje vão deixá-los morrendo de medo. Espera só, seus números só vão aumentar.

Faz sentido que os garotos brancos dos subúrbios amem o vídeo. Mas Long e Tate me chamaram de "marginal", e não consigo me livrar dessa palavra. Agora, as pessoas vão me chamar de gueto? Uma palavra. Duas sílabas.

Só porque não me submeto
Vão achar que sou do gueto.

— Não quero que as pessoas pensem que é isso que eu sou — eu digo para Supreme.

— Como falei, não importa — diz ele. — Deixe que te chamem do que quiserem, garotinha. É só cuidar pra que paguem por isso. Você está recebendo, não está?

Recebendo?

— Por quê? — eu pergunto.

— Alguém devia estar marcando apresentações pra você — diz ele. — Botando versos seus em músicas de outros artistas. Sua tia não está cuidando disso?

Não sei. Tia Pooh nunca falou de coisas assim.

— Olha só, não quero me meter em coisas da família — diz Supreme —, mas você tem certeza de que ela é a melhor pessoa pra ser sua agente?

— Ela está nisso desde o começo — eu digo para ele e para mim. — Quando ninguém ligava para o fato de eu querer fazer rap, tia Pooh me deu força.

— Ah, você é leal. Respeito isso. Ela é GD, não é?

Pouco depois que meu pai morreu, tia Pooh começou a usar verde o tempo todo.

— É. Durante a maior parte da minha vida.

— Isso é uma distração do pior tipo — diz ele. — Conheço muita gente que iria longe se tivesse deixado as ruas para trás. Mas é como meu pai dizia: "Nunca se afogue enquanto tenta salvar alguém que não quer ser salvo."

Não, ele entendeu errado. Tia Pooh não é uma causa perdida. Sim, ela tem seus momentos e fica muito envolvida com as coisas da rua, mas quando eu fizer sucesso, ela vai abrir mão de tudo.

Eu acho.

Eu espero.

DEZESSEIS

Supreme estava certo. Um monte de gente postou vídeos do que aconteceu no Ringue ontem à noite e muitas outras pessoas ouviram minha música. Minhas reproduções só estão aumentando.

Também tem muita gente que acha que sou alguém que não sou. Já fui chamada de gueto, de perua, de rata sem educação. Tudo isso. Não sei se estou mais irritada ou magoada. Não posso nem me defender e perder a calma sem alguém falar mal de mim.

Então, sim, Supreme estava certo. Fico pensando se também estava certo sobre a tia Pooh.

Eu nem devia pensar assim. Ela é minha tia. Está do meu lado desde o início. Mas também não faz ideia do que está fazendo. Não falou nada sobre marcar shows ou de parcerias com outros artistas. Nada sobre como me fazer receber grana. Ela ainda está chateada por eu ter disponibilizado a música online.

Mas ela é minha tia. Não posso abandoná-la. Pelo menos é o que digo para mim mesma enquanto cutuco a salsicha que tem no meu prato.

Jay coloca uma panqueca ao lado.

— Foi o restinho de farinha. Pooh falou em trazer mais umas compras no fim da semana. Eu quase disse não, mas...

Nossa geladeira e nossos armários estão quase vazios. Esse é outro motivo para eu não poder abandonar a tia Pooh. Ela sempre cuida para que eu tenha comida.

Trey mistura creme no café. Ele está com uma camisa de botão e uma gravata em volta do pescoço. Ele tem uma entrevista de emprego hoje.

— Pooh e seu dinheiro do tráfico de drogas salvando o dia.

É meio injusto. Aqui está meu irmão, fazendo tudo certo e não dá em nada. Enquanto isso, tia Pooh está fazendo tudo o que nos disseram para não fazer, mas é ela quem nos alimenta quando precisamos.

Mas é assim que as coisas são. Os traficantes do meu bairro não estão com dificuldades. Todo o resto está.

Jay aperta o ombro de Trey.

— Amor, você está tentando. Você faz tanta coisa aqui. Mais do que deveria.

Ela fica quieta e quase se desconecta, mas tenta se recuperar com um sorriso.

— Tenho a sensação de que a entrevista de hoje vai dar certo. Eu também andei procurando programas de mestrado online pra você.

— Mãe, já falei, não vou fazer mestrado agora.

— Amor, você devia pelo menos se candidatar a alguns. Pra ver o que acontece.

— Eu já fiz isso — diz ele. — E entrei.

Eu paro de olhar a salsicha.

— É sério?

— É. Eu me candidatei antes de começar no Sal's. Recebi recentemente duas cartas de aceitação, mas a faculdade mais próxima fica a três horas daqui. Não posso ir para tão longe e...

Ele não termina, mas não precisa. Ele tem que ficar e nos ajudar.

Jay pisca várias vezes.

— Você não me contou que foi aceito.

— Não é nada de mais, mãe. Estou onde quero estar. Juro.

Trey bebendo café é o único som por um tempo.

Jay coloca o prato de panquecas na mesa.

— Podem comer o que ainda tem.

— Mãe...

— Boa sorte com a entrevista, amor.

Ela vai para o quarto e fecha a porta.

Meu coração está na garganta. Não me lembro de muita coisa de quando ela ficou doente, mas lembro que ela sempre ia para o quarto. Passava horas lá, me deixando sozinha com Trey como...

— Ela não está usando drogas — diz Trey.

Às vezes parece que nós pensamos as mesmas coisas ao mesmo tempo.

— Tem certeza?

— Ela não vai fazer isso com ela mesma de novo, Bri. Só precisa de... espaço. Os pais nunca querem desmoronar na frente dos filhos.

— Ah.

Trey apoia a testa na mão.

— Droga, eu não devia ter dito nada.

É difícil saber o que dizer para ele.

— Parabéns por ter entrado...

— Obrigado. Foi burrice me candidatar, na verdade. Acho que eu só estava curioso.

— Ou queria muito ir.

— Em algum momento, vou querer — admite ele. — Mas não agora. Se as coisas forem como eu quero, ele vai em breve.

— Não se preocupe. Você vai entrar antes que perceba.

— Porque vai chegar sua hora da virada, né?

— Hã, o quê?

— Eu sei sobre a sua música, Bri. Também sei que você foi banida do Ringue ontem à noite.

— Eu... como você...

— Não uso muito as redes sociais, mas não moro embaixo de uma pedra. Metade dos meus colegas de trabalho me enviou links perguntando se era minha irmã colando com os GDs no Jimmy. Kayla me mandou uma mensagem logo em seguida.

— Quem... ah, Ms. Tique. — Droga, tenho que respeitar mais a mana e me lembrar do nome dela de verdade. — Trey, eu posso explicar.

— Eu mandei você não andar com essa turma da Pooh — diz ele. — Não mandei? Você tem sorte de não ter acontecido nada.

— Ela só estava me protegendo.

— Não, ela estava sendo esquentadinha, como sempre. Do tipo que atira primeiro e pergunta depois, por trás das grades. Não ajuda você ter se exibido.

Ele sabe me fazer sentir péssima.

— Eu só estava me defendendo.

— Tem um jeito de fazer isso, Bri. Você sabe. Mas enfim, eu ouvi sua música e admito que você tem uns versos irados nela.

Meus lábios se curvam um pouco.

— Mas — diz ele, de uma forma que me manda arrancar o sorriso da cara —, apesar de eu entender a música, agora as pessoas vão acreditar em tudo que você diz nela. E vamos ser sinceros: você não tem a menor ideia sobre metade das coisas que usou na letra. Cartuchos? — Trey retorce a boca. — Você nem sabe direito o que é um cartucho.

— Sei, sim! — É o negocinho que entra naquele trocinho da arma.

— Claro que sabe. Além do mais, isso é uma distração de tantas formas — diz ele. — Se você se dedicasse dessa forma à escola, sabe o quanto iria longe?

Não tão longe quanto essa música pode me levar.

— Essa é nossa rota de fuga, Trey.

Ele revira os olhos.

— Bri, isso é muito improvável. Olha, se você quiser ser rapper, tudo bem. Eu acho que você pode fazer coisa melhor, mas é seu sonho. Não vou atrapalhar. No entanto, mesmo que sua música faça sucesso, não é a loteria. Não quer dizer que você vai ficar rica de repente.

— Mas posso estar a caminho.

— É, mas a que custo? — pergunta ele.

Trey se afasta da mesa e beija o alto da minha cabeça antes de sair.

Só tem duas pessoas no ônibus quando subo: Deon e Curtis.

— Bri, você foi mesmo expulsa do Ringue? — pergunta Deon assim que entro.

— Ora, bom dia pra você também, Deon — eu digo, com sorriso falso e tudo. — Estou ótima, e você?

Curtis cai na gargalhada.

— Mas, falando sério — diz Deon quando me sento no lugar de sempre. Curtis por acaso está no da frente. — Você foi mesmo banida?

Parece que eu não disse nada.

— D, você viu o vídeo e sabe a resposta — diz Curtis. — Dá um tempo.

— Cara, tem gente que acha que foi encenação — diz Deon. — Mas não foi, né, Bri? Você anda mesmo com os GDs, é? Você entrou pra gangue ou é só afiliada?

— Quer saber? Aqui. — Curtis joga uma garrafa de água para o fundo do ônibus. — Pra matar essa sede de fofocas aí.

Dou uma risada. Desde que ele falou comigo como um ser humano decente na igreja, meu nível de tolerância para o Curtis está bem maior. Eu até dou risada de algumas das piadas dele. É estranho. E nunca achei que fosse dizer isso, mas...

— Obrigada, Curtis.

— Não foi nada. Vou mandar a conta do meu trabalho de guarda-costas.

Eu reviro os olhos.

— Tchau, Curtis.

Ele ri.

— Muquirana. Tudo bem.

— Beleza — eu digo. — O que você está fazendo no ônibus tão cedo? Normalmente é um dos últimos a entrar.

— Passei a noite na casa do meu pai.

Tenho quase certeza de que meu rosto diz o que eu não digo. Eu não tinha ideia de que ele tinha pai. Espera, quer dizer, claro que ele tem pai. Eu não sabia que ele tinha um pai presente.

— Ele é motorista de caminhão — explica Curtis. — Está sempre na estrada, por isso eu moro com a minha avó.

— Ah, foi mal.

— Tudo bem. Pelo menos ele tem um bom motivo pra não estar presente.

Eu sempre quis perguntar uma coisa, mas não é da minha conta. Só que, como Curtis tocou no assunto, será que teria problema?

— Não precisa responder — eu digo. — De verdade, não precisa. Mas você vê sua mãe?

— Eu ia de duas em duas semanas. Não vou há meses. Mas minha avó vai todos os fins de semana.

— Ah. O que ela fez?

— Esfaqueou um ex-namorado que batia nela. Ela surtou uma noite e deu uma facada quando ele estava dormindo. Mas como ele não estava fazendo nada com ela na hora, não foi legítima defesa. Ela foi presa. Enquanto isso, ele continua solto no Garden, provavelmente batendo na mãe de outra pessoa.

— Caramba. Que horror.

— É o que é.

Estou sendo muito xereta.

— Por que você não vai visitar ela?

— Você ia querer ver a sua mãe se ela tivesse se tornado uma casca de si mesma?

— Eu já vi.

Curtis inclina a cabeça.

— Quando minha mãe usava drogas. Eu vi ela drogada no parque um dia. Ela veio tentar me abraçar. Eu saí correndo gritando.

— Caramba.

— É. — A lembrança ainda é recente. — Mas foi estranho. Por mais assustada que eu tenha ficado, uma parte de mim ficou feliz por ter visto ela. Eu procurava por ela como se estivesse em busca de uma criatura mítica. Acho que mesmo quando ela não estava sendo ela mesma, ainda assim era a minha mãe. Se é que faz sentido.

Curtis apoia a cabeça na janela.

— Faz. Não me entenda mal, eu amo ver a minha mãe, mas odeio não poder salvar ela. É o pior sentimento do mundo.

Quase consigo ouvir a porta do quarto da Jay se fechando.

— Eu entendo. E tenho certeza de que a sua mãe também vai entender.

— Não sei — diz ele. — Estou longe há tanto tempo. Tenho receio de voltar. Eu teria que dizer por que me afastei e isso não ajudaria em nada.

— Duvido que ela se importe, Curtis. Ela só acharia bom você estar lá.

— Pode ser — murmura ele na hora que Zane sobe no ônibus. Curtis acena para ele. — Como você se meteu na minha vida, agora é a minha vez de me meter na sua.

Lá vamos nós. As pessoas adoram me perguntar como é ter Lawless como pai. Elas não percebem que a pergunta deveria ser "Como é ter um pai de quem todo mundo se lembra, menos você?" Eu sempre minto e digo como ele era incrível, apesar de eu nem saber direito.

— Tudo bem, seja sincera comigo. — Curtis se empertiga no banco. — Quem são seus cinco rappers favoritos, vivos ou mortos?

Isso é novidade. E gostei da pergunta. Não é nada contra meu pai, só não estou com vontade de fingir sobre um estranho.

— Que pergunta difícil.

— Ah, não pode ser tão difícil.

— Mas é. Eu tenho duas listas de cinco favoritos. — Eu levanto dois dedos. — Uma dos MTT, os melhores de todos os tempos, e outra do que chamo pretensos MTT.

— Caramba, você leva o hip-hop a sério. Quem são os cinco pretensos MTT?

— Fácil. Sem ordem específica, Remy Ma, Rapsody, Kendrick Lamar, J. Cole e Joyner Lucas.

— Perfeito. E quem são os cinco MTT?

— Bom, um aviso: na verdade, são dez, mas vou dizer só cinco — eu digo, e Curtis ri. — Mais uma vez, sem ordem específica: Biggie, 'Pac, Jean Grae, Lauryn Hill e Rakim.

Ele franze a testa.

— Quem?

— Ah, meu Deus! Você não sabe quem é Rakim?

— Nem Jean Grae — diz ele, e quase tenho um ataque cardíaco.
— Mas o nome Rakim é familiar...

— Ele é um dos mais incríveis que já tocou num microfone! — Devo estar falando alto demais. — Como é que você pode dizer que gosta de hip-hop e não conhecer Rakim? É como um cristão que não conhece João Batista. Ou um trekkie que não conhece o Spock. Ou um potterhead que não sabe quem é Dumbledore. Dumbledore, Curtis.

— Tudo bem, tudo bem. Por que ele está entre seus cinco favoritos?

— Ele inventou o *flow* que a gente conhece — eu digo. — Minha tia me fez ouvir. Juro que ouvir quando ele canta é como ouvir água; ele nunca parece forçado nem picotado. Além do mais, é um mestre de rimas internas, que são rimas no meio de um verso e não no final. Cada rapper talentoso é cria dele. Ponto.

— Caramba, você gosta mesmo disso — comenta Curtis.

— Tenho que gostar. Eu quero estar nos MTT um dia.

Ele sorri.

— E vai estar. — Ele me olha da cabeça aos pés pelo assento e, se eu não soubesse, diria que estava me avaliando. — Você está bonita hoje, aliás.

Ora, ora. Ele estava me avaliando.

— Obrigada.

— Está bonita todos os dias, pra falar a verdade.

Eu levanto as sobrancelhas.

Curtis ri.

— Que foi?

— Você presta atenção em mim assim?

— Presto, sim. Por exemplo, você sempre usa moletons irados, mas não está tentando se esconder nem nada. Só está sendo você. E tem uma covinha bem aqui. — Ele encosta na minha bochecha, bem perto do canto da minha boca. — Aparece quando você ri, mas não quando sorri, como se só quisesse aparecer nas ocasiões especiais. É muito fofo.

Por que minhas bochechas ficaram quentes de repente? O que eu digo? Faço um elogio? *Como* faço um elogio?

— Seu cabelo é bonito.

Uau, Bri. Você está dizendo que o resto dele não é? Tudo bem, mas o cabelo está perfeito. Ele acertou os contornos nos últimos dois dias, sem dúvida.

Ele passa a mão pela cabeça. Os cachos sumiram e parece que alguém girou as pontas com as mãos.

— Obrigado. Estou pensando em deixar crescer no verão pra fazer dreadlocks ou trancinhas na raiz. Só tenho que encontrar alguém que faça.

— Eu faço — eu digo. — Trancinhas. Mas não sei fazer dreadlocks.

— Não sei se posso confiar em você a ponto de deixar cuidar do meu cabelo.

— Tchau, garoto. Eu sei das coisas. A mãe do Sonny é cabeleireira. Ela me ensinou um tempão atrás. Eu fazia nas minhas bonecas.

— Tudo bem, tudo bem. Eu acredito — diz Curtis. Ele se inclina um pouco mais para perto. — Como vai ser? Vou me sentar entre as suas pernas e deixar você trabalhar?

Os cantos da minha boca se curvam.

— É. Mas você tem que me deixar fazer como eu quiser.

— Como você quiser?

— Como eu quiser.

— Tudo bem. E o que você quer?

Eu tento não sorrir demais.

— Você vai ter que esperar pra ver.

Isso é flertar? Acho que é flertar.

Espera. Estou flertando com o Curtis? E estou me sentindo à vontade para flertar com o Curtis?

Em algum momento, o sr. Watson parou na frente das casas do Sonny e do Malik, e eles subiram no ônibus. Sonny está no corredor, as sobrancelhas tão altas quanto dá. Malik está perto de um dos bancos da frente. Hana já está sentada e parece estar falando com ele, mas ele está olhando diretamente para mim. E para o Curtis.

Ele se vira para a frente e se senta.

Sonny se senta lentamente em um banco à nossa frente, olhando para mim o tempo todo. Ele balança as sobrancelhas antes de sumir atrás do banco.

Não vou ouvir o fim disso. Não vou.

O ônibus acaba parando na escola. Deixo Curtis sair antes de mim porque o Sonny está me esperando no banco dele. Ele só me olha com aquelas sobrancelhas erguidas.

— Cala a boca — eu digo quando saio do ônibus.

— Eu não falei nada.

— E nem precisava. Sua cara diz tudo.

— Não, a *sua cara* diz tudo. — Ele cutuca as minhas bochechas. — Aahhh, olha só, está até ficando vermelha. Mas por causa do Curtis? Sério, Bri?

— Eu mandei calar a boca!

— Ei, não estou criticando. Só peço que vocês batizem seu filho e sua filha em minha homenagem. Sonny e Sonnita.

Não acredito naquela cara de pau.

— Como foi que a gente passou de uma conversa no ônibus a ter dois filhos, Sonny?

— Dois filhos *e um cachorro*. Um pug que você vai batizar de Sonningham.

— O que tem nessa sua cabeça?

— É melhor do que o que tem na sua e fez você flertar com o Curtis.

Dou um soco no braço dele.

— Quer saber? Vou deixar você e o Rapid batizarem seus filhos com esse nome. Que tal?

Sonny baixa os olhos.

— Hã... eu sumi da vida do Rapid.

— O quê? Por quê?

— Fiz meu simulado do SAT outro dia e não consegui me concentrar naquela porra de tanto pensar nele. Não posso fazer merda agora, Bri.

Ninguém é mais rígido com o Sonny do que o próprio Sonny. Já o testemunhei tendo ataques de pânico por causa das notas e até por causa da sua arte.

— Foi só um simulado, Son'.

— Que reflete como vou me sair em uma prova real — geme ele. — Bri, se eu tirar uma nota baixa naquela porra...

Eu boto a mão na bochecha dele.

— Ei, olha pra mim.

Ele olha. Eu não o deixo afastar o olhar. Já o testemunhei tendo tantos ataques de pânico que consigo identificá-los antes de acontecerem.

— Respira — eu digo para ele.

Sonny respira fundo e solta o ar.

— Não posso fazer besteira.

— E não vai. Foi por isso que você pulou fora?

— Não foi só por isso. Malik e eu estávamos conversando outro dia e pesquisamos mais um pouco. Descobrimos que o endereço de IP do Rapid não é do Garden, mas do subúrbio.

Ele e Malik se encontraram sem mim. Isso ainda me magoa um pouco. Mas tenho que superar.

— O que tem de errado nisso?

— O Rapid me fez pensar que morava no bairro. Todas as fotografias dele são de lá.

— Espera. Ele *disse* que morava no Garden ou foi você que *concluiu* que ele morava no Garden?

— Tudo bem, eu concluí. Mas isso só me mostra o quanto não sei sobre ele. — Sonny enfia as mãos nos bolsos. — Não vale a distração.

Mas a mudança na voz dele diz o contrário.

Tem mais pessoas do lado de fora da escola do que o habitual. Mais perto da porta. Tem muita falação. Nós temos que abrir caminho entre as pessoas para tentar ver o que está acontecendo.

— Isso é um absurdo! — alguém grita à frente.

Sonny e eu encontramos Malik e Hana. A altura de Malik o ajuda a ver por cima das pessoas.

— O que está acontecendo? — pergunta Sonny.

O maxilar de Malik trava enquanto ele olha para a escola.

— Eles voltaram.

— Quem? — eu pergunto.

— Long e Tate.

DEZESSETE

— Como assim? — diz Sonny.

Não é possível.

Fico na ponta dos pés. Long manda um aluno passar pelo detector de metais como se nunca tivesse se afastado e Tate verifica uma mochila ali perto.

Meu corpo todo fica tenso.

A dra. Rhodes disse que haveria uma investigação e que uma ação disciplinar aconteceria se a administração *achasse cabível*. Long e Tate me jogando no chão devia ser algo "cabível" no que entendem por mau comportamento.

A dra. Rhodes está perto das portas, mandando todo mundo entrar de forma organizada.

— Como eles podem estar de volta? — pergunta Sonny.

— Não houve repercussão suficiente para o que eles fizeram — diz Malik. Ele olha para mim.

Não, ah, não.

— A culpa disso não é minha.

— Eu não disse que era.

— Foi como se tivesse dito!

— Ei! — diz Sonny. — Agora não, tá?

— Nós temos que fazer alguma coisa — diz Hana.

Eu olho ao redor. Metade da escola está do lado de fora, a maioria me olhando.

Se estou com raiva? Duvido que essa seja a palavra. Mas, qualquer coisa que eles queiram que eu faça, não é da minha natureza. Caramba, não sei o que fazer.

Malik é quem mais me encara. Como não digo nem faço nada, ele balança a cabeça. E então abre a boca e começa a gritar:

— Ah, não, nós não vamos...

— Me jogou no chão, cara, maior cagada — grita Curtis, mais alto do que ele. — Me jogou no chão, cara, maior cagada!

Malik tenta puxar um coro acima do dele, mas Curtis fala alto e com raiva e a frase dele se espalha. Uma segunda pessoa grita minha letra. Uma terceira. Uma quarta. Antes que eu perceba, estou ouvindo minha letra vinda de todo mundo, menos de mim.

E de Malik.

— Nós não vamos tolerar esse tipo de linguajar — grita a dra. Rhodes. — Todos os alunos precisam parar...

— Você não me segura, não, não! — grita Curtis. — Você não me segura, não, não!

Os gritos mudam para essa parte.

Eu ganho atenção. Considerando todos os lugares e momentos em que isso poderia acontecer, é nessa hora. Aquelas palavras nasceram na minha cabeça. Na minha. Foram concebidas dos meus pensamentos e meus sentimentos. Surgiram do meu lápis e foram para o meu bloco. De alguma forma, encontraram o caminho da língua dos meus colegas de escola. Acho que estão falando por eles, claro, mas sei que estão falando por mim.

Isso é suficiente para me fazer dizê-las também.

— Você não me segura, não, não — eu grito. — Você não me segura, não, não!

É difícil dizer que é um protesto. Muitos dos meus colegas que se parecem comigo estão dançando com uma batida que nem está sendo tocada. Estão pulando, saltando, dançando. Dreadlocks e tranças balançam, não ficam paradas. Há sons de afirmação misturados, aumentando a energia. É diferente do que aconteceu no estacionamento do Ringue. Aquilo foi um miniconcerto. Isso é um grito de guerra.

— Você não me segura, não, não! Você não me segura, não, não!

Long e Tate aparecem na porta. Long está com um megafone.

— Todos os alunos, sigam para a aula — diz ele. — Se vocês não forem, podem ser suspensos.

— Vem pra cima de mim e vai levar porrada! — alguém grita.

Isso vira o novo verso, um aviso óbvio.

— Vem pra cima de mim e vai levar porrada! Vem pra cima de mim e vai levar porrada! Vem pra cima de mim e vai levar porrada!

— Este é o aviso final — diz Long. — Se vocês não se dispersarem, vão...

Tudo acontece muito rápido.

Um punho acerta o queixo de Long. O megafone voa da mão dele.

De repente, é como se aquele soco fosse o sinal verde que alguns alunos estavam esperando. Um amontoado de garotos parte para cima de Long e Tate e os derruba no chão. Curtis é um deles. Punhos voam e pés chutam.

— Ah, merda! — diz Sonny.

— A gente tem que sair daqui! — diz Malik.

Ele segura a minha mão, mas eu me solto e vou para a frente.

— Curtis!

Ele para de chutar e se vira na minha direção.

— Polícia! — eu digo.

Essa palavra basta. Aposto tudo que a polícia está a caminho. Curtis corre até mim, e corremos com Sonny, Malik e Hana. Sirenes soam ali perto, e o coro atrás de nós vira uma gritaria.

Nós corremos até não ouvirmos mais nada. Quando paramos, é para recuperar o fôlego.

— Isso é ruim — diz Sonny, inclinado. — Puta merda, isso é ruim.

Malik vai até Curtis e o empurra com tanta força que o boné dele voa.

— O que você estava pensando?

Curtis se segura antes de cair e empurra Malik.

— Cara, tira as mãos de mim!

— Você começou uma baderna! — Malik grita na cara dele. — Tem a mínima noção do que fez?

— Ei! — Eu empurro Malik para longe do Curtis. — Para!

— Ah, você está do lado dele agora? — grita Malik.

— Lado? Do que você está falando?

— Parece que não tem problema porque ele estava cantando a sua música! Não importa o fato de que ele iniciou uma baderna!

— Não é culpa dele terem dado um soco!

— Por que você está ficando do lado dele?

— Malik! — diz Hana.

Sonny se vira para ele.

— Mano, que porra é essa? Relaxa!

Uma viatura da polícia passa em disparada.

— Se nós não sairmos daqui, a próxima viatura pode parar e vir nos questionar — diz Sonny.

O olhar de raiva do Malik está voltado para o Curtis.

— A gente pode ir pra minha casa. Minha mãe já deve estar no trabalho.

Mais uma viatura passa na direção da escola, as luzes piscando.

— Venham — diz Sonny.

Hana puxa a mão do Malik. Essa é a única coisa que o faz parar de olhar para o Curtis de cara feia. Ele deixa que ela o puxe pela calçada.

Em menos de uma hora, quase todos os alunos negros e latinos de Midtown aparecem na casa do Malik.

Ele e Hana convocaram a aliança para uma reunião de emergência. Um após o outro, eles contam detalhes do que aconteceu depois que fugimos. Pelo menos dez viaturas da polícia foram para lá, uma van de noticiário apareceu, e os garotos que partiram para cima do Long e do Tate foram presos. Um deles foi o Zane.

Curtis olha para mim quando nos contam isso. Eu só digo com movimentos labiais: *De nada.*

Long e Tate foram colocados em ambulâncias. Ninguém sabe como eles estão.

Pais e responsáveis receberam uma mensagem gravada da escola dizendo que houve uma emergência e que eles tinham que buscar os filhos. Jay achou que tinha sido tiroteio e me ligou na mesma hora. Ela se acalmou quando falei que estava bem. Resumi o que aconteceu, principalmente a parte de Long e Tate terem voltado. Ela ficou furiosa, mas não surpresa.

Todo mundo se senta ou fica em pé pela sala do Malik, comendo sanduíches e batata chips e bebendo todos os refrigerantes que a tia 'Chelle tem. Sonny, Curtis e eu abrimos espaço no sofá para mais três pessoas. Hana está na poltrona da tia 'Chelle com uma garota sentada em cada braço.

Malik não consegue ficar parado. Ele anda de um lado para o outro da sala, como fazia quando não se saía bem em uma fase do jogo de videogame.

— Isso não vai nos ajudar com nenhuma das preocupações que tínhamos — diz ele. — Na verdade, vai piorar tudo.

Ele olha para Curtis. Curtis come o sanduíche como se Malik não tivesse dito nada.

— Você não sabe — diz Sonny.

— Não, ele está certo — diz Hana. — É capaz de seguirem o mesmo caminho do Garden. Botarem policiais de verdade como seguranças.

— O quê? — eu digo, e outras pessoas na sala basicamente dizem a mesma coisa.

— Garanto que aqueles dois voltaram porque muitos pais caíram na história da Bri ser "traficante de drogas" — diz Malik. — Eles têm motivo pra acreditar que somos uma ameaça agora. Aposto que vai haver policiais armados na porta.

Desde que aquele garoto foi morto, meu coração dispara sempre que vejo um policial. Eu poderia ser ele, ele poderia ser eu. O acaso é a única coisa que nos separa.

Agora, meu coração pode ter que ficar disparado quase todos os dias.

Curtis se inclina para a frente, os braços cruzados sobre os joelhos.

— Olha, só sei que estávamos cansados do Long e do Tate nos tratando como merda e se safando disso, e por isso fomos pra cima deles. É simples assim.

Malik bate com o punho na palma da mão.

— Mas tem um jeito de fazer isso! Você acha que é o único cansado? Acha que eu *queria* ver a minha melhor amiga ser jogada no chão?

Uau. Malik e eu não temos sido melhores nada ultimamente. Para falar a verdade, isso é até pouco. Mas ele basicamente acabou de dizer que tudo isso não importa; ele ainda gosta de mim.

Vejo Hana me olhando. Ela afasta o olhar rapidamente.

— Nós finalmente conseguimos fazer a dra. Rhodes aceitar nos receber e aí isso acontece? — diz Malik. — Ela não vai ouvir *porra nenhuma* que nós tivermos pra dizer. Não vai. A gente tem que procurar alguém acima dela agora.

— O superintendente? — pergunta Sonny.

— É. Ou o comitê da escola.

— Não, a gente tem que almejar mais alto — diz Hana. Ela olha para mim de novo. — A gente precisa daquele vídeo nos noticiários.

Ela está falando do vídeo do Malik de quando Long e Tate me jogaram no chão como um saco de lixo. Eu balanço a cabeça.

— Não, não vai rolar.

— Bri, para com isso — diz Deon, do ônibus. Uma ou duas pessoas ecoam o que ele diz.

— É o único jeito de as coisas mudarem — diz Hana. — Nós temos que mostrar pras pessoas por que todo mundo ficou aborrecido hoje, Bri.

— Eu já falei, não quero ser garota-propaganda disso.

Hana cruza os braços.

— Por quê?

— Porque ela disse que não — diz Curtis. — Porra, larga do pé dela.

— Só estou dizendo que se fosse comigo e eu soubesse que as coisas mudariam na nossa escola, publicaria o vídeo na mesma hora.

Eu levanto as sobrancelhas.

— *Obviamente*, eu não sou você.

— O que isso quer dizer?

Estou começando a achar que a questão não é só o incidente da escola.

— Quer dizer o que eu disse. Eu não sou você.

— É, porque se você fosse eu, ia preferir que esse vídeo fosse divulgado em vez de vídeos de você agindo como marginal no Ringue — diz Hana. — Mas esses vídeos não têm problema, né?

Ela não fez isso. Por favor, me diga que ela não fez isso.

Mas fez, porque várias bocas na sala toda se fecharam de repente. Estou bem ciente de que Malik fica quieto enquanto tudo isso acontece.

Eu me sento ereta.

— Primeiro — eu digo, batendo as mãos.

— Ah, merda — murmura Sonny. Ele sabe o que as mãos batendo querem dizer. — Calma aí, Bri.

— Não, quero responder isso. Primeiro, eu não tive controle sobre os vídeos do Ringue serem publicados, *queridinha*.

Sou toda filha da minha mãe, porque quando ela diz "queridinha", quer dizer o contrário. Ela também faz a coisa de bater as mãos. Não sei quando eu me tornei ela.

— Segundo — eu digo, batendo as mãos de novo —, por que me defender é agir como marginal? Se você viu os vídeos, sabe que foi isso que eu fiz.

— Só estou dizendo o que as pessoas já estão dizendo sobre...

— Terceiro! — Eu bato as mãos de novo. Vou terminar, porra. — Se eu não quero que o vídeo seja divulgado, eu não quero que o vídeo seja divulgado. Sinceramente, não devo explicação pra você e nem pra ninguém.

— Deve, sim, porque isso afeta a todos nós! — diz ela.

— Ah. Meu. Deus! — Eu bato as mãos a cada palavra. Isso é a única coisa que me segura no sofá. — Mano, fala sério. Fala sério!

Tradução: alguém segura essa garota.

Sonny entende na mesma hora.

— Bri, calma, tá? Olha, talvez ela tenha razão. Se o vídeo fosse divulgado...

Ele também? Eu me levanto do sofá.

— Quer saber? Podem continuar sua reuniãozinha sem mim. Vou embora.

Sonny tenta segurar a minha mão, mas eu me afasto.

— Bri, para com isso. Não faz assim.

Coloco a mochila nas costas e passo por cima das pessoas sentadas no chão.

— Pra mim, já deu. Prefiro não ficar pra parte da reunião em que vão "pular no pescoço da Bri" — eu digo.

— Ninguém está pulando no seu pescoço — diz Malik.

Ah, *agora* ele fala. Mas não abriu a boca quando a namoradinha resolveu encher meu saco.

— A gente só não entende por que você não quer ajudar — diz Hana. — Essa é sua chance de...

— Eu não quero ser essa pessoa! — eu grito, para que todos me escutem. — Só vão ficar justificando a porra toda! Você não entende?

— Bri...

— Sonny, você sabe que vão! É o que eles fazem. Droga, já estão fazendo isso com os boatos de "traficante". Se isso for para os noticiários, vão falar nisso todas as vezes que eu for enviada pra direção, em todas as malditas suspensões. Droga, vão usar os vídeos do Ringue. Tudo pra fazer parecer que o que aconteceu não teve problema porque eu não valho nada! Vocês acham que quero ter que aguentar isso?

Eu me esforço para respirar. Eles não entendem. O vídeo não pode ser divulgado. Porque, de repente, mais gente ainda vai tentar justificar o que aconteceu comigo e fazer tanto barulho que posso acabar achando que mereci.

Mas não mereci. Sei que não. Quero continuar sabendo que não mereci.

A sala está borrada, mas pisco para pôr tudo em foco.

— Que se danem vocês — eu resmungo, e jogo o capuz na cabeça. Eu saio e não olho para trás.

Quando chego em casa, Jay está deitada no sofá da sala. O controle remoto está na mão dela, e a música tema de *As We Are* acaba. Ela é viciada nessa novela.

— Oi, Bookie — diz ela quando se senta. Ela se espreguiça, boceja e revela o buraco enorme na axila da camiseta. Ela diz que é confortável demais e não quer se desfazer dela. Além do mais, tem a capa do primeiro disco do meu pai estampada. — Como foi na casa do Malik?

A resposta mais curta é a melhor resposta.

— Bom. Como foi *As We Are*?

— Foi ótima hoje! Jamie finalmente descobriu que o bebê não é dele.

Ela está superanimada. Mas acho que está fingindo por minha causa.

— Opa, é sério? — eu pergunto.

— É! Já estava mais do que na hora.

Quando eu era mais nova, vovô me deixava assistir a novelas com ele todas as tardes no verão. Ele adora as "histórias". *As We Are* era nossa favorita. Eu me sentava no colo dele, o ar-condicionado na janela soprando em nós e minha cabeça apoiada em seu peito enquanto Theresa Brady executava seu plano da vez com maestria. Agora, é uma coisa minha com Jay.

Ela inclina a cabeça e me olha por muito tempo, intensamente.

— Você está bem?

— Estou. — Eu também sei atuar.

— Não se preocupe, vou ligar pra superintendência pra falar disso — diz ela e vai para a cozinha. — Aqueles filhos da mãe não deviam ter voltado. Está com fome? Temos algumas salsichas que sobraram do café. Posso fazer um sanduíche pra você.

— Não, obrigada. Comi na casa do Malik. — Eu me sento no sofá. Agora que *As We Are* acabou, o noticiário da tarde está começando.

— Nossa história principal: uma movimentação de alunos ficou violenta hoje cedo na Escola de Artes Midtown — diz o apresentador. — Megan Sullivan nos conta mais.

— Aumenta isso, Bri — grita Jay da cozinha.

Eu obedeço. A repórter está na frente da minha escola, que agora está vazia.

— O dia começava na Escola de Artes Midtown — diz Megan Sullivan — quando os alunos se reuniram na porta e se manifestaram.

Eles mostram imagens de celular com cenas do que aconteceu hoje de manhã, com todo mundo na frente do prédio cantarolando "Você não me segura, não, não!"

— Autoridades da escola dizem que havia preocupações entre os alunos em relação a medidas de segurança recentes — diz Sullivan.

Jay chega na porta com o saco de pão de forma na mão, abrindo o arame.

— Medidas de segurança? Você está falando do fato de que aqueles dois voltaram ao trabalho?

— No entanto, o que começou como uma manifestação pacífica ficou logo violenta — diz Sullivan.

Agora, cenas de pessoas gritando, quando socos são dados e Long e Tate somem de vista. O noticiário bota um bipe acima de um "Ah, merda" que a pessoa que estava gravando diz.

— Seguranças foram atacados fisicamente por vários alunos — diz Sullivan. — De acordo com testemunhas, não demorou para a confusão começar.

— Nós estávamos todos do lado de fora, tentando entender o que estava acontecendo — diz uma garota branca. Ela é do departamento de música vocal. — De repente, as pessoas começaram a cantarolar uma música.

Ah. Não.

Outro vídeo de celular é exibido. Nesse, meus colegas cantam minha letra.

— "Vem pra cima de mim e vai levar porrada."

— A música, chamada "Na hora da virada", é atribuída a uma rapper local, Bri — diz Megan Sullivan. Eles mostram minha página no Dat Cloud. — A letra, com sua natureza violenta, inclui ataques contra agentes da lei e é sucesso entre os jovens ouvintes.

Quando me dou conta, minha voz está saindo da televisão, com bipes substituindo os palavrões. Mas não é a música toda. Só alguns pedaços.

Me jogou no chão, cara, maior ******...
Se eu fizesse o que queria e te desse uma porrada,
Sua cara já estaria apodrecida e enterrada.

Os caras confundem mochila com pistola.
Acham que levo cartuchos pra minha escola.
Mas preciso ser sincera, eu te garanto,
Se a polícia me agredir, aqui não vai ter pranto...

O saco de pão de forma cai das mãos de Jay. Ela fica olhando para a televisão, paralisada.

— Brianna. — Ela fala meu nome como se fosse a primeira vez. — É você?

DEZOITO

Não sai nenhuma palavra da minha boca. Mas a letra que escrevi escapa pela televisão.

— Não me segura, não, não — cantarolam meus colegas de escola.
— Não me segura, não, não!

— Enquanto usavam a música para provocar os seguranças da escola — diz Sullivan —, a letra pareceu encorajar os alunos a resolverem a questão com violência, com as próprias mãos.

Espera, o quê?

Não é o fato de que aqueles dois babacas agrediram todos os alunos negros e latinos.

Não é o fato de que quem deu o primeiro soco tomou a decisão sozinho.

É o fato de que estavam recitando uma *música*?

— Vários alunos foram presos — continua ela. — Os seguranças foram hospitalizados, mas espera-se que se recuperem integralmente. Os alunos foram enviados para casa, enquanto as autoridades da escola trabalham para determinar a próxima ação. Teremos mais notícias às 18 horas de hoje.

A imagem fica preta. Jay desligou a televisão.

— Você não me respondeu — diz ela. — Era você?

— Não tocaram a música toda! Não é sobre atacar policiais...

— Era. Você?

De alguma forma, ela grita e fala com calma ao mesmo tempo.

Eu engulo em seco.

— Sim... sim, senhora.

Jay leva as mãos ao rosto.

— Ah, Deus.

— Me escuta...

— Brianna, o que você estava pensando? — grita ela. — Por que você diria aquelas coisas?

— Não tocaram a música inteira!

— Tocaram o suficiente! — diz ela. — Onde está a arma sobre a qual você falou, hein? Me mostra. Me *conta*. Eu *preciso* ver esses cartuchos que minha filha de 16 anos carrega por aí!

— Eu não carrego! Não foi isso que eu quis dizer! Tiraram de contexto!

— Você disse aquelas coisas. Não tem como fugir...

— Você pode me ouvir pelo menos uma vez? — eu grito.

Jay coloca as mãos na frente da boca como se estivesse rezando.

— Primeiro. Olha. O. Tom — rosna ela. — Segundo: eu estou ouvindo. Ouvi o suficiente pra escutar minha filha cantando rap como uma bandida!

— Não é assim.

— Ah, não? Então por que você não me contou nada sobre essa música antes? Hein, Brianna? De acordo com o noticiário, está bem conhecida. Por que você não falou nada?

Eu abro a boca, mas antes que consiga dizer uma palavra, ela diz:

— Porque você sabia muito bem que estava dizendo coisas que não tinha nada que dizer!

— Não, porque você tiraria conclusões!

— As pessoas só tiram conclusões em cima do que você oferece!

Ela... logo ela disse isso *mesmo*?

— Então é por isso que todo mundo te acusa de estar usando drogas? — eu pergunto. — Estão tirando conclusões com base no que você oferece?

Ela não consegue dizer nada sobre isso de primeira.

— Quer saber? — Jay acaba dizendo. — Você tem razão. Você realmente tem razão. As pessoas vão supor coisas sobre você, sobre mim, não importa o que digamos ou façamos. Mas eis a diferença entre nós duas, Brianna. — Ela diminui o espaço entre nós. — Eu não estou dando às pessoas mais motivos para fazerem essas suposições sobre mim. Você me vê andando por aí falando sobre drogas?

— Eu...

— Você. Me. Vê. Andando. Por. Aí. Falando. Sobre. Drogas? — Ela bate as mãos a cada palavra.

Eu olho para os sapatos.

— Não, senhora.

— Você me vê agindo como se estivesse usando drogas? Me gabando de drogas? Não! Mas você se mostrou como tudo que as pessoas vão supor sobre você! Você pensou no que isso vai *me* fazer parecer, como sua mãe?

Ela ainda não está me ouvindo.

— Se você ouvisse a música toda... não é o que fizeram parecer, eu juro. É uma brincadeira sobre as suposições deles sobre mim.

— Você não tem esse luxo, Brianna! *Nós* não temos! Eles nunca acham que estamos brincando!

A sala fica silenciosa de novo.

Jay fecha os olhos e apoia a testa na mão.

— Meu Deus — murmura ela, como se falar isso fosse acalmá-la. Ela olha para mim. — Não quero mais você fazendo rap.

Dou um passo para trás como se ela tivesse me dado um tapa. A sensação é essa.

— O quê... mas...

— Eu me recuso a ficar de lado deixando você acabar como seu pai, está ouvindo? Olha o que ele ganhou com o "rap de gangue". Uma bala na cabeça!

Eu sempre ouvi que meu pai se envolveu com as coisas das ruas porque fazia rap sobre as ruas.

— Mas eu não sou assim!

— E nem vou deixar que seja. — Jay balança a cabeça. — Não vou. Não *posso*. Você vai se concentrar na escola e vai deixar essa confusão pra lá. Eu fui clara?

A única coisa clara é que ela não entende. Não me entende. Isso dói mais do que a notícia.

Mas eu engulo o choro, como os Jacksons fazem, e a encaro.

— Sim, senhora. Está claro.

Está tão claro que quando Supreme me manda uma mensagem pedindo um encontro de manhã, nem hesito em aceitar. Ele viu o noticiário e quer falar comigo sobre isso.

Ele também viu que "Na hora da virada" é a música número um no Dat Cloud. O noticiário fez todo mundo procurar e ouvir.

Nós nos encontramos no Fish Hut, um lugar meio velho na Clover. É fácil para mim sair de casa. É sábado e Jay está fazendo a reunião mensal com os viciados em recuperação. Não temos comida suficiente para ela dar para todos, mas todo mundo está falando tanto que parece não importar. Digo para Jay que vou para a casa dos meus avós e ela está tão absorta na conversa que só diz "Tá".

Em pouco tempo, estou na bicicleta com fones de ouvido, minha mochila e a corrente do meu pai dentro do casaco, a caminho da rua Clover.

Pedalo rápido para não congelar. Vovô diz que o tempo frio é a única coisa que faz o Garden parar. Isso explica por que as ruas estão quase vazias.

Pedalar pela Clover é como pedalar por uma zona de guerra abandonada. O Fish Hut é um dos únicos lugares que restaram. Tia Pooh diz que é porque o sr. Barry, o dono, botou "proprietários negros" nas portas durante as manifestações. É, ela estava lá quando aconteceu. Até participou de saques a lojas e levou duas televisões para casa.

Não tive notícias dela desde o Ringue. Ela não sumiu, nada disso. Jay falou com ela ontem à noite. Tia Pooh só não quer falar comigo.

O Hummer do Supreme está em uma vaga perto da porta do Fish Hut. Eu levo minha bicicleta para dentro. Seria burrice deixar do lado de fora. Eu nunca mais a veria. Além do mais, o sr. Barry não vai reclamar. Na verdade, ele diz "Oi, Li'l Law!" assim que eu entro. Posso fazer muita coisa por causa do meu pai.

O Fish Hut tem paredes de lambris de madeira, como a sala dos meus avós, mas tem uma camada meio escura e oleosa em cima. A vovó nunca deixaria a parede dela ficar assim. Uma televisão pendurada no teto, no canto, sempre exibe um canal de notícias, e o sr. Barry grita com o aparelho. Hoje, ele está atrás do balcão falando:

— Não dá pra acreditar em nada que sai da boca daquele idiota!

Supreme pegou uma mesa no canto. Estou começando a achar que ele nunca tira os óculos de sol. Ele está enchendo o bucho de peixe frito e ovos, o especial de café da manhã do Fish Hut. Quando me vê, ele limpa a boca.

— A celebridade da vez chegou.

Ele aponta para o lugar em frente ao dele. Encosto a bicicleta na parede, e ele faz sinal para o sr. Barry.

— Sr. B! Pode trazer o que ela quiser. Por minha conta.

O sr. Barry anota o pedido no bloco. Eu sempre achei que ele parecia um jovem Papai Noel, com a barba preta densa e o bigode. Está mais grisalho agora.

Escolho camarão e *grits*, um mingau salgado de milho, e um Sunkist. Nunca é cedo demais para beber Sunkist, suco de laranja com gás. Vou defender isso até morrer.

— Parabéns por ter chegado ao número um no Dat Cloud — diz Supreme depois que o sr. Barry se afasta. — Eu trouxe um presente de parabéns.

Ele tira uma sacola de presente de debaixo da mesa. Não é enorme, mas é bem pesada. Eu preciso pegar com as duas mãos. Dentro tem uma caixa de sapatos cinza-escura com um logotipo de árvore dentro.

Eu olho para Supreme. Ele mostra os dentes dourados.

— Anda — diz ele. — Abre.

Eu tiro a caixa da bolsa. Já sei o que tem dentro, mas meu coração acelera mesmo assim. Abro a tampa e não consigo segurar o "Ah, merda" que sai da minha boca.

Um par de Timberlands novinhos. Não os gastos que havia no centro comunitário, mas novinhos, nunca usados.

— Se o tamanho estiver errado, posso trocar, não tem problema — diz Supreme quando tiro um da caixa.

Passo o dedo na árvore em baixo-relevo na lateral da bota. Meus olhos estão ardendo. Trabalhei meses para comprar um par. Meses. E ainda não tinha conseguido o suficiente quando a dra. Rhodes me suspendeu por vender doces. Foi uma linha de chegada que não consegui alcançar. Mas Supreme está me dando um par como se não fosse nada.

E não acredito que vou dizer o que digo.

— Não posso aceitar.

— Por quê?

Meu avô diz que nunca se aceita presentes grandes que aparentemente não pedem nada em troca porque há uma boa chance de haver algo a ser feito em troca, e que você não vai conseguir pagar.

— Por que você comprou isso pra mim?

— Já falei, foi para te dar parabéns por chegar ao número um — diz ele.

— É, mas isso é muito caro...

Supreme ri.

— Muito caro? Só 150. Eu gasto mais do que isso em óculos escuros.

— Ah.

Droga. Queria que 150 dólares fossem um trocado para mim. Merda, devo parecer uma idiota dizendo que isso é um monte de dinheiro. Sem contar o quanto devo parecer pobre.

O sr. B traz minha comida. Fico olhando o prato por muito tempo.

— Não tem problema — diz Supreme. — Eu me lembro que também era dinheiro à beça pra mim. Fique com os sapatos. Juro, não vou pedir nada em troca.

Olho para meu par falso de sapatos. A parte de baixo começou a se separar lentamente do resto da bota. Duvido que dure mais um mês. Talvez nem uma semana.

Resmungo um "obrigada" e coloco os dois sapatos na mochila.

— De nada.

Supreme coloca molho de pimenta no prato.

— Achei que aquela merda no Ringue ia fazer as pessoas falarem. Mas você foi e se superou, não foi, garotinha?

Hum, ele viu o mesmo noticiário que eu?

— Não estão falando sobre mim de um jeito bom.

— Na verdade, essa é a melhor coisa que poderia ter acontecido com você. Publicidade é publicidade, não me importa se é ruim. Fez você ser a número um no Dat Cloud, não fez?

— É, mas nem todo mundo está ouvindo porque gosta. — Pode acreditar, eu caí na besteira de olhar os comentários. — E se as pessoas fizerem muito barulho por causa do que aconteceu na minha escola?

— Ah, então aquela é a sua escola?

Essa foi a única coisa que a reportagem não mencionou. Provavelmente não podem, por motivos legais.

— É. Parte do motivo das pessoas estarem chateadas foi que aconteceu uma coisa comigo.

Ele assente, como se isso fosse tudo o que precisa saber.

— Bom, acho que vão fazer muito barulho por causa da música. As pessoas adoram culpar o hip-hop. Acho que é mais fácil do que enfrentar o problema real, sabe? Mas, pensa, você está com companhias lendárias. Fizeram isso com o N.W.A., fizeram com o Public Enemy. 'Pac. Kendrick. Merda, qualquer um que já disse alguma coisa no microfone foi atacado por causa da forma como disse.

— É mesmo?

— Ah, é. Vocês jovens só não sabem. N.W.A. recebeu cartas do FBI por causa da música "Fuck tha Police". Um garoto atirou em um policial e estava com uma música do 'Pac tocando no carro. Os políticos culparam a música.

— Porra!

— Pois é — diz Supreme. — Isso não é novidade. Eles amam nos fazer de vilões por falarmos a verdade. — Ele toma um gole de suco de laranja. — Você precisa de um agente de verdade pra que isso não fuja do controle e funcione a seu favor.

Um agente *de verdade*. A referência à tia Pooh é óbvia.

O sino da porta do restaurante toca. Supreme levanta a mão para chamar a atenção da pessoa.

Dee-Nice se aproxima. As correntes de ouro dele são quase tão compridas quanto os dreadlocks. Ele e Supreme batem mãos e terminam em um abraço lateral.

Supreme estica o pescoço para olhar do lado de fora.

— Estou vendo que você veio de BMW. — Ele cutuca Dee-Nice de leve, que ri. — Já está gastando o dinheiro.

— Eu tinha que mostrar a esses garotos como se faz. — Ele olha para mim. — A princesa do Garden. Finalmente nos conhecemos. Só posso te dar os parabéns, amor. — Ele faz comigo um daqueles apertos de mão de bater a palma na outra que os caras fazem às vezes. — Considerando aquela primeira batalha e a música? Você está arrasando.

Confissão: estou meio sem palavras. Impressionada até. Dee-Nice é uma lenda. O que você diz quando recebe o selo de aprovação de uma lenda?

— Ainda acho ridículo você ter perdido pro Ef-X daquela vez.

Ele e Supreme caem na gargalhada.

— O quê? — diz Dee-Nice.

Eu estudava batalhas bem antes de botar o pé no Ringue.

— Dois anos atrás você batalhou contra Ef-X — eu digo. — Seu *flow* foi insano. Ainda fico chocada por você ter elaborado aquela rima na hora. Você devia ter ganhado fácil.

— Uau. Estou vendo que você anda prestando atenção.

— Um MC precisa ser aluno antes de ser mestre — eu digo. — É o que minha tia sempre...

Os Timberlands. A aparição de Dee-Nice. Isso é uma armação para me tirar da tia Pooh.

Os sapatos são a isca, como se eu fosse um daqueles peixes gordos que o vovô gosta de pescar no verão, e Dee-Nice é a boia do Supreme. Mandar Dee-Nice falar comigo vai permitir que Supreme saiba se vou morder a isca ou não.

Sinceramente? Nadei para essas águas sabendo que provavelmente seria pescada. Eu sabia qual era o motivo desse encontro com o Supreme assim que ele me escreveu. Não importa que só o fato de eu estar aqui já magoaria a tia Pooh. Não importa o fato de que, se eu aceitar a proposta dele, vou ter que me livrar dela. Não importa que, se ela não for minha agente, provavelmente vai continuar nas ruas. Eu vim mesmo assim.

Que tipo de sobrinha eu sou por isso?

— Olha, sua tia parece boa gente — diz Supreme. — Mas você precisa de mais.

Eu mordo o lábio.

— Supreme...

— Me escuta — diz ele. — A verdade é que você tem uma oportunidade única aqui, Bri. Situações assim, *publicidade* assim. São coisas que não aparecem com frequência. Você tem que aproveitar. Dee não tinha a atenção que você está recebendo. Olha o que ele conseguiu. Eu também consegui um bom contrato com o trabalho do meu filho... se ele conseguir segurar a onda.

Dee-Nice ri. Estou por fora da piada aqui.

— Ele ainda está dando problema?

Supreme toma mais suco.

— Ele não consegue se concentrar em nada ultimamente. Mas essa é uma discussão pra outro dia.

Dee-Nice assente.

— Mas, quer saber, Bri? Esse cara aqui? — Ele aponta para Supreme. — Mudou a minha vida. Posso cuidar da minha família toda agora.

— De verdade?

— Ah, sim — diz ele. — Eu estava fazendo batalhas no Ringue, torcendo para chegar a alguma coisa algum dia, mas minha família estava passando dificuldade. Supreme apareceu, elaborou um plano, e agora a minha família não tem que se preocupar com nada. Estamos bem.

Bem. Uma palavra, uma sílaba.

Se pudesse, daria tudo que o mundo tem
Para deixar a minha família bem.

Engulo em seco com a garganta apertada e olho para Supreme.

— Se eu trabalhar com você, você pode garantir que a minha família vai ficar bem?

— Vou garantir que você e sua família fiquem bem — diz ele. — Você tem a minha palavra.

Ele estica a mão para mim.

É uma traição com a tia Pooh, mas é um caminho para a minha mãe e para o Trey. Eu aperto a mão dele.

— A gente vai receber uma grana! — Supreme praticamente grita.

— Você não vai se arrepender, garotinha, juro que não. Mas uma coisa de cada vez, eu tenho que ir falar com a sua mãe. Nós três vamos nos sentar e...

Se minha vida fosse um programa de comédia, seria nesse momento que entraria o som de disco arranhado.

— Você, hã... você tem que falar com a Jay?

Supreme solta uma gargalhada insegura, como se dessa vez ele estivesse por fora da piada.

— Claro. Tem algum problema?

Problemas demais para citar. Eu coço a nuca.

— Isso pode não ser uma boa ideia agora.

— Tudo bem — diz ele lentamente, esperando que eu explique mais. Mas isso é tudo o que tenho para dizer. — Vou ter que falar com ela alguma hora. Você sabe disso, né?

Infelizmente. E ela acabaria com isso tudo num piscar de olhos.

Mas essa situação é como quando ela faz coisas de que eu não gosto e diz que é "para o meu próprio bem". Isso é para o bem dela. Estou disposta a fazer qualquer coisa para impedir que aquela tristeza nos olhos dela se torne permanente.

— Me deixa falar com ela primeiro — eu minto para Supreme.

— Tudo bem. — Ele sorri. — Vamos trabalhar pra ganhar dinheiro, então.

DEZENOVE

Quando chego em casa, todos os viciados em recuperação foram embora e Jay está colocando latas no armário da cozinha. Tem sacolas cobrindo a mesa.

Tiro a mochila e a coloco no chão da cozinha.

— Como você conseguiu tudo...

— Garota, se você não botar essa mochila no seu quarto, eu juro que... — diz Jay.

Caramba, ela nem está me olhando! Sua visão periférica é o diabo.

Jogo a mochila no meu quarto. Devia ter feito isso de cara. Os Timberlands que Supreme me deu estão dentro. Ninguém tem tempo para o interrogatório que vai rolar quando Jay os vir.

Supreme falou durante horas sobre todos os planos que tem para mim. Ele quer que eu dê algumas entrevistas para falar sobre a situação, quer que eu faça uma música com Dee-Nice e uma com Miles. Quer que eu faça uma demo. Disse que vai pagar pelo tempo de estúdio e pela batida.

É difícil me animar sabendo que vou ter que dizer para a tia Pooh que basicamente vou abandoná-la e sabendo que não posso contar para a minha mãe ainda. Tenho que esperar que algumas coisas aconteçam primeiro. Tipo, ter um contrato de sete dígitos na mão e dizer: "Olha o que eu consegui!" Não tem como ela dizer não para isso.

Tudo bem, tem cem formas de ela dizer não, mas vou tentar um sim.

Ela está na frente do freezer quando volto para a cozinha. Coloca um pacote de frango dentro, ao lado dos legumes congelados que já guardou.

Eu olho em uma das sacolas. Tem biscoitos, pão, batata chips, suco.

— Tia Pooh trouxe tudo isso?

— Não, eu comprei — diz Jay.

— Como?

Ela fica com a cabeça na frente do freezer enquanto coloca outro pacote de carne congelada dentro.

— Recebi meu cartão EBT pelo correio hoje.

EBT? O cartão do benefício social?

— Mas você disse que não ia...

— A gente pode dizer muita coisa antes que algo aconteça — diz ela. — Nunca se sabe realmente o que se vai ou não fazer até estar passando por algo. Nós precisávamos de comida. A assistência social podia nos ajudar a ter comida.

— Mas achei que você tivesse dito que não dão isso para universitários se eles não tiverem emprego.

— Eu larguei a faculdade.

Ela fala de forma casual, como se eu tivesse perguntado sobre o tempo.

— O quê? — Falo tão alto que a xereta da sra. Gladys na casa ao lado deve ter ouvido. — Mas você estava tão perto de terminar! Você não pode largar a faculdade por causa de comida!

Jay me contorna para tirar uma caixa de cereal da sacola.

— Eu posso largar pra garantir que você e seu irmão não passem fome.

Isso...

Isso dói.

Isso dói fisicamente, porra. Sinto no peito, eu juro. Queima e dói ao mesmo tempo.

— Você não devia ter que fazer isso.

Ela vem até mim, mas observo o brilho de sol entrando pela janela e iluminando o piso. Vovô dizia: procure os pontos de luz. Sei que ele não quis dizer literalmente, mas é isso que eu tenho.

— Ei, olha pra mim — diz Jay. Ela segura meu queixo para garantir que eu vá olhar. — Está tudo bem. Isso é temporário, tá?

— Mas ser assistente social é seu sonho. E você precisa de um diploma pra isso.

— Você e seu irmão são meu primeiro sonho. O outro pode esperar que eu tenha certeza de que vocês estejam bem. É isso que os pais fazem às vezes.

— Você não devia ter que fazer isso — eu digo.

— Mas eu quero.

Isso torna tudo mais difícil. Ter que fazer é uma responsabilidade. Querer fazer é amor.

Ela bota a mão na minha bochecha.

— Eu ouvi sua música.

— Ouviu?

— Aham. Tenho que admitir que é contagiante. E também é brilhante, srta. Brilhante Bri. — Ela sorri e passa o polegar pela minha bochecha. — Eu entendo.

Duas palavras, mas que parecem tão boas quanto um abraço.

— É mesmo?

— É. Mas você entende o que eu quis dizer, não entende?

— Entendo. Você não quer que as pessoas façam suposições sobre mim.

— Exatamente. Nós temos que nos preparar, florzinha. Aquela notícia pode ser só o começo. Preciso que você fique na sua até tudo isso passar.

— O quê? Eu não posso sair? Nem ir pra escola? — Por mim, não tem problema nenhum.

— Garota! — Ela bate de leve no meu braço. Dou uma risada. — Não quero dizer *tão* na sua. Você ainda vai à escola, então nem vem. O que eu quero dizer é... — Ela faz uma pausa e procura palavras.

— O que eu quero dizer é pra você não provocar. Não reagir a nada, não fazer nada. Só... aja como se estivessem falando de outra pessoa. Não vai pro *Twitrer* nem nada pra fazer comentários.

Ela precisa melhorar os conhecimentos sobre as redes sociais.

— Não posso nem trolar as pessoas que implicarem comigo?

Sou especialista em trolar garotos gamers online. Na verdade, no futuro eu talvez coloque isso no meu currículo como uma habilidade, junto com fazer rap e tranças afro. Sinceramente, trolar é fácil. Basta achar formas múltiplas de chamar o pênis de um garoto gamer de pequeno e ele fica furioso.

— É melhor você não dizer nada, ponto — diz Jay. — Na verdade, me dá seu celular.

Ela estica a mão aberta.

Eu arregalo os olhos.

— Você está brincando.

— Não estou. Me dá o celular.

— Eu prometo que não...

— Celular, Bri.

Pooooorra. Eu tiro o aparelho do bolso e coloco na mão dela.

— Obrigada — diz ela e o enfia no bolso. — Vai estudar para o exame ACT.

Eu solto um gemido.

— Sério?

— Sério. A prova vai chegar mais rápido do que você pensa. *Isso* tem que ser sua prioridade. Gina disse que o Sonny estuda duas horas por dia. Você devia aprender com ele.

Droga, Sonny. Filho da mãe perfeccionista. Fica parecendo que estou enrolando. Tudo bem que eu esteja, mas essa não é a questão.

Jay se vira para mim no corredor.

— Vai. A única coisa que quero ouvir é você estudando.

— Hum, como se ouve alguém...

— Vai estudar, garota!

Ela não me faz estudar por duas horas. Não, isso é muito pouco para a minha mãe, ao que parece. Ela só me dá o celular quatro horas depois. *Quatro*. Nem sei mais o que são palavras.

Jay passa por cima das minhas roupas sujas e da bagunça no chão do meu quarto.

— Eu devia fazer você arrumar esse quarto horrível antes de devolver seu celular — diz ela. — Espero que não apareçam baratas na minha casa.

Vovó dizia a mesma coisa. Do jeito que elas falam, parece que as pessoas levam o inseto escondido para dentro de casa. Eu tenho cara de quem quer ficar perto de uma barata? Elas estão logo depois do Garibaldo na minha lista de "Coisas com que não me meto".

Jay coloca o celular na mesa e manobra de novo em volta das roupas e da bagunça.

— Você só enrola! — diz ela.

— Eu também te amo — eu grito. Recebi mensagens de texto do Sonny e do Malik e apago tudo. Sim, ainda estou chateada pelo que aconteceu na casa do Malik.

Também tenho um monte de notificações do Dat Cloud. Está assim há algum tempo. Normalmente abro o aplicativo para fazer aquele número irritante com o círculo vermelho sumir e o fecho. Mas, quando abro o aplicativo hoje, tem várias mensagens não lidas me esperando.

Provavelmente trolls. Bom, eu falo, então devia conseguir ouvir, não é? Pode acreditar, pelas tantas vezes que fui chamada de "crioula" e "piranha" por garotos gamers, eu suporto muita coisa. Só preciso de um momento para me preparar.

A primeira é de um usuário chamado "GarotoRude09". Ótimo sinal. Eu a abro. Tem um link e ele escreveu embaixo:

Que baboseira! Não deixe que te censurem, Bri!

Hã?

Não clico no link. Por acaso eu tenho cara de quem confia em alguém chamado GarotoRude? Pode ser vírus ou pornografia. Mas a mensagem seguinte de outro usuário tem o mesmo link e o seguinte comentário:

Você irritou eles mesmo, hahahaha!

A terceira mensagem também tem o link. A quarta e a quinta. Novas mensagens do Sonny aparecem na minha tela.

Você está bem?

Me liga.

Te amo.

Ele também me mandou o link. Clico nele. Vou parar em um artigo no site do *Clarion*, o jornal local. O título faz meu coração parar.

"Na hora da virada" devia ser banida:
Música violenta de rapper adolescente leva a violência

— Mas que... — eu resmungo.

É uma página inteira de uma mulher chamada Emily Taylor reclamando da minha música. Seu filho de 13 anos adora, diz, mas, de acordo com ela, "a rapper passa a música toda cantando sobre coisas que fariam qualquer pai ou mãe apertar o stop imediatamente, inclusive gabando-se de armas e sentimento antipolícia".

Do que ela está falando? Não tem nada na música que diga nada contra a polícia. Só porque estou cansada deles patrulhando meu bairro como se fossemos todos criminosos, *eu* estou errada?

No meio do artigo, ela inseriu um vídeo do incidente no estacionamento do Ringue. Emily o usa para me descrever como uma "adolescente descontrolada afiliada a uma gangue, que foi recentemente expulsa de um estabelecimento local".

Me deem cinco minutos com ela e mostro o que é descontrole.

Ela menciona a agitação em Midtown e chega a dizer: "Faz sentido que uma música que encoraja a violência os tenha encorajado a agir com violência."

Mas o fim. O fim do artigo é o grande golpe, porque é quando Emily ganha lugar permanente na minha lista de merdas.

"Peço respeitosamente ao site Dat Cloud que remova 'Na hora da virada' do catálogo. Já provocou danos. Nós não podemos permitir que isso continue. Você pode acrescentar sua voz participando do abaixo-assinado. Temos que fazer mais para proteger nossos filhos."

Proteger *nossos* filhos. Eu não estou incluída nisso.

Que se foda essa Emily. É, eu disse. Que se foda. Ela não sabe nada sobre mim, mas quer usar uma música para me fazer parecer uma vilã malvada que está influenciando seu precioso filho. Que Deus não permita que ele *escute* sobre o que gente como eu tem que enfrentar diariamente. Deve ser bom entrar em pânico por causa de umas palavras, porque são só isso. Palavras.

Não consigo evitar, clico no perfil dela. Quero ver essa idiota.

Ela tem várias fotografias que revelam mais sobre ela. Uma é dela, com o marido e o filho. Tem um cervo morto pendurado atrás deles e os três estão de roupa camuflada segurando fuzis. E, claro, são brancos.

Mas o que realmente me incomoda é o título do artigo anterior dela.

Por que não vão tirar minhas armas:
Não há espaço aqui para o controle de armas

Mas é diferente quando eu canto rap sobre armas?

Queria saber por quê.

Parece aquela bosta na Midtown, eu juro. As garotas brancas não são mandadas para a diretoria por comentários maldosos. Droga, já vi acontecer com meus próprios olhos. Elas recebem um aviso. Mas sempre que eu abro a boca e digo alguma coisa de que meus professores não gostam, sou mandada para a diretoria.

Aparentemente, as palavras são diferentes quando saem da minha boca. Soam mais agressivas, mais ameaçadoras.

Bom, quer saber? Tenho muitas palavras para Emily.

Eu fecho a porta, abro o Instagram no celular e entro ao vivo. Normalmente, só Sonny e Malik aparecem. Hoje, tem umas cem pessoas me vendo em segundos.

— E aí, galera! É a Bri.

Os comentários começam na mesma hora.

Sua música é 🔥🔥🔥

Que se foda o que dizem!

Você é minha nova rapper favorita 💯

— Obrigada pelo apoio — eu digo, e mais cem pessoas estão vendo de repente. — Como vocês devem saber, tem um abaixo-assinado querendo tirar minha música do Dat Cloud. Além de ser censura, é uma grande idiotice.

Isso aí, alguém escreve.

Que se foda a censura!

— Isso aí, que se foda a censura — eu digo para trezentas pessoas. — As pessoas não entendem porque não é pra entenderem. Além do mais, se carrego cartuchos, talvez seja porque preciso, sua vaca. Não é culpa minha se você se sente desconfortável. Eu me sinto desconfortável todos os dias da minha vida.

Quatrocentos espectadores. As pessoas respondem com emojis de 100 ou de *high five*.

— Mas, vejam só — eu digo. — Eu tenho um recado pra todo mundo que quer me criticar por causa da minha música.

Eu mostro o dedo do meio sem hesitação.

Quinhentos espectadores. Mais comentários.

Diga!

Que se fodam!

Estamos com você, Bri!

— Então, dona repórter — eu digo —, e qualquer outra pessoa que queira chamar "Na hora da virada" de isso ou aquilo ou o que for. Podem dizer o que quiserem. Porra, derrubem a música se quiserem. Mas vocês nunca vão me silenciar. Eu tenho coisas demais pra falar.

VINTE

Só fiquei bêbada uma vez na vida. No verão antes do primeiro ano do ensino médio, Sonny, Malik e eu decidimos experimentar o Hennessy que o pai do Sonny guarda no armário, para ver o que era, afinal. Maior. Erro. Da. Minha. Vida. Na manhã seguinte, me arrependi amargamente de ter tocado na garrafa. Também me arrependi quando Jay libertou sua fúria.

Acho que estou com ressaca do Instagram. Fui dormir furiosa com a Emily e com todas as Emilys do mundo. Mas, quando acordei, minha reação foi: "Ah, merda. Eu disse aquilo?"

Tarde demais para fazer qualquer coisa. Posso ter apagado da minha página, mas alguém salvou e agora está se espalhando. Estou rezando para que minha mãe, a do "é melhor você ficar na sua e não reagir a nada", não veja.

Mas não sei se ela se importaria considerando como está agindo hoje.

Ela foi ao meu quarto quando eu estava me arrumando para ir à igreja. Mas me disse:

— Pode voltar pra cama, flor. Vamos ficar em casa.

Em qualquer outro dia eu teria gritado "Aleluia!" com ironia. Não é nada contra Jesus. É com os seguidores dele que eu tenho problemas. Mas não pude comemorar; Jay me deu um sorriso que não podia ser chamado de sorriso por ser tão triste. Ela foi para o quarto e não saiu mais.

Não consegui voltar pra cama. Fiquei preocupada demais com ela. Trey também não conseguiu e estamos vendo Netflix há duas horas. Nós cancelamos a TV a cabo tem um tempo. Era isso ou o celular, e Jay e Trey precisavam dos aparelhos para empregos em potencial. Eu apoio os pés no sofá, a centímetros da cabeça do meu irmão.

Ele os empurra para longe.

— Tira esses pés fedidos e cascudos da minha cara, garota.

— Trey, paaaara! — eu choramingo, e os coloco de volta. Eu sempre tenho que botar os pés no sofá.

Ele joga algumas rodelinhas de cereal seco em mim. Trey raramente come cereal com leite.

— Seus pés que parecem os do Hulk.

Só por isso eu enfio o dedão na orelha dele. Ele dá um pulo tão rápido que o prato quase cai do seu colo, mas ele consegue segurar. Eu morro de rir.

Trey aponta para mim.

— Você pega pesado!

Ele se senta e ainda estou rindo. Eu passo o pé na bochecha dele.

— Ahh, desculpa, irmão.

Trey afasta o rosto.

— Vai, continua.

O piso do corredor geme e espio pela porta. Mas não é Jay. Vovô diz que casas velhas assim às vezes se ajeitam. É por isso que fazem barulho do nada.

— Você acha que ela está bem?

— Quem? A mamãe? — pergunta Trey. — Ela está ótima. Só precisa de um dia longe da fofoca da igreja.

Eu entendo. A igreja é cheia de gente com um monte de coisa para dizer, mas que não faz nada. Era de se pensar que alguém nos ajudasse em vez de falar sobre nós, mas acho que é fácil dizer que ama Jesus, mas mais difícil agir como ele.

Enfim.

— Entããão... — diz Trey quando pego um pouco do cereal dele. — Você não liga mais para nada mesmo, não é?

Quase engasgo com um cereal. Quase. Eu tusso para limpar a garganta.

— Espera. Você tem Instagram?

Ele ri.

— Uaaaau. Você entra online se exibindo e a primeira coisa que quer saber é se tenho Instagram?

— Hum, é.

— Você precisa decidir o que é prioridade. Só pra deixar claro, Kayla me convenceu a fazer uma conta.

Lá vêm as covinhas. Elas sempre aparecem quando ele fala da Kayla.

— Ela vai ser minha futura cunhada?

Ele empurra a lateral da minha cabeça.

— Não se preocupe comigo, se preocupe com você. O que está acontecendo com você, Bri? De verdade. Sabe aquilo? Aquele vídeo não era da minha irmãzinha.

Eu puxo um fio do sofá.

— Eu estava com raiva.

— E? Quantas vezes eu tenho que dizer: a internet é pra sempre. Você quer que um futuro empregador veja aquilo?

Não estou tão preocupada com eles quanto com uma certa pessoa.

— Você vai contar pra Jay?

— Não, eu não vou contar pra *mamãe*. — Ele sempre me corrige quando eu a chamo pelo nome. — Ela já tem muita coisa na cabeça. Você tem que aprender a ignorar as pessoas, Bri. Nem tudo merece sua energia.

— Eu sei — resmungo.

Ele belisca minha bochecha.

— Então aplica isso na vida.

— Espera. Só isso?

— O quê? — pergunta ele.

— Você não vai me dar uma bronca épica?

Ele joga um pouco de cereal na boca.

— Não. Vou deixar que a mamãe faça isso quando ela descobrir, porque pode ter certeza, ela vai descobrir. E vou estar com a pipoca pronta.

Bato no rosto dele com uma almofada.

A campainha toca. Trey puxa a cortina da janela e olha para fora.

— São as outras partes da Profaníssima Trindade.

Eu reviro os olhos.

— Diz que não estou.

Trey atende a porta e é claro que diz:

— Oi, pessoal. Bri está em casa.

Ele olha para mim com um sorriso bobo sem exibir os dentes. Babaca.

Trey bate na mão deles quando entram.

— Não vejo vocês há um tempão. Como estão?

Malik diz que tudo está ótimo, mas parece que está falando comigo, pois está me olhando. Fico encarando a televisão.

— A preparação para o ACT e para o SAT está acabando comigo — diz Sonny.

Sinto tanto orgulho dele. Ele conseguiu responder ao Trey. Houve uma época em que ele só conseguia gaguejar perto do meu irmão por ele ser seu crush. Às vezes, acho que o Trey *ainda* é crush dele. Trey sempre soube que Sonny gostava dele. Ele morre de rir. Mas quando Sonny e eu estávamos no quinto ano, um dos amigos de Trey disse uma coisa sobre o Sonny usando uma palavra que me recuso a repetir. Depois disso, Trey deixou de ser amigo dele. Aos 16 anos, meu irmão chamava a masculinidade tóxica de "uma droga horrível". Ele é irado assim.

Trey se senta no braço do sofá.

— Ah, não se estressa muito, Son'. Você pode fazer as provas mais de uma vez.

— É, mas vai ser ótimo se eu arrasar de primeira.

— Não. Vai ser ótimo se você arrasar, ponto — diz Trey. — Do jeito que você é inteligente, vai dar tudo certo.

As bochechas do Sonny ficam rosadas. Ele não superou essa paixão tanto assim.

Só a televisão fala por um tempo. *The Get Down*, para ser mais precisa. Eu assisto, mas sinto Sonny, Malik e Trey me olhando.

— E aí? — diz Trey. — Você vai agir como se eles não estivessem aqui?

Jogo cereal na boca.

— Vou.

Trey tira o prato das minhas mãos. Em seguida, tem a audácia, *a audácia* de puxar minhas pernas do sofá e me fazer sentar direito.

— Hum, com licença, né? — eu digo.

— Eu dou licença. Seus amigos vieram conversar com *você*, não comigo.

— A gente queria ver você — diz Malik. — Sabe como é, jogar videogame, relaxar.

— É, como a gente fazia — acrescenta Sonny.

Eu mordo o cereal com força.

— Poxa, Bri, sério? — diz Malik. — Você pode ao menos falar com a gente?

Cruuunch.

— Foi mal, caras — diz Trey. — Parece que ela tomou uma decisão.

Meu irmão é mau. Por que digo isso? Porque ele começa a se sentar ao meu lado e, com a bunda no ar, solta o peido mais alto e forte que já ouvi na vida. Perto da minha cara.

— Ah, meu Deus! — eu grito e me levanto. — Eu vou, droga!

Trey dá uma gargalhada maligna e joga as pernas no sofá.

— É isso que você ganha por botar esses pés cascudos na minha cara.

Não é porque saio com Sonny e Malik que tenho que falar com eles. Nós seguimos pela calçada. O silêncio reina entre nós, exceto pelo barulho da corrente do meu pai batendo no meu suéter.

Malik puxa os cordões do capuz.

— Timberlands bacanas.

É a primeira vez que uso. Jay ainda estava no quarto quando saí e Trey não presta atenção em coisas assim a ponto de reparar. Ele usa os mesmos Nikes há sete anos.

— Obrigada — eu murmuro.

— Onde você arrumou? — pergunta Malik.

— *Como* você arrumou? — pergunta Sonny.

— Desculpem, eu não sabia que era da conta de vocês.

— Bri, para com isso — diz Sonny. — Você sabe que não fizemos nada por mal naquele dia, né?

— Uau. Que tentativa merda de pedir desculpas.

— Desculpa — diz Malik. — Melhor?

— Depende. Desculpa por quê?

— Por não ficarmos do seu lado — diz Sonny.

— E por as coisas estarem tão diferentes — acrescenta Malik.

— Diferentes como? — Ah, eu sei como, mas quero ouvir deles.

— A gente já não passa mais tanto tempo junto — admite Malik. — Mas não aja como se a culpa fosse toda nossa. Você também mudou com as pessoas.

Eu paro. A sra. Carson passa por nós no Cadillac detonado, mais velho do que meus avós. Ela buzina e levanta a mão. Nós acenamos. Coisa típica do Garden.

— Como *eu* mudei com *vocês*? — eu pergunto.

— Essa personagem rapper sua? Não conheço essa pessoa — diz Malik. — Principalmente a que disse aquelas coisas no Instagram.

Ah.

— Vocês viram aquilo?

Sonny assente.

— Vimos. Junto com metade da internet. Não posso mentir, eu provavelmente também estaria com raiva. Então... — Ele dá de ombros.

— Raiva é uma coisa, aquilo foi outra — diz Malik. — E na escola...

— Espera, eu não mudei na escola — eu digo. — São vocês que têm pouco tempo pra mim porque têm outras pessoas. Só pra deixar registrado, não tenho problema com isso, mas não vou agir como se não magoasse. Além do mais, vocês dois andam se encontrando sem mim, pesquisando o Rapid.

— Achei que você estava ocupada com outras coisas pra se preocupar com isso — diz Sonny. — A gente sabe que sua família está com dificuldades.

— É isso mesmo? Ou... — Não consigo acreditar que vou dizer isso. — Ou vocês não querem ser associados a mim?

Porra, meus olhos estão ardendo. Tem uma vozinha pequenininha que se acomodou nos meus pensamentos há um tempo. Ela diz que o Sonny e o Malik são brilhantes demais em Midtown para serem vistos com alguém que não é. Eles vão longe e por que deveriam andar com alguém que só vai para a sala da diretora?

É crível. Na verdade, é tão crível que poderia ser verdade.

— Que *merda* você está dizendo? — diz Sonny em voz alta. — Bri, você é minha mana, tá? Eu te conhecia quando você tinha medo do Garibaldo.

— Ah, meu Deus, não é lógico um pássaro ser grande daquele jeito! Por que vocês não entendem isso?

— A gente conhecia o Malik quando ele usava a mesma jaqueta jeans durante um ano inteiro.

— Mas aquela jaqueta era muito confortável — observa Malik.

— E vocês me conheciam quando eu era fã do Justin Bieber — acrescenta Sonny.

Uau, que fase. Recentemente, ele mudou para o Shawn Mendes.

— Se você tocar "Baby" de novo, eu te mato — eu digo.

— Está vendo? Nós já passamos pelo pior juntos — diz Sonny. — Até sobrevivemos ao grande debate sobre o Killmonger.

Eu mordo o lábio. Nós três trocamos olhares.

— Ele. Não. Era. Antivilão. — Eu bato palmas a cada palavra. — Era um vilão mesmo!

— Uau, é mesmo? — diz Malik. — Ele queria libertar o povo negro!

— Nakia também! Mas você não a viu matando mulheres pra isso! — eu digo.

— Como você pode ver aquela cena de flashback e não sentir algo por aquela belezinha? — pergunta Sonny. — Não acredito!

Eu sugo os dentes.

— Sinto mais pela Dora Milaje cuja garganta ele cortou.

— O que quero dizer é — diz Sonny ao mesmo tempo —, que se danem todas as outras coisas. Nada pode mudar o que temos.

Ele estica o punho para mim e Malik. Nós batemos os nossos no dele, batemos na mão e completamos nosso aperto de mão da época do fundamental II.

— Bam! — nós dizemos.

E é assim que fica tudo bem.

Temporariamente. Um dia, vou ser uma mulher velha e grisalha (sem rugas porque negros não envelhecem) e meus netos vão me perguntar sobre os meus melhores amigos. Vou contar que Sonny, Malik e eu éramos amigos desde o útero, que eram meus amigos para tudo, meus irmãos filhos de outras mães.

Também vou contar que um simples jogo de *Mario Kart* acabou com a nossa amizade, porque estou prestes a jogar esse maldito controle do outro lado da sala do Malik.

— Você não jogou um casco em mim! — eu grito.

Malik ri enquanto o Mario dele passa em disparada pelo meu Toad. O Yoshi do Sonny está na nossa frente. É nossa terceira corrida. Eu ganhei a primeira e Sonny ganhou a segunda, e por isso Malik está recorrendo a uma tática suja.

Tudo bem, ele está usando os cascos como devem ser usados mesmo, mas sou eu, caramba. Se quiser jogar um casco, joga naquele chato do Bowser do computador.

— Ei, você estava na minha frente — diz Malik. — O Mario faz o que tem que fazer.

— Tudo bem, pode deixar.

Vou me vingar, olha só. E não só no jogo. Ele vai precisar de mim para alguma coisa. Pode ser amanhã, pode ser em dez anos, e vou dizer: "Lembra aquela vez que você jogou um casco em mim no *Mario Kart*?"

Eu nasci rancorosa.

Mas o Toad é sinistro. Apesar de aquilo ter atrasado meu carrinho, o Toad se levanta e se aproxima do Yoshi do Sonny.

— Parece que o superintendente vai se reunir com pais em Midtown na sexta — diz Sonny.

Eu olho para ele.

— Sério?

— É! — Sonny pula com os braços no ar. — Se deram mal!

Eu me viro para a tela.

— O quê? Nãããão!

Tirei os olhos da tela por um segundo e isso bastou para o Yoshi do Sonny atravessar a linha de chegada primeiro.

Malik cai no sofá, gritando e rindo.

Não consigo acreditar.

— Seu babaquinha!

Malik bate na mão do Sonny.

— Perfeito, mano. Simplesmente perfeito.

Sonny se curva.

— Obrigado, mas, falando sério. — Ele se senta ao meu lado. — O superintendente vai mesmo fazer uma reunião.

Eu vou para longe dele, mas, não, isso me leva para perto do Malik. Vou para o sofá de dois lugares.

— Não quero ouvir uma palavra do que esse trapaceiro tem a dizer.

— Uau, Bri. Tantos sabores por aí e você escolhe o gosto amargo da derrota — diz Sonny. — Isso é sério.

Malik tira pelo de gato do cabelo com corte high-top fade. O outro bebê da tia 'Chelle, 2Paw, está ali por perto. Malik escolheu o nome dele.

— É. A escola está contratando policiais pra trabalharem de seguranças em Midtown. Minha mãe recebeu um e-mail falando disso e da reunião com o comitê de pais.

Eu descruzo os braços.

— Sério?

Sonny desaparece na cozinha.

— É! Eles querem que os alunos, pais e responsáveis compareçam e deem opinião.

— Provavelmente não vai mudar nada — eu digo. — Vão fazer o que quiserem.

— Infelizmente — diz Malik. — Vai ser preciso algo grande pra que eles mudem de ideia e, não, não estou falando de divulgar seu vídeo, Bri.

— Não? — eu pergunto, e Sonny volta com um saco de Doritos, um pacote de Chips Ahoy e latas de Sprite.

— Não. Provavelmente distorceriam sua imagem pra justificar. — Malik morde a unha. — Só queria que pudéssemos usar... Sonny, por que você está comendo minha comida?

Sonny enfia um cookie inteiro na boca.

— Compartilhar é amar.

— Não amo tanto assim.

— Aahh, obrigado, Malik — diz Sonny. — Ora, sim, pode deixar, vou lá pegar um pouco daquele sorvete Chunky Monkey no seu freezer.

Dou uma risada. Os lábios do Malik estão apertados. Sonny volta para a cozinha sorrindo.

Malik chega para a ponta do sofá.

— Bri, quero perguntar uma coisa. Promete não surtar, tá?

— Surtar? Você age como se eu reagisse...

— Você reage — dizem ele e Sonny ao mesmo tempo. Sonny nem está na sala.

— Esquece. O que é?

— Se houvesse um jeito de divulgar aquele vídeo nos seus termos, você toparia? — pergunta Malik.

— Meus termos como?

— Você disse que já falou sobre o que o Long e o Tate fizeram na música. Bom, e se a gente usasse a sua música pra mostrar pras pessoas o que aconteceu?

Sonny volta com o pote de sorvete e três colheres. Não preciso esticar a mão para ele me passar uma.

— Como assim? Tipo um clipe de música? — pergunta ele.

Malik estala os dedos.

— Exatamente isso. A gente pode repassar cada verso, sabe? Mostrar pras pessoas o que você quer dizer usando as imagens que fiz para o meu documentário. Aí, quando você fala sobre ser jogada no chão...

— A gente mostra o vídeo do que aconteceu — eu concluo por ele. Puta merda. Isso pode dar certo.

— Exatamente — diz Malik. — Assim, vai explicar a música pra todos os idiotas que pegam no seu pé e mostrar o que aconteceu na escola.

Eu poderia abraçá-lo. Falando sério, poderia mesmo. Sem dizer que entendeu a música, ele está dizendo que entendeu a música e está também dizendo que me entende. Era tudo que eu queria dele. Tudo bem, isso e algumas coisas impróprias para menores também, mas essa não é a questão.

Eu abraço o Malik? Rá! Não. Dou um soco nele.

— Isso é pelas merdas que você disse sobre a minha música!

— Ai! — Ele segura o braço. — Droga, mulher! Eu entendi a música o tempo todo. Só não queria que as pessoas fizessem suposições contra você. Não vou dizer eu te disse, mas... ah, esquece, vou dizer eu te disse sim!

Eu encolho os lábios. Sabia que isso viria.

— Mas, depois de pensar em como todo mundo reagiu na escola, percebi que você estava certa — diz ele. — Você já falou por nós, Brisa. Não é sua culpa as pessoas não entenderem. Então — ele dá de ombros — por que você não usa a música pra causar ainda mais?

VINTE E UM

Então nós decidimos causar. Demora várias horas, mas Malik, Sonny e eu montamos um videoclipe para "Na hora da virada", usando as imagens que Malik gravou para o documentário dele. Quando eu falo "Minha galera tem mais fogo que uma fornalha", aparece um vídeo de armas na cintura de uns GDs. Malik borrou a cara deles.

"E ainda jogam assassinato na nossa cara" faz aparecer cenas novas de quando aquele garoto foi morto no ano passado.

"Eu chego, você olha, sou uma ameaça", eu canto, e aparece a filmagem secreta do Malik do funcionário que nos seguiu na loja de quadrinhos de Midtown alguns meses atrás.

E, como dissemos, quando eu canto "Me jogou no chão, cara. maior cagada", Malik inclui uma imagem do incidente.

Mas isso vai fazer as Emilys do mundo inteiro mudarem de ideia? Provavelmente não. Sinceramente, nada vai. Elas nunca vão entender de verdade porque não querem entender alguém como eu.

Independentemente disso, espero que meu vídeo as faça ter palpitações no coração.

Estamos fazendo o upload para o YouTube quando o celular do Sonny toca. Ele atende e praticamente tem um ataque de birra no sofá.

— Droga! Meu pai quer que eu vá pra casa ficar de babá das gremlins.

Eu bato no rosto dele com uma almofada.

— Para de falar das suas irmãzinhas assim!

Sonny tem três irmãzinhas: Kennedy tem 10 anos, Paris tem 7 e Skye tem 4. Elas são muito fofas e, se fosse possível adotar irmãs, eu as adotaria. Sonny é doido por elas... menos quando tem que ficar de babá.

— Elas são gremlins! — alega ele. — Eu estava falando com o Rapid outro dia e elas...

— Opa, opa, opa. — Eu faço um T com as mãos. — Um tempo, por favor. Não dá para mencionar uma coisa assim *casualmente*! Você voltou a falar com o Rapid?

As bochechas do Sonny ficam rosadas.

— Voltei. Até falei com ele no telefone. Esse cara aqui me convenceu a explicar por que eu sumi. — Ele aponta para Malik.

Malik finge fazer uma reverência.

— Fico feliz em ajudar.

— Então mandei uma mensagem para Rapid e falei pra ele que encontramos o endereço de IP dele e que eu sabia que ele não morava no Garden — continua Sonny. — Ele perguntou se podíamos falar ao telefone. Eu concordei. Ele observou que nunca tinha dito que morava aqui, que eu que tirei as minhas próprias conclusões. Mas ele entendeu por que eu fiquei incomodado. Nós conversamos por muito tempo.

Hum, preciso de mais do que isso.

— O que mais ele disse? Qual é o nome dele? Como é a voz dele?

— Nossa, como você é xereta — diz Sonny. — Não vou contar todas as nossas coisas.

Eu levanto as sobrancelhas.

— Então vocês têm coisas?

Malik também balança as sobrancelhas.

— Parece que têm.

— E vocês dois não têm que se meter, considerando que não é da conta de ninguém — diz Sonny. — Nós conversamos sobre tudo e sobre nada. Mas é estranho. Ficamos tão envolvidos na conversa que não perguntei o nome dele. Ele também não perguntou o meu. Mas não precisamos. Eu o conhecia sem saber o nome dele.

Estou sorrindo? Estou. Eu cutuco a bochecha dele como ele fez comigo quando sentei com o Curtis no ônibus.

— Olha você, corando e tudo.

Ele desvia do meu dedo.

— Não enche. Sabe o que é mais estranho? Eu acho que já ouvi a voz dele. Só não consigo descobrir *onde*.

— Na escola? — pergunta Malik.

Sonny morde o lábio superior.

— Não. Acho que não.

— Vocês vão se encontrar? — pergunto.

Ele assente lentamente.

— Vamos. Quero que vocês venham junto quando acontecer. Vocês sabem como é, para o caso de ele ser um assassino em série.

— Pra gente acabar morrendo também? — pergunta Malik.

— É isso que quer dizer juntos até o fim, não é?

Eu reviro os olhos.

— Você tem sorte que a gente te ama.

— Tenho. E como vocês me amam — ele olha sorrindo para Malik —, posso trazer as gremlins pra cá? Assim a gente pode começar outra partida de Mario...

— Ah, não — diz Malik. — As *suas* irmãs precisam ficar na *sua* casa. Tenho motivo pra ser filho único.

— Droga! — resmunga Sonny. Ele passa por cima das pernas esticadas do Malik. — Seu grosso. — Ele dá um soco na coxa do Malik.

— Ai! Seu hobbit!

Sonny mostra o dedo do meio e vai embora.

Malik faz massagem na coxa. Eu dou um sorrisinho.

— Tudo bem?

Malik se senta e ajeita o short de basquete.

— Tudo. E vou me vingar. O Jogo do Soco está de volta.

De novo, não. O último foi no sétimo ano e durou meses. Do nada, um deles começava a socar o outro. Quem tivesse a melhor reação era o vencedor. Sonny venceu depois de dar um soco em Malik no meio da oração na igreja.

— Está com fome? — pergunta Malik. — Posso preparar alguma coisa.

— Não. Eu preciso ir pra casa. Além do mais, você não sabe cozinhar.

— Quem disse? Garota, posso preparar o melhor molho Chef Boyardee que você já comeu na vida! Pode me cobrar. Mas, falando sério. Pode ficar pelo tempo que quiser.

Eu puxo os joelhos para perto do peito. Tirei meus sapatos há um tempão. Não sou burra de usar sapatos em cima do sofá da tia 'Chelle.

— Não. Eu tenho que ir pra casa ver a minha mãe.

— O que tem a tia Jay?

— Acho que tudo está fazendo mal a ela. Nós não fomos à igreja, depois ela entrou no quarto e ficou lá. Não é nada de mais, mas era o que ela fazia quando...

— Ah — diz Malik.

— É.

Nós ficamos em silêncio por um tempo.

— As coisas vão ficar melhores um dia, Brisa — diz Malik.

— Vão mesmo? — eu murmuro.

— Quer saber? Tenho uma coisa pra isso. Aposto que consigo fazer você sorrir em menos de dois minutos. — Ele se levanta e mexe no celular. — Na verdade, eu diria que em um minuto.

Ele clica na tela. "P.Y.T.", do Michael Jackson, começa a tocar. Não é segredo que o MJ é a chave para me fazer sorrir. As tentativas de Malik de dançar também. Ele dubla "You're such a P.Y.T., a pretty young thing" e faz um passo que parece que está com coceira.

Eu caio na gargalhada.

— Sério?

— Aham — diz ele, e dança até mim. Ele me puxa e me faz dublar e dançar com ele. Tenho que admitir, estou sorrindo.

Ele faz um moonwalk que é pior do que qualquer coisa que Trey já tenha tentado fazer. Eu morro de rir.

— O que foi? — diz ele.

— Você não sabe dançar.

— Para de me humilhar.

— É a verdade.

Ele me abraça com força e apoia o queixo no alto da minha cabeça.

— Se te alegra, Brisa, eu topo o que for.

Eu também passo os braços em volta dele. Olho para ele, e ele olha para mim.

Quando aproxima os lábios dos meus, eu não me afasto. Só fecho os olhos e espero os fogos.

Sim, fogos. Como nos filmes bregas de romance que eu amo em segredo. O beijo deve ser arrebatador, fazer meu coração pular do peito e me deixar arrepiada.

Mas, hã, esse beijo? Esse beijo não é nada assim.

É molhado, constrangido e tem gosto do salgadinho de queijo que Malik comeu ainda agora. Não conseguimos nem botar o nariz no lugar certo. Meu coração não está disparado, não tem explosão. Porra, nada de explosão. É estranho. Não que eu ou o Malik beijemos mal, não, nós sabemos o que estamos fazendo. Só não é...

Pois é.

Nós nos afastamos um do outro.

— Humm... — diz Malik. — Eu, hum...

— É.

— Não foi...

— Não.

O ambiente fica desconfortavelmente silencioso.

— Humm... — Malik bota a mão na nuca. — Quer que eu te acompanhe até em casa?

Não falamos nada durante três quadras. Cachorros latem ao longe. Está escuro na rua e tão frio que a maioria das pessoas está dentro de casa. Passamos por uma casa que tem vozes vindas da varanda, mas as pessoas estão no escuro. O único sinal delas é um brilho laranja vindo da ponta de um cigarro. Espera, não, o cheiro é de maconha.

— Bri, o que aconteceu lá? — pergunta Malik.

— Me diz você. Foi você quem me beijou. Também é você que tem namorada.

— Merda — sussurra ele, como se só tivesse pensado nisso agora.

— Hana.

— É. — Ela pode ter implicância comigo, mas isso é horrível independente de qualquer coisa. — Você parece gostar dela, então por que me beijou?

— Não sei! Só aconteceu.

Eu paro de andar. Estamos longe das vozes na varanda e está tão silencioso que minha voz baixa parece um grito.

— *Só* aconteceu? Ninguém só beija alguém, Malik.

— Ei, espera aí. Você retribuiu o beijo.

Não adianta negar.

— Retribuí.

— Por quê?

— Pelo mesmo motivo de você ter me beijado.

A verdade é que existe alguma coisa entre nós, mesmo que a gente não saiba bem o que é. Mas estou começando a pensar se não é como um quebra-cabeças ruim. As peças estão lá para criar o que poderia ser uma imagem perfeita, mas, depois daquele beijo, e se elas não se encaixarem?

Um Camaro cinza passa por nós.

— Tudo bem, tá. Eu tenho sentimentos por você. Já há um tempo. Achei que você também sentia alguma coisa por mim, mas não tinha certeza.

— É... — Eu falo só isso. Também não adianta negar isso.

— Olha, sei que você está chateada de eu estar com a Hana — diz ele. — Mas, Bri, você não precisa flertar com o Curtis só pra me fazer ciúmes.

Eu dou um gritinho. Na verdade, não sei se o som que eu faço pode ser chamado de gritinho.

— Você está de sacanagem?

— No ônibus você ficou dando mole pra ele — diz Malik. — Aí, defendeu ele depois da confusão. Você estava tentando me deixar com ciúmes.

Eu o olho de cima a baixo.

— Eu nem estava pensando em você!

— E por acaso é pra eu acreditar nisso?

— Maaaaano — eu digo, batendo uma mão na outra. — Ah, meu Deus, aquilo não teve nada a ver com você. Nada.

— Dar mole pra ele não teve nada a ver comigo?

— Porra, não! Eu nem reparei que você estava no ônibus! Você tem muita cara de pau, Malik. Sério. Que atitude escrota.

— *Escrota?*

— É! Lá vem você, com todo esse papo de sentimentos e me beija, mas nunca *deu a entender* que gostava de mim antes. Mas agora, como estou gostando de outra pessoa, de repente você tem sentimentos? Para com isso, mano. Fala sério.

Malik franze a testa.

— Espera. Você gosta do *Curtis*?

Ah.

Droga.

Eu gosto do Curtis?

Pneus cantam. O Camaro cinza dá meia-volta. Dispara pela rua e para de repente do nosso lado.

— Que porra é essa? — diz Malik.

A porta do motorista se abre e um cara sai. Ele sorri para nós com a boca cheia de dentes de prata. Ele está com uma arma na mão.

É o Crown do Ringue.

— Ora, ora, ora — diz ele. — Olha o que temos aqui.

Não consigo olhar para ele porque estou olhando para a arma. Meu coração bate nos meus ouvidos.

Malik estica o braço na minha frente.

— Nós não queremos problemas.

— Eu também não quero. Só quero que a garotinha aqui entregue a merda dela.

Não sei se olho para ele ou para a arma.

— O quê?

Ele aponta com a arma para o meu peito.

— Quero essa corrente.

Merda. Esqueci de esconder.

— Sabe, seu pai era muito desrespeitoso por andar por aí com essa coroa na corrente e se proclamando Rei do Garden enquanto andava com aquelas vacas Disciple — diz o Crown. — Então você vai consertar o erro dele me dando essa merda aí.

— Não posso... — Estou tremendo como se estivesse com calafrios. — É meu...

Ele aponta a arma para mim.

— Eu mandei entregar!

Algumas pessoas dizem que sua vida passa na frente dos olhos em momentos assim. Mas, para mim, tudo que não fiz é o que passa na frente dos meus. Fazer sucesso, sair do Garden, viver até mais de 16 anos. Ir para casa.

— Eu... não posso... — Meus dentes batem. — Não posso entregar isto.

— Vaca, eu estou gaguejando, por acaso? Passa essa merda pra cá!

— Cara, calma...

O Crown enfia um soco na cara do Malik. Malik cai no chão.

— Malik! — Eu começo a me mover na direção dele.

Clique. A arma é engatilhada.

— Por favor — eu balbucio. — Por favor, não leva isso.

Não posso perder isso. Minha mãe poderia ter penhorado e cuidado das contas, enchido nossa geladeira, mas confiou a mim. A mim. Sei que ela disse que não ousaria, mas eu sempre achei que poderíamos vender se as coisas ficassem muito feias.

Perder a corrente seria como perder uma rede de segurança.

— Ah, olha quem está chorando — debocha o Crown. — E aquela merda desrespeitosa que você disse na música, hein?

— É só uma música!

— Estou pouco me fodendo! — Ele aponta a arma para o meio dos meus olhos. — Você vai fazer do jeito fácil ou do jeito difícil?

Malik geme perto dos meus pés. Ele está com a mão no olho.

Não posso botar a vida dele em risco, nem a minha. Nem mesmo para garantir que a minha família fique bem.

Eu me empertigo e encaro o Crown. Quero que esse covarde me encare e não veja medo.

— A corrente — diz ele por entre dentes.

Eu a tiro do pescoço. O pingente cintila mesmo no escuro.

O Crown a arranca da minha mão.

— Foi o que pensei.

Ele fica me encarando, e eu fico o encarando enquanto ele recua até o carro. Só baixa a arma quando entra no Camaro. Sai em disparada pela rua, levando a rede de segurança da minha família junto.

PARTE TRÊS

VIRADA

VINTE E DOIS

Eu quase fui morta por um Crown. Por isso, liguei para a minha tia, a Garden Disciple.

Assim que ouve a palavra "assaltada", ela corre até mim.

Malik e eu esperamos junto ao meio-fio. O olho dele está ficando inchado e roxo. Ele diz que está bem, mas isso foi tudo que disse desde que o Camaro foi embora.

Eu passo os braços em volta do meu próprio corpo. Tem um nó apertado no meu estômago que não passa. Não sei se quero que passe. É como se eu estivesse me segurando toda e, assim que se desfizer, estou ferrada.

O Cutlass da tia Pooh vem disparado pela rua. Mal para do nosso lado e ela e Scrap pulam de dentro. Os dois estão armados.

— Que porra foi essa? — diz ela. — Quem fez isso?

— Aquele Crown que se meteu com a gente no Jimmy — eu digo. Malik vira a cabeça para mim.

— Espera, você já tinha falado com ele?

Parece mais uma acusação do que uma pergunta.

— A gente teve um desentendimento. — Isso é tudo que tia Pooh diz. — O que ele levou, Bri?

Meu maxilar está doendo de tanto que o estou contraindo.

— A corrente.

Tia Pooh cruza as mãos na cabeça.

— Merda!

— Os Crowns querem aquela corrente desde mataram o Law — diz Scrap.

Pra quê? Pra terem um troféu por terem tirado meu pai de mim?

— Eu não queria entregar. — Droga, minha voz falha. — Ele estava armado e...

— Opa, opa, opa — diz tia Pooh. — Ele apontou uma arma pra você?

Tem uma fúria nos olhos dela esperando uma fagulha. Sei cinco palavras que vão fazer exatamente isso.

É a minha fúria que me faz dizê-las com tranquilidade.

— Ele apontou pra minha cara.

Tia Pooh se empertiga devagar. O rosto dela está vazio, quase calmo.

— Isso não acabou.

Ela vai para o carro, o jeito dela de nos mandar ir junto. Malik fica na calçada.

— Você vem? — eu pergunto.

— Não. Vou pra casa a pé. São só dois quarteirões.

Pra casa. Onde a tia 'Chelle deve estar esperando.

— Ei, hum... será que você pode não contar isso pra tia 'Chelle?

— Você está falando sério? — diz Malik. — Você foi assaltada, Bri! Estou com o olho roxo!

Estou falando totalmente sério. Se ele contar para ela, ela vai contar para a minha mãe, e a minha mãe vai mandar parar tudo que tia Pooh e eu planejamos fazer.

— Não conta, tá?

— Espera aí, vocês estão pensando em ir atrás daquele cara?

Eu não respondo.

— Bri, você está louca? Você não pode ir atrás dele! Está pedindo pra ter problemas.

— Olha, eu não pedi pra você nos ajudar! — eu grito. — Só pedi pra não contar pra ela! Tá?

Malik fica ereto como uma tábua.

— Tá — diz ele. — O que você quiser. *Bri.*

Ele diz meu nome como se fosse uma palavra estrangeira.

Não tenho tempo para o problema dele, seja qual for. Preciso recuperar a corrente. Eu pulo no carro. Ele ainda está parado na calçada quando saímos.

Tia Pooh e Scrap ficam falando sobre o Crown. Aparentemente, ele é conhecido como Kane e gosta de correr com o Camaro na Magnolia. Acho que é pra lá que vamos, mas tia Pooh para na frente da minha casa.

Ela desliga o carro.

— Vamos, Bri.

Ela sai e puxa o banco. Eu saio também.

— O que a gente está fazendo aqui? — pergunto.

Tia Pooh me abraça de repente com muita força. Beija a minha bochecha e sussurra no meu ouvido:

— Fica na sua.

Eu me afasto dela.

— Não! Eu também quero ir!

— Não estou nem aí para o que você quer. Você vai ficar aqui.

— Mas eu tenho que pegar...

— Você quer morrer ou ir presa, Bri? Ou um Crown vai matar você em retaliação ou alguém vai dedurar e a polícia vai prender você. É o único resultado que isso pode ter.

Merda. Ela está certa. Mas, de repente, eu me dou conta...

Ela pode ser morta. *Ela* pode ser presa.

Nada de fagulha. Eu acendi uma bomba que vai explodir a qualquer segundo.

Não, não, não.

— Tia, esquece isso. Ele não vale...

— Que se foda! Ninguém vem pra cima da minha família! — diz ela. — Tiraram meu irmão de mim e depois um aponta uma arma pra você e eu tenho que deixar pra lá? Ah, não!

— Você não pode matar ele!

— Por que você me chamou então?

— Eu... eu não...

— Você poderia ter ligado pra sua mãe, poderia ter ligado para o Trey, porra, poderia ter ligado pra polícia. Mas ligou pra mim. Por quê?

No fundo, eu sei por quê.

— Porque...

— Porque você sabia que eu daria um jeito nele — diz ela por entre dentes. — Então, me deixa fazer o que eu faço.

Ela vai para o carro

— Tia Pooh — eu digo em um gemido. — Por favor.

— Entra em casa, Bri.

Essa é a última coisa que ela diz antes de ir embora em disparada.

Agora eu sei por que liguei pra ela. Não porque eu queria que ela cuidasse dele. Mas porque precisava dela.

Eu me arrasto pela entrada e destranco a porta. As vozes de Trey e Jay vêm da cozinha enquanto um R&B dos anos 1990 toca no som. Uma tábua range no piso e me anuncia.

— Bri, é você? — grita minha mãe.

Graças a Deus ela não espia pela porta da cozinha. Acho que meu rosto não consegue esconder o que aconteceu. Eu limpo a garganta.

— S-sim, senhora.

— Que bom. O jantar está quase pronto.

— Eu, hum... — Minha voz fica fraca. Eu limpo a garganta de novo. — Eu comi na casa do Malik.

— Deve ter sido só porcaria, conhecendo vocês três — diz ela. — Vou fazer um prato pra você.

Consigo dizer um "Tá bom" antes de ir para o quarto.

Eu fecho a porta. Só quero me esconder embaixo da coberta, mas minha cama parece estar a quilômetros de distância. Eu me sento em um canto e puxo os joelhos para perto do peito, que parece que vai afundar.

Queria aquele cara morto, juro que queria. Mas agora só consigo pensar que um tiro vai levá-lo da mesma forma que levou o meu pai.

Se ele tiver esposa, a morte dele vai fazer mal a ela como fez a Jay.

Se ele tiver mãe, ela vai chorar como a vovó chorou.

Se ele tiver pai, a voz dele vai tremer quando ele falar sobre o filho, como a do vovô.

Se ele tiver um filho, ele vai ficar zangado pelo pai ter morrido, como Trey.

Se ele tiver uma garotinha, ela nunca vai ter resposta quando chamar "Papai". Como eu.

Vão enterrá-lo e transformá-lo em tudo que ele não foi. O melhor marido, o melhor filho, o melhor pai. Vão usar camisetas no bairro com o rosto dele estampado e vão fazer murais em homenagem a ele. O nome dele vai ser tatuado no braço de alguém. Ele vai ser para sempre um herói que perdeu a vida cedo demais, não o vilão que destruiu minha vida. Por causa da minha tia.

Só vão mostrar na televisão a foto dela tirada pela polícia. Não as fotos de nós duas sorrindo juntas no Cutlass dela ou felizes da vida com o diploma do supletivo que a Jay achou que nunca conseguiria. Ela vai ser chamada de assassina cruel por uma semana, até outra pessoa fazer alguma outra merda. E aí, eu vou ser a única lamentando a ausência dela.

Ela vai se tornar um monstro por cuidar do monstro do qual não consegui cuidar. Ou alguém vai matá-la. De qualquer modo, eu perco a tia Pooh.

Assim como perdi meu pai.

Todas as lágrimas que segurei saem de uma vez, trazendo soluços junto. Eu cubro a boca. Jay e Trey não podem me ouvir. Não podem. Mas os soluços saem com tanta força que é quase impossível respirar.

Eu boto a mão na boca e luto para respirar ao mesmo tempo. As lágrimas escorrem entre os meus dedos.

Jacksons choram, sim. Mesmo quando temos sangue nas nossas mãos.

Uma vez o Nas disse que o sono era o primo da morte e de repente entendo. Mal consegui dormir pensando na morte. Eu disse cinco palavras que podem tê-la chamado.

Ele apontou pra minha cara.

Saíram pesadas quando falei, como se eu estivesse tirando um peso da língua, mas, de alguma forma, parece que ainda estão lá. Eu praticamente as vejo, com todas as suas sílabas.

Como a arma foi apontada pra mim,
Minha tia pode estar indo encontrar seu fim.

Aquelas cinco palavras disseram outra coisa para a tia Pooh: *Cuida dele por mim. Estraga sua vida por mim. Que todo mundo atribua uma palavra, "assassina", a você. Por mim.*

Eu escuto essas cinco palavras nos ouvidos a noite toda. Elas me fazem mandar três por mensagem de texto: *Está tudo bem?*

Ela não responde.

Em algum momento, acabo pegando no sono. Quando abro os olhos, minha mãe está sentada na minha cama.

— Oi — diz ela gentilmente. — Você está bem?

Parece que já é manhã.

— Estou. Por que você pergunta?

— Todas as vezes que vim olhar, você estava tendo um sono agitado.

— Ah. — Todos os meus membros parecem pesados quando me sento. — Por que você veio me olhar?

— Eu sempre olho você e o Trey. — Ela acaricia minha bochecha. — O que está acontecendo, Bookie?

— Nada.

Ela não pode saber que mandei tia Pooh matar uma pessoa. Também não pode saber que a corrente se foi. Partiria o coração dela.

Desse jeito, meus segredos só estão se acumulando.

— Não é aquele abaixo-assinado, é? — pergunta Jay.

Ah. É irônico que uma arma tenha me feito esquecer que alguém odeia eu ter feito um rap sobre armas.

— Você sabe?

— Aham. Gina e 'Chelle mandaram pra mim por mensagem. Você sabe como são as suas madrinhas. Elas ficam loucas se acontece alguma coisa com você. — Ela ri. — Elas estão dispostas a chutar o traseiro daquela mulher. Mas falei pra elas a ignorarem, assim como estou dizendo pra você.

É fácil ignorar agora, mas estou pensando se Emily não estava certa. Talvez minhas palavras sejam perigosas.

— Tudo bem.

Jay beija minha testa.

— Essa é a minha garota. Vem. — Ela bate na minha perna. — Vamos tomar café da manhã antes de você ir pra escola.

Eu olho para o celular. Onze horas se passaram. Não tive sinal da tia Pooh.

Sigo Jay para a cozinha. Trey ainda está dormindo. Ele está tirando um dia de folga no Sal's hoje, em miniférias.

Tem alguma coisa errada. Uma imobilidade estranha, como se a casa estivesse mais silenciosa do que deveria.

Jay abre um armário.

— Acho que tenho tempo de fazer torrada francesa antes do ônibus vir. Do tipo que a minha mãe fazia. Ela chamava de *pain perdu*.

Adoro quando Jay faz as receitas que a mãe dela fazia em Nova Orleans. Nunca fui lá, mas essas comidas têm gosto de casa.

— Vou pegar os ovos.

Abro a porta da geladeira e sou recebida por um calor seco. Todos os alimentos estão cobertos pela escuridão.

— Humm... a geladeira não está funcionando.

— O quê? — diz Jay. Ela fecha a porta da geladeira e a abre, como se isso fosse resolver o problema. Não resolve. — O que está acontecendo?

Alguma coisa perto do forno chama a atenção dela e seu rosto despenca.

— Merda!

Os números costumam ficar acesos no relógio do forno. Mas não estão.

Jay mexe no interruptor da cozinha. Nada acontece. Ela corre para o corredor e mexe no interruptor. Nada. Vai até o meu quarto, o banheiro, a sala. Nada.

A agitação acorda Trey. Ele vai para o corredor esfregando os olhos.

— O que houve?

— Desligaram a energia — diz Jay.

— O quê? Achei que tivéssemos mais tempo.

— Deveríamos ter! Aquele homem me disse... ele falou... eu pedi mais uma semana. — Jay esconde o rosto nas mãos. — Agora não, Deus. Por favor, agora não. Acabei de comprar tanta comida.

Que provavelmente vai estragar em menos de uma semana.

Porra. A gente podia ter penhorado a corrente e usado o dinheiro pra pagar a conta de luz. Porra. Porra. Porra.

Jay tira as mãos do rosto, se empertiga e olha para nós.

— Não. Nós não vamos fazer isso. Não vamos sentir pena de nós mesmos.

— Mas, mãe... — Até a voz do Trey soa rouca.

— Eu disse não, Trey. Estamos mal, mas não estamos tão mal assim. Está me ouvindo? Isso é só um contratempo.

Mas parece um golpe forte.

Só que o golpe forte ainda pode estar por vir.

Onze horas, vinte minutos. Ainda não tive notícias da tia Pooh.

VINTE E TRÊS

Como o fogão é elétrico, não podemos comer *pain perdu*. Então, como cereal.

Fico quieta no ônibus. Somos só eu e Sonny hoje. Sonny disse que passou na casa do Malik e tia 'Chelle disse que o Malik sofreu um acidente estranho e ficou de olho roxo. Ele vai ficar em casa para se recuperar. Obviamente, não contou o que realmente aconteceu, como eu pedi.

Eu devia ficar aliviada, mas só me sinto pior. Malik nunca falta aula. Portanto, ou o olho dele está bem ruim, ou ele está tão abalado que precisa de um dia de folga.

De qualquer modo, a culpa é minha.

Mas talvez seja uma coisa boa Malik não ir à escola hoje. Assim, ele não precisa ver os quatro policiais armados agindo como seguranças.

Ele e Hana estavam certos. Midtown considera todos os alunos negros e latinos como ameaças agora. Nós passamos pelos detectores de metal, como sempre, mas é difícil me concentrar em qualquer coisa além das armas na cintura dos policiais. Parece que estou entrando em uma prisão e não na escola.

Fico feliz de ir para casa no fim do dia, mesmo significando entrar em uma casa às escuras.

Parece que o meu cérebro fica repetindo uma playlist de todas as merdas que estão acontecendo na minha vida. A arma apontada para a minha cara. O artigo no site do jornal. Long e Tate me jogando no chão. Os policiais na escola. As luzes apagadas. A tia Pooh.

Vinte horas e nada de resposta.

A única coisa que me distrai um pouco são as cartas de Uno que Jay pega depois do jantar. Sem televisão e sem internet, não tem mais nada para fazer, então ela sugeriu fazermos uma noite de jogos em família. Mas ela e Trey não estão agindo tanto como família.

— Bam! — Trey bate com uma carta na mesa da cozinha. O sol ainda está alto, o que nos dá a luz que precisamos para jogar. — Coringa, pessoal! Isso aqui vai ficar tão verde como vocês quando eu der uma surra em vocês!

— Mentira — eu digo, e jogo uma carta verde.

— Garoto, pode sentar essa bundinha aí — diz Jay. — Você não fez nada, porque, bam! — Ela bate com uma carta na mesa. — Eu tenho um coringa e vamos voltar pro amarelo, garoto.

— Está bem, está bem. Vou deixar você ficar com essa — diz Trey. — Mas você vai se arrepender.

Os dois vão se arrepender. Estou deixando que eles falem. Eles não sabem que tenho dois coringas *comprar quatro*, um coringa simples, um pular amarelo e um reverter vermelho. Estou pronta pra tudo.

É nosso terceiro jogo e milagrosamente ainda estamos nos falando. O primeiro jogo ficou tão tenso que Jay saiu andando da mesa e deserdou nós dois. Ela é uma péssima perdedora.

Prova A? Eu coloco a carta amarela de pular na mesa e Jay me olha com uma expressão mortal.

— Você vai mesmo pular a sua mamãe? — pergunta ela.

— Hum, você não é a minha mamãe. Agora, é só uma garota que eu tenho que vencer.

— Rá! — exclama Trey.

— Você também não tem importância nenhuma pra mim, senhor.

— Rá! — Jay o imita.

— Bom, como eu não tenho importância nenhuma... — Trey levanta lentamente uma carta e faz "aahhhh", como um coral divino, e diz: — Bam! Compra duas, mana.

Ah, mal posso esperar para jogar a carta de comprar quatro na cara dele.

Eu compro as duas e Deus existe. Tiro outro coringa e uma carta de pular. Nas palavras do grande e falecido filósofo Tupac Shakur: não sou assassino, mas não me pressiona.

É meio errado eu estar gostando disso. Estamos sem luz e tia Pooh pode estar...

Várias batidas altas na porta da frente me assustam.

Trey se levanta para atender.

— Relaxa, Bri. É só a porta.

O tempo fica lento e meu coração dispara no peito.

— Merda — sussurra Trey.

Vou vomitar.

— Quem é? — pergunta Jay.

— Vovó e vovô — responde ele.

Graças a Deus.

Mas minha mãe diz "Droga!". Ela coloca a mão na testa.

— Deixa eles entrarem, Trey.

Quando a porta mal se abre, vovó diz:

— Por onde vocês andaram?

Ela entra na casa e espia cada aposento como se estivesse procurando alguma coisa. Farejando. Como conheço a minha avó, sei que ela está procurando drogas.

Vovô entra na cozinha atrás do Trey. Ele e a vovó estão usando roupas esportivas Adidas combinando.

— Nós estávamos passando por aqui e quisemos dar uma olhada em vocês — diz ele. — Não foram à igreja ontem.

— Não minta! — diz a vovó quando se junta a nós na cozinha. — Nós paramos de propósito! Eu tinha que ver meus netinhos.

Faz sentido.

— Nós estamos bem, sr. Jackson — diz Jay para o vovô e a vovó.
— Só decidimos ficar em casa ontem, só isso.

— Nós mal entramos na sua casa e você já está mentindo — diz a vovó. — Vocês não estão bem. Que coisa é essa da Brianna fazer músicas vulgares?

Meu Deus, agora não.

— A esposa do pastor me procurou ontem depois do culto e disse que os netos dela e do pastor estavam ouvindo uma porcaria que Brianna tinha gravado — diz a vovó. — Disse que é tão ruim que apareceu no noticiário. Vocês gostam de me fazer passar vergonha!

— A gente não precisa fazer o menor esforço — resmunga Jay.

Vovó aperta os olhos e coloca a mão no quadril.

— Se você tiver alguma coisa pra me dizer, diga.

— Quer saber? Na verdade, eu tenho...

— Nós já sabemos sobre a música — diz Trey antes que a Terceira Guerra Mundial comece. — Mamãe já conversou com Bri. Está tudo bem.

— Não está, não — diz vovó. — Eu já engoli muito sapo por causa de você e da sua irmã...

Hum, vovó nunca engoliu sapo nenhum.

— Mas isso? Isso é a gota d'água. Brianna não agia assim quando morava com a gente. Não fazia músicas vulgares e nem era suspensa da escola. Todo mundo na igreja está falando dela. Um horror!

Vovô mexe no botão do relógio do fogão, como se a vovó não tivesse dito nada. Ele é profissional em se desligar dela.

— Jayda, quando este relógio aqui parou de funcionar?

Se o vovô vê um problema, ele tenta consertar. Uma vez, estávamos no meu pediatra quando eu era mais nova, e uma luz na sala de espera ficava piscando. É verdade, o vovô perguntou se a enfermeira tinha uma escada. Ele subiu lá e consertou.

Jay fecha os olhos. Se estiver prestes a contar o que eu acho que ela vai contar, vai rolar uma explosão.

— Estamos sem luz, sr. Jackson.

— O quê? — berra a vovó.

— Por que você está sem luz? — diz o vovô. — É aquela caixa de fusíveis, não é? Eu vivo dizendo que precisa ser trocada.

— Não, não — diz Jay. — A luz foi desligada pela empresa de energia. Estamos com um pagamento atrasado.

Há um momento de calma antes da tempestade.

— Eu *sabia* que tinha alguma coisa acontecendo — insiste a vovó. — Geraldine disse que a filha achou que tinha visto você entrar na sede da assistência social onde ela trabalha. Era você, não era?

Meu Deus, a sra. Geraldine. A melhor amiga da vovó e companheira de fofoca. Vovó diz "Geraldine falou" quase tanto quanto respira.

— Sim, era eu — admite Jay. — Fui pedir cupons de comida.

— Jayda, você poderia ter pedido ajuda — diz o vovô. — Quantas vezes eu preciso dizer?

— Tenho tudo sob controle — diz Trey.

— Garoto, você não tem nada sob controle — diz o vovô. — Vocês estão sem luz.

Vovó levanta as mãos.

— Já chega. Não aguento mais. Brianna e Trey vêm com a gente.

Trey levanta as sobrancelhas.

— Hum, oi, tudo bem? Eu tenho 22 anos.

— Não quero saber quantos anos você tem. Você e Bri não precisam sofrer assim.

— *Sofrer?* — diz Jay. — Eles têm casa, roupas, cuidei pra que tivessem comida...

— Mas eles não têm luz! — diz a vovó. — Que tipo de mãe você...

— A pior coisa que já fiz foi ficar pobre, sra. Jackson! — Jay fala alto, com rispidez. Parece que a voz dela está usando cada centímetro do corpo. — A pior coisa! Já chega! Peço licença por ter a *audácia* de ser pobre!

Trey toca no ombro dela.

— Mãe...

— Você acha que eu *quero* meus bebês na escuridão? Eu estou tentando, sra. Jackson! Vou a entrevistas, larguei os estudos pra essas crianças terem comida! Implorei pra igreja não me despedir. Lamento se não basta pra você, mas, Senhor, como eu estou tentando!

Vovó se empertiga.

— Eu só acho que eles merecem mais.

— Bom, nisso a gente concorda — diz Jay.

— Então eles deviam vir morar com a gente — diz a vovó.

Trey levanta as mãos.

— Não, vovó. Eu vou ficar aqui. Não vou mais ser a corda nesse cabo de guerra de vocês.

— Eu *nunca* vou pedir desculpas por lutar pelos bebês do meu filho! — diz vovó. — Se você quer ficar aqui, é você que sabe. Não vou forçar você, Lawrence. Mas Brianna vem com a gente.

— Pode parar, Louise — diz vovô. — A garota tem idade pra decidir sozinha. Li'l Bit, o que você quer?

Eu quero comida. Quero luz. Quero segurança.

Tem uma expressão que já vi no rosto da minha mãe. É a mesma do dia em que ela voltou da reabilitação. Mas, naquele dia, também havia lágrimas nos olhos dela. Ela tirou meu cabelo do rosto e fez uma pergunta: "Brianna, você sabe quem eu sou?"

Aquela expressão era medo. Na ocasião, não entendi. Agora, entendo. Ela ficou tanto tempo longe que ficou com medo de eu tê-la esquecido.

Voltando para agora, ela está morrendo de medo de eu abandoná-la.

Posso não saber se vamos ter luz de novo ou se vamos ter comida, mas sei que não quero mais ficar longe da minha mãe.

Eu olho para ela quando respondo.

— Eu quero ficar aqui.

— Então pronto — diz Trey. — Aí está sua resposta.

— Tem certeza, Li'l Bit? — pergunta vovô.

Eu não afasto o olhar da minha mãe. Quero que ela saiba que estou falando sério.

— Tenho, sim.

— Tudo bem. — Vovô pega a carteira. — De quanto é essa conta de luz, Jayda?

— Não vou poder pagar tão cedo, sr. Jackson.

— Shh. Não falei nada sobre pagamento. Você sabe muito bem que o Júnior teria um ataque se eu não...

Os lábios da vovó estão tremendo. Ela dá meia-volta e sai. A porta da frente bate.

Vovô suspira.

— A dor é uma coisa horrível. Acho que Louise se agarra a essas crianças porque é como se agarrar a ele.

Vovô remexe na carteira e coloca dinheiro na mão da minha mãe.

— Me ligue sempre que precisar.

Ele beija a bochecha dela e a minha. Dá um tapinha nas costas de Trey e sai.

Jay olha para o dinheiro por muito tempo.

— Uau — diz ela com voz rouca.

Trey massageia o ombro dela.

— Ei, Li'l Bit. Por que você não pega a minha chave e leva nosso celular para o meu carro? Pra carregar.

Isso é código para "Jay precisa de espaço". Acho que ela vai chorar na frente do Trey, mas não na minha frente. Isso é por ele ser o mais velho.

Eu faço que sim.

— Tudo bem.

Eu saio e ligo o Honda dele. Trey tem um daqueles carregadores que serve para vários celulares ao mesmo tempo. Ligo o dele e o da Jay. Quando pego o meu, ele toca.

Droga. Não é a tia Pooh. O nome de Supreme aparece na tela.

Tento não parecer decepcionada quando atendo no viva-voz.

— Oi, Supreme.

— E aí, garotinha? — diz ele. — Tenho novidades.

— Ah, é?

Posso não parecer decepcionada, mas não consigo me obrigar a parecer animada. A não ser que Supreme esteja prestes a me contar que conseguiu um contrato, nada pode me animar. E nem isso pode salvar a tia Pooh.

— Ah, sim. Hype quer que você participe do programa dele no próximo sábado. Ele viu o abaixo-assinado e a notícia e quer te dar a chance de falar.

— Ah, uau.

O DJ Hype é mais do que só o DJ do Ringue. Ele é uma lenda do rádio. Acho que não há ninguém fã de hip-hop no mundo que não tenha ouvido o *Hype's Hot Hour* na estação Hot 105. O programa passa ao vivo no país todo e todas as entrevistas vão para o canal do YouTube. Algumas até viralizam, mas normalmente só se um rapper faz papel de bobo. Só que o Hype é conhecido por fazer a pressão certa e fazer as pessoas agirem como bobas.

— Pois é. Claro que ele vai querer falar do incidente no Ringue, do vídeo do Instagram. Até daquele videozinhc que você divulgou ontem. — Supreme ri. — É criativo, tenho que admitir.

Droga, eu também tinha me esquecido disso.

Espera, mas por que ele chamaria de video*zinho*? Como se não fosse grande coisa.

— O vídeo é pra explicar a música.

— Deixe a música falar por si — diz ele.

— Mas as pessoas estavam dizendo...

— Olha, vamos falar disso depois — diz ele. — Isso é uma oportunidade importante, tá? Estou falando de mudança de vida. Vai botar você na frente de uma plateia bem maior. A única coisa que preciso é que você esteja pronta. Tudo bem?

Olho para a última mensagem que mandei para a tia Pooh. Como posso estar pronta para qualquer coisa se não sei nada sobre ela?

Mas me forço a responder.

— Estarei pronta.

VINTE E QUATRO

Faz quase cinco dias inteiros e a tia Pooh ainda não me respondeu.

Não sei o que fazer. Conto para a minha mãe ou para o meu irmão? Eu poderia, mas talvez não valha o drama se, no fim das contas, ela não tiver feito nada. Ligo para a polícia? As duas opções são péssimas. Eu teria que contar que a tia Pooh talvez tenha cometido um assassinato, o que é basicamente dedurar. Não só isso, mas que cometeu um assassinato por ordem minha.

Estou sem opções e cheia de medo.

O bom é que não estamos mais sem luz. Vovô deu dinheiro suficiente para minha mãe pagar a conta e para comprarmos mais comida. Como as luzes voltaram, o fogão está funcionando. Eu não sabia o quanto gostava de comida quente. As coisas estão melhorando.

Mas a escola é outra história. Primeiro, ainda parece uma prisão. Segundo, tem o Malik. Ele entrou no ônibus na terça de manhã e se sentou com a Hana. O olho só estava meio roxo e o inchaço tinha diminuído. Acho que ele ainda não contou para ninguém o que aconteceu. É nosso segredinho.

É tão secreto que ele não só não fala comigo sobre o que aconteceu como também não fala comigo, ponto.

Eu entendo o porquê. Sinceramente, odeio colocá-lo nessa posição. Droga, odeio estar nela. Mas ele tem que saber que, se alguém souber disso, vai ser tão ruim quanto dedurar a tia Pooh. E a mim.

Vou tentar falar com ele à noite, depois da reunião dos pais e responsáveis com o superintendente. O auditório da Midtown está lotado. A dra. Rhodes está falando com um homem de terno e gravata. Não muito longe, a sra. Murray conversa com outros professores.

Sonny e eu seguimos nossas mães e a tia 'Chelle pelo corredor do meio. Jay ainda está usando a saia e a blusa que colocou para uma entrevista hoje. Ela até levou a pastinha na qual carrega os currículos. Tia 'Chelle veio direto do tribunal, com o uniforme de segurança, e tia Gina saiu cedo do salão de beleza. Ela diz que as quartas-feiras são dias lentos mesmo.

Malik está com Hana e algumas outras pessoas da aliança. Eles estão nos corredores laterais, segurando pôsteres para o superintendente ver, com coisas como "Preto ou latino não deveria significar suspeito" e "Subsídios são mais importantes do que alunos?"

Sonny se inclina na minha direção.

— Você acha que a gente devia ir pra lá?

Do outro lado do salão, Malik ri de uma coisa que Hana diz. Ele está no modo Malik X total, com um punho de madeira do movimento black power pendurado em um cordão. O cartaz dele diz: "Escola ou prisão?". E tem a imagem de um policial armado.

A última coisa que ele deve querer é que eu vá para lá.

— Não — eu digo. — Deixa Malik fazer as coisas dele.

— Vou ficar feliz quando vocês dois resolverem o que está acontecendo — diz Sonny.

Eu menti e disse para ele que Malik e eu brigamos depois que ele foi cuidar das irmãzinhas. Tecnicamente, não é mentira. Há uma discussão entre nós. Só não aconteceu. Ainda.

Tia Gina encontra lugares para nós na frente. Nós mal nos sentamos quando um homem latino calvo vai até o microfone.

— Boa noite, pessoal. Sou David Rodriguez, presidente da Associação de Pais e Professores da Escola de Artes Midtown — diz ele. — Obrigado por virem hoje. Acho que posso falar por todo mundo quando digo que há preocupações relacionadas aos eventos recentes aqui na escola. Convido o superintendente Cook ao microfone para discutir os próximos passos e responder perguntas que possamos ter. Por favor, deem as boas-vindas a ele.

O homem branco mais velho que estava falando com a dra. Rhodes vai até o microfone sob aplausos educados.

Ele começa dizendo como Midtown é um "farol de luz" no distrito escolar; é uma das escolas com melhor desempenho, uma das que mais tem diversidade, e se gaba de ter uma das taxas de formatura mais altas. Ele é do tipo que agrada a plateia, considerando o quanto nos diz para aplaudirmos a nós mesmos pelas realizações.

— Acho que estamos todos tristes com o que aconteceu na semana passada — diz ele —, e quero que vocês saibam que o distrito escolar está comprometido em garantir que Midtown seja um lugar de segurança e excelência. Dito isso, convido todos a fazerem perguntas ou os comentários que acharem adequados.

Conversas são iniciadas por todo lado. Pais e alunos fazem fila nos microfones dos dois lados do salão. Minha mãe é uma delas.

A primeira pergunta vem de um pai: como uma coisa assim aconteceu?

— Por causa de uma investigação em andamento, não posso entrar em muitos detalhes no momento — diz o superintendente Cook. — No entanto, a informação será revelada quando for possível.

Outro pai pergunta sobre os detectores de metais, revistas aleatórias e policiais armados.

— Isso aqui não é uma prisão — diz ele. Ele tem sotaque, como se o espanhol fosse sua língua materna. — Não entendo por que nossos filhos precisam ser sujeitos a esse tipo de medida de segurança.

— Devido ao aumento de crimes na região, achamos melhor para a segurança dos alunos se aumentássemos a segurança aqui — diz o superintendente Cook.

Ele não explica os policiais. Mas nós todos sabemos por que eles estão aqui agora.

Sonny bate no meu braço e faz sinal na direção do outro microfone. Hana é a próxima.

Ela limpa a garganta. Primeiro, não diz nada. Alguém grita "Fala, Hana!", e duas pessoas aplaudem, inclusive Malik.

Ela olha direto para o superintendente.

— Meu nome é Hana Kincaid. Sou do segundo ano do ensino médio. Infelizmente, é diferente para mim e para os alunos com aparência similar à minha aqui nesta escola, dr. Cook. Tanto o segurança Long quanto o segurança Tate eram conhecidos por mirarem em alunos negros e latinos bem mais do que em qualquer outro. Nós tínhamos mais chance de sermos revistados, de nossos armários serem abertos aleatoriamente, de termos que passar pelo detector de metais uma segunda vez. Vários de nós passaram por altercações físicas com eles. Agora que policiais armados foram trazidos para cá, sinceramente, muitos de nós temem pelas próprias vidas. Nós não devíamos ter esse medo ao virmos para a escola.

Há uma explosão de aplausos e gritos, principalmente do pessoal da aliança. Eu aplaudo junto.

— Não é segredo que Midtown precisa de alunos como eu para receber subsídio — diz Hana. — Mas os alunos como eu não se sentem bem-vindos aqui, dr. Cook. Nós somos só cifrões ou somos seres humanos para vocês?

Eu também aplaudo isso. A maioria dos alunos aplaude.

— A revolta da semana passada foi resultado de frustração — diz Hana. — Muitos de nós fizeram reclamações contra os seguranças Long e Tate. Há um vídeo que os mostra agredindo fisicamente uma aluna negra. Mas eles tiveram permissão de voltar ao trabalho. Por quê, dr. Cook?

— Srta. Kincaid, agradeço sua participação — diz o dr. Cook. — Concordo que racismo e segregação racial são inaceitáveis. No entanto, por causa da investigação em andamento, não posso falar muitas coisas sobre aquele incidente específico.

— O quê? — eu digo enquanto meus colegas vaiam e gritam.

— Nós devíamos pelo menos saber por que eles tiveram permissão de voltar ao trabalho! — diz Hana.

— Calma — diz o dr. Cook para todo mundo. — Srta. Kincaid, agradeço pelo seu tempo. Próxima pergunta.

Hana começa a dizer outra coisa, mas a professora Murray aparece e sussurra alguma coisa no ouvido dela. Hana fica frustrada, mas deixa que a professora Murray a leve até uma cadeira.

Uma mulher branca de meia-idade fala no outro microfone.

— Oi, meu nome é Karen Pittman — diz ela. — Não é bem uma pergunta, mas um comentário. Tenho um filho no primeiro ano aqui em Midtown. É meu terceiro filho nesta escola maravilhosa. Meu filho mais velho se formou sete anos atrás, antes que as várias iniciativas fossem postas em ação. Nos quatro anos em que ele estudou aqui, não havia seguranças. É possível que meu comentário não seja muito popular, mas acho que é preciso observar que as medidas de segurança só foram aumentadas depois que alunos de certas comunidades vieram para cá, e foi correto fazerem isso.

Tia 'Chelle se vira completamente na cadeira para olhar para a mulher.

— Ah, eu queria que ela falasse. Ahh, queria que ela falasse.

Basicamente, ela falou. Todo mundo sabe o que ela quer dizer.

— Armas foram trazidas para a escola — alega Karen. — Atividade de gangues. Se não estou enganada, os seguranças Long e Tate apreenderam uma traficante aqui.

Ela está tão enganada que chega a ser engraçado. E atividade de gangue? O mais perto que tivemos de uma guerra de gangues foi quando o pessoal do teatro e o pessoal da dança tentaram fazer flashmobs um contra o outro. A coisa ficou séria quando os dois escolheram números do musical *Hamilton*.

— O nome dela *tinha* que ser Karen — diz Sonny. — Aposto que ela bota passas na salada de batata.

Dou um sorrisinho e cruzamos nossos braços sobre o peito. Wakanda pra sempre.

— Como todo mundo — diz Karen, mas há muito barulho na plateia. — Como todo mundo, eu vi os vídeos do incidente e fiquei perplexa. Não houve respeito à autoridade por parte de muitos dos nossos alunos. Usaram uma música vulgar e violenta para provocar dois cavalheiros que só estavam fazendo seu trabalho. Uma música que meu filho diz que foi feita por uma aluna e que fala especificamente deles. Não podemos e não devemos permitir que nossos filhos sejam expostos a esse tipo de coisa. Eu assinei um abaixo-assinado hoje de manhã para que a música seja tirada da internet. Encorajo outros pais a fazerem o mesmo.

Que se danem Karen e o filho dela.

— Obrigado, sra. Pittman — diz o superintendente Cook. Karen recebe uma mistura de aplausos e vaias quando volta para seu lugar. — Próxima pergunta, por favor.

Chegou a vez da Jay. De onde estou, quase consigo ver o vapor saindo dela.

— Vai, tia Jay! — grita Sonny. A mãe dele e a tia 'Chelle batem palmas para ela.

— Superintendente Cook — diz ela ao microfone. — Jayda Jackson. É um prazer finalmente falar com o senhor.

— Obrigado — diz ele, com um sorrisinho.

— É uma pena que tenha demorado tanto. Durante semanas, deixei mensagens de voz, mas ainda não recebi retorno.

— Peço desculpas. Estou extremamente atrasado com...

— Minha filha foi a aluna agredida fisicamente pelos seguranças Long e Tate no mês passado — diz Jay, interrompendo-o. — Quer saber por quê? Ela vendia doces, dr. Cook. Não drogas. Doces.

Jay se vira com o microfone e olha para Karen.

— Enquanto alguns de nós têm medo do impacto que *músicas* vão ter nos nossos filhos, há pais que simplesmente morrem de medo pela segurança dos filhos nas mãos das pessoas que deveriam protegê-los.

Há muitos aplausos. Tia 'Chelle grita:

— Isso mesmo!

— Muitas dessas crianças têm medo de andar neste bairro porque pessoas bem-intencionadas podem ter a ideia errada — diz ela. — Em casa, elas têm medo porque pessoas não tão bem-intencionadas podem colocá-las em perigo. Você está me dizendo que elas precisam vir à escola e enfrentar o mesmo problema?

Mal conseguimos ouvi-la por causa dos aplausos.

— O fato, superintendente — diz Jay — é que a revolta na sexta-feira foi em reação ao que aconteceu com a minha filha. Aqueles dois voltaram ao trabalho depois de agredi-la, como se o que fizeram fosse certo. É esse tipo de mensagem que você quer passar aos seus alunos? Que a segurança de alguns é mais importante do que a segurança de outros? Se esse for o caso, não há preocupação pela segurança de *todos* eles.

Ela é aplaudida de pé por metade das pessoas presentes. Eu aplaudo mais do que todo mundo.

O superintendente Cook está com o sorriso mais desconfortável do mundo enquanto espera os aplausos passarem.

— Sra. Jackson, lamento que você sinta que o distrito escolar não tenha sido proativo em relação ao incidente com a sua filha; entretanto, uma investigação está sendo feita.

— Você lamenta que eu sinta... — Ela se controla, como se estivesse a um segundo de explodir. — Isso não é um pedido de desculpas, superintendente. No que diz respeito a essa investigação, ninguém falou comigo e nem com a minha filha. Não é uma investigação válida.

— Está em andamento. Mais uma vez, lamento que você sinta que não tenhamos sido proativos. No entanto, no momento, não posso...

Basicamente, ele disse isso ao longo de toda a reunião. Quando acaba, são tantos os pais e alunos que vão para cima do dr. Cook que um policial tem que ajudá-lo a passar.

Malik está de lado. Talvez agora eu possa tentar...

Jay pega a minha mão.

— Vem.

Ela abre caminho na multidão e vai até as costas do dr. Cook quando ele chega no saguão.

— Dr. Cook! — chama ela.

Ele olha para trás. O policial faz sinal para ele seguir, mas o dr. Cook levanta a mão e se aproxima de nós.

— Sra. Jackson, certo?

— Sim — diz Jay. — Esta é minha filha, Brianna, a aluna que foi agredida. Podemos ter um momento do seu tempo agora, já que você não retorna as minhas ligações?

O dr. Cook se vira para o policial.

— Nos dê alguns minutos.

O policial assente e o dr. Cook nos leva para uma sala cheia de objetos grandes e cobertos por sombras. Ele acende um interruptor e revela baterias e instrumentos de sopro.

O dr. Cook fecha a porta.

— Sra. Jackson, mais uma vez peço as mais sinceras desculpas por não termos nos falado antes.

— É uma vergonha — diz Jay. Ela não é do tipo que mente, nem para ser educada.

— É mesmo. A responsabilidade disso é toda minha. — Ele estica a mão para mim. — É um prazer conhecer você, Brianna.

De primeira, não aperto a mão dele. Jay assente para mim e só então faço isso.

— Quero que você olhe para ela por um segundo, dr. Cook — diz Jay. — Que olhe *mesmo*.

Ela coloca a mão nas minhas costas e não tenho escolha além de empertigar as costas e o encarar.

— Ela tem 16 anos, sr. Cook — diz Jay. — Não é uma mulher adulta, não é uma ameaça. É uma criança. Você sabe o que senti quando soube que dois homens adultos tinham agredido fisicamente a minha *filha*?

Os olhos do dr. Cook estão cheios de pena.

— Só posso imaginar.

— Não pode, não — diz Jay. — Mas essa não foi a primeira ligação que recebi sobre a minha filha, dr. Cook. Brianna sabe ser argumentativa, sou a primeira a admitir isso. Infelizmente, ela herdou isso de mim.

Olha só ela, não colocando a culpa no meu pai pela primeira vez.

— Mas ela foi enviada para a diretoria por "comportamento agressivo" simplesmente por revirar os olhos. O senhor pode olhar o histórico dela. Peço que faça isso. Leia os relatórios de quando ela foi enviada para a diretoria ou suspensa e me diga se alguma daquelas situações realmente pedia uma consequência dessas.

"Eu só tenho duas opções para a minha filha, dr. Cook. Duas. Ou ela vai para a escola do nosso bairro ou vem para cá. Naquela escola, não preparam os alunos para o sucesso, mas aqui? Está começando a parecer que estão preparando minha filha para fracassar. O que devo fazer como mãe? O que o senhor *vai* fazer como superintendente?"

O dr. Cook fica em silêncio no começo. Ele suspira.

— Espero que bem mais do que já fiz. Lamento por termos falhado com você, Brianna.

Uma palavra, três sílabas: lamento.

Ele sabe por quanto tempo
Não ouvimos a palavra "lamento"?

Eu pisco antes de lágrimas demais se acumularem.

— Obrigada.

— Você me deu muito em que pensar e sobre o que agir, sra. Jackson — diz o dr. Cook. — Por favor, fique à vontade para me procurar com qualquer preocupação que qualquer uma de vocês duas possa ter. Posso demorar um pouco para retornar, mas retornarei.

— Porque o senhor está sem secretária, certo? — diz Jay. — Eu vi a vaga no site do distrito escolar.

— Ah, sim. Eu praticamente preciso de uma secretária para marcar os horários das entrevistas das candidatas a secretária — brinca ele.

Jay enfia a mão na pasta e tira uns papéis.

— Sei que não é o protocolo adequado para se candidatar a uma vaga de emprego, mas pensei, por que não? Aqui está meu currículo junto com as minhas referências. Tenho vários anos de experiência como secretária.

— Ah — diz o dr. Cook, obviamente surpreso. Mas ele aceita os papéis e tira os óculos.

— Antes que o sr. pergunte, o período sem emprego é devido a um vício antigo em drogas — diz Jay. — No entanto, comemorei recentemente meu oitavo ano de sobriedade.

— Uau. Isso é louvável, sra. Jackson.

Agora, é Jay quem parece surpresa.

— É mesmo?

— É — diz ele. — Mostra sua determinação. É uma boa característica de personalidade. Estou sóbrio há trinta anos do alcoolismo. Tenho que levar um dia de cada vez. Só consigo imaginar o tipo de força de vontade que a senhora deve ter. Você devia sentir orgulho.

Pelo que parece, Jay nunca pensou assim. Eu também não, sinceramente. Sinto orgulho dela, mas sempre encarei como se ela tivesse se livrado das drogas e pronto. Ela dizia que foi para a reabilitação para conseguir encontrar o caminho de volta para mim e para Trey. O dr. Cook faz parecer que ela luta por si própria também.

Ele guarda o currículo e as referências dela no bolso interno do paletó e estica a mão para ela.

— Entrarei em contato.

Jay parece atordoada quando aperta a mão dele.

Quando saímos da sala da banda, todo mundo já foi embora. Tia Gina, tia 'Chelle, Sonny e Malik estão nos esperando no estacionamento.

— Meu Deus, se eu conseguir esse emprego — murmura Jay. — Benefícios, meu Deus. Benefícios!

Há empregos e há empregos com benefícios. É uma grande diferença. Sempre que alguém na família consegue um emprego, a primeira pergunta é: "Tem benefícios?"

Jay conta na mesma hora para tia 'Chelle e tia Gina o que acabou de acontecer. Elas ficam tão felizes que sugerem sairmos para jantar em uma pré-comemoração, por conta delas. Nada está garantido, mas tenho certeza de que elas só querem tirar a cabeça da minha mãe das outras coisas.

Eu normalmente topo comida grátis, mas comida grátis com a minha mãe e as amigas? Eu faço que não.

— Não, obrigada. Não posso sair pra comer com vocês três.

Sonny cai na gargalhada, pois ele sabe o motivo. Malik não dá um sorrisinho e nem me olha.

Jay apoia a mão no quadril.

— Qual é o problema de sair conosco?

— Qual *não* é o problema? — eu pergunto. — Vocês são um horror quando vão a restaurantes.

Primeiro de tudo, Jay tem que comer um pouco de tudo que eu peço, e antes que eu perceba, quase toda a minha comida acabou. Segundo, tia Gina adora mandar comida de volta para a cozinha até estar "certa" e eu não ficaria surpresa se cuspissem na nossa comida. Terceiro, minha mãe e minhas madrinhas não sabem ir embora. As bundas ficam grudadas na cadeira com elas rindo e conversando até o restaurante fechar. Principalmente se for um daqueles lugares de "bebidas e entradas à vontade".

— Ela está certa — diz Sonny. — Se não tivermos uma mesa só pra nós, eu também digo não.

— Vocês estão ouvindo? — Jay pergunta às outras duas. — Nós carregamos esses palhaços na barriga, parimos eles e agora eles têm a coragem de sentir vergonha de nós.

Tia Gina suga os dentes.

— Aham. Aposto que eles não vão sentir vergonha quando a gente pagar a conta.

Sonny sorri.

— Isso é verdade.

Tia 'Chelle ri.

— Tudo bem. Vocês três podem ter uma mesinha só sua.

— Não — diz Malik. — Estou fora.

Ele olha para mim quando fala.

Malik beija a bochecha da mãe, diz alguma coisa sobre ir se encontrar com Hana e vai embora.

Mas parece que ele está me abandonando.

VINTE E CINCO

Dez dias depois que enviei a mensagem, tia Pooh finalmente responde.

Me encontra em Maple depois da aula.

Quase saio no meio da aula de Ficção quando vejo a mensagem. Depois disso, juro, o dia parece se arrastar. Quando o último sinal toca no fim do dia, vou direto para o ônibus. Quando o sr. Watson entra em Maple Grove para deixar Curtis, eu também desço.

Atravessamos o estacionamento juntos. Quase consigo sentir todas as pedras em que piso. Esses Timberlands falsos estão acabando. Jay estava agitadíssima hoje de manhã quando saí, e ainda não falei com ela sobre o Supreme, então não pude calçar os verdadeiros. Droga, eu ainda tenho que dar a notícia para a tia Pooh.

— O que você veio fazer em Maple? — pergunta Curtis. — Está atrás de mim agora, Princesa?

Sabe, houve uma época em que as piadinhas dele me faziam revirar os olhos. Ainda fazem, mas agora eu dou um sorrisinho debochado.

— Garoto, ninguém está atrás de você. Eu vim ver a minha tia.

Desviamos de um cara sem camisa que está correndo para pegar uma bola de futebol americano no ar. Ele deve estar congelando.

Curtis enfia as mãos nos bolsos.

— Estava querendo te contar uma coisa. Fui ver a minha mãe no fim de semana.

— É mesmo? Como foi?

— Ela ficou tão feliz que chorou. Eu não tinha pensado no quanto ela sofria por eu estar longe. Achei que estava ajudando. É meio horrível saber que eu estava fazendo mais mal a ela do que aquela porra de prisão.

— Você não sabia — eu digo. — Além do mais, ela entendeu por que era difícil pra você.

— Entendeu mesmo. Eu falei que você me convenceu a ir. Ela disse que você parece ser uma garota esperta. Não está errada quanto a isso.

— Uau, tantos elogios ultimamente, e da mesma pessoa que disse que eu era metida. Por que você está tentando me deixar ainda mais convencida?

— Deixa pra lá, Princesa. Mas é sério. Obrigado.

— De nada. — Eu dou um soco no braço dele. — Mas isso é por me chamar de metida.

— Eu estava mentindo?

Um grupo de garotinhos vem na nossa direção. Jojo pedala atrás deles na bicicleta. Curtis diz "Opa!" e sai da frente deles antes de todos se juntarem em volta de mim.

— Bri, você pode me dar seu autógrafo? — pergunta uma garotinha de rabo de cavalo.

— Sua música é a minha favorita! — diz um garoto de casaco acolchoado.

Todos querem que eu assine alguma coisa ou pose para uma selfie.

— Pessoal, vai com calma — diz Jojo. — Um de cada vez, gente.

Curtis ri quando sai andando.

— Você está famosa no bairro, Princesa.

Caramba, parece que estou mesmo. Tenho que inventar um autógrafo naquele momento. Eu nunca assinei nada além de formulários da escola e é bem diferente. Aquelas crianças gostam do meu garrancho.

— Bri, conta pra eles que nós somos amigos — diz Jojo. — Eles não acreditam em mim.

— Nós somos amigos mesmo — eu digo enquanto assino meu nome para um garotinho chupando o polegar. — Enquanto você frequentar a escola e ficar longe de confusão. — Eu olho para Jojo enquanto escrevo.

— Eu vou à escola! — diz ele. E não fala nada sobre a parte da confusão.

— Eu e minha irmã gêmea sabemos a letra toda da sua música — diz uma garota dentuça.

Eu escrevo meu nome para ela.

— É mesmo?

— "Os caras confundem mochila com pistola" — ela e a irmã cantam. — "Acham que levo cartuchos pra escola."

Eu paro de escrever.

Quantos anos elas têm? Seis? Sete?

— Contei pra eles que você solta pipoco na cara de geral, Bri — diz Jojo. — Não é?

Meu estômago dá um nó.

— Claro que não, Jo...

— Ei, ei, ei! — grita tia Pooh conforme se aproxima. Ela tira várias crianças do caminho. — Cai fora, pessoal. Deem um tempo pra estrela, tá?

Tia Pooh me leva na direção do pátio. Eu olho para Jojo e para os amigos dele. Fiz com que eles cantassem sobre armas e porcarias assim. Como isso pode ser bom?

Tia Pooh sobe no capô do carro do Scrap. Ele não está por perto. Ela bate no lugar ao lado.

— Tudo bem?

Ela fica desaparecida por mais de uma semana depois de prometer matar uma pessoa. Como acha que eu estou?

— Por onde você andou?

— Olha, isso não é da sua conta.

— Você está de sacanagem... mandei um monte de mensagens! Você me deixou preocupada! Lembra a última vez que te vi?

— Lembro.

— Você...?

— Não se preocupe com o que eu fiz. Não recuperei a corrente, então não importa.

Ah, merda. Ela fez alguma coisa. Eu cruzo as mãos em cima da cabeça.

— Por favor, não me diga que você matou...

— Não tem ninguém morto, Bri — diz ela.

— E eu devo me sentir melhor por causa disso? O que você fez?

— Quanto menos você souber, melhor, tá? — responde ela com rispidez.

Ah, Deus. A questão é que ninguém precisa morrer. Mas a Tia Pooh iniciou alguma coisa, e começar alguma coisa no Garden nunca é bom.

A retaliação nunca termina aqui. Mas vidas sim. A pior parte? A culpa é minha.

— Merda — eu sussurro.

— Bri, relaxa! — diz tia Pooh. — Já falei, não tem ninguém morto.

— Isso não vai fazer diferença! Eles podem...

— Eles não vão fazer porra nenhuma — alega tia Pooh.

— Eu não devia ter te ligado. Não quero que eles vão atrás de você.

— Olha, estou pronta pra tudo a qualquer momento — diz ela. — Só lamento não ter conseguido a corrente de volta pra você.

Houve um momento em que fiquei arrasada de ter perdido aquela coisa, mas agora? Parece não ter valor nenhum.

— Prefiro ter você.

— Eu. — Ela ri quase que zombando. — Porra, não vou mentir. Você só me deu uma desculpa pra ir atrás dos idiotas. Eu estava esperando pra fazer alguma coisa com eles.

— Por causa do papai?

Tia Pooh assente.

— Por que você acha que me tornei Garden Disciple? Eu queria ir atrás de quem matou o Law.

Vamos acrescentar isso à lista de coisas sobre as quais eu não sabia. Eu pulo no capô ao lado dela.

— É mesmo?

Ela demora um segundo para responder. Só olha para um carro preto com janelas escuras que passa lentamente pelo estacionamento.

— É — responde ela por fim. — Law era meu irmão, meu Yoda, ou seja lá qual for o nome daquele carinha verde.

— Você acertou. — Impressionante. Ela sabia o nome dele *e* que ele é verde.

— É, ele — diz ela. — Ele cuidava de mim e realmente se preocupava comigo, sabe? Quando mataram ele, foi um dos piores dias da minha vida. Perder a mamãe e o papai já tinha sido bem ruim. Aí Jay se meteu com aquilo não muito tempo depois que ele morreu. Parecia que eu não tinha ninguém.

— Você tinha a mim e Trey.

— Não. Sua avó e seu avô estavam com você e Trey — diz ela. — Aquela sua avó é louca. Ela não queria que eu fosse lá. Mas a culpa não é dela. Eu queria sangue. Fui até os GDs que andavam com o Law e disse que topava o que fosse pra me vingar. Eles me disseram que eu não ia querer me meter nisso. Mas me deixaram entrar pra gangue. Se não fossem eles, eu não teria tido ninguém.

— Bom, você tem a nós agora.

Ela curva os lábios lentamente.

— Que brega. Bancando a sentimental. Você sabe que deixou muita gente puta da vida, né? Aquela notícia e aquele abaixo-assinado? — Ela ri. — Caramba, quem poderia imaginar que uma música poderia deixar as pessoas tão irritadas.

Tenho que contar para ela sobre o Supreme. Ela pode me odiar, pode me xingar, mas tem que saber.

— Hype me convidou pra aparecer no programa dele e falar sobre esse assunto.

— Como éééé? — diz ela, inclinando a cabeça para trás. — A Li'l Bit vai aparecer no *Hot Hour*?

— Vou. Sábado de manhã.

— Uau. Que coisa incrível! Como isso foi acontecer?

É agora.

— Supreme marcou.

Suas sobrancelhas se unem.

— O antigo agente do Law?

— É. Ele, humm... ele quer ser meu agente.

Fico olhando para os meus Timberlands falsos. Só tenho que dizer que aceitei a proposta do Supreme. É só falar logo, como se eu estivesse no meio de uma batalha freestyle.

Mas, antes que eu possa dizer qualquer coisa, tia Pooh diz:

— Você aceitou a proposta que ele fez, não foi?

Meu rosto todo fica quente.

— Não é nada contra você, tia Pooh! Juro que não é. Eu ainda quero que você faça parte disso tudo.

— Só não como sua agente.

Eu engulo em seco.

— É.

Tia Pooh solta um suspiro lento.

— Eu entendo. Tudo bem.

— Espera, como é?

— Tá, talvez não *tudo bem*, mas eu entendo — diz ela. — Estou cuidando de coisas demais pra conseguir te ajudar do jeito que você precisa.

Uma ideia:

— Você pode deixar essas coisas pra lá.

— Eu também não sei muita coisa sobre o mundo da música. — Ela ignora o que eu falei. — Já teve gente me procurando querendo saber do abaixo-assinado e eu não faço ideia do que dizer ou fazer. Isso pode fazer você subir ou despencar, sabe? Não quero fazer besteira.

Tia Pooh não é de fingir, mas talvez ela finja comigo mais do que percebo.

— Tem certeza de que não se importa?

— Posso te ajudar mesmo não sendo sua agente — diz ela. — Posso ser da sua equipe. Ajudar a fazer músicas. Cuidar pra que você não cante sobre coisas que fazem as brancas se cagarem. — Ela mexe nas minhas tranças com um jeito brincalhão.

Eu dou uma risadinha.

— Ah, tá.

Ela estica a mão aberta. Eu bato nela, mas tia Pooh me puxa por cima do colo e dá o beijo mais longo e molhado na minha bochecha, como fazia quando eu era pequena. Eu caio na gargalhada.

— Você tem que pensar em um cargo pra mim, superestrela.

— Tia Chefe Responsável.

— Você sabe muito bem que Jay não vai aceitar mais ninguém achando que está...

Alguma coisa chama a atenção dela de novo. O mesmo carro preto com vidros escuros voltou para o estacionamento. O motorista desliga o motor e o carro fica parado, virado para nós.

Tia Pooh fica olhando.

— Bri, me promete uma coisa.

— O quê? — eu digo com a cabeça ainda no colo dela.

Ela não tira os olhos do carro.

— Promete que vai sair do Garden.

— Hã? De que você está falando?

— Promete que vai fazer o que for preciso pra chegar ao sucesso. Prometa como se fosse a última coisa que você fosse me prometer.

— Olha quem está ficando sentimental agora — eu brinco.

— Estou falando sério! Promete!

— Eu... eu prometo — eu meio digo e meio pergunto. — O que fez você falar assim?

Ela me faz sentar e me empurra para fora do capô do carro.

— Vai pra casa.

— O quê?

— Vai pr...

Duas vans pretas entram cantando pneu no estacionamento. Policiais com trajes da SWAT saem correndo, com armas apontadas para todo lado.

VINTE E SEIS

— Bri, vai! — grita tia Pooh.

Estou paralisada. A equipe da SWAT enche o conjunto habitacional, atrás dos Garden Disciples. Por toda parte, as pessoas correm e gritam. Pais correm até os filhos ou os carregam para longe o mais rapidamente que conseguem. Algumas crianças ficam chorando sozinhas.

Tia Pooh cai de joelhos com as mãos atrás da cabeça. Um integrante da SWAT corre na direção dela com a arma apontada.

Ah, Deus.

— Tia...

— Vai! — grita ela de novo.

Alguém segura meu braço.

— Vem! — diz Curtis.

Ele me puxa. Tento olhar para a tia Pooh, mas a correria torna isso impossível.

No caminho, uma coisa... estranha... acontece com um dos meus sapatos. Parece que está desequilibrado. Sou obrigada a mancar enquanto tento acompanhar o Curtis. Ele me leva até o apartamento onde mora com a avó. Só paramos quando estamos dentro.

Curtis fecha todas as trancas da porta.

— Bri, você está bem?

— O que está acontecendo?

Ele levanta uma persiana para espiar lá fora.

— Batida em busca de drogas. Eu sabia que alguma coisa ia acontecer. Aquele carro preto ficava rodeando o estacionamento. Parecia estar de tocaia.

Batida em busca de drogas?

Merda.

Corro até a janela e levanto uma persiana. O apartamento da avó do Curtis fica virado para o pátio e tenho vista clara de tudo. Se Maple Grove fosse um formigueiro, seria como se alguém tivesse pisado nele. Integrantes da SWAT derrubam portas de apartamento, e Garden Disciples saem ou são arrastados para fora com armas apontadas para a cara. Alguns corajosos tentam correr.

Tia Pooh está deitada no pátio, as mãos algemadas nas costas. Um agente a revista.

— Por favor, Deus — eu rezo. — Por favor, Deus.

Deus me ignora. O agente pega um saco do bolso de trás da tia Pooh. De repente, o céu não é mais nosso limite. Aquele saco de cocaína é.

Eu me afasto da janela.

— Não, não, não...

Curtis também olha para fora.

— Ah, merda!

Durante dias, fiquei pensando que a tinha perdido, mas acabei de recuperá-la. E agora...

De repente, tem uma mão invisível apertando todos os músculos do meu peito. Não consigo respirar.

— Bri, Bri, Bri — diz Curtis, segurando meus braços. Ele me leva até o sofá e me ajuda a sentar. — Bri, respira.

É impossível, como se meu corpo nem soubesse o que é respirar, mas soubesse chorar. Lágrimas caem dos meus olhos. Os soluços me fazem ofegar cada vez mais forte e mais alto.

— Ei, ei — diz Curtis. Ele me encara. — Respira.

— Todo mundo... — Eu tento respirar. — Todo mundo me abandona.

Pareço tão pequena quanto me sinto. É a minha mãe me contando que o papai nos deixou e foi para o céu. É ela saindo de ré de carro, mesmo comigo gritando para ela não me deixar. Ninguém nunca percebeu que levou uma parte de mim junto.

Curtis se senta ao meu lado. Primeiro, ele hesita, mas guia delicadamente minha cabeça para que fique apoiada no ombro dele. Eu permito.

— É, as pessoas nos abandonam — diz ele baixinho. — Mas não quer dizer que nós estamos sozinhos.

Só posso fechar os olhos. Há gritos e sirenes lá fora. A polícia deve estar pegando todos os Garden Disciples de Maple Grove.

Aos poucos, volto a respirar.

— Obrigada... — Meu nariz está tão entupido que falo de um jeito engraçado, fungando. — Obrigada por ir me buscar.

— Tudo bem — diz Curtis. — Eu estava molhando as plantas da minha avó quando vi você e Pooh conversando no pátio. Aí a van da SWAT chegou. Sabendo o que eu sei sobre a Pooh, eu logo percebi que você tinha que sair dali.

Eu abro os olhos.

— Você molha as plantas da sua avó?

— Molho. Alguém tem que manter essas coisinhas vivas enquanto ela está no trabalho.

Eu me sento mais ereta. Há plantas e flores em vasos por toda a sala e pela cozinha.

— Caramba — eu digo. — Você tem muito trabalho.

Ele ri.

— É. Ela tem algumas no parapeito da janela também. Mas gosto de ajudar com isso. É mais fácil do que um cachorro ou um irmãozinho ou irmãzinha. — Curtis se levanta. — Quer água ou alguma outra coisa?

Minha garganta está meio seca.

— Água seria bom.

— Tudo b... — Ele franze a testa para o meu pé. — Ei, o que houve com o seu sapato?

— O quê?

Eu olho para baixo. Um dos Timberlands falsos está bem menor do que o outro. Isso porque o calcanhar inteiro sumiu.

Meu sapato se desfez.

— Porra! — Eu escondo o rosto nas mãos. — Porra, porra, porra?

A essa altura, essa merda é risível. Tantos dias e horários para o meu sapato se desfazer, tinha que acontecer quando a minha vida está desmoronando.

— Olha só, deixa comigo, tá? — diz Curtis. Ele desamarra os tênis Nike que está usando. Tira os dois e os estica na minha direção. — Toma.

Ele não pode estar falando sério.

— Curtis, calça os sapatos.

Mas ele se apoia em um joelho na minha frente, coloca o tênis direito no meu pé direito e amarra com força. Tira com cuidado meu outro não-Timberland, coloca o Nike esquerdo nesse pé e também o amarra. Quando termina, se levanta.

— Pronto — diz ele. — Você já tem sapatos.

— Não posso ficar com seus sapatos, Curtis.

— Você pode ao menos ir com eles pra casa — diz ele. — Está bem? Não tenho nenhuma outra opção.

— Está bem.

— Que bom. — Ele vai para a cozinha. — Quer gelo na água ou não?

— Não, obrigada.

Os gritos e berros pararam. Mas não consigo olhar lá para fora.

Curtis me entrega um copo grande de água. Senta ao meu lado, mexendo os dedos dos pés dentro das suas meias do Homem-Aranha. Tem muita coisa que não sei sobre ele e o que estou vendo não bate com o que eu imaginava.

— Lindas meias — eu digo.

Ele revira os olhos.

— Pode tirar sarro de mim. Não ligo. Peter Parker é o cara.

— É mesmo. — Eu bebo água. — É por isso que eu não tiraria sarro. Na verdade, acho que tenho a mesma meia.

Curtis ri.

— Sério?

— Sério.

— Que legal — diz ele.

Um estrondo alto soa lá fora, como uma porta grande se fechando em um veículo. Devem ter colocado todos os traficantes lá dentro para levar para o centro.

— Sinto muito pela sua tia — diz Curtis.

Ele fala como se ela estivesse morta. Mas, por aqui, as pessoas na cadeia ganham camisetas em homenagem a elas, como as pessoas nos túmulos.

— Obrigada.

Ficamos em silêncio por bastante tempo. Termino a água e coloco o copo na mesa de centro da avó dele, ao lado de um cinzeiro que já foi usado. A não ser que tenha sido por Curtis, o que duvido, a sagrada irmã Daniels fuma. Vai entender.

— Obrigada de novo por me ajudar.

— Não foi nada — diz ele. — Mas eu não sou contra você escrever uma música sobre mim como agradecimento.

— Garoto, esquece. Um agradecimento durante uma canção? Talvez. Uma música inteira? Não.

— Um agradecimento? Ah, não, você tem que me dar mais do que isso. Que tal um verso?

— Uau. Um verso inteiro, é?

— É. Algo do tipo: "Curtis é meu amigo, sempre anda comigo, quando eu estiver cheia da grana, vou comprar pra ele uma iguana". E aí! — Ele cruza os braços no estilo B-Boy.

Eu caio na gargalhada.

— Você achou que poderia me vencer em uma batalha com rimas assim?

— Como é? Garota, isso é talento.

— Não, foi um horror.

— Espera aí, você não pode chamar ninguém de horror com essa cara que está agora. — Ele passa os polegares na umidade nas minhas bochechas. — Enchendo o sofá da minha avó de catarro e lágrimas.

A mão dele fica no mesmo lugar. Lentamente, aninha minha bochecha.

Sinto uma pontada no estômago, como um nó bem apertado, e penso, ou melhor, espero que ainda esteja respirando. Quando ele chega mais perto, eu não me afasto. Não consigo pensar, não consigo respirar. Só retribuo o beijo.

Cada centímetro de mim está ciente dele, da forma como as pontas dos dedos roçam na minha nuca, como a língua encosta perfeitamente na minha. Meu coração dispara e me diz de alguma forma que quero mais e que devo ao mesmo tempo ir devagar.

Passo os braços pelo pescoço dele e me encosto no sofá, puxando-o junto. Tocar nele é uma necessidade. Meus dedos encontram seu cabelo, encaracolado e macio, as costas dele. O garoto tem uma bundinha digna de aperto.

Curtis sorri, a testa encostada na minha.

— Está gostando disso, é?

— Aham.

— Que bom. Vamos ver se gosta disto.

Ele me beija de novo e, lentamente, a mão sobe debaixo do meu moletom até embaixo do meu sutiã. Ele encosta em um local que me faz parar de beijá-lo por tempo suficiente de emitir um som que nunca fiz na vida. Sinto em mais lugares do que no peito.

— Porra, garota — geme ele, e se afasta. Ele se apoia acima de mim, sem ar. — Você está me matando aqui.

Eu dou um sorrisinho.

— *Eu* estou matando *você*?

— Está. — Ele beija meu nariz. — Mas estou gostando.

Ele aninha minha bochecha, se abaixa e me beija de novo, devagar e sem parar. Por um tempo, não existe nada entre nós e esse beijo...

VINTE E SETE

... até a avó do Curtis chegar em casa.

Quando ela chega, só estamos vendo televisão. Mesmo assim, ela me olha desconfiada. Curtis pede o carro dela emprestado para me levar em casa. Ela dá a chave para ele e diz:

— Vamos ter uma conversinha mais tarde, garoto.

Essa conversa vai chegar à minha avó.

O pátio está deserto quando saímos. O único sinal de que alguma coisa aconteceu são os amontoados de pegadas na terra. O carro do Scrap está no lugar de sempre. É estranho não ter ninguém sentado no capô.

Curtis dirige o Chevy da avó com uma das mãos. A outra segura a minha. Não dizemos muito, mas acho que não precisamos. Aquele beijo disse mais do que palavras poderiam dizer.

Ele para na frente da minha casa. Eu me inclino e o beijo de novo. É o melhor jeito de fazer o tempo ir mais devagar. Mas tenho que entrar, então me afasto.

— Preciso falar com a minha mãe sobre... a minha tia.

Mal consigo falar para o Curtis. Como vou poder contar para a Jay? Ele dá um beijo leve nos meus lábios.

— Vai ficar tudo bem.

Mas são só palavras. A verdade é que tiro os sapatos do Curtis, calço os meus destruídos e entro. Tem uma música que fala sobre "a vontade de Jesus" tocando no celular da minha mãe na cozinha, e ela cantarola junto, sem saber que Jesus vai ter que fazer um milagre no que diz respeito à tia Pooh.

— Oi, Bookie — diz ela. Ela está parada na frente de uma panela. — Vamos comer espaguete hoje.

Minhas pernas estão tremendo tanto que mal consigo ficar de pé.

— Tia Pooh.

— O que tem ela?

— Ela... ela foi presa.

— Que droga! — Ela leva a mão à testa e fecha os olhos. — Aquela garota. O que ela fez desta vez? Se meteu em uma briga? Estava acima do limite de velocidade? Eu falei que todas aquelas multas iam...

— Teve uma batida atrás de drogas — eu murmuro.

Jay abre os olhos.

— O quê?

Minha voz está rouca.

— Chegou uma equipe da SWAT e encontraram cocaína com ela.

Minha mãe fica só me olhando. De repente, pega o celular.

— Deus, não. Por favor, não.

Ela liga para a delegacia. Ainda não podem oferecer nenhuma informação. Ela liga para Lena, que está chorando tanto que consigo ouvir do outro lado da sala. Liga para Trey, que está no trabalho, mas diz que vai passar na delegacia quando estiver voltando para casa. Liga para Scrap. O celular dele cai na caixa postal. Acho que o levaram também.

Jay vai para o quarto, fecha a porta e fica lá. Acho que não era para eu ouvir seu choro, mas é a única coisa que ouço a noite toda.

Fico deitada na cama olhando para o teto, ouvindo os soluços dela ecoando pela casa. Não posso impedi-la de chorar. Não posso salvar tia Pooh. E agora, sem ela e mais ninguém para os Crowns irem atrás, eu talvez nem consiga me salvar.

Estou impotente.

Jay não sai do quarto no dia seguinte, nem no seguinte ao seguinte. Na manhã de sábado, quando acordo, ela ainda está lá. Trey está dormindo depois de trabalhar até tarde quando acordo no sábado de manhã. Supreme me pega e me leva para o centro, para minha entrevista com o Hype.

Supreme fala o tempo todo do trajeto, mas nem escuto direito. Os soluços da minha mãe não saem dos meus ouvidos. Além do mais, ele está dizendo a mesma merda de sempre. Isso é importante. Eu estou no caminho. Essa entrevista vai me levar para outro nível.

Mas não vai salvar a tia Pooh.

Supreme deve perceber que não estou falando quase nada, pois afasta o olhar da rua por tempo suficiente para me espiar.

— Tudo bem, Li'l Law?

— Não me chama assim.

— Ah, você quer caminhar com as próprias pernas, é? — provoca ele.

Não é engraçado. Não tenho escolha além de caminhar com as minhas próprias pernas. Desculpe se não quero ouvir o nome da pessoa que não está aqui para carregar esse peso todo comigo.

Eu nem respondo a ele. Só olho pela janela.

A Hot 105 fica em um dos arranha-céus no centro. A estação é tão lendária quanto os artistas que eles fotografaram e penduraram nas paredes. Por toda a recepção há fotos dos vários DJs com a realeza do hip-hop que eles já entrevistaram ao longo dos anos.

A voz do Hype sai por um alto-falante na recepção. Ele está ao vivo no ar em um dos estúdios. Jay ouvia o programa dele no som do carro todos os sábados de manhã, quando ia buscar a mim e Trey. Sempre que Hype tocava uma das músicas do meu pai, ela abria as janelas e aumentava o volume. Ele parecia tão vivo que eu esquecia que não estava.

O assistente do Hype me leva junto com Supreme para o estúdio. A luz vermelha de "ao vivo" acima da porta significa que temos que esperar do lado de fora. Do outro lado de uma janela grande, Hype está sentado a uma mesa cheia de monitores de computador, microfones e fones de ouvido. Tem um cara no estúdio junto com ele, apontando uma câmera na direção do Hype. Um cartaz na parede diz: *"The Hot Hour."*

— Como sempre, temos que pagar as contas — diz Hype nos alto-falantes do corredor. — Mas fiquem conosco porque, depois dos comerciais, vou falar com uma das jovens rappers mais incríveis do país no momento, Bri! Vamos falar das controvérsias, dos planos dela, de tudo. É o *Hot Hour*, pessoal, na Hot 105!

Hype tira os fones e o assistente dele nos leva para o estúdio.

— A princesa do Garden! — diz Hype. Ele me dá um abraço de lado. — Ainda fico arrepiado quando penso na sua batalha. Sem querer ofender, 'Preme, mas ela arrasou com seu filho. De lavada.

— Não posso negar — diz Supreme. — Por que você acha que eu quis ser o agente dela?

— Não condeno você — diz Hype. — E a música é insana. Claro, a controvérsia toda não é, mas pelo menos estão falando, né? Você sabe que meus ouvintes querem ouvir seu lado, Bri. Vamos só pedir pra você tentar reduzir os palavrões. Não temos tempo pras multas.

— Entramos ao vivo em um minuto, Hype — diz o câmera.

Hype aponta uma cadeira na frente dele, onde um microfone e fones de ouvido esperam.

— Senta aí, Bri — diz ele, e eu me sento. — 'Preme, você vai ficar?

— Não, vou ficar ali fora — diz Supreme. Ele se ajoelha ao lado da minha cadeira. — Olha, ele pode tentar fazer pressão — diz, mantendo a voz baixa. — Mas o Hype é assim mesmo. Não deixe que ele te irrite. Seja você mesma e diga o que estiver sentindo. Está bem?

Dizer o que eu estiver sentindo? Ele não deve saber o que estou sentindo.

— Entramos ao vivo em cinco segundos, Bri — diz Hype. — Quatro...

Supreme dá um tapinha no meu ombro e sai. Eu coloco os fones. Hype levanta três dedos.

Dois.

Um.

— Bem-vindos de volta ao *Hot Hour* — diz ele no microfone. — Pessoal, temos uma convidada muito especial hoje. Se vocês me conhecem, sabem que um dos meus rappers favoritos de todos os tempos é Lawless, descanse em paz, meu irmão. Hoje, tenho o prazer de receber a filhinha dele no estúdio. Uma das músicas mais quentes do momento é dela, "Na hora da virada", e fez as pessoas falarem. Claro que tínhamos que trazê-la ao *Hot Hour*. Bri, bem-vinda ao estúdio.

Ele toca um som de aplausos.

— Obrigada — eu digo no microfone.

— Pessoal, tive a oportunidade de ouvir Bri um tempo atrás no Ringue. Foi sua estreia, não foi?

— Foi.

— Pessoal, ela arrasou — diz ele. — Quando o programa acabar, abram o YouTube e procurem a batalha. Vocês vão ficar perplexos. Bri ia voltar ao Ringue, mas houve um pequeno incidente algumas semanas atrás. Vamos falar sobre isso depois. Agora, vamos falar sobre essa música! — Ele bate na mesa para comprovar o que disse. — "Na hora da virada." Vocês pedem no programa o tempo todo. As crianças adoram. Muitos de nós, que somos mais velhos, gostamos. Mas há um abaixo-assinado em andamento para que seja removida do Dat Cloud porque algumas pessoas dizem que levou a uma revolta em uma escola. Outras pessoas dizem que é contra a polícia, blá-blá-blá. Como a artista por trás da música, o que *você* tem a dizer?

Supreme me mandou falar o que estou sentindo. O problema é que estou puta da vida.

— Que se danem.

Hype ri.

— Sem hesitação, né?

— Por que eu deveria hesitar? Eles não hesitaram na hora de partir pra cima de mim.

— Certo, certo — diz Hype. — Muita gente tem falado da natureza violenta da letra. Você acha que os versos encorajaram aqueles alunos daquela escola a agirem com violência?

Ele está falando sério?

— Você acha que metade das músicas que você toca encorajam as pessoas a agirem com violência?

— Mas estamos falando da sua música e dessa situação.

— Faz diferença? — eu digo. — Os alunos estavam chateados com outras coisas. Uma música não os levou a fazer nada. Todas aquelas pessoas estão me usando como bode expiatório em vez de perguntar quais são os problemas reais.

— Todas aquelas pessoas quem? — ele pergunta.

— Mano, o noticiário! — eu respondo. — A mulher do abaixo-assinado. Ela escreveu um artigo inteiro sobre mim, me fez parecer uma vilã e nunca se questionou por que os alunos estavam protestando. A letra não forçou ninguém a fazer nada. O protesto todo foi por causa...

— Ah, mas olha só — interrompe Hype —, até você tem que admitir que uma parte daquela letra é muito forte, garotinha. Você fala de estar armada, insinua que vai matar policiais...

Opa, opa, opa.

— Eu nunca insinuei nada sobre matar policial nenhum.

— "Se a polícia me agredir, aqui não vai ter pranto"? — pergunta ele em vez de dizer. — O que isso quer dizer?

Como ele interpretou isso como eu dizendo que vou matar alguém?

— Mano, quer dizer que vou ser vista como errada, independente do que eu faça! — Caramba, eu tenho mesmo que explicar essas coisas para ele? — "Como meu pai, não tema nada", do último disco dele, *Não tema nada*. "Meu consolo é meu bairro junto em minha honra" quer dizer que se alguma coisa acontecer comigo, o Garden vai estar do meu lado. É isso. Eu nunca falei nada sobre matar policiais.

— Tudo bem, mas você consegue entender que algumas pessoas interpretaram da maneira errada, né?

— Não mesmo, de jeito nenhum.

— Olha, não estou tentando atacar você — alega Hype. — Eu amo a música. Mas não posso mentir, saber que uma garota de 16 anos está falando sobre andar armada e coisas assim me pegou de surpresa.

Não uma pessoa de 16 anos ter cantado um rap sobre isso. Mas uma *garota* de 16 anos ter cantado um rap sobre isso.

— Pegou você de surpresa quando meu pai cantou um rap sobre isso aos 16 anos?

— Não.

— Por quê?

— Ah, para com isso, você sabe por quê — diz Hype. — É diferente.

— Diferente como? Eu conheço garotas que andavam armadas aos 16, 17, que tiveram que fazer coisas idiotas pra sobreviver.

E que foram levadas por uma equipe da SWAT que não estava nem um pouco preocupada com o gênero delas.

— Mas é diferente, gatinha. Não sou eu que faço as regras — diz Hype. — A questão é, a gente devia mesmo acreditar que você está por aí dando pipoco nas pessoas assim? Ora, para com isso. Quem escreveu esses versos pra você?

Que porcaria é essa?

— A música não é sobre "pipoco" nenhum e fui eu que escrevi.

— Você escreveu a música toda? — pergunta ele. — E os versos da batalha?

Falando sério, que porra é essa?

— Eu escrevi a música e criei os versos livres na hora, como se faz numa batalha. O que você está tentando dizer?

— Calma, garotinha — diz Hype. — Olha, não tem nada de errado em ter um ghostwriter, tá? A questão é que os ghostwriters precisam escrever de forma autêntica para as pessoas. Não tem como você andar por aí cheia de armas.

Quer saber? Que se dane. Não importa o que eu diga ou faça. Todo mundo vai ter opinião formada sobre mim e sobre a música. Eu tiro os fones de ouvido.

— Estou fora.

— Opa, a gente não acabou, Li'l Law!

— Meu nome é Bri! — Parece que todos os ossos do meu corpo gritam isso.

— Tudo bem, *Bri*. Olha, não fica assim — diz ele com um sorrisinho debochado. Quero arrancar esse sorriso da cara dele, eu juro. — Estamos tendo uma boa conversa. Não precisa ficar com raiva.

— Você me acusou de não escrever minhas próprias letras! Como isso pode ser bom?

— Você não deve escrever suas próprias músicas se está ficando tão na defensiva assim.

A porta se abre e Supreme entra correndo.

— Bri, calma.

— Está tudo bem, 'Preme — diz Hype. — Se ela anda armada como diz na música, ela vai lidar comigo.

Ele bota uma faixa de gargalhadas.

Eu quase pulo por cima da mesa, mas Supreme me segura.

— Vai se foder!

— Aaahh, está vendo? Foi por isso que te expulsaram do Ringue. A garotinha aqui está de TPM. — Hype toca uma bateria para encerrar a "piada".

Supreme praticamente tem que me arrastar. Passamos por vários funcionários da estação no corredor e eles olham e sussurram enquanto Hype faz outra "piada" nos alto-falantes. Não é problema pra mim dar uma surra em todos eles.

Supreme me leva para o saguão. Eu me solto das mãos dele.

Ele ri.

— Caramba. O que deixou você tão nervosa?

Tudo. Eu respiro fundo e pisco com força, mas meus olhos ardem mesmo assim.

— Você ouviu o que ele disse?

— Eu avisei que ele ia fazer pressão. É o que o Hype faz. — Supreme dá um tapinha na minha bochecha. — Você é um gênio, sabia? Fez exatamente o que eu falei tantas semanas atrás. Estou surpreso de você ter lembrado.

Olho para ele enquanto minha respiração finalmente alcança meu coração disparado.

— O quê?

— Você bancou a marginal do gueto. Sabe quanta publicidade vai conseguir com isso?

Parece que jogaram um balde de água gelada na minha cara.

Marginal do gueto.

Milhares de pessoas me ouviram agir assim. Outros milhões podem acabar vendo o vídeo. Ninguém vai ligar se minha vida estava um caos e se eu tinha direito de estar com raiva. Só vão ver uma garota negra do gueto com raiva, agindo como esperavam que eu agisse.

Supreme ri sozinho.

— Você interpretou bem o papel — diz ele. — Caramba, você arrasou no papel.

O problema é que eu não estava interpretando. Foi isso que eu me tornei.

VINTE E OITO

Peço ao Supreme para me levar até o Sal's. Preciso ver meu irmão.

O celular do Supreme toca o caminho todo. Ele não consegue ficar parado e fica se balançando no banco.

— Opa! — Ele bate no volante como se estivesse dando um *high five* nele. — A gente vai receber uma grana, garotinha! Juro que essa é a melhor coisa que você poderia ter feito! A gente vai chegar lá!

Marginal do gueto. Três palavras, seis sílabas.

> *Todo mundo só vai ver uma garota preta,*
> *A marginal do gueto que se mete em treta.*

A placa de "fechado" está na porta do Big Sal's quando Supreme me deixa lá. Ainda é de manhã e a pizzaria só abre na hora do almoço. Sal me vê espiando pelo vidro e me deixa entrar. Ela me diz que Trey está na parte de trás da loja.

É difícil dizer qual é a posição do Trey no Sal's. Às vezes ele serve as mesas, outras vezes supervisiona os pedidos na cozinha. Hoje, está limpando o chão da cozinha.

Ms. Tique... quer dizer, Kayla está olhando ali de perto. Está usando os brincos de argola que usou no Ringue e um avental verde. Mas ela é bem menor do que pareceu no Ringue; não chega nem no ombro do Trey. Acho que o microfone a faz crescer de verdade.

Eles são as duas únicas pessoas na cozinha. Normalmente, o lugar está lotado de funcionários jogando massa de pizza no ar, gritando pedidos e colocando pizzas no forno. Está quase silencioso e parado demais hoje. Acho que as pessoas não chegaram ainda. É a cara do Trey chegar cedo.

Trey torce o esfregão no balde e começa a empurrar o balde para o depósito, mas Kayla diz:

— Não, senhor. Eu sei que você não vai deixar o piso assim.

— Assim como? — pergunta ele.

— Assim. — Ela aponta para um ponto específico. — Tem sujeira no chão, Trey.

Ele aperta os olhos.

— Aquele pontinho ali?

Kayla pega o esfregão.

— Está vendo, é por isso que você não precisa limpar.

— Ah, não?

— Não!

Trey sorri quando rouba um beijo rápido nos lábios dela.

— Mas eu preciso fazer isso?

— Humm... — Ela bate com o dedo no queixo. — O júri ainda está decidindo.

Trey ri e a beija de novo.

Acho que não era para eu ver isso, mas não consigo afastar o olhar. Não por uma questão de ser xereta, mas porque não vejo meu irmão feliz assim há um tempo. Os olhos dele estão brilhando e seu sorriso é tão largo quando olha para ela que é contagiante. Não estou dizendo que ele estivesse deprimido nem nada nos últimos meses, mas em comparação a como está agora, é difícil dizer que estava feliz.

Kayla afasta o olhar dele por tempo suficiente de me ver na porta.

— Trey.

Ele segue o olhar dela. O brilho some dos olhos dele e o sorriso desaparece. Ele se concentra na limpeza de novo.

— O que você está fazendo aqui, Bri?

De repente, tenho a sensação de que não devia estar ali e nunca senti isso perto de Trey. Ele estava em casa quando eu não tinha certeza do que era "casa".

— Podemos conversar? — eu pergunto.

Ele não afasta o olhar da limpeza. Kayla segura o braço dele para fazê-lo parar.

— Trey — diz ela. Com firmeza.

Ele olha para ela. Há uma conversa muda entre eles, só com olhares. Trey suspira pelo nariz.

Kayla fica na ponta dos pés e beija a bochecha dele.

— Vou ver se Sal precisa de ajuda lá na frente.

Ela abre um sorriso triste para mim quando passa, como alguém faz quando você está de luto.

Qual é a questão aqui? Tia Pooh?

Trey esfrega o chão e parece que sou invisível para ele. Mesmo quando chego mais perto, ele não olha.

— Aconteceu alguma coisa? — eu pergunto. Mas quase tenho medo de saber. A resposta dele pode virar minha vida mais de cabeça para baixo ainda. — Jay...?

— Mamãe — corrige ele, concentrado no chão.

Não sei por que essa palavra não vem com facilidade para mim.

— Ela está bem?

— Ela estava no quarto quando eu saí.

— Ah. — É bizarro eu ficar meio aliviada por isso. — Alguma notícia da tia Pooh?

— Eles ainda estão processando ela. O que você quer, Bri?

Qual é o problema? Eu nunca tive que explicar por que queria vê-lo.

— Eu só queria falar com você.

— Você já não falou o suficiente por hoje?

É um tapa verbal do pior tipo.

Ele ouviu a entrevista. Das milhares de pessoas que ouviram, eu nunca considerei que uma delas poderia ser meu irmão.

— Trey, eu posso explicar.

Ele coloca o esfregão no balde e olha para mim.

— Ah, então você tem explicação pra agir como uma idiota na rádio?

— Ele me pressionou!

— Eu não falei que você não precisa responder tudo? Hein, Bri?

— Eu não vou ficar aguentando toda merda que jogam em mim!

— Você pode se defender sem agir assim! — diz ele. — Primeiro aquele vídeo no Instagram, agora isso? Qual é o seu problema?

Fico olhando para essa pessoa que alega ser meu irmão. Parece ele, mas não fala como ele.

— Você devia ficar do meu lado — eu digo, pouco mais do que um sussurro. — Por que está com tanta raiva de mim?

Ele quase joga o esfregão longe.

— Porque estou me matando por sua causa! Eu me arrasto até esse emprego por você! Trabalho muito pra que você fique bem! E você vai lá e estraga suas chances de ser alguém ao se exibir toda vez que tem a oportunidade!

— Só estou tentando nos salvar!

De alguma forma, minha voz sai fraca e alta ao mesmo tempo.

A fúria some dos olhos dele e é meu irmão mais velho quem está me olhando de novo.

— Bri...

— Estou cansada, Trey. — Lágrimas surgem nos meus olhos. — Estou cansada de não saber o que vai acontecer. Estou cansada de sentir medo. Estou cansada!

Há um movimento de pés e dois braços me envolvem com força. Eu escondo o rosto na camisa do Trey.

Ele passa as mãos nas minhas costas.

— Bota pra fora.

Eu grito até a garganta ficar ardendo. Perdi a tia Pooh. Posso estar perdendo a minha mãe. Perdi tanto o controle que perdi mais do que percebi. *Eu* estou perdida. Estou tão perdida que me sinto exausta de tentar encontrar meu caminho.

Trey me leva até um cantinho no fundo da cozinha que ele considera dele. Às vezes, quando o visito, eu o encontro sentado no chão lá, entre a geladeira e a porta da despensa. Ele diz que é o único lugar onde ele consegue se afastar do caos.

Trey desce até o chão e me ajuda a me sentar com ele.

Eu coloco a cabeça no colo dele.

— Me desculpe por ser um peso.

— Um peso? — diz Trey. — De onde você tirou isso?

De toda a nossa vida. Quando Jay ficou doente, ela sumia dentro do quarto por dias seguidos. Trey não conseguia alcançar todos os armários da cozinha, mas sempre me fez comer. Penteava meu cabelo e me arrumava para a pré-escola. Ele tinha 10 anos. Não precisava fazer nada disso. Depois, quando fomos morar com a vovó e o vovô, ele continuou cuidando de mim, sempre insistia em ler histórias todas as noites e me levar e me buscar na escola. Se eu tivesse um pesadelo sobre os tiros que mataram papai, Trey corria até o meu quarto e me consolava até eu pegar o sono.

Ele abre mão de tanta coisa por mim. O mínimo que posso fazer é chegar ao sucesso, para que ele não precise abrir mão de mais nada.

— Você sempre cuidou de mim — eu digo.

— Li'l Bit, eu faço isso porque quero — diz Trey. — Peso? Nunca. Você é um presente pra mim.

Presente. Uma palavra, três sílabas. Não sei se rima com alguma coisa porque é uma palavra que nunca pensei que seria usada para falar sobre mim.

De repente, parece que uma jaula foi destrancada e todas as lágrimas que guardei dentro de mim caem pelas minhas bochechas.

Trey as seca.

— Eu queria que você chorasse mais.

Dou uma risada.

— Dr. Trey está de volta.

— Estou falando sério. Chorar não te torna mais fraca, Bri, e, mesmo que tornasse, não tem nada de errado com isso. Admitir fraqueza é uma das coisas mais fortes que alguém pode fazer.

Eu me viro e olho para ele.

— Isso parece o tipo de coisa que o Yoda diria.

— Que nada. Yoda diria: "Fraqueza demonstrar, força na verdade é."

Ele beija minha bochecha com um ruído alto e úmido.

Limpo o local rapidamente. *Sei* que senti a baba dele.

— Eca! Passando seus germes pra mim!

— Só por isso... — Trey beija minha bochecha de novo, fazendo ainda mais barulho, um beijo ainda mais molhado. Tento fugir, mas também estou rindo.

Ele sorri para mim.

— Sei que você acha que fiz muita coisa por você, Li'l Bit, mas você fez o mesmo por mim. Penso em tudo pelo que passamos e, se eu tivesse passado por tudo aquilo sozinho, provavelmente estaria onde Pooh está agora.

Droga. Tia Pooh disse que se tornou GD porque não tinha ninguém. Agora, ela está em uma cela de cadeia sem ninguém de novo. Eu nunca percebi que Trey poderia ter sido como ela, com ficha criminal no lugar do diploma. Sei que tem muitas outras coisas que fizeram com que as vidas dos dois seguissem rumos diferentes, mas ele faz parecer que a diferença entre eles fui eu.

Talvez não dependa de mim salvar a tia Pooh. Talvez dependa da tia Pooh se salvar por mim.

Talvez *dependesse*.

— Ela vai demorar muito pra sair, né? — eu pergunto.

— Provavelmente.

— O que a gente faz?

— A gente vive — diz ele. — Claro que vamos dar apoio a ela durante isso tudo, mas você tem que lembrar que ela fez escolhas, Bri. Ela sempre soube que havia uma chance disso acontecer, mas fez tudo mesmo assim. A culpa é dela. Ponto final.

A porta da cozinha se abre de leve e Kayla espia.

— Trey? Desculpa incomodar, mas Sal precisa da sua ajuda com uma coisa lá na frente.

Entendo isso como minha deixa para levantar. Trey também se levanta e me oferece a mão para ajudar.

— Chega de entrevistas no rádio, tá? — diz ele. — Um DJ na minha lista já basta.

— Que lista?

— Minha lista de surra. Se eu encontrar com ele na rua, vou quebrar a cara dele.

Dou uma risada enquanto ele beija minha bochecha. A verdade é que, mesmo quando está com raiva de mim, mesmo quando está tão decepcionado a ponto de gritar comigo, meu irmão sempre vai estar do meu lado.

VINTE E NOVE

Na segunda-feira, pela manhã, bato na porta do quarto da minha mãe.

Estou acordada há um tempo. Já me vesti, comi cereal e arrumei um pouco meu quarto. Jay ainda não saiu do quarto dela.

As primeiras duas batidas não geram resposta. Tento de novo, e meu coração bate com ainda mais força contra o peito. É preciso mais duas tentativas para eu ouvir a voz baixa:

— O que é?

Abro a porta lentamente. Não tem cheiro nenhum. Eu sei, é uma coisa estranha de se procurar... bem, *farejar*, mas ainda me lembro do odor que saía do quarto dela quando ela estava doente. Parecia de ovos podres e plástico queimado misturados. O crack fede.

O quarto está tomado de escuridão: as luzes estão apagadas e a persiana e a cortina estão fechadas. Mas consigo identificar o volume, embaixo de um monte de roupa de cama, que é a minha mãe.

— Eu só queria me despedir — eu digo. — O ônibus já está chegando.

— Vem cá.

Vou lentamente até a lateral da cama. A cabeça da Jay aparece embaixo do edredom. Metade do cabelo dela está protegida por um gorrinho. Deslizou parcialmente em algum momento, e ela parece não se importar a ponto de ajeitar. Seus olhos estão inchados e vermelhos e tem bolas de lenço de papel na mesa de cabeceira e espalhadas em volta do travesseiro.

Ela estica a mão e passa os dedos pelos cabelinhos das minhas raízes.

— O cabelo está crescendo na base dessas tranças. Vou precisar refazê-las em breve. Você comeu?

Eu faço que sim.

— Quer alguma coisa?

— Não, mas obrigada, florzinha.

Tem tantas coisas que eu queria dizer, mas não sei como. Como é que você diz para a sua mãe que está com medo de perdê-la de novo? O quanto é egoísta dizer "Preciso que você esteja bem para eu ficar bem"?

Jay aninha minha bochecha.

— Eu estou bem.

Eu juro, mães são equipadas com a capacidade de ler mentes.

Jay se senta e me puxa para perto. Eu me sento na beirada da cama. Ela passa os braços em volta do meu corpo pelas costas e beija minha nuca, depois apoia o queixo no meu ombro.

— Foram dois dias sombrios — admite ela baixinho. — Mas estou superando. Só precisava de um tempo. Estou pensando em ir ao centro ver Pooh amanhã. Quer ir? Podemos ir depois da sua aula preparatória do ACT.

Eu faço que sim.

— Alguma notícia do dr. Cook?

Já faz mais de uma semana desde que ela entregou o currículo para ele na reunião de pais e responsáveis. Sei que não é muito tempo, mas dias parecem anos ultimamente.

— Não — diz Jay soltando um suspiro. — Aquele pessoal do distrito escolar não deve querer uma ex-viciada em drogas trabalhando lá. Mas vai ficar tudo bem. Tenho que acreditar nisso.

— Mas *você* vai ficar bem?

Eu falo como se tivesse 5 anos. *Sinto-me* como se tivesse 5 anos. Eu me sentei na cama dela uma vez naquela época, encarei os olhos vermelhos das drogas e fiz a mesma pergunta. Um dia ou dois depois, ela me deixou junto com Trey na casa dos nossos avós.

Jay fica parada quando pergunto. Vários momentos se passam até que ela responda.

— Vou — diz ela. — Prometo.

Ela beija minha têmpora para selar o acordo.

Minha mãe se levantou e está trocando de roupa quando saio para esperar o ônibus.

Ela está fazendo isso por mim, eu sei. Está se fazendo de forte para que eu não tenha medo.

Eu me sento no meio-fio, coloco os fones de ouvido e aperto o botão aleatório do celular. "Apparently", do J. Cole, começa a tocar. Canto junto enquanto ele fala sobre o inferno pelo qual a mãe dele passou. E sabe a parte em que ele diz que quer que o sonho o salve? Acho que nunca repeti palavras mais verdadeiras. Parece que ele sabia que eu estaria sentada no meio-fio em frente à minha casa, ouvindo essa música e precisando dela.

Eu costumava dizer que queria fazer aquilo por algum jovem. Que ele ou ela ouvisse minha música e sentisse cada palavra, como se fosse uma mensagem direta e especial. Ultimamente, só quero fazer sucesso.

A música para e o celular toca. O nome do Supreme aparece na tela.

— Li'l Law! — diz ele, assim que atendo. — Tenho grandes notícias!

— Outra entrevista no rádio?

Prefiro comer toda a comida requentada do mundo. E eu odeio comida requentada.

— É melhor! — diz ele. — Tem uns executivos que querem conhecer você.

Meu coração fica tão acelerado que de repente parece que estou correndo. Eu quase deixo o celular cair.

— Ex... — Nem consigo dizer a palavra. — Executivos? De gravadora?

— Ah, sim! — diz Supreme. — É agora, garotinha! É sua chance!

— Espera. — Eu boto a mão na testa. — Como... por quê... quando...

— Quando? Hoje à tarde — diz ele. — Por quê? A entrevista! A música! Como? Eles me procuraram. Querem ouvir o que mais você é capaz de fazer. Sei que você não tem nenhuma outra música gravada, então pensei que podíamos nos encontrar no estúdio, está bem?

Pra você gravar alguma coisa com eles lá. Assim, eles podem ver seu potencial. Vamos praticamente garantir um contrato!

Pu. Ta. Merda.

— Você está falando sério?

— Seríssimo. — Ele ri. — Posso pegar você depois da aula e levar para o estúdio. Você acha que está bom?

Eu olho para a minha casa.

— Tenho certeza.

Assim que me sento no ônibus, remexo na mochila procurando o caderno. Preciso escrever uma música nova ou encontrar uma que já tenha escrito. Uma que seja tão irada que os executivos da gravadora pirem. Eu poderia apresentar "Desarmados e perigosos" desta vez, a música que escrevi depois que aquele garoto foi morto. Ou talvez eu precise de outra música que faça as pessoas entrarem no hype... ou melhor, que encha as pessoas de energia. Mesmo em um contexto diferente, eu me recuso a usar a palavra "hype" de novo.

Estou tão ocupada folheando as páginas que dou um pulo quando falam comigo.

— Oi.

Curtis dá um sorrisinho no banco atrás do meu.

— O que te deixou tão tensa, Princesa?

— Nada. Só não reparei em você aí. — Isso saiu errado. — Não que eu não fosse reparar em você. Só não reparei desta vez.

— Entendi o que você quis dizer. — Ele está com uma expressão quase maliciosa nos olhos, como faz quando conta uma das suas piadinhas. Desta vez, é uma piada interna entre nós dois. — E aí... como você está?

— Estou bem.

Não sei o que mais dizer. Essa é a parte dos relacionamentos na qual eu fracasso. É verdade que nem sei se temos um relacionamento. Na verdade, nunca estive em um. Mas o que se faz depois de um beijo? O que se diz? Essa é a parte que me incomoda.

Curtis se senta ao meu lado.

— Andei pensando em você. Andei pensando naquele beijo também.

— Ah.

Eu olho para o caderno. Deveria estar procurando uma música agora.

— Eu sei, não deve ter saído da sua cabeça desde que aconteceu, né? — diz ele. — Eu costumo ter esse efeito.

Eu olho para ele.

— O quê?

— Ah, só estou falando, minha qualidade de beijo? Cem por cento.

Eu caio na gargalhada.

— Você é tão convencido.

— Mas chamei sua atenção *e* fiz você sorrir. — Ele cutuca delicadamente uma das minhas covinhas. — É uma vitória pra mim. O que está rolando hoje, Princesa?

— Tem umas coisas acontecendo nessa história de rap — eu digo. — Você ouviu minha entrevista para o Hype, né?

— *Todo mundo* ouviu sua entrevista para o Hype. Você foi com tudo.

Eu apoio a cabeça no encosto.

— É. Pra alguém que já foi invisível, parece que estou compensando agora.

Ele franze a testa.

— Invisível?

— Curtis, você sabe muito bem que ninguém na escola sabia que eu existia antes de eu conseguir um pouco de fama como rapper.

Ele me olha de cima a baixo e lambe os lábios.

— Não posso falar por mais ninguém, mas eu sempre soube da sua existência. Eu queria puxar papo, Princesa. Mas você parecia tão envolvida com seu amigo Malik que eu achava que não tinha a menor chance.

— Espera, o quê?

— Eu achava que vocês dois estavam juntos — diz ele. — Você agia como se não pudesse andar com mais ninguém além dele e do Sonny.

— Não é verdade!

— É, sim. Fale outra pessoa com quem você ande.

É verdade, não tem mais ninguém.

— Eu sempre achei que mais ninguém queria andar comigo, pra ser sincera — admito.

— E eu sempre achei que você não queria andar com mais ninguém, pra ser sincero.

Caramba.

Quer dizer, não sei. Eu sempre fico constrangida perto de gente, eu acho. Quanto mais gente você tem na vida, mais gente pode sair da sua vida, sabe? Já perdi gente suficiente até agora.

Mas agora, Curtis me faz pensar se perdi alguma outra coisa.

— Quer saber? Que se foda — diz ele. — Quer sair comigo amanhã, pelo dia dos namorados?

Ah, caramba. Eu tinha esquecido que era amanhã. Sinceramente, o dia dos namorados nunca está no meu radar.

— Tipo um encontro?

— É. Um encontro. Você e eu. Podemos fazer alguma porra romântica.

— Hum, uau. Bom, primeiro que não posso amanhã. Vou ver minha tia. Segundo, tenho certeza de que vai ser *muito* romântico considerando a forma como você me convidou.

— O que tem de errado na forma como eu te convidei?

— Garoto, você disse "foda-se", literalmente.

— Caramba, Princesa. Você não pode me dar uma trégua?

— Hum, não. Não se você vai me convidar pra sair.

— O quê? Você quer que eu capriche? — pergunta ele. — Eu posso caprichar.

O ônibus para na frente da casa do Sonny e do Malik. Eles sobem na hora que Curtis fica em pé no nosso banco. Falando sério, ele fica em pé no banco.

— Brianna com um nome do meio que não sei Jackson — diz ele, alto o suficiente para todo mundo ouvir.

— Garoto, desce daí! — grita o sr. Watson.

Curtis faz sinal de dispensa para ele.

— Bri, apesar de você ter compromisso amanhã, quer sair comigo em um encontro em algum momento pra gente fazer alguma porra romântica?

Meu rosto está quente. Todos os olhares do ônibus estão voltados para nós. Sonny ergue as sobrancelhas. A boca do Malik está entreaberta. Deon pega o celular e fala:

— Repete pra sair no Instagram, Curtis!

Ah, meu Deus.

— Curtis, senta — eu digo por entre dentes.

— Aceita, garota. Por favor.

— Sim, agora senta!

— Isso aí, ela disse sim! — Ele tem que anunciar, e algumas pessoas até batem palmas. Inclusive o Sonny. Curtis se senta ao meu lado, sorrindo. — Está vendo? Eu disse que posso caprichar.

Eu reviro os olhos.

— Você é tão exagerado.

— Mas você vai sair comigo mesmo assim.

Sim, eu também sorrio. Não, não consigo evitar. Não, não sei qual é o problema comigo.

E acho que está bom assim para mim.

O ônibus para em Midtown. Curtis desce com Deon, que diz na mesma hora:

— Mano, me ensina como você faz!

Ridículo.

Coloco os fones sobre os ouvidos e aumento o volume da música da Cardi. Ainda tenho que decidir o que vou fazer no estúdio. Além do mais, a música vai me salvar do interrogatório do Sonny, porque não posso responder se não conseguir ouvir as perguntas dele. Mas, quando desço do ônibus, ele não está me esperando na calçada. Quem está é Hana.

Ela está com uma prancheta embaixo do braço. A boca se mexe, mas não consigo ouvir de primeira.

Eu abaixo o volume.

— O quê?

— Podemos conversar? — pergunta ela, mais alto do que deveria.

— Estou ouvindo agora.

— Ah. Você tem um minuto?

Ali perto, Malik está concentrado demais no celular. Ele olha para nós, mas, quando nossos olhares se cruzam, desvia rapidamente para o celular de novo.

Ele ainda não está falando comigo. Eu não estou com humor para a namorada dele tentar consertar as coisas entre nós.

— O que foi? — eu pergunto para ela.

— O superintendente aceitou se encontrar com a aliança hoje, depois da aula — diz Hana. — Nós gostaríamos que você fosse conosco. Afinal, ele vai nos encontrar por sua causa.

Eu puxo os fones para o pescoço.

— O que faz você pensar isso?

— Ele disse que falou com você.

— Ah.

Mas ele não pode ligar para a minha mãe para falar de um emprego.

— É. E ele também disse que viu o vídeo da sua música e que isso deu uma nova perspectiva na situação do Long e do Tate. Parece que está ajudando nossa causa. Então, obrigada.

Um silêncio constrangedor cresce entre nós. O fato é que em uma das últimas conversas que tivemos eu cheguei pertinho de dar na cara de Hana. É difícil esquecer isso.

Ela limpa a garganta e mostra a prancheta.

— Vamos levar este abaixo-assinado para a reunião. Pede que ele retire os policiais armados como seguranças. Se conseguirmos assinaturas suficientes, pode ser que ele escute.

— Pode ser.

— É. A reunião começa às 16h na sala da banda...

— Eu tenho outros planos.

— Bri, olha, se a questão for eu e você, vamos deixar de lado o que for — diz Hana. — Você seria muito útil na reunião. Você tem uma voz que vão ouvir.

— Mas eu tenho mesmo outra coisa marcada.

— Ah.

O silêncio volta.

Tiro o lápis preso na orelha e faço sinal na direção da prancheta. Ela a vira, e escrevo meu nome em uma linha em branco.

— Boa sorte na reunião.

Coloco os fones sobre as orelhas e começo a andar na direção da escada.

— O Hype é um babaca — diz Hana.

Eu me viro.

— O quê?

— Ele não devia ter te tratado daquele jeito na entrevista. Muita gente te apoia. Vi nomes importantes falando disso no Twitter.

Não olho as redes sociais desde que tudo aconteceu. Existe um limite para o quanto se pode aguentar ser descrita como alguém que você não é.

— Obrigada.

— Não foi nada — diz ela. — A gente está com você, Bri.

A gente. Isso inclui o Malik. Houve uma época em que ele mesmo teria me dito isso. Ele não está mais tanto comigo se a namorada dele é quem tem que dizer isso por ele.

Acho que o perdi de vez.

— Obrigada — eu murmuro para Hana.

Eu me viro e corro escada acima antes que ela e o Malik possam ver como meus olhos ficaram úmidos.

Não importa que eu possa ter conquistado o Curtis e que possa estar a horas de conseguir tudo que quero. Vou perder o Malik, e isso ainda dói.

TRINTA

O estúdio para onde Supreme me leva faz o primeiro ao qual eu fui parecer um buraco.

Fica em um armazém antigo em Midtown, o bairro. Na verdade, não fica longe da escola. Uma cerca de ferro forjado envolve o estacionamento, e Supreme tem que nos identificar para os seguranças para podermos passar pelo portão.

Placas de platina e de ouro ocupam as paredes da recepção. Todos os lustres parecem ser de ouro e eles têm um dos maiores aquários que já vi na vida, com peixes tropicais nadando dentro.

Supreme aperta meus ombros.

— Você conseguiu, Li'l Law. É agora!

Ele está mais tranquilo quando fala para a recepcionista quem somos e quem viemos ver. Eu olho para as placas. Músicas e discos lendários foram gravados nesse lugar. Tia Pooh surtaria se visse algumas delas.

Não parece certo estar aqui sem ela.

Tem também o fato de que menti para a minha mãe. Mandei uma mensagem dizendo que ficaria na escola para fazer exercícios adicionais do preparatório para o ACT. Vou contar a verdade assim que chegar em casa. Porque, se esse encontro acontecer como espero que aconteça, estou prestes a mudar nossas vidas.

A recepcionista nos leva até um estúdio nos fundos. Durante todo o caminho, puxo os cordões do moletom e seco as palmas das mãos na calça jeans. Estão muito suadas. Meu almoço forma um bolo no meu estômago. Não sei se quero vomitar ou correr para dentro do estúdio.

— Fica calma — diz Supreme baixinho. — Grave a música como faria normalmente e tudo vai ficar bem, tá? Só siga minhas dicas nas outras coisas.

Outras coisas?

— Que outras coisas?

Ele só bate nas minhas costas com um sorriso.

A recepcionista abre a última porta do corredor e juro que paro de respirar. Ela abriu a porta do paraíso.

Tudo bem, estou exagerando, mas isso é o mais perto que cheguei das portas do céu. É um estúdio. Não um amontoado de equipamentos legais no quintal de alguém, mas um estúdio de verdade, profissional. Tem uma placa de som com centenas de botões, alto-falantes gigantes nas paredes, uma janela enorme que revela uma sala de gravação do outro lado. Não um microfone no canto, mas uma sala de gravação de verdade com um microfone de verdade.

Um homem branco mais velho de camisa polo, calça jeans e boné encontra Supreme na porta com um aperto de mão.

— Clarence! Faz tanto tempo!

Clarence? Quem é Clarence?

— Muito tempo, James — diz Supreme.

— Realmente — diz o homem que deve ser James. Ele se vira para mim e segura a minha mão com as suas duas. — A superstar! James Irving, CEO da Vine Records. É um prazer conhecer você, Bri.

Ah, merda.

— Já ouvi falar de você.

Ele passa o braço nos meus ombros, me mostrando para um latino tatuado sentado à mesa de som e para uma mulher branca de rabo de cavalo.

— Estão vendo? Já gostei dela. Ela ouviu falar de mim.

Ele ri. Só quando ele faz isso é que Supreme e os outros dois riem também.

James fica à vontade em um sofá de couro do outro lado da sala.

— Essa é minha chefe de Artistas e Repertório, Liz. — Ele aponta para a mulher, que assente para mim. — Tenho que dizer uma coisa, Bri. Estou muito feliz de você ter aceitado me deixar ver essa sessão no estúdio. Muito, muito feliz. É possível descobrir um monte de coisas sobre um artista ao ver como ele trabalha, sabe? Já vi alguns gênios na vida. Todas as vezes eu fico perplexo pra caralho, eu juro.

Ele fala muito rápido. É quase impossível acompanhar.

Supreme parece estar acompanhando direitinho.

— Cara, estou dizendo, você vai testemunhar uma porra sinistra. Fenomenal, até.

Eu olho para ele. Por que ele está falando assim?

— Ah, eu acredito. Nós ouvimos sua entrevista, Bri — diz James. — Eu já adorava a música, mas aquilo? Aquilo selou a decisão pra nós, sem brincadeira. A única coisa de que gosto mais do que rappers bons são rappers bons sobre os quais as pessoas gostam de falar.

— Pode crer — diz Supreme por mim. — A gente sabia que o Hype ia botar pressão. Falei pra ela que todo mundo ia falar sobre ela se ela perdesse o controle, sabe?

James vira um copo de uma bebida.

— É por isso que você é um gênio, Clarence. Eu ainda lembro o que você fez com o Lawless. Meu Deus, aquele cara poderia ter ido longe. Uma tragédia tão grande, sabe? Eu sempre digo pras pessoas, faça rap sobre a rua, mas deixe a rua na rua. Você pode agir como um marginal do gueto e não ser um.

Todos os centímetros do meu corpo estão tensos agora.

— Meu pai não era marginal.

Minhas palavras saem tão tensas e frias que silenciam a sala.

Supreme tenta rir de novo, mas a risada sai forçada. Ele segura meu ombro e aperta com força demais.

— A dor não passa, sabe como é? — ele me explica para James.

Eu afasto o ombro. Não preciso que ele explique. Falei o que queria dizer mesmo.

Mas James aceita as palavras dele como verdade.

— É compreensível. Meu Deus, não consigo imaginar. É cada absurdo que vocês do gueto têm que aguentar.

Ou eu sou só uma filha que não deixa as pessoas desrespeitarem seu pai. Que porra é essa?

Há uma batida na porta e a recepcionista a abre.

— Sr. Irving, o outro convidado chegou.

— Deixe ele entrar! — diz James, fazendo sinal para ela fazer isso. Ela abre a porta toda e Dee-Nice entra no estúdio.

Ele bate na mão do Supreme. Aperta a do James. Tira uma pasta de debaixo de um braço e passa para o outro para poder me dar um abraço de lado.

— E aí, garotinha? Está pronta pra fazer a música?

— Ah, está, sim — diz Supreme.

Dee-Nice mostra a pasta.

— Já preparei uma parte.

Então nós vamos fazer uma música juntos. Tudo bem, legal.

— Caramba, estou um pouco atrasada — eu digo. — Ainda não decidi que música do meu caderno quero gravar. Se vocês me derem uns vinte minutos, posso escrever...

Supreme ri e novamente gera um coral de gargalhadas.

— Que nada, garotinha. Dee escreveu uma música pra você.

Espera aí. Espera. Aí.

— Como é?

— Eu já ouvi a batida — diz Dee-Nice. — Escrevi ontem à noite. Preparei seus versos, o gancho, tudo.

— Ele me mostrou mais cedo — diz Supreme. — Estou dizendo, essa porra vai pegar fogo.

James bate palmas com empolgação.

— Oba!

Espera aí, para, volta, vai mais devagar, tudo isso.

— Mas eu escrevo minhas próprias músicas.

— Que nada — diz Supreme, como se eu tivesse perguntado se está frio. — Dee cuidou disso pra você.

Ele não ouviu o que eu disse?

— Eu que cuido.

Supreme ri, mas desta vez não parece que ele está achando graça. Ele parece olhar para todo mundo por trás das lentes escuras.

— Estão ouvindo? É ela quem cuida dela mesma. — Ele se vira para mim e a gargalhada sumiu. — Como falei, Dee cuidou de tudo pra você.

Dee me entrega a pasta.

Eu a abro. Em vez de rimas rabiscadas em um afolha de papel de caderno, como costumo fazer, Dee digitou uma música inteira. Tem versos, um gancho, uma ponte. Ele até escreveu uma introdução, como se eu não conseguisse falar uma coisa espontaneamente.

Que merda é essa?

Mas a letra? É a letra que me incomoda.

— "Meu trabuco é coisa de maluco e quem se mete leva o que merece" — eu murmuro, e não consigo acreditar que estou dizendo isso. — "No gueto me chamam de TPM, eu faço as garotas... sangrarem?"

Isso só pode ser piada.

— Foda, né? — diz Supreme.

Porra nenhuma. Por algum motivo, penso nas crianças em Maple Grove. Quando elas repetiram "Na hora da virada" pra mim, tive uma sensação estranha. Eu sabia o que quis dizer com a música, mas não sei se elas sabiam.

A ideia daquelas crianças de 6 anos repetindo que faço as garotas sangrarem... me deixa embrulhada.

— Não posso cantar isso.

Supreme dá outra risada sem graça, o que gera mais risadas.

— Já falei, James, a baixinha tem uma boca danada — diz ele.

— Ah, você me conhece, adoro essa porra de negrinha abusada — diz James.

Que porra é essa? A palavra *abusada* sempre me irritou por algum motivo, assim como *articulada*. "Negrinha abusada" é dez vezes pior.

— O que foi que você...

— Pessoal, nos deem uns minutos — diz Supreme.

Ele me segura pelo ombro e me leva até o corredor. Mas, assim que saímos, eu me solto dele.

— Olha, você pode dizer o que quiser — eu digo para ele diretamente. — Mas não vou cantar um rap que não escrevi e pode ter certeza de que não vou cantar um rap sobre uma coisa que não é a minha cara. Eu já fiz gente pensar que sou rata de gueto e marginal. Essa música não vai ajudar!

Lentamente, Supreme tira os óculos e, não posso mentir, não sei o que esperar. Eu nunca o vi sem eles. Sempre me perguntei se ele tinha alguma cicatriz ou se tinha perdido um olho. Mas são olhos castanhos fundos que me olham. Sem cicatrizes, sem nenhuma deformidade. Apenas olhos castanhos.

— Eu não mandei você me acompanhar? — rosna ele.

Dou um passo para trás.

— Mas...

Ele avança.

— Você está tentando estragar essa porra antes da gente conseguir?

Posso ter dado um passo para trás, mas não vou recuar.

— Posso escrever uma música. Não preciso que Dee escreva coisas pra mim. Hype já me fez de idiota ao dizer que eu tinha um ghostwriter. Não posso acabar tendo realmente um. É ridículo.

Supreme aperta os punhos nas laterais do corpo.

— Garotinha — ele fala devagar, como se para ter certeza de que estou ouvindo —, você está no mundo da música agora. A palavra-chave aqui é *mundo*. É onde se faz dinheiro. Aquele homem lá dentro — ele aponta para a porta do estúdio — tem mais dinheiro à disposição do que é capaz de usar. Estamos muito perto de levar todo o dinheiro possível desse cara. Você só tem que fazer essa música.

Eu o escuto e quase entendo, mas balanço a cabeça.

— Aquela música não tem a minha cara. Não é legal.

Ele bate com as costas de uma das mãos na palma da outra.

— Estar sem grana também não é! Ter que ir pegar comida de caridade! O quê? Está com medo de não parecer "real" cantando aquela merda? Posso arrumar uns capangas pra você, garotinha. Posso fazer essa merda parecer bem real. Fiz isso para o seu pai.

— O quê?

— Law não era de gangue quando o conheci — diz Supreme. — Mal tinha saído do coral da igreja. Tinha um monte de empregos ruins pra sustentar sua mãe e seu irmão. *Fui eu* que falei que ele tinha que começar a fazer rap sobre as ruas. *Fui eu* que falei que ele tinha que andar com os GDs pra parecer autêntico. Mas ele levou essa merda a sério.

Ele segura minhas bochechas com as mãos.

— Mas você, você pode ser mais inteligente. Só precisa se lembrar de interpretar o papel, não se transformar na personagem. Nós podemos fazer tudo que Law e eu não tivemos a chance de fazer.

Vovô chama os olhos de janelas da alma e de repente entendo isso. Agora que Supreme está sem óculos, consigo ver o que sou para ele: uma repetição do meu pai.

Eu me afasto dele.

— Estou tentando ajudar, Li'l Law — alega ele. — Sou seu Moisés, te levando para a terra prometida! Deixa seus malditos sentimentos pra trás e vamos pegar esse dinheiro.

Vamos. Nós. Sou *eu* que vou entrar no estúdio. Sou *eu* que as pessoas vão ver e sobre quem as pessoas vão falar. Não ele.

Mas o sigo de volta até o estúdio como a idiota desesperada que sou.

O cara da mesa de som toca a batida e Dee-Nice passa a música comigo, para eu acertar no fluxo. James assiste e escuta com ansiedade do sofá, cutucando Supreme em alguns versos que recito.

Entro na cabine de gravação e coloco os fones de ouvido.

Todo mundo me olha do outro lado do vidro. Há empolgação nos olhos das pessoas. Supreme está com um sorriso ávido. Estão prontos para eu cantar.

Tenho um vislumbre do meu reflexo no vidro.

Quando eu tinha uns 8 anos, vovó e vovô me levaram com Trey ao zoológico. Teve uma família que acabou indo junto com a gente. As duas crianças tentavam forçar os animais a fazer o que elas queriam. Diziam para fazerem sons ou chegarem perto do vidro, tudo na esperança de conseguir umas gargalhadas. Os animais não obedeciam, é claro, mas me lembro de me sentir muito mal por eles. Devia ser horrível ter gente olhando e pedindo que você as divertisse como elas querem.

De repente, estou exposta, e tem uma sala cheia de pessoas esperando que eu as entretenha. Tenho que dizer o que elas querem que eu diga. Ser o que elas querem que eu seja.

A pior parte é que eu faço exatamente isso.

TRINTA E UM

— Está tudo bem, Bookie?

Afasto o olhar da janela e encaro a minha mãe.

— Por que a pergunta?

É terça-feira e ela acabou de me pegar depois da aula preparatória para o ACT para irmos ver tia Pooh.

— Porque é a terceira vez que pergunto se está tudo bem, mas essa foi a primeira vez que você ouviu. Está tão calada.

— Ah. Desculpa.

— Não precisa pedir desculpas. Está pensando em alguma coisa?

Em mais coisas do que eu gostaria. Gravei aquela música para Supreme e o resto do pessoal. Todos adoraram. Eu odiei. Mas James não "comprou" a ideia completamente. Disse que queria me ver cantar em público e avaliar a reação das pessoas.

Eu sou mesmo só um entretenimento para eles.

Mas Supreme adora. Disse que vai organizar tudo, para eu poder lançar a música em uma apresentação ao vivo no Ringue. Ele está marcando para a próxima quinta. James alega que, se eu arrasar lá, já vou praticamente ganhar um grande contrato.

Mas não parece que vai ser meu. Não comigo dizendo a letra de outra pessoa e me encaixando na imagem de outra pessoa só para conseguir isso.

Não sei como contar para Jay. Pode ter dois resultados: ou ela vai ficar furiosa de eu ter escondido tudo dela ou vai estar pronta para enfrentar Supreme. Claro que, como ainda sou menor, não posso assinar nada sem a permissão dela. Mas me meti nisso e tenho que descobrir como resolver.

Eu me empertigo um pouco.

— Não é nada. Só coisas da escola.

— Bom, seja o que for, você pode me contar. Você sabe que estou sempre do seu lado.

— Eu sei — digo. — Eu também estou do seu.

Nós paramos no estacionamento de um prédio alto de tijolos que parece estar ali desde antes dos meus avós nascerem. Pareceria um prédio normal, para falar a verdade, mas tem uma cerca de arame farpado atrás.

Deixamos os celulares, relógios e tudo mais que possa ativar o detector de metais no carro. Jay só leva as chaves e a identidade. Essa é a rotina que sempre seguimos quando visitamos a tia Pooh na cadeia. Ajuda a conseguirmos vê-la mais rápido.

Tem um cara sentado no meio-fio perto da entrada. Está com a cabeça entre os joelhos, o que torna difícil ver seu rosto. Mas o cabelo dele é metade trançado e metade black power. Se eu não soubesse...

— Scrap? — eu digo.

Ele olha para cima. É Scrap mesmo.

— Garoto. — Jay estica os braços. Scrap entra no meio deles. — Achei que tinham pegado você também.

— Não. Eu não estava lá quando aconteceu. Mas todo mundo...

Está preso. Dizem que a maior parte dos Garden Disciples de Maple Grove foi presa.

Jay coloca as mãos no rosto dele como se fosse um garotinho. Acho que, quando você conhece uma pessoa a vida toda, ainda dá para vê--la assim. Pooh e Scrap brincavam juntos quando ainda estavam nas fraldas.

— Bom, estou feliz por você estar bem. Você veio ver a P, né?

— É. Ela me pediu pra vir quando vocês viessem. Espero que não tenha problema

— Claro que não tem. Você é da família. — Jay segura a mão dele. — Vem.

Scrap a segue para dentro. Tem alguma coisa errada nele. Não consigo identificar. Ele não anda, marcha. O maxilar treme, o rosto está tenso. É como se Scrap fosse uma bolha: um movimento errado e ele pode estourar.

Tem uma decoração rosa e vermelha e uma faixa de dia dos namorados na recepção, mas, para quem está indo visitar alguém na prisão, é difícil comemorar um dia especial.

Curtis me deu um buquê de barras de chocolate na escola hoje. Tenho que admitir, deixou meu dia um pouco melhor. O garoto é mais esperto do que eu imaginava.

Jay dá o nome real de tia Pooh para a moça na recepção: Katricia Bordeaux. É sempre estranho ouvi-lo. Ela sempre foi Pooh, minha vida toda. Nós preenchemos os papéis e passamos pela segurança para depois sermos levadas para uma salinha cinza pequena. Não tem janelas e nem luz do sol. Só luzes fortes que se continua vendo bem depois de fechar os olhos. Um guarda nos manda sentar em frente à mesa e esperar.

Scrap batuca na mesa o tempo todo. Depois de uns vinte minutos, um dos guardas traz tia Pooh.

Jay a abraça assim que consegue. Tia Pooh e Scrap fazem o aperto de mão deles. E tia Pooh me olha.

Eu não sabia que teria vontade de chorar quando a visse, mas juro que quase choro. Ela estica os braços, e deixo que me envolva com o abraço mais forte e mais apertado do qual eu não sabia que precisava.

Ela beija a lateral da minha cabeça.

— Senti saudades, Li'l Bit.

— Também senti — eu murmuro no ombro dela.

Nós quatro nos sentamos. Mas tia Pooh tem que se sentar do outro lado da mesa. Regras da cadeia. É para que não entreguemos nenhum contrabando para ela, mas sempre parece que estão dizendo que ela tem alguma doença. A cadeia já parece um tremendo isolamento, mesmo quando alguém vai visitar.

— Falei com seu advogado hoje de manhã — diz Jay. — É um daqueles indicados pelo tribunal. Ele acha que vai conseguir sua citação no começo da semana que vem.

— Que bom — diz tia Pooh. — Quanto antes eu sair daqui, mais cedo Bri e eu podemos ter nossa hora da virada. — Ela estica a palma da mão para mim sobre a mesa com um sorriso. Bato nela. — Eu soube da sua entrevista. Prometo que vou cuidar daquele idiota quando sair. Sem dúvida.

Jay olha de uma para outra.

— Que entrevista? Que idiota?

Não era assim que eu queria que ela descobrisse. Minha perna de repente não fica parada.

— A entrevista com o DJ Hype, sabe? — diz Pooh.

Jay se vira na minha direção.

— Não. Não sei.

Eu só olho para a frente. Quem encara uma mãe negra com raiva tem uma boa chance de virar uma estátua de sal ali mesmo, como aquela garota da Bíblia.

— É, a Bri participou do programa dele — dedura tia Pooh. — Ele a irritou, ao que parece. Acusou ela de não escrever as próprias músicas, um monte de absurdos. Eu soube que você surtou, Bri. — Tia Pooh ri na mão fechada. — Até o pessoal daqui ficou falando.

Consigo *sentir* o olhar de raiva de Jay. É ruim. Ah, como é ruim. Eu olho para a parede. Alguém entalhou "D tevi aqui" no cimento, e não sei o que é pior: o fato de a pessoa estar se gabando de ter estado ali ou o fato de não saber escrever "esteve".

— Eu não mandei você ficar na sua, Bri? — diz Jay.

— Está tudo bem, Jayda — diz tia Pooh. — Não pega no pé dela. A culpa foi do Hype. — Ela olha para Scrap. — Como está indo aquela outra coisa?

— Eles estão amando essa merda toda — diz ele com desprezo. — A gente tem que dar um jeito neles.

— Dar um jeito em quem? — eu pergunto.

— É o que eu quero saber — acrescenta Jay.

— Nos filhos da puta dos Crowns — sussurra Scrap. — Eles acham engraçado a maioria dos GDs de Maple Grove terem sido presos. Agora, estão indo pro nosso território e tudo. Estão até se gabando que tiraram a corrente do Law da Bri. Mostrando pra todo mundo.

— Ahh, porra, não — diz tia Pooh.

As mesmas palavras ecoam na minha cabeça, mas por um motivo completamente diferente. Mais uma vez, não era assim que eu queria que a minha mãe descobrisse.

Ela se vira para mim.

— Como foi que eles conseguiram a corrente do seu pai?

É uma pergunta, não uma acusação, mas, sinceramente, deveria ser uma acusação. Eu deveria ter me esforçado mais para guardar aquela rede de segurança para nós. Eu engulo em seco.

— Roubaram de mim. Eu juro que não queria entregar, mas...

— *Roubaram?* — grita ela. — Ah, meu Deus, Brianna! Por que você não me contou?

— Ah, não se preocupe. Já mandei uma mensagem pro filho da puta que fez isso. Só não consegui a corrente de volta — diz tia Pooh. — Mas estamos trabalhando nisso. — Ela olha para Scrap e ele assente.

Jay olha dele para ela.

— O quê?

— Tem uns caras novos comigo agora — diz Scrap. — Eles topam tudo. Bri só precisa mandar.

— Fato — diz tia Pooh, batendo na mão dele.

Parece que caiu uma pedra no meu estômago.

— Eu tenho que dar a ordem?

— Eles tiraram de você — diz tia Pooh. — Porra, a gente topa tudo pra dar uma lição naqueles idiotas, mas no fim das contas esta é uma decisão sua.

Como é que, de repente, eu tenho uma gangue inteira à minha disposição?

Jay fecha os olhos e levanta as mãos.

— Esperem. Vocês estão dizendo o que eu acho que estão dizendo?

— É guerra — diz tia Pooh, como se não fosse nada. — Dizem que alguns deles que nos deduraram. Era por isso que a polícia estava de olho. Agora estão tentando tomar nosso espaço, estão nos fazendo de idiotas e ainda têm a coragem de se gabar por terem roubado minha sobrinha? Ah, não. Vale tudo agora.

Nós começamos uma guerra de gangues. Pessoas podem perder a vida por causa de nós. Merda, e se respingar em mim?

Não sei por quanto tempo ficamos em silêncio, mas não é pouco. Jay fica olhando para tia Pooh com a boca meio aberta.

— Uau — diz ela. — Uau, uau, uau.

— Jay, você tem que entender — diz tia Pooh. — É questão de respeito! Não podemos deixar os idiotas acharem que venceram.

Os olhos da minha mãe brilham.

— Eles não venceram. Mas você está tão perdida que acabou derrotada.

— O quê?

— Você está presa, Katricia — diz Jay. — *Presa!* Mas está sentada na cela planejando o mesmo tipo de merda de rua que fez você vir parar aqui. Você não liga se tudo isso tem sido um inferno pra sua família. Você não demonstra remorso. Está planejando uma retaliação!

— Jayda, eles pegaram a corrente do Law — diz tia Pooh. — Estão se gabando por terem apontado uma arma pra cara da sua filha! Estão rindo por eu estar aqui. Eu devia deixar isso pra lá?

— Devia! — diz Jay. — Não ligo pra aquela corrente! Bri está bem e é só isso que importa pra mim.

— Mas isso é maior — diz Scrap. — Não podemos deixar que se safem dessa merda.

— Na verdade, podem, sim. — Jay olha para tia Pooh de novo. — Quer saber? Estou começando a perceber que talvez você precise ficar aqui.

— O quê? Você não vai pagar minha fiança?

— Com o quê? — berra Jay. — Por acaso você tem dinheiro escondido? Hã? Me diga se tiver. Talvez eu possa usar pra pagar algumas das minhas malditas contas!

— Olha, já resolvi tudo, tá? Você pode pegar um empréstimo. Usar o dinheiro pra pagar minha fiança e pagar um advogado melhor, que vai me livrar das acusações. Vou pagar a você...

— Fazendo a mesma coisa que botou você aqui dentro! — grita Jay. Ela junta as mãos e as segura na frente da boca. — Já chorei por você — diz ela com voz rouca. — Mas acho que você não chorou por si mesma e esse é o problema.

— Jay, por favor. — A voz dela falha. — Se me pegarem por isso eu posso ser condenada! Isso não pode acontecer comigo!

— Eu não quero que você vá — diz Jay. — Não quero você nessa merda de lugar, Katricia. Porra, estou dizendo há *anos* que isso aqui foi feito pra que uma pessoa não saia. Mas você tem que tirar as ruas de você de alguma forma. Talvez seja assim. — Ela se levanta e estica a mão para mim. — Vamos embora, Brianna.

— Bri — suplica tia Pooh. — Bri, por favor. Diz pra ela que vou mudar.

Não posso dizer o que não sei.

— Brianna, vamos embora — repete Jay.

— Bri, diz pra ela!

— Para de usar a minha filha como cobertura! Não é responsabilidade dela dar um jeito em você, Katricia! É responsabilidade sua!

O maxilar da tia Pooh se contrai. Ela se empertiga, ergue o queixo e aperta os olhos.

— Então *é* assim? Você me deixou pra me cuidar sozinha quando se viciou naquela merda e agora vai me deixar pra me cuidar sozinha de novo, é?

É um soco na minha barriga e ela nem está falando comigo.

— Como você pode dizer isso? Não é...

Jay levanta a mão para me interromper. Ela olha só para Pooh.

— Quer saber? Lamento por ter abandonado você. Foi um dos maiores erros da minha vida. Mas você não pode passar a vida culpando seu passado pelas merdas que faz no presente. Em determinado ponto, você tem que assumir a culpa.

Ela segura minha mão e me leva junto. Olho para a tia Pooh. O rosto dela está contraído, mas os lábios estão tremendo. Tenho a sensação de que é a última vez que vou vê-la por muito tempo.

As nuvens parecem mais escuras do que quando chegamos. Mas talvez seja apenas minha imaginação. Não tem como o céu também estar de luto pela minha tia.

No banco do motorista, Jay seca os olhos. As lágrimas começaram a cair no momento em que saímos do prédio.

Eu mordo o lábio.

— Você não vai mesmo tentar pagar a fiança?

— Não vou pegar um empréstimo pra pagar a fiança enquanto temos contas da casa para pagar, Bri, e não vou fazer isso por alguém que vai se meter no mesmo problema assim que sair.

— Mas ela pode mudar — eu quase suplico. — Sei que pode.

— Eu também sei, Bri, mas *ela* tem que saber. *Ela* tem que decidir que basta. Nós não podemos fazer isso por ela.

— E se ela nunca decidir?

Jay estica a mão. Coloco a minha na dela.

— Você tem que se preparar pra essa possibilidade, florzinha.

Não gosto, não gosto, não gosto.

— Não quero perdê-la — eu digo, gemendo.

— Nem eu — responde ela, com voz rouca. — Deus sabe que não quero. Nós podemos amá-la com todo o coração, mas nada importa se ela não se amar. Ela está sentada lá dentro mais preocupada com uma corrente do que com o próprio bem-estar.

Eu olho para meu peito, onde a corrente ficava.

— Sinto muito por terem levado.

— Não precisa se desculpar por isso, flor — diz Jay. — Mas, garota, o que está acontecendo com você? Primeiro foi a música e descobri sobre ela numa *reportagem da televisão*. Agora, a corrente e a entrevista com o Hype? O que mais você está escondendo, Brianna? Hein?

As mães negras possuem um superpoder: elas conseguem passar da delicadeza à firmeza em questão de segundos. Porra, às vezes na mesma frase.

Minha boca fica seca de repente.

— Eu...

— O. Quê. Mais?

Olho para meus Timberlands.

— Supreme.

— O que tem Supreme? E esses sapatos não botaram você no mundo. Olha pra mim quando falo com você.

Forço meu olhar até o dela.

— Ele está trabalhando em um contrato de gravação pra mim.

— Opa, opa, opa. Por que *ele* teria um contrato de gravação pra *você*? Ele não é seu agente.

— Mas é. Eu o contratei.

— Ah, *você* o contratou — diz ela com uma leveza falsa que me assusta. — Foi mal, devo ter perdido o memorando avisando que você tinha ficado adulta. Até onde eu sei, você tem 16 anos, Brianna. Dezesseis!

— Eu ia contar, eu juro! Só estava tentando resolver tudo primeiro. Era meu jeito de nos salvar.

— Não cabe a você nos salvar! — Ela fecha os olhos. — Deus, não estou fazendo meu trabalho.

Ah, merda. Eu não queria que ela se culpasse.

— Não é assim.

— Deve ser. Se você sai por aí fazendo essas coisas pra nos ajudar só pode ser porque não estou fazendo o suficiente.

— Mas está. — Minha voz falha. — Você e Trey se esforçam tanto. Eu só queria tornar as coisas mais fáceis. Mas estou piorando tudo pra mim. As pessoas estão dizendo coisas horríveis sobre mim depois daquela entrevista.

Jay respira fundo.

— Hype te pegou de jeito, é? — Ela fala com gentileza de novo.

— Infelizmente. Eu agi feito uma idiota. Mas Supreme está adorando. O executivo da gravadora também. Eles acham ótimo as pessoas pensarem que sou uma "marginal do gueto". Supreme chama de "interpretar um papel".

— Não estou surpresa. Supreme sempre foi faminto por dinheiro. Foi nisso que ele e seu pai entraram em conflito. Vou tentar adivinhar, ele usou uma isca, né? Te deu alguma coisa cara pra você querer contratá-lo.

Eu olho para os sapatos.

— Foi. Ele comprou esses Timberlands pra mim.

— Espera, não são os sapatos que comprei no bazar?

— Não, aqueles se desfizeram.

— O quê? Por que você não me contou?

Eu remexo nos dedos.

— Porque eu não queria que você se sentisse mal. Como deve estar se sentindo agora.

Ela suspira.

— Senhor. Você devia ter me contado, Bri. Devia ter me contado tudo. Eu poderia ter deixado você longe de tantos problemas. Mas você mentiu pra mim.

— Espera, eu não menti.

— Omitir a verdade é mentir, Bri — diz ela. — Além do mais, em um determinado momento você mentiu abertamente. Você andou saindo escondido pra se encontrar com Supreme. Isso exige uma mentira.

Droga, ela tem razão.

— Desculpa.

Jay suga os dentes.

— Ah, tenho certeza de que você está arrependida. Principalmente porque isso tudo vai acabar. Sabe essa sua história de rap? Acabou.

— O quê? Não! Essa pode ser a minha chance de sucesso.

— Você não acabou de falar que as pessoas estão fazendo suposições sobre você? — pergunta ela. — Você quer continuar mesmo sabendo disso?

— Eu só quero fazer sucesso!

Falo alto, falo com rispidez. Mas também falo com desespero.

Parece que horas se passam enquanto minha mãe me olha em silêncio.

— Brianna — diz ela —, você sabe qual é o maior problema da sua tia?

Eu olho para a cadeia. Está meio óbvio no momento.

— Ela está presa.

— Não. Esse não é o maior problema dela — diz Jay. — Pooh não sabe quem é e, ao não saber, ela não sabe seu valor. E então, quem é você?

— O quê?

— Quem é você? — repete ela. — Dentre as milhões e bilhões de pessoas no mundo, você é a única capaz de responder isso. Não as pessoas na internet e nem as da sua escola. Nem eu posso responder isso. Posso dizer quem eu *acho* que você é. — Ela aninha minha bochecha na mão. — E eu acho que você é brilhante, talentosa, corajosa, linda. Meu milagre. Mas você é a única que pode dizer quem é com autoridade. E então, quem você é?

— Eu...

Não consigo encontrar as palavras.

Minha mãe se inclina e beija a minha testa.

— Se esforce para descobrir. Acho que vai te dar mais respostas do que você imagina.

Ela liga o Jeep. Antes que saia de ré da vaga, o celular dela toca.

— Florzinha, pode atender pra mim?

— Tudo bem — eu digo, e remexo na bolsa.

Levo um segundo para encontrar, porque a minha mãe anda com a bolsa cheia de coisas que ela "pode precisar", como lenço de papel, chiclete, uma arma de choque, um canivete. Ela está pronta para tudo.

Pego o celular, mas não reconheço o número.

— Não sei quem é.

— Atenda como se você tivesse bom senso, então.

Eu reviro os olhos. Sei o que ela quer dizer: é para eu falar "direito", mas, caramba, "agir como se eu tivesse bom senso" faz parecer que não tenho nenhum.

— Alô.

— Alô. A sra. Jayda Jackson pode atender? — pergunta um homem.

A voz é familiar. Eu acho. Pode ser um cobrador, até onde eu sei, e ela sempre desliga na cara deles.

— Posso perguntar quem deseja falar com ela?

— Sim, é o superintendente Cook.

O celular cai da minha mão.

— Brianna! — diz Jay, me repreendendo por entre dentes. — Não é possível que você tenha deixado meu telefone cair! Me dá aqui!

Eu o pego no chão.

Ela o tira da minha mão.

— Alô. Quem é?

O dr. Cook responde e o carro desliza de leve. Ela também quase deixou o aparelho cair no chão.

— Me desculpe, dr. Cook — diz Jay, me olhando com cara feia. — Minha filha é meio descuidada.

Por que ela tem que me dedurar assim?

O dr. Cook começa a falar e minha mãe encosta na rua. Não consigo entender o que ele está dizendo. Jay só diz "Aham, sim, senhor" várias vezes.

— E aí? — eu sussurro, mas ela estende a mão na minha direção para me fazer parar.

Depois de uma eternidade, ela diz:

— Muito obrigada, senhor. Eu o vejo na semana que vem.

Eu arregalo os olhos. Assim que ela desliga, eu pergunto:

— Você conseguiu o emprego?

— Uma entrevista. Mas é entrevista com verificação de referências e digitais.

Não estou entendendo.

— Por que isso é bom?

— Porque significa que estão pensando seriamente em me contratar — diz ela.

— Então você... — A sensação é tão surreal que tenho dificuldade de falar. — Então você talvez consiga o emprego?

— Não há garantias, mas, com base no que o dr. Cook acabou de dizer — ela sorri —, eu talvez consiga o emprego.

TRINTA E DOIS

Na manhã de sábado, recebo uma mensagem esquisita de Sonny.

Me encontra o parque Oak AGORA.

O parque Oak fica a duas quadras da casa dos meus avós. Trey me levava lá quase todos os fins de semana quando eu era pequena. Foi onde vi Jay drogada quando era mais nova.

Também é onde Sonny fez o primeiro grafite de punho com arco-íris.

Fica na lateral dos banheiros, perto da piscina comunitária vazia. Vovô diz que a cidade abria a piscina para a comunidade todos os verões. Nunca fizeram isso na minha vida.

Olho em volta duas vezes quando estou atravessando o parque. Ainda tenho que pensar nos Crowns. Ando me abaixando e me escondendo todas as vezes que vejo um carro cinza no bairro.

As bicicletas do Sonny e do Malik estão encostadas na parede dos fundos do banheiro. Eu deveria saber que Malik também estaria lá. Sonny anda tanto na terra de um lado para o outro que uma pequena nuvem de poeira gira em volta dos pés dele. Malik diz alguma coisa, mas não faz com que Sonny pare com aquilo.

Eu desço da bicicleta e ando até eles.

— E aí, caras?

— Ele está vindo — diz Sonny.

— Quem?

— O Rapid! Por que outro motivo eu pediria pra vocês se encontrarem aqui comigo?

— Ah. Eu achei que você precisava da minha ajuda pra esconder um corpo, sei lá.

Sonny aperta os lábios.

— E você diz que *eu* sou esquisito?

Malik olha para o celular.

— Que horas ele disse que chegaria aqui?

Sonny também olha para o celular.

— Dez em ponto. Ele me disse pra procurar um Benz preto.

— Caramba, um Benz? — eu digo. — Aos 16 anos? Alguém é cheio da grana. — Eu esfrego os dedos.

— Ou ele é na verdade um homem de 50 anos — Malik precisa acrescentar.

O horror que aparece no rosto de Sonny...

— Não é engraçado!

Malik e eu damos risadinhas. Isso é o mais perto que chegamos de nos falar em um tempo.

— Foi mal, foi mal — diz Malik segurando o ombro do Sonny. — Olha, Son', vai dar tudo certo, tá? Você tem que acreditar. Se o cara não for quem ele é, azar o dele. Não seu. Tá bom?

Sonny expira lentamente.

— Tá bom.

— Ótimo. — Malik ajeita a gola dele. Decidiu vestir uma das camisas polo bonitas hoje. Passo os dedos pelos cachos dele para ajeitá-los. — Não importa o que aconteça, nós estamos aqui — lembra Malik.

— Cem por cento — eu acrescento.

Sonny sorri.

— Estou feliz por vocês terem vindo...

Um Mercedes preto entra no estacionamento.

— Se escondam! Rápido! — Sonny se vira para nós de repente.

Eu o olho de cima a baixo.

— Como é?

— Se esconde! — Ele empurra nós dois na direção de uma árvore. — Não quero que ele saiba que não confiei nele a ponto de trazer reforços.

— Mas você não confiou nele — diz Malik.

— Essa não é a questão! Vão logo!

Nós vamos aos tropeços para trás de um carvalho largo o suficiente para esconder nós dois. Uma porta de carro se fecha. Eu espio por trás do tronco.

Um garoto de pele escura atravessa o parque. O cabelo curto tem zigue-zagues raspados e tem um pingente de cruz no pescoço dele.

É Miles. O filho do Supreme, o rapper da música irritante.

— Puta merda — eu murmuro.

— Puta merda — repete Malik.

Vejo o "puta merda" na cara do Sonny também. Miles está com a mão na nuca e olha para Sonny com timidez.

— Eu realmente não estava esperando por isso — diz Malik.

Acho que ele está falando comigo de novo.

— Pois é. Nem eu.

— O que você acha que eles estão dizendo?

Eu inclino a cabeça. Os olhos do Sonny estão muito arregalados. Tipo de desenho animado. Dou um sorrisinho. Não sei o que o Sonny está *dizendo*, mas ele com certeza está pensando "Que porra é essa?"

— Rá! Acho que é isso mesmo. — Malik faz sua melhor imitação da voz do Sonny: — "Eu estava mesmo conversando com um cara que acha que *chocrível* é uma palavra?"

Dou uma gargalhada.

— "Vou ter que dizer pra ele que odeio a música?" — Minha imitação do Sonny não é tão boa quanto a do Malik, mas o faz rir. — Não sei se isso vai acabar bem.

Mas talvez acabe. Eles estão sorrindo enquanto se encaram.

— Ah, uau — diz Malik.

— Mas ainda estou preparada caso o Miles faça mal a ele — eu digo.

— Isso aí. Senti sua falta, Brisa. — diz Malik. Eu me viro para ele.

— Como amiga. Sinto saudades de conversar com você.

— E de quem é a culpa de nós não estarmos nos falando?

— Hum, sua — diz ele.

Meu queixo cai.

— Como é que é?

— Bri, para com isso, você deve saber por que fiquei puto com você. Na noite do assalto você estava mais preocupada com aquela corrente do que comigo, seu amigo que ficou de olho roxo. Eu devia não ter me importado com isso? Aí você basicamente me pediu pra mentir pra minha mãe pra você e Pooh poderem fazer merda.

Tudo bem. Ele tem razão.

— Eu só queria a corrente de volta, Malik. Era a rede de segurança da minha família. Eu achava que poderia penhorar se as coisas piorassem.

— Está vendo, esse é o problema. Ultimamente, você só se importa com dinheiro. Dinheiro não é tudo, Bri.

— Pra você é fácil falar. Sei que sua mãe rala muito e que vocês não são ricos, mas sua vida é melhor do que a minha. A gente ficou um tempo sem luz, Malik. Quase não tivemos comida por vários dias. Você não se preocupa com coisas assim. Eu preciso me preocupar. Meus sapatos se desfizeram, mano. Você está aqui usando Jordans.

Ele olha para os tênis e morde os lábios.

— É. Acho que entendo.

— Não entende, não — eu digo. — E tudo bem não entender. Fico *feliz* por você não ter que entender. Mas preciso que você tente.

— As coisas andam difíceis, né?

Eu engulo em seco.

— Muito.

Silêncio.

— Desculpe por não ter estado do seu lado — diz ele. — Também peço desculpas por ter dado em cima de você. Foi horrível por vários motivos.

Eu faço que sim.

— Foi.

— Uau, nada de "Não seja tão duro consigo mesmo, Malik"?

— Porra, não. Foi uma ideia de merda.

— Típico de Bri. — Malik enfia as mãos nos bolsos. — As coisas estão tão diferentes do que eram. *Nós* estamos diferentes. É difícil entender tudo isso às vezes, sabe? Mas você acha que conseguimos descobrir como ser diferentes e mesmo assim amigos?

Eu gostaria de dizer que em dez, vinte, trinta anos, eu, Sonny e Malik ainda seremos tão amigos quanto sempre fomos, mas talvez seja mentira. Nós estamos tomando caminhos diferentes, e isso não vai parar de acontecer.

Mas eu gostaria de pensar que nos importamos o suficiente para chegarmos a conhecer a pessoa que nos tornaremos. Ora, talvez um dia Malik e eu tenhamos alguma coisa que seja mais do que amizade. Agora, eu só quero meu amigo de volta.

— Acho — eu digo. — Acho que ainda podemos ser amigos.

Ele sorri.

— Que bom. Porque quando você ganhar um Grammy, espero um agradecimento e convites pra todas as festas.

Eu reviro os olhos.

— Interesseiro.

Ele passa o braço pelo meu pescoço.

— Que nada. Só um dos seus admiradores mais ferrenhos.

Sonny e Miles se aproximam de nós. Eles estão tão próximos que as mãos se tocam de leve.

— Pessoal, esse é o Miles, sem o *z* — diz Sonny. — Miles, estes são Malik e Bri, meus melhores amigos barra potenciais guarda-costas. Mas você já conheceu a Bri.

— É, quando você falou aquelas merdas sobre o pai dela no Ringue — observa Malik.

Ah, as coisas entre nós voltaram ao normal, porque aqui está Malik, sendo ríspido com alguém em minha defesa. Eu estava com saudade de tê-lo ao meu lado.

Miles se mexe com desconforto.

— Foi mal. Já pedi desculpas pra Bri se isso ajuda. Eu só estava dizendo o que meu pai queria que eu dissesse.

Sonny arqueia a sobrancelha.

— Seu pai *queria* que você fosse um babaca?

— Basicamente. Faz parte de quem o Milez com *z* é. Mas isso é criação dele. Não sou eu.

Não estou surpresa. Supreme parece adorar inventar pessoas.

— Ele sabe que você é...

— Gay? Sim. Sabe. Ele prefere ignorar.

Malik inclina a cabeça e, sendo Malik, parte para cima.

— Seu pai faz você fingir que é hétero?

— Malik! — eu sussurro. Senhor. — Você não pode perguntar coisas assim pras pessoas!

— Por que não? Ele nos deu espaço para isso!

— Ele me faz fingir que sou hétero — esclarece Miles. — O Milez com *z* tem que ser o garoto adolescente que todas as garotas amam e também uma das vacas leiteiras do meu pai.

Ele olha para mim enquanto fala. Eu sou a outra.

— Ninguém pode saber que o Miles com *s* odeia fazer rap, prefere fotografia e é cem por cento gay.

— Por que você veio aqui, então? — pergunta Sonny.

Miles dobra o pé para trás.

— Porque sim. Pela primeira vez, decidi o que *eu* queria fazer. Eu queria finalmente conhecer o cara que me deixa acordado à noite, conversando sobre tudo e nada, que me faz sorrir muito, apesar de eu só ter descoberto agora como ele era bonito.

Sonny fica muito vermelho.

— Ah.

— Não quero mais ser quem meu pai quer que eu seja — diz Miles. — Não vale a pena.

Ele quer dizer o que eu acho que quer?

— Você vai desistir da sua carreira no rap?

Miles assente lentamente.

— Sim. Vou. Além do mais, se eu não estou sendo eu de verdade, essa carreira é minha mesmo?

TRINTA E TRÊS

Ainda estou pensando no que Miles disse ontem quando chegamos ao Templo de Cristo.

Acho que a perspectiva de emprego deu à minha mãe a coragem de ir enfrentar as fofocas. É o primeiro domingo que vamos depois de um tempo e a única coisa de que o pessoal da igreja gosta mais do que falar sobre as pessoas é falar sobre as pessoas que não estão indo à igreja.

Vai entender.

Trey está de mãos dadas com Kayla quando atravessa o estacionamento de cascalho atrás de mim e de Jay, ao lado da igreja. Mais cedo, ele apresentou Kayla para Jay como namorada. Eles devem estar em um relacionamento sério já que ele a convidou para a igreja; a igreja onde todo mundo vai falar que ele levou uma garota para a igreja. É coisa grande.

Parece que metade da congregação ocupa o saguão. Jay está com um sorriso maior do que o habitual conforme andamos e cumprimentamos as pessoas. Há uma regra tácita que diz que, quando você passa um tempo longe, tem que falar com todo mundo. Bem, minha mãe e meu irmão fazem isso. Eu fico parada tentando controlar minhas expressões faciais.

A esposa do pastor Eldridge nos abraça e diz que ficamos tanto tempo longe que ela quase esqueceu de como era a nossa cara. Só olho um pouco de lado para ela. Mas irmã Barnes é um verdadeiro teste. Jay lhe dá bom-dia e a irmã Barnes responde com:

— Andaram ocupados demais para o Senhor?

Eu abro a boca, mas antes que possa mandá-la tomar no cu, Jay chega perto de mim. Tão perto que ninguém repara a força com que belisca meu braço.

— Brianna, por que você não vai se sentar — diz ela, que é a frase da "mãe na igreja" para "Garota, é melhor você sair daqui antes que eu te dê uma surra".

Eu prefiro mesmo ficar sentada no canto. Sento-me em uma das cadeiras de encosto alto embaixo do retrato do pastor Eldridge. Por um lado, não entendo por que minha mãe está aguentando tanta merda das pessoas. Por outro, ela deve estar muito bem se está disposta a aguentar.

A irmã Daniels entra no saguão usando um vestido florido com um chapéu combinando que é grande o bastante para bloquear o sol. Curtis segura a porta para ela.

Eu me sento mais ereta. Minhas tranças? Estão todas arrumadinhas. Jay fez uma trança embutida no meu cabelo ontem, e dormi usando uma toca bem apertada à noite para tudo ficar no lugar. Esse vestido e esses saltos Anabela? Superfofos. Mas considerando a luz no olhar de Curtis quando ele me vê, acho que eu não precisava de nada disso.

Ele anda no meio das pessoas vindo em minha direção, dizendo ois rápidos e assentindo educadamente no caminho.

— Oi, Bri — diz ele, o sorriso na cara e na voz.

Eu fico toda sorridente.

— Oi.

Curtis se senta no braço da cadeira e me olha.

— Sei que não devo falar palavrão na igreja, mas, porra, garota, você está linda hoje.

— Você até que não está ruim — eu digo. Na maior parte dos domingos, ele vai de camisa polo e calça social. Hoje ele está de terno e gravata.

Curtis ajeita a gravata.

— Obrigado. Fiquei com medo de ficar com cara de quem deveria estar no púlpito pregando. Que bom que você gostou, porque foi pra você.

— Não precisava.

— Ah, quer dizer que fico sexy mesmo sem essa roupa? — Curtis balança as sobrancelhas.

Dou uma gargalhada.

— Tchau, Curtis.

— Você não consegue admitir. Não tenha medo — diz ele. — E então, aquele nosso encontro. Nós não combinamos os detalhes. Eu estava pensando que poderíamos sair do campus qualquer dia esta semana e ir almoçar em algum lugar em Midtown.

Tenho a sensação de que alguém está nos observando. Olho ao redor.

Eu estava certa. Minha mãe e meu irmão estão perto da porta do templo, prestando mais atenção em nós do que no pastor Eldridge. Os dois parecem estar achando graça.

Senhor. Já estou ouvindo os dois. Jay vai tentar se meter na minha vida e Trey vai pegar mais no meu pé do que o Sonny.

Mas, quer saber? Não ligo.

— Almoçar parece uma boa ideia — eu digo para o Curtis.

— Amanhã está bom pra você?

— Está.

— É a primeira vez que vou ficar ansioso por uma segunda. — Curtis se inclina e beija a minha bochecha, tão perto dos meus lábios que quase desejo que fosse lá que ele tivesse beijado. — Até mais, Princesa.

Vou até a minha mãe, Trey e Kayla, e parece que tem um sorriso grudado na minha cara.

— Aaahh, a Bri está namorando — provoca Trey. — Aaaah!

— Cala a boca — eu digo.

Mas namorando? Eu não diria que estou namorando. Mas não teria problema se ele tivesse o título de namorado.

Jesus, meu rosto está começando a doer de tanto sorrir.

— Hum — diz Jay, o que, na língua das mães negras, pode significar um monte de coisas. — Só quero saber há quanto tempo isso está rolando e se precisamos de um curso de revisão sobre a cegonha e tal.

— Sério? — eu digo com um gemido.

— Sim, senhora. Sou jovem demais pra ser avó. Ninguém tem tempo pra isso.

Tudo bem, Sweet Brown.

Pegamos nosso banco de sempre, perto dos fundos do templo. Vovó e vovô percorrem o corredor central juntos. A gravata prateada dele combina com o chapéu dela. Ele está carregando uma pilha de pratos dourados vazios. É a vez deles de cuidarem da mesa de comunhão, o que quer dizer que têm que ir buscar os biscoitos e o suco de uva.

— Bom dia, pessoal — diz o vovô. Ele dá um beijo em Jay e ganha um meu. — Quem é essa linda jovem com vocês hoje?

— Vovó e vovô, esta é Kayla, minha namorada — diz Trey. — Kayla, esses são meus avós.

Kayla aperta a mão deles. Ah, isso é sério mesmo já que ele a está apresentando para os nossos avós.

— É um prazer conhecê-los, sr. e sra. Jackson. Ouvi muitas coisas sobre vocês.

— Espero que boas — diz vovó.

— Claro, vovó — diz Trey com um pouco de entusiasmo demais. Ele está mentindo.

— Está tudo combinado para depois da igreja, Jayda?

— Sim, senhor, está.

— O que vai ter depois da igreja? — pergunta Trey.

— Vamos ter um jantar de família — diz a vovó. Ela olha para a minha mãe. — Todos nós.

Espera aí. Ela não está olhando de cara feia para Jay. Na verdade, vovó está aqui há mais de um minuto e ainda não fez nenhum comentário ferino sobre ela. Além disso, a minha mãe está convidada para um jantar de *família*, no sentido de que a minha avó a considera parte da família?

Ah, Deus.

— Alguém está morrendo! Quem está morrendo? Vovô, é sua diabetes, não é?

— O quê? — diz o vovô. — Li'l Bit, eu juro, você tira conclusões tão rápido que vai acabar estirando um músculo. Ninguém vai morrer. Nós só vamos jantar. Kayla, você também está convidada. Confesso que faço a melhor torta de amora que você vai comer na vida. É melhor estar com o apetite em dia.

— Vemos vocês mais tarde — diz a vovó, e ela e o vovô saem andando. Ela nem perguntou se eu e o Trey queremos nos sentar com ela hoje.

Eu me viro para a minha mãe. Estou muito confusa.

— O que está acontecendo?

A banda começa um louvor animado e o coral entra pelos corredores, balançando os braços e batendo palmas no ritmo.

— Vamos conversar mais tarde, flor — diz Jay.

Ela se levanta e bate palmas com eles.

Ainda não tenho nenhuma resposta quando paramos na frente da casa dos meus avós.

Vovó e vovô moram "naquela casa" no Garden. A que parece quase bonita demais para estar no gueto. É de tijolos com cerca de ferro em volta. Tem um segundo andar e uma sala a mais que meus avós acrescentaram quando meu pai era criança. Vovó mantém o jardim da frente sempre bonito. Eles têm um pequeno chafariz para pássaros e flores suficientes para concorrer com o jardim botânico.

Não consigo segurar a sensação de *déjà vu* que me atinge. Jay uma vez parou no mesmo lugar e me deixou junto com Trey ali quando as coisas ficaram feias. A situação não está tão feia agora, mas não sei se estou gostando disso.

— O que está acontecendo? — eu pergunto mais uma vez.

Jay estaciona o Jeep. Estamos só eu e ela. Trey e Kayla foram até o mercado no carro dele. A vovó pediu para ele comprar coalhada e fubá para o pão de milho.

— Como seus avós disseram, nós vamos jantar e conversar sobre algumas coisas.

— Que tipos de coisas?

— Coisas boas, eu juro.

Eu faço que sim. Odeio saber que a garotinha de 5 anos ainda está dentro de mim e odeio o fato de ela estar surtando agora. Eu sei que a minha mãe não vai me abandonar aqui de novo. Mas o medo está enterrado em mim. Lá no fundo, mas ainda em mim, como se fosse parte do meu DNA.

Jay olha para a casa e bate de leve no volante.

— Todas as vezes que paro em frente a essa casa, não consigo deixar de pensar no dia em que deixei você e o Trey aqui. Acho que seus gritos nunca saíram dos meus ouvidos.

Eu não sabia disso.

— É mesmo?

— É — diz ela baixinho. — Foi o dia mais difícil da minha vida. Ainda mais difícil do que o dia em que perdemos seu pai. Eu não podia controlar a morte dele. Nenhuma decisão que eu tomasse poderia ter mudado aquilo. Mas *eu* decidi usar drogas, *eu* decidi trazer você e Trey para cá. Sabia que, assim que saísse daqui de carro, tudo mudaria. Eu sabia. Mas fiz mesmo assim.

Não consigo encontrar palavras.

Jay respira fundo.

— Sei que já falei um milhão de vezes, mas me desculpe, flor. Sempre me arrependo de ter feito você passar por aquilo. Sinto muito por você ainda ter pesadelos com o que aconteceu.

Eu olho para ela.

— O quê?

— Você fala dormindo, Bri. É por isso que vou tanto olhar você à noite.

Era um segredo com o qual eu tinha planejado morrer, eu juro. Eu nunca quis nem que ela soubesse que me lembro daquele dia. Eu pisco rápido.

— Eu não queria que você descobrisse...

— Ei. — Ela ergue meu queixo. — Tudo bem. Também sei que é difícil pra você acreditar que não vou voltar a usar drogas. Eu entendo. Mas espero que você saiba que, todos os dias, meu objetivo é estar aqui do seu lado.

Eu sabia que era uma luta diária para ela ficar limpa. Só não sabia que eu era o motivo para ela lutar.

Ficamos em silêncio por um tempo. Minha mãe me faz um carinho na bochecha.

— Eu te amo — diz ela.

Tem muita coisa que eu não sei e que talvez nunca saiba. Não sei por que ela escolheu as drogas em vez de mim e Trey. Não sei se a Bri de 5 anos vai deixar de ter medo um dia. Não sei se Jay vai ficar limpa pelo resto da vida. Mas sei que ela me ama.

— Eu também te amo... mãe.

Uma palavra, uma sílaba. Toda a minha vida, foi sinônimo de Jay, mas há anos não é fácil de dizer. Acho que tenho que trabalhar nisso, como tenho que trabalhar em confiar que não vou voltar a perdê-la.

Os olhos dela brilham. Ela deve ter reparado que raramente a chamo assim. Ela aninha meu rosto e beija minha testa.

— Vamos. Vamos entrar e rezar pra sua avó não ter decidido botar veneno no meu prato.

Vovô abre a porta para nós. Acho que meus avós não mudaram nada em casa desde que Trey e eu fomos embora. Tem um quadro do presidente Obama na parede da sala (o *único* presidente, de acordo com vovô), entre o do dr. King e um retrato dos meus avós no dia do casamento. Tem um retrato da vovó com um boá de penas e uma pulseira de diamantes. (Eu nunca perguntei e nem quero saber.) Ao lado tem um quadro de um vovô bem mais jovem de uniforme da marinha. Tem fotos minhas, do meu pai e do Trey por toda a casa. Fotos 3x4 das sobrinhas e sobrinhos dos meus avós ocupam a prateleira do corredor, junto com o menino Jesus e as estátuas de mãos orando que vovó coleciona.

Vovô vai para o quintal trabalhar na picape velha que está reformando desde que eu era pequena. A vovó está na cozinha. Dessa vez está usando um dos seus vestidos favoritos e já botou algumas panelas e frigideiras no fogão.

— Precisa de ajuda com alguma coisa, sra. Jackson? — J... minha mãe pergunta.

— Preciso. Pode pegar o sal no armário? E acha que pode começar a preparar as verduras pra mim?

Quem é esse alienígena e o que ele fez com a minha avó? A vovó nunca deixa ninguém cozinhar na cozinha dela. Nun-ca. Para ela deixar a minha mãe ajudar com o jantar...

Estamos em um maldito universo paralelo. Eu juro.

Enquanto isso, só tenho permissão de ficar sentada olhando. Vovó diz que eu "não tenho um pingo de paciência", portando "não vou encostar um dedo numa panela sequer da cozinha dela".

Trey e Kayla aparecem. Trey vai para o quintal ajudar o vovô. Sinceramente, acho que eles não fazem nada naquela picape. Eles só vão lá para falar de coisas que não querem que a gente ouça. Kayla pergunta se pode ajudar com o jantar. Vovó abre um sorriso meloso e diz:

— Está tudo bem, querida. Pode ficar toda lindinha sentada esperando.

Tradução: Garota, eu não te conheço o suficiente pra deixar que entre na minha cozinha assim.

Mas vovó conta para Kayla sobre as receitas dela. Basta Kayla dizer "O cheiro já está divino, sra. Jackson" que o ego da vovó praticamente dobra de tamanho. Eu saio na hora em que ela começa a ensinar a receita do pão de milho. Nada me deixa com mais fome do que falar sobre comida e meu estômago já está roncando como se estivesse dentro de uma jaula.

Eu subo a escada. Sempre que passo as férias com meus avós, vou para o meu antigo quarto.

Assim como a casa, meu quarto não mudou nada. Acho que a vovó esperava que eu voltasse um dia e que as coisas voltassem a ser como antes. Talvez até espere que eu seja a garota de 11 anos que amava o Piu-Piu e chorou quando teve que ir embora.

Eu me jogo na cama. É sempre estranho estar aqui, não posso mentir. Parece que entrei em uma máquina do tempo. Não só por causa do templo ao Piu-Piu, mas por todas as lembranças que tenho do quarto. Sonny, Malik e eu passamos tanto tempo aqui. Foi onde Trey me apresentou ao Uno. Vovô brincava de boneca comigo aqui.

Mas minha mãe não faz parte de nenhuma dessas lembranças.

Há uma batida na porta e ela aparece, dando uma espiada por trás da porta. Trey está atrás dela.

— Ei. Podemos entrar? — pergunta ela.

Eu me sento.

— Podem, claro...

— Eu não preciso pedir pra entrar nesse quarto — diz Trey. Ele tem a cara de pau de se sentar na minha cama.

— Hum, como é? Ainda é meu quarto.

— Uau — diz a minha mãe, olhando em volta. — O Piu-Piu, é?

Ela nunca tinha entrado ali. Quando só ficava comigo e com Trey nos fins de semana, parava na porta de entrada. Vovó não a deixava entrar.

Mamãe anda pelo quarto. Pega um dos meus Piu-Pius de pelúcia.

— Eu não tinha me dado conta de que nunca tinha entrado aqui. Espera, retiro isso. Eu estive aqui quando era o quarto do seu pai.

— Espera, você está dizendo que vocês dois fizeram sexo no quarto que acabou sendo o quarto da Bri? — pergunta Trey.

É o fim do meu apetite.

— Eca!

— Trey, para! — diz a minha mãe. — Eles devem ter mudado a cama.

Ah, meu Deus, ela acabou de confirmar que eles fizeram sexo ali. Trey cai na cama, gritando de tanto rir.

— Bri ficou com o quarto do sexo!

Eu dou um soco nele.

— Cala a boca!

— Podem parar, vocês dois — diz minha mãe. — Preciso conversar com vocês sobre uma coisa.

— Espera aí, uma coisa de cada vez — diz Trey, se sentando. — O que está rolando entre você e a vovó?

— O que você quer dizer?

— Estamos aqui há quanto tempo? — Trey olha para o relógio. — Há uma hora já e ninguém brigou ainda. Eu nem ouvi comentários maldosos.

— Verdade — eu digo. — Vocês estão tão discretas quanto um dia de verão.

Ah, Deus. Eu falei igual ao vovô.

— Sua avó e eu tivemos uma conversa — alega J... minha mãe. — Só isso.

— *Só isso?* — diz Trey. — Qualquer conversa entre vocês duas é monumental. Quando isso aconteceu?

— Outro dia. Nós conversamos por algumas horas. Botamos muita coisa pra fora, até coisas bem antigas.

— Jesus foi o mediador dessa conversa? — eu pergunto. — É o único jeito que eu vejo de isso ser possível.

— Rááá — diz Trey.

Mamãe suga os dentes.

— Enfim! Não vou agir como se fôssemos melhores amigas, não mesmo. Aquela mulher ainda sabe me irritar. Mas percebemos que nós duas amamos vocês dois e queremos o melhor pra vocês. Nós estamos dispostas a deixar as diferenças de lado em nome disso.

Trey pega o celular.

— Ah. Isso explica. Acabei de receber uma notificação dizendo que está abaixo de zero no inferno.

Dou uma risada.

— Não perturba, garoto — diz a minha mãe. — Nós também tomamos uma decisão. Seus avós ofereceram de nós três ficarmos aqui até estarmos de pé de novo. Eu aceitei.

— Como é que é? Isso é sério? — eu digo.

— Espera, espera — diz Trey. — A gente vem morar aqui?

Uau. Pela primeira vez, estou descobrindo alguma coisa na mesma hora que ele.

— Olha, a minha entrevista com o dr. Cook pode ou não dar em alguma coisa, mas de qualquer modo isso vai tirar um pouco da pressão — diz minha mãe. — Falei para os seus avós que vou ajudar com as despesas da casa, mas isso significaria bem menos contas com que nos preocupar. Além do mais, a gente está tentando acertar o aluguel há tanto tempo que é quase impossível conseguir botar o pagamento em dia agora.

— Mas estou cuidando de nós — alega Trey.

— *Eu* estou cuidando de nós — diz ela. — Agradeço por tudo que você faz pra nos manter de pé, querido, de verdade, mas isso é o melhor. Assim, posso voltar aos estudos e me formar. Quando conseguir um emprego, posso juntar dinheiro para uma casa. Também quer dizer que você vai poder fazer mestrado.

Ele balança a cabeça na mesma hora.

— Não. De jeito nenhum.

— Por quê? — eu pergunto.

— A faculdade fica a três horas daqui, Bri.

— Se o problema for Kayla, se ela gostar mesmo de você, vai aceitar, amor — diz a minha mãe. — É melhor que aceite.

— Não é só ela. Não posso deixar você e a Li'l Bit.

— Por quê? — pergunta mamãe.

— Porque não posso.

— Porque você acha que tem que cuidar de nós — conclui a minha mãe por ele. — E não tem. A única pessoa de quem você tem que cuidar é de você mesmo.

Trey solta o ar lentamente.

— Não sei disso não.

Minha mãe vai até ele e levanta o seu queixo.

— Você tem que ir atrás do seu sonho, amor.

Sinto uma dor no peito. Isso é o oposto do que ela me disse no carro quando falou que eu não podia mais fazer rap. Eu até entendo. Fiz uma besteira enorme. Mas o que torna os sonhos do Trey mais importantes do que os meus?

— Você nunca vai saber o que pode se tornar se ficar aqui — continua ela, e eu olho para o tapete. — Eu tenho que poder me gabar do meu filho, o doutor. Não vão poder jogar nada na minha cara.

Trey ri.

— Você vai se gabar com todo mundo, é?

— Todo mundo. — Ela também ri. — Mas primeiro você tem que ir fazer seu mestrado. Depois, doutorado. E não pode ficar aqui pra nenhuma das duas coisas.

Trey geme e limpa o rosto com cansaço.

— Vão ser mais empréstimos estudantis e mais tempo na faculdade.

— Mas vale a pena — diz a minha mãe. — É seu sonho.

Ele assente lentamente e olha para mim. Tento manter o olhar no tapete do Piu-Piu. Não sei se devo sorrir por ele ou chorar por mim.

— Mãe — diz Trey. — Você tem que deixar a Bri ir atrás dos sonhos dela também.

— O que você está dizendo?

— Você disse que ela não pode mais fazer rap. Não vai nem deixar ela se apresentar no Ringue.

— Trey, você sabe muito bem o motivo. Você viu a confusão em que ela se meteu. E Supreme quer que ela saia por aí fazendo papel de trouxa. *Eu* seria a trouxa se deixasse acontecer. O quê? Pra ela acabar como seu pai?

Eu levanto o rosto.

— Eu não sou ele.

Quatro palavras. Já pensei nelas muitas vezes. Sinceramente, as pessoas agem como se eu fosse mais o meu pai do que eu mesma. Eu tenho as covinhas dele, o sorriso dele, o temperamento dele, a teimosia dele, a habilidade de fazer rap dele. Caramba, até herdei o quarto dele. Mas eu não sou ele. Ponto.

— Bri, nós já discutimos isso.

— Discutimos? Você me mandou. Você quer falar para o Trey ir atrás do sonho dele, mas eu não posso ir atrás do meu?

— O sonho do Trey não vai fazer com que ele morra!

— Nem o meu porque eu sou inteligente demais pra isso!

Ela leva as mãos à boca como se estivesse rezando para o Senhor a impedir de me machucar.

— Brianna...

— Não gosto do que o Supreme quer que eu faça — eu admito. Juro que odiei aquela maldita música. — Mas essa é a única coisa que sei fazer direito. É o que eu quero fazer. Não posso pelo menos ver se consigo?

Ela olha para o teto por muito tempo.

— Mãe, olha — diz Trey. — Eu também não gosto. Mas parece uma grande oportunidade.

— É, de fazer o Supreme ficar rico — diz ela.

— Nós podemos pensar no que fazer com ele e essa coisa de imagem depois — diz Trey. — Mas, caramba. Você quer mesmo que a Bri passe o resto da vida imaginando o que poderia ter acontecido?

Ela bate com o pé no chão. Passa os braços em volta do próprio corpo.

— Seu pai...

— Tomou decisões ruins — diz Trey. — E, sim, a Bri também...

Ele precisava fazer essa observação?

— Mas acredito que ela seja mais inteligente do que isso — diz ele. — Você não?

— Eu sei que ela é.

— Você pode agir como se soubesse, então? — eu pergunto, e minha voz soa muito baixa. — Porque parece que ninguém faz isso por mim.

Uma expressão de surpresa aparece rapidamente nos olhos da minha mãe. Lentamente, é substituída por tristeza e, em pouco tempo, percepção. Ela fecha os olhos e respira fundo.

— Tudo bem. Bri, se você quiser se apresentar no Ringue, você pode. Mas, se fizer papel de idiota, pode acreditar que vou arrancar a alma do seu corpo.

Ah, eu acredito.

— Sim, senhora.

— Que bom — diz ela. — Depois dessa apresentação, Supreme não vai ser mais seu agente. Droga, até eu posso ser sua agente pra que não seja ele.

Ah, meu Deus.

— Hum... tá. Claro.

— Ei! O jantar está pronto e estou com fome — grita o vovô do andar de baixo. — Podem descer!

— Senta esse traseiro aí em algum lugar e silêncio! — diz a vovó.

— Ah, o doce som da disfunção — diz Trey quando sai do meu quarto. — Vamos ter que aguentar isso o tempo todo agora.

— Que o Senhor nos ajude — acrescenta a minha mãe, seguindo-o para fora do quarto.

Fico para trás e olho em volta. Como falei, tenho muitas lembranças boas desse quarto. Mas também acordei ali muitas noites, gritando para a minha mãe não me deixar. A única coisa que as boas lembranças e as ruins têm em comum é que as duas ficam. Acho que é por isso que eu nunca soube bem o que sentia por esse lugar. E até mesmo pela minha mãe.

E, quer saber? Talvez isso não seja problema. Talvez a gente vá ficar bem.

Talvez *eu* fique bem.

Nós seis nos sentamos à mesa de jantar e passamos pratos e tigelas. Vovó perguntou tudo da vida de Kayla quando Trey estava lá em cima e nos dá todas as informações. Kayla é uma santa por não se importar.

— Ela disse que tem dois irmãos. Um mais velho e um da sua idade, Brianna — diz vovó. — A mãe dela é professora em uma escola particular e o pai é eletricista. Meu bem, peguei o cartão dele. Ele pode consertar a luz na varanda de trás pra nós.

— Nenhum homem vai vir na minha casa consertar nada — diz o vovô. — Eu resolvo.

— Humm. É por isso que está piscando desde sempre — responde vovó. — Trey, você encontrou uma garota inteligente. Ela tem média final alta. Está estudando marketing e também investindo em uma carreira na música paralelamente.

— Olha só — diz a minha mãe. — É possível fazer faculdade *e* rap. Eu nem me importo de lançar um olhar a ela.

— É difícil dar conta de tudo — admite Kayla. — Eu trabalho não só pra pagar as contas, mas para custear meus projetos de música. Sou independente.

— Uma mulher independente! — Vovô sorri enquanto abre a lata de refrigerante. — Vá em frente, então!

— Vovô, ela quer dizer independente na música — diz Trey. — Não que seja independente em tudo, mas que não tem uma gravadora cuidando da carreira dela.

— Como o Júnior antes de falecer... Brianna, coloca mais verde nesse prato! — diz vovó.

— Ah, meu Deus — eu digo baixinho. Juro que nunca vou comer verduras e legumes suficientes para satisfazer essa mulher. Além do mais, com o tanto de presunto que ela botou nessas verduras, é difícil dizer que ainda são verduras.

— Ahh, deixa a minha Li'l Bit em paz — diz vovô. Ele aperta os lábios gordurosos na minha bochecha. — Ela é carnívora como o vovô.

— Não, ela é teimosa como o vovô, só isso — diz a vovó.

— Ele não é o único teimoso — resmungo.

— Hahaha! — Vovô ri e estica o punho para mim. Dou um soquinho nele. — Minha garota!

Dou uma risada quando ele beija a minha bochecha de novo. Não muito tempo atrás, minha mãe perguntou quem eu sou. Estou começando a achar que sei.

Sou cabeça-dura (e mesquinha) como a vovó.

Sou criativa como o vovô. Se é assim que podemos chamá-lo, mas, sim, sou isso.

Falo o que penso como a minha mãe. Eu também talvez seja forte como ela.

Eu me importo tanto que chega a doer. Como Trey.

Sou como meu pai em muitas coisas, mesmo não sendo ele.

E apesar de Kayla não ser da família (ainda), talvez ela seja um vislumbre de quem eu poderia ser.

Mesmo não sendo mais nada, eu sou como eles e eles são como eu.

Isso é mais do que suficiente.

TRINTA E QUATRO

Na noite de quinta, Trey me acompanha até o Ringue.

Minha mãe se recusou a ir, então pediu isso a ele. Ela disse que talvez desse na cara do Supreme e que isso não me ajudaria. Além do mais, de acordo com ela, "Nós só precisamos de uma pessoa da família presa".

É, eu vou encarar. As coisas podem estar parecendo boas, mas quem pode dizer que não vão desmoronar de novo? O que vão pensar de mim se eu abrir mão dessa chance?

Trey abre todas as janelas do Honda e bota "Na hora da virada" para tocar alto conforme andamos pelo Garden. O ar está meio frio, exatamente como no dia em que tia Pooh me levou semanas atrás. A combinação do frio e o calor do aquecimento do Trey é perfeita hoje, como na outra ocasião.

— Você não me segura, dun-dun-dun. — Trey tenta cantar junto. — Você não me segura, não, não. Dun-dun-dun-dun, vai levar porrada.

Ele não nasceu com o gene do rap. Evidentemente.

Sonny e Malik dão risadinhas no banco de trás.

— Isso aí, arrasa, mano — incentiva Sonny. — Arrasa!

— Manda ver, Trey — diz Malik.

Olho para os dois de cara feia. Juro por Deus que, se eles não pararem de encorajar isso, vou matar os dois.

— Eu sei rimar, meu filho! — diz Trey.

Ah, meu Deus, desde quando ele se tornou nova-iorquino? Puxo o capuz por cima dos olhos. Ele está tentando me transmitir energia, eu sei, mas isso? É a pior das confusões.

É o tipo de coisa que a tia Pooh faria. Só que ela cantaria a letra certa.

É estranho ir ao Ringue sem ela. Na verdade, é sempre estranho não tê-la por perto. Não é como quando ela desapareceu e eu ficava preocupada em saber onde ela estava. De alguma forma, saber onde ela está é pior. Se ela estivesse aqui, me diria para relaxar e seguir em frente. É o que estou tentando fazer. É o que *tenho* que fazer se quero arrasar nessa apresentação e conseguir o contrato.

Trey para com a tentativa pífia de rap quando entramos no Ringue. A noite já caiu, o letreiro na marquise avisa a todos que vai haver "uma apresentação especial da garota do Garden, Bri!"

— Caramba. A gente está andando com uma celebridade, né? — provoca Malik do banco de trás.

— Rá! Só sou famosa no gueto. Estou feliz por vocês terem vindo.

— A gente não podia perder — diz Sonny. — Você sabe que a gente está sempre com você.

— Sei, sim. — Sei disso mesmo que não saiba mais nada sobre nossa amizade.

A "festa" no estacionamento já está acontecendo. Tem música tocando à nossa volta, gente exibindo seus carros. Gritam e assentem para mim no caminho. Um cara diz:

— Continua representando o Garden, Bri!

— Sempre! — eu respondo. — Lado leste!

Isso gera mais amor.

Outra coisa que sou? O Garden. E o Garden sou eu. Vou sempre estar de boa com isso.

— Ei, Bri! — grita uma voz aguda.

Eu me viro. Jojo se aproxima pedalando aquela bicicleta suja. As contas nas tranças dele tilintam.

Que porra é essa?

— O que você está fazendo aqui? — eu pergunto.

Ele para na minha frente. Esse garoto adora me fazer ter ataques cardíacos.

— Eu vim ver você cantar.

— Sozinho? — pergunta Trey.

Jojo olha para o chão enquanto gira a roda da frente para trás e para a frente.

— Eu não estou sozinho. Estou com vocês.

— Jojo, você não devia sair sozinho à noite.

— Eu queria ver você cantar a música nova. Aposto que essa p... música é irada!

Eu suspiro.

— Jojo.

Ele junta as mãos.

— Por favoooor.

Esse garoto. Mas a verdade é que ele está melhor conosco do que sozinho.

— Tudo bem — eu digo, e ele ergue o punho em comemoração. — Mas vamos levar você direto pra casa depois, Jojo. Não estou brincando.

— E você vai me dar o número da sua mãe pra eu poder ligar pra ela — acrescenta Trey. — Alguém precisa saber onde você está.

Jojo desce da bicicleta.

— Cara, vocês estão preocupados por nada! Eu vou aonde quero ir.

Trey passa o braço pelo pescoço dele.

— Então precisamos descobrir por que isso acontece.

Jojo estufa o peito.

— Estou quase crescido.

Nós quatro caímos na gargalhada.

— Querido, sua voz ainda é fina — diz Sonny. — Para de se enganar.

Meu celular vibra no bolso quando estamos indo para o prédio.

É o Curtis. Acho que enlouqueci de vez. Depois do nosso encontro de segunda-feira, coloquei o emoji de corações nos olhos ao lado do nome dele na minha lista de contatos. O garoto levou flores pra mim e um gibi da Tempestade, e como não tivemos tempo para ficar para a sobremesa no restaurante, ele levou um pacotinho de Chips Ahoy para comermos no caminho de volta para a escola. Ele mereceu os olhos de coração. E acabou de enviar mensagens de texto que garantem a permanência deles.

> Arrasa hoje, Princesa.
> Eu queria poder estar aí.
> Mas acho que não conseguiria prestar atenção na música.
> Eu não conseguiria tirar os olhos de você.
>

Brega? Sim. Mas arranca um sorriso de mim. Antes que eu possa responder, ele acrescenta:

> Eu também ia ficar olhando pra sua bunda, mas você sabe que eu não deveria admitir isso.
>

Dou um sorrisinho e pergunto:

> Por que está admitindo agora, então?

A resposta dele?

> Porque aposto que fez você sorrir.
>

Só por causa disso, vou acrescentar um segundo emoji de corações nos olhos ao lado do nome dele.

Vamos para o começo da fila, como costumamos fazer. Batem no meu ombro, na minha mão, no meu punho e balançam a cabeça para mim no caminho. Sinto-me mesmo a princesa do Garden.

Mas tem uma gangue de caras de cinza que me olha como se eu fosse qualquer coisa, menos uma princesa.

Tem uns cinco ou seis Crowns na fila. Um repara em mim e cutuca o outro, e logo todos estão me encarando. Eu engulo em seco e sigo em frente. É meio parecido com um cachorro: você não pode deixar que ele sinta seu medo, senão está ferrada.

Trey toca no meu ombro. Ele sabe o que aconteceu.

— Só segue em frente — sussurra ele.

— Olha quem voltou — diz Reggie, o leão-de-chácara corpulento, quando chegamos na porta. — Eu soube que você vai dar um show pra nós hoje.

— Esse é o plano — eu digo.

— Ainda carregando a tocha do Law, né? — diz Frank, o mais alto, enquanto passa o detector de metais pelo nosso corpo.

— Que nada. Eu tenho minha própria tocha. Acho que é o que meu pai gostaria.

Frank assente.

— Acho que você está certa nisso.

Reggie faz sinal para entrarmos e aponta para o meu moletom do *Pantera Negra*.

— Wakanda pra sempre. — Ele cruza os braços sobre o peito.

Olha só ele, acertando uma frase de filme.

Frank e Reggie deixam que Jojo guarde a bicicleta com eles. Estamos quase entrando quando uma voz grave diz:

— Por que eles estão furando fila?

Nem preciso olhar. Sei que é um Crown. Eles devem estar se coçando para terem um motivo de começar uma confusão.

— Cara, relaxa — diz Frank. — A Li'l Law vai se apresentar hoje.

— Estou cagando para o que essa vaca vai fazer — diz um Crown de gorro cinza. — Eles podem entrar no fim da fila.

— Espera aí — diz Trey. — Quem...

Jojo vai para cima do Crown.

— Com quem você pensa que está falando?

Eu pego a gola dele antes que ele possa chegar mais perto.

— Jojo, não!

— Cara, segura essa onda infantil! — diz o Crown de gorro. Ele me olha. — Sabe, a gente achou que tinha botado você no seu lugar por causa daquela merda que você cantou, mas parece que não. Sua titia devia ter atirado pra matar quando teve a oportunidade. Agora ela só arrumou problema pra você.

A essa altura, não sei como ainda estou de pé.

— Tenta só pra ver! — diz Jojo. — Vou acabar com a sua raça!

Os Crowns caem na gargalhada.

Mas estou enjoada. O garotinho está falando sério.

Malik segura o braço do Jojo.

— Vem — diz ele, e puxa Jojo junto.

Ele e Sonny ficam de olho nos Crowns enquanto entram no prédio.

Trey está ao meu lado, encarando cada um deles. Ele me leva para dentro.

Cada centímetro do meu corpo está tenso até as portas do ginásio de boxe se fecharem atrás de nós.

Trey também respira fundo.

— Você está bem? — pergunta ele.

Não, mas faço que sim porque é o que devo fazer.

— Olha, a gente pode ir pra casa, tá? — diz ele. — Não vale isso tudo.

— Eu estou bem.

Ele suspira.

— Bri...

— Eles calaram o papai, Trey. Não posso deixar que me calem também.

Ele quer discutir. Vejo nos olhos dele.

— Olha, eles não podem fazer nada aqui dentro hoje — eu digo.
— Reggie e Frank não deixam que armas passem pelas portas. Eu tenho que fazer isso.

Ele morde o lábio.

— E depois? Isso não vai simplesmente passar, Bri.

— Vou pensar em alguma coisa — eu digo. — Mas, por favor. Eu tenho que ficar.

Ele solta um suspiro profundo.

— Tudo bem. A decisão é sua.

Ele estica o punho para mim. Bato nele.

Não sei como as pessoas da fila vão entrar; o local já está lotado. Estou falando de abarrotado mesmo. Aquele babaca do Hype toca Lil Wayne no meio da falação.

Demoro um segundo para encontrar Supreme. Ele está perto do ringue de boxe. Eu levanto a mão para chamar a atenção dele. Ele repara e se aproxima.

— Você está na boa com isso também? — sussurra Trey.

Ele pode ter tomado o lugar da mamãe para ela não pular em cima do Supreme, mas sei que Trey também não gosta muito dele. "Você está na boa" quer dizer "Quer que eu dê um jeito nesse cara ou não?"

— Estou na boa — eu digo.

— A superstar chegou! — anuncia Supreme. Deixo que ele me dê um abraço rápido. — E estou vendo que você trouxe sua galera junto, hein? Trey, garoto, não te vejo desde que você era pequeno como esse aqui. — Ele estica a mão e mexe no cabelo de Jojo.

Jojo desvia da mão dele.

— Eu não sou pequeno!

Supreme ri.

— Foi mal, cara. Foi mal.

— Então você é o Supreme? — pergunta Sonny.

Os olhos dele estão quase apertados para o pai do Miles. Percebo que ele está se segurando muito para não dizer o que tem em mente.

Mas, pelo que Sonny me contou, Miles ainda não está pronto para contar ao pai sobre eles.

— O próprio — diz Supreme, e se vira para mim. — Consegui um lugar na frente para o James. Também consegui uma salinha verde nos fundos pra você fazer sua grande entrada mais tarde.

— A gente vai com você — diz Malik, olhando para Supreme. Ele também não gostou muito do sujeito.

— Podem ir. Vou levar esse candidatinho a gângster para procurar um bom lugar — diz Trey. — Vem, Jojo. A gente precisa ter uma conversinha. Como não se expor, curso básico.

Eu vejo os dois desaparecerem na multidão.

Supreme segura meu ombro.

— Você está pronta para o contrato?

Eu achava que estava. Mas, como tia Pooh diria, tenho que resolver isso. Eu engulo em seco.

— Estou. Vamos lá.

Malik, Sonny e eu seguimos Supreme para a parte dos fundos. As paredes dos corredores estão cobertas de lendas do hip-hop. Parece que estão olhando cada passo que eu dou.

Supreme me leva para a "sala verde"; era um depósito. É pequenininha, com umas cadeiras e uma geladeira, mas é um lugar tranquilo, longe do caos.

Supreme sai para eu me concentrar. Além do mais, ele quer fazer companhia para o James na frente.

Eu me sento em uma das cadeiras. Sonny e Malik se sentam nas outras duas. Eu respiro fundo e solto o ar.

— Sinto muito por aqueles Crowns — diz Malik.

— A culpa é minha e da tia Pooh.

— Isso tudo por causa de uma letra de música? — pergunta Sonny.

Eu faço que sim.

— Que besteira — diz Sonny.

— Mas Jojo estava pronto pra entrar em guerra por você — diz Malik, dando um sorrisinho.

364

Sonny ri.

— Como se ele realmente fosse fazer alguma coisa. — Ele se serve de batata frita do cesto que tem na mesa de centro. — Eu sei que você não está levando o garotinho a sério, Bri.

— Isso mesmo. A gente também fingia ser de gangue quando era menor — Malik acrescenta.

Nós tivemos uma fase. Eu via a tia Pooh fazer tantos sinais dos Garden Disciples que achei que também podia. Até desenhei o símbolo dos GDs nos meus cadernos.

Mas eu não andava por aí dizendo para as pessoas que ia acabar com a raça delas.

Há uma batida na porta.

— Entra — diz Sonny com a boca cheia de batata.

Dentre todas as pessoas no mundo, é o Scrap quem espia dentro da sala verde.

— Ei, Bri? Tem um minuto?

Eu me empertigo.

— Tenho. O que você está fazendo aqui?

Scrap cumprimenta Malik e Sonny com a cabeça rapidamente.

— Tive que vir ver minha nova rapper favorita se apresentar. Além do mais, eu sou o motivo de você estar aqui hoje, sabia?

Eu levanto as sobrancelhas.

— Não, eu não sabia.

— Fui eu quem falei pra você fazer uma música de arrasar! — diz Scrap. — Eu falei que tinha que ser grudenta. Eu sei, eu sei. Eu sou um gênio, né?

Em que planeta?

— Hum... é. Claro.

— Só me manda um alô do palco e pronto — pede ele. — Tem uma pessoa que quer falar com você.

Ele me entrega o celular.

Não tem como ser quem eu acho que é.

— Alô.

— Está vendo, eu nem fiquei longe muito tempo e você já está falando diferente — diz tia Pooh. — Como é que você vai ser uma estrela hoje se fala assim, toda melosa?

— Não acredito. — Dou uma gargalhada e ela também. Eu quase tinha esquecido como era a gargalhada dela. — Caramba. Que saudade.

— Eu também estou com saudade — diz ela. — Olha, eu não tenho muito tempo, mas tinha que falar com você. Scrap me contou que você vai cantar hoje. Vai lá e arrasa, tá? Se engasgar de novo, vou aparecer aí pra te dar uma surra. Eu juro pela minha mãe.

Esse é o jeito dela de dizer "Eu te amo". Não conto para ela sobre os Crowns. Ela não precisa disso agora.

— Não se preocupe. Está no papo.

— Você sabe que posso sair daqui mais cedo do que imaginamos, né? — diz ela. — Meu advogado acha que consegue pena mínima. Principalmente porque não tenho histórico de crimes violentos.

Que eles saibam. Mas, ei, tudo bem.

— Que ótimo.

Supreme volta. Ele parece encarar Scrap. Scrap o olha de cima a baixo como quem diz *"Algum problema aqui?"*

Supreme se vira para mim e aponta para o relógio.

— Tenho que ir — eu digo para tia Pooh.

— Tudo bem. Arrasa — diz tia Pooh. — O céu é o limite, estrela.

— Vamos ver os otários lá do alto — eu termino para ela. — Eu te amo.

— Sua brega, eu também te amo. Agora vai lá fazer seu trabalho.

Meus olhos estão ardendo quando entrego o celular para Scrap.

— Obrigada.

— Não foi nada — diz ele. — Arrasa. Pela Pooh.

Malik, Sonny e eu seguimos Supreme pelo corredor. Supreme passa o braço em volta de mim e me puxa para perto.

— Olha só você, andando com GDs — sussurra ele. — Está tentando deixar tudo autêntico como eu sugeri, é?

Eu me afasto dele.

— Não, eu não faço isso.

Nós entramos no ginásio e uma agitação de sons e luz nos atinge. Mal tem espaço para as pessoas se mexerem, mas mesmo assim a plateia abre caminho para nosso grupo. Supreme me leva na direção do ringue de boxe. Como na fila, as pessoas batem na minha mão ou nas minhas costas enquanto ando. Qualquer coisa para tocar em mim, como se fosse o jeito deles de me desejarem boa sorte.

— Beleza, pessoal. Ela começou aqui no Ringue — diz Hype para a plateia quando me aproximo. — Desde então, está chegando perto da virada, trocadilho proposital.

Ele é muito mais ridículo do que eu tinha percebido.

— E está aqui para apresentar o novo single, faz barulho para Bri!

Eu estico o punho para Sonny e Malik. Eles batem os deles no meu e batemos as mãos. Ainda somos a Profaníssima Trindade.

— Bam! — nós dizemos.

— Não engasga desta vez — acrescenta Sonny. — A gente não quer ter que deserdar você.

Eu repuxo os lábios. Ele sorri.

Supreme levanta as cordas para eu poder entrar no Ringue e me dá um microfone. O holofote aponta para mim, como tantas semanas atrás. Os gritos são ensurdecedores.

Eu aperto os olhos e observo a plateia. Meu irmão, Jojo e Kayla estão bem ao lado do Ringue. Sonny e Malik se juntam a eles. James e Supreme estão ao lado. Scrap conseguiu um lugar não muito longe. Bem atrás dele, uma coisa brilha.

Uma boca cheia de dentes de prata sorri para mim. O Crown de gorro cinza está segurando a corrente do meu pai e faz uma cara de beijo para mim. Os amigos dele riem.

Scrap acompanha meu olhar. Não o escuto, mas leio seus lábios. *"Ah, porra."*

Ele me olha e faz silenciosamente uma pergunta mortal: *"Quer que eu cuide disso?"*

— Entããão... você não vai se apresentar nem nada? — pergunta Hype. Eu tinha esquecido que ele estava aqui. Merda, esqueci onde estava. — Não me diga que vai engasgar de novo. Vou ter que chamar você de Engasgada.

Ele toca um som de tambor. Quem disse para esse cara que ele era engraçado?

O Crown segura a corrente mais alto para eu ver. Os amigos dele morrem de rir.

Scrap pergunta de novo em silêncio: *"Quer que eu cuide disso?"*

— Vocês querem ouvir a música, não querem? — grita Hype para a plateia. A resposta é sim. — Vamos lá, então!

A batida começa.

Eu tenho que entrar direto no gancho e depois cantar os versos que Dee-Nice escreveu. Supreme e James me observam com expressões divertidas e parece que sou o bicho de estimação deles, prestes a fazer um truque.

Animal. Rima com punhal, rival, imoral. Boçal.

Boçais. Boçais de gangue, como os Crowns me encarando e os GDs de Maple Grove aos quais Scrap pertence. Jojo quer ser como eles. Se eu cantar essa música, vou lhes dar mais munição. Também vou estar fazendo exatamente o que Hype me acusou de fazer: cantar uma letra que não é minha composição.

Composição. Imitação.

Durante muito tempo, as pessoas agiram como se eu fosse imitação do meu pai. Supreme também age como se eu fosse uma marionete. Mas meu irmão me chamou de presente. Minha mãe me chama de milagre. Mesmo que eu não seja mais nada, ainda sou filha dela e irmã fedelha do Trey.

Fedelha. Muitas palavras podem rimar com ela se enunciada de um certo jeito. Até algo como "espelho".

Espelho. Talvez eu seja isso para o Jojo.

Mas a imagem que ele tem está distorcida. Ele entendeu minha letra do jeito errado, como Emily e como os Crowns. Estão todos enganados.

Enganados. Despertados.

Talvez seja hora de despertar todo mundo.

— Parem a música — eu digo no microfone.

A batida para. Há sussurros e murmúrios.

Supreme franze a testa. Ouço James perguntar:

— O que está acontecendo?

Ignoro os dois.

— Eu tinha que vir aqui cantar uma música nova, mas prefiro fazer uma que venha do meu coração. Tudo bem por vocês?

A resposta é siiiiim de tão alto que eles gritam.

— Oh-oh, está na hora do freestyle! — diz Hype. — Precisa de batida?

— Não, valeu, Hypescroto.

Todo mundo ri disso.

Eu fecho os olhos. Há muitas palavras esperando dentro de mim. Palavras que espero que Jojo ouça e entenda.

Eu levanto o microfone e as despejo.

Não aceito ser imoral, não aceito ser animal,
Não vou dar exemplo para um garoto querer ser boçal.
Não aceito cantar aqui essa outra composição.
Não aceito ser boneca, nem ser uma imitação.
Sou muito mais do que isso. Sou filha, sou irmã,
Sou a esperança de um fedelho e também sou um espelho.
Sou um gênio, uma estrela, isso tudo, visceral,
Mas não me chame de vendida e nem de marginal.
No Garden tem gente passando fome, são corações sem nome,
Que se foda o sistema. Sua opinião só mostra seu problema.
Querem que a garota preta só cante sobre tiro e treta,
Pra encher seus bolsos de dinheiro e me sujarem primeiro.
Só que eles só faturam se seguirmos o modelo
Como verdade, a nossa imagem. Não é só rap, é o mundo inteiro.
Eles culpam o hip-hop. Mas a gente fala do que vê

Relato o que vejo mas eu não preciso ser.
Quando falo em ser rainha minha coroa é no meu coração
Não tem a ver com gangue e lamento a confusão.
Retaliação é a segregação na comunidade, acorda, meu irmão.
Não vão me calar e não vão me impedir de sonhar,
É só admitir que você fala Bri se for brilhar.
E ninguém nesse mundo vai conseguir me comprar.

Há uma explosão de gritos.

— Bri! Bri! Bri! — eles gritam, e meu nome sacode o local. — Bri! Bri! Bri!

Quem não está gritando? Os Crowns. Supreme e James também não. James está indo para a porta, balançando a cabeça. Supreme corre atrás dele. Ele olha para mim e, apesar de não conseguir ver os olhos dele, leio sua expressão com clareza: Acabou.

Abaixo o microfone até a lateral do corpo. Quando eu era pequena, parava na frente de espelhos com escovas de cabelo na mão imaginando multidões gritando meu nome. Mas acho que não conseguiria imaginar *isso*. Essa sensação. Pela primeira vez na vida, sei exatamente onde eu deveria estar. Estou fazendo o que deveria fazer. Porra, o que nasci pra fazer. A plateia poderia estar em silêncio, mas eu ainda saberia disso.

Quando tia Pooh me apresentou ao hip-hop, Nas me disse que o mundo era meu e eu acreditei que era possível. Agora, aqui nesse palco, eu sei que é.

EPÍLOGO

Todas as palavras no papel estão borradas, eu juro. Eu olho para o celular.

— Há quanto tempo estamos fazendo isso?

Curtis também olha para o celular.

— Só duas horas, Princesa.

— Só? — eu digo, gemendo.

Nossos livros preparatórios para o ACT e nossos laptops estão à nossa volta no chão do meu quarto. Vamos fazer mais um simulado amanhã. A prova de verdade é em pouco mais de um mês. Curtis veio todos os dias para estudarmos juntos. Acho que estou pronta, apesar de nosso estudo sempre acabar virando outra coisa.

É por esse motivo que eu digo:

— A gente precisa parar um pouco.

— Ah, precisa?

— Precisa — eu digo.

— Vou tentar adivinhar: o que você quer fazer é isto?

Ele está sorridente quando rouba um beijo rápido. Um beijo vira dois, dois viram três e três viram uma pegação no chão do meu quarto/templo ao Piu-Piu. Minha mãe, Trey e eu estamos morando com meus avós há menos de uma semana e ainda não tive tempo para redecorar o ambiente.

— Ei, ei! — grita Trey da porta. Curtis e eu nos separamos muito rápido. — Isso não é estudar!

Eu me deito de costas e resmungo.

— Agora, estou ansiosa para o dia em que você vai embora fazer mestrado.

— Infelizmente pra você, vai ter que me aguentar mais uns dois meses — diz ele e olha para Curtis. — Mano, é melhor você tomar cuidado. Sou capaz de dirigir três horas pra acabar com a raça de alguém.

Curtis levanta as mãos com inocência.

— Foi mal.

— Aham — diz Trey. — Estou de olho, Curtis.

Dou um suspiro.

— Você não precisa ir buscar o Jojo?

Trey vai levar Jojo a um jogo de basquete do Markham State. Jojo não para de falar nisso há uma semana, parece que é um jogo da NBA. Coitado, não percebe que o Markham não joga porra nenhuma.

— Estou indo. — Ele chuta a minha porta. — Mas deixa essa porra de porta aberta. Não quero saber de ser chamado de "tio Trey". Eu devia contar para o vovô que vocês estão aqui trocando bactérias.

Ele segue pelo corredor. Curtis espera alguns segundos para se inclinar e me beijar.

— Bactérias, é?

Mas logo somos interrompidos de novo. Minha mãe limpa a garganta alto.

— Isso não é estudar.

— Foi o que eu disse — grita Trey de onde está.

Curtis fica com uma expressão ridiculamente tímida e, ah, meu Deus, quase não aguento.

— Desculpa, sra. Jackson.

Ela suga os dentes.

— Aham. Bri, qual você prefere?

Ela mostra duas roupas. Uma é composta de uma saia-lápis azul--marinho com blazer combinando que a tia Gina comprou para ela. A outra é um terno cinza que a tia 'Chelle comprou.

— São tão parecidos... tem mesmo importância?

— Sim, tem importância — diz ela. — Preciso estar com a aparência certa no primeiro dia.

Ela começa a trabalhar no distrito escolar na segunda-feira, como secretária do dr. Cook. Uma das primeiras coisas que ele quer que ela faça é marcar reuniões mensais com a aliança Negros e Latinos de Midtown, para poder saber se as coisas estão tranquilas. A outra questão é procurar uma nova empresa de segurança para o distrito.

— Como assim, você não vai com o que a vovó comprou? — eu pergunto.

Minha mãe aperta os lábios. Minha avó comprou um terno com estampa florida. É berrante. É ousado. Pode cegar alguém que olhe por tempo demais.

— Vou guardar pra igreja — mente ela. — Agora, vamos lá. Me ajuda a escolher.

— O azul-marinho — eu digo. — Tem cara de "eu quero estar aqui, vim trabalhar, mas ainda tenho estilo e posso pisar em quem me irritar".

Ela estala os dedos e aponta para mim.

— É disso que estou falando. Obrigada, flor. Podem voltar a estudar... *estudar!* — acrescenta ela, erguendo as sobrancelhas. — Curtis, você pode ficar pra jantar. Vou fazer gumbo.

Sim, a vovó está deixando que ela use a cozinha. Não, não sei onde os alienígenas colocaram a vovó de verdade e nem se um dia ela vai voltar.

— Obrigado, sra. Jackson — diz Curtis.

Meu celular vibra no chão e o rosto sorridente do Sonny aparece na minha tela. Aperto o botão do viva-voz.

— E aí, Sonny Coelhinho?

— Cala a boca, Bookie.

— Oi, Bri — grita Miles do fundo.

— Oi, Miles.

— É melhor vocês estarem com um adulto supervisionando aí, hein! — grita a minha mãe.

— Relaxa, tia Jay. Não está rolando nada — diz Sonny. — Bri, você tem que entrar no Twitter. Aconteceu uma coisa surreal.

— Hã? — eu digo.

— É sério, Bri. Entra no Twitter.

Curtis pega o celular. Eu digito o endereço no meu laptop.

— Pra quê? — eu pergunto.

— Você não vai acreditar em quem postou seu freestyle daquela noite — diz ele.

— O que você...

Minhas notificações estão em 99+, como se o Twitter não conseguisse mais acompanhar. Tem um tuíte que as pessoas ficam curtindo e retuitando. Eu clico e observo. Olho para a foto de perfil e para o nome também.

Minha mãe se aproxima e olha comigo.

— Ah, meu Deus — diz ela.

— Essa garota é o futuro do hip-hop. — Curtis lê o tuíte em voz alta. — @LawlessBri, nós temos que fazer uma música juntos. Vamos fazer acontecer!

Foi tuitado por...

Ah, meu Deus.

— Caramba, Princesa — diz Curtis. — Essa porra pode mudar a sua vida!

Minha mãe olha de lado para ele.

— Bri, você quer, flor?

Eu olho para o tuíte. É uma coisa incrível. Pode ser a chance de que preciso.

— Quero — eu digo e olho para a minha mãe. — Desde que eu possa fazer do meu jeito.

AGRADECIMENTOS

Como na última vez, isto aqui provavelmente vai parecer o discurso de um rapper ao vencer uma premiação, mas, ei, é apropriado para este livro, não é? Primeiro, tenho que agradecer ao Senhor e Salvador Jesus Cristo. Foi uma jornada e tanto e eu não teria ido tão longe sem você. Obrigada por me carregar e cuidar de mim. O que você quiser continuar a fazer por mim, eu receberei.

À minha editora incrível, maravilhosa, fenomenal Donna Bray. Não há adjetivos suficientes para descrever alguém tão fenomenal quanto você. A jornada não foi fácil e eu não teria sobrevivido sem o seu apoio. Obrigada por estar comigo a cada passo e por acreditar em mim como você acredita. Além disso, obrigada por ser tão paciente haha. Nós conseguimos!

Brooks Sherman, também conhecido como melhor agente literário que um autor poderia desejar. Obrigada por me fazer seguir em frente e por sempre estar ao meu lado. Mais ainda, obrigada por saber que eu chegaria até aqui com este livro, mesmo eu não sabendo que conseguiria. Sou eternamente grata por chamar você de agente e amigo.

Mary Pender Coplan, você é um anjo, uma salvadora e ainda não sei o que fiz para merecer uma agente cinematográfica tão incrível. Do fundo do coração, obrigada. Agradeço a Akhil Hedge, um anjo de assistente, e a Nancy Taylor, a antiga anjo assistente. Obrigada a todos da UTA.

A todas as pessoas da Balzer + Bray/HarperCollins. Sinto-me a autora mais sortuda do mundo com vocês todos ao meu lado. Seu amor, seu apoio e sua dedicação não passam despercebidos. Nunca vou agradecer o suficiente. Um agradecimento especial para Suzanne Murphy, Alessandra Balzer, Olivia Russo, Tiara Kittrell, Alison Donalty, Jenna Stempel-Lobell, Anjola Coker, Nellie Kurtzman, Bess Braswwell, Ebony LaDelle, Patty Rosati, Rebecca McGuire, John Weiss, Mark Rifkin, Dana Hayward, Emily Rader, Ronnie Ambrose, Erica Ferguson, Megan Gendell, Andrea Pappenheimer, Kerry Moynagh, Kathy Faber e Jen Wygand.

Minha maravilhosa família editorial do Reino Unido, a Walker Books, também conhecida como as líderes de torcida do outro lado da poça, principalmente Annalie Grainger e Rosi Crawley. Obrigada por sempre me darem um lar longe de casa.

Meus editores internacionais, obrigada por apostarem em mim e nas minhas histórias.

À minha família Janklow & Nesbit, obrigada por todo o amor e apoio. Um agradecimento especial a Wendi Gu. Obrigada também a Stephanie Koven e a todos na Cullen Stanley International.

Molly Ker Hawn, o fato de você ter me apresentado à beterraba assada foi suficiente para garantir minha gratidão eterna, mas obrigada também por seu amor, apoio e por ser poderosa o tempo todo.

Marina Addison, não sei mesmo o que eu faria sem você como assistente. Obrigada por aguentar todo o caos.

David Lavin, Charles Yao e todos da Lavin Agency, obrigada por acreditarem em mim, me apoiarem e investirem em mim.

Aos amigos: Becky Albertalli, Adam Silvera, Nic Stone, Justin Reynolds, Dhonielle Clayton, Sabaa Tahir, Julie Murphy, Rose Brock, Tiffany Jackson, Ashley Woodfolk, Jason Reynolds, Sarah Cannon, Dede Nesbitt, Leatrice McKinney, Camryn Garrett, Adrianne Russell, Cara Davis, Justina Ireland, Heidi Heilig, Kosoko Jackson, Zoraida Córdova, Nicola Yoon, Ellen Oh. Cada um de vocês teve participação no nascimento deste livro só por existirem. Obrigada.

À minha família do filme *O ódio que você semeia* — George, Marcia e Chase Tillman, Shamell Bell, Bob Teitel, Marty Bowen, Wyck Godfrey, Tim Bourne, John Fischer, Jay Marcus, Isaac Klausner, Elizabeth Gabler, Erin Siminoff, Molly Saffron, todo mundo de Temple Hill, State Streek e Fox 2000 e todo o elenco e equipe, obrigada por transformarem um dos meus sonhos em realidade. Amandla, obrigada por ser a melhor Starr que eu poderia desejar e mais do que tudo por ser você. É uma honra chamá-la de maninha. Common, obrigada pela inspiração e pelo encorajamento.

A todos os meus familiares e amigos, obrigada por saberem que ainda sou a Angie. Não se chateiem de seus nomes não estarem aqui. Vocês são muitos para que eu os liste, mas saibam que os admiro e amo.

À minha mãe, Julia. Obrigada por ser quem é e por sempre fazer com que eu soubesse quem sou. Eu te amo.

Ao hip-hop. Obrigada por ser minha voz, por me dar voz e por me mostrar eu mesma. O mundo costuma criticá-lo e, às vezes, com razão. Ora, às vezes eu sou uma das maiores críticas. Mas faço isso de uma posição de amor. Já vi do que você é capaz; você consegue, você vai e você já mudou o mundo. Nunca vou desistir de você. Sempre vou estar ao seu lado. Continue incendiando cérebros e fazendo barulho.

E, finalmente, para as rosas do concreto nos verdadeiros Gardens do mundo: mesmo quando duvidarem de vocês, mesmo quando tentarem silenciá-los, nunca se calem. Ninguém pode deter vocês, então procurem sua hora da virada.

Este livro foi composto na tipografia Sabon LT Std,
em corpo 11/16, e impresso em
papel off-white no Sistema Cameron da
Divisão Gráfica da Distribuidora Record.